CÉSAR BIROTTEAU

Du même auteur
dans la même collection

ANNETTE ET LE CRIMINEL.
BÉATRIX. Préface de Julien Gracq.
CÉSAR BIROTTEAU.
LE CHEF-D'ŒUVRE INCONNU — GAMBARA — MASSIMILLA DONI.
LES CHOUANS.
LE COLONEL CHABERT.
LE COLONEL CHABERT suivi de L'INTERDICTION.
LE CONTRAT DE MARIAGE.
LA COUSINE BETTE.
LE COUSIN PONS.
LE CURÉ DE TOURS — LA GRENADIÈRE — L'ILLUSTRE GAUDISSART.
LA DUCHESSE DE LANGEAIS.
EUGÉNIE GRANDET (édition avec dossier).
LA FEMME DE TRENTE ANS.
FERRAGUS — LA FILLE AUX YEUX D'OR.
GOBSECK — UNE DOUBLE FAMILLE.
ILLUSIONS PERDUES.
LE LYS DANS LA VALLÉE.
LA MAISON DU CHAT-QUI-PELOTE — LE BAL DE SCEAUX — LA VENDETTA — LA BOURSE.
MÉMOIRES DE DEUX JEUNES MARIÉES.
NOUVELLES (El Verdugo. Un épisode sous la Terreur. Adieu. Une passion dans le désert. Le Réquïsitionnaire. L'Auberge rouge. Madame Firmiani. Le Message. La Bourse. La Femme abandonnée. La Grenadière. Un drame au bord de la mer. La Messe de l'athée. Facino Cane. Pierre Grassou. Z. Marcas).
LES PAYSANS.
LA PEAU DE CHAGRIN.
PEINES DE CŒUR D'UNE CHATTE ANGLAISE.
LE PÈRE GORIOT.
PHYSIOLOGIE DU MARIAGE.
PIERRETTE.
LA RABOUILLEUSE.
LA RECHERCHE DE L'ABSOLU.
SARRASINE, suivi de Michel Serres, L'HERMAPHRODITE.
SPLENDEURS ET MISÈRES DES COURTISANES.
UN DÉBUT DANS LA VIE.
UNE FILLE D'ÈVE.
LA VIEILLE FILLE — LE CABINET DES ANTIQUES.

BALZAC

CÉSAR BIROTTEAU

Edition établie
par
Gérard Gengembre

Chronologie
par
Nadine Satiat

GF-Flammarion

ISBN : 978-2-0812-1391-3

PRÉFACE

Il faut restituer à ce roman son titre complet (où, on l'a souvent remarqué, Balzac parodie Montesquieu et ses *Considérations sur les causes de la grandeur des Romains et de leur décadence*), son titre « ingénieux » qui est « à lui seul toute une biographie » (Félix Davin — fortement inspiré par Balzac —, Introduction aux *Études philosophiques*, 6 décembre 1834). Un titre programmatique donc, qui situe historiquement, politiquement et socialement le héros, qui annonce en le dramatisant d'emblée le schéma directeur de l'intrigue. Un titre à la tonalité ambiguë aussi, où à l'épopée annoncée se mêle l'héroï-comique.

Balzac parle d'« œuvre capitale » à propos de son roman qui paraît à la fin de 1837, année qui avait vu la publication de la première partie d'*Illusions perdues*, une autre œuvre — ô combien — capitale. Pourtant, alors qu'il a bénéficié de remarquables éditions et préfaces, ce texte ne semble pas susciter les ardeurs de la critique balzacienne. Or on ne peut que souscrire à ces propos de René Guise : « *César Birotteau* est une œuvre privilégiée » en cela qu'elle autorise une multiplicité de lectures. Les quelques pages qui vont suivre n'ont d'autre ambition que d'en suggérer la richesse.

Roman philosophique, roman sur la bourgeoisie ou roman sur le commerce?

À l'origine, Balzac a conçu le roman du parfumeur comme devant prendre place dans un ensemble philosophique illustrant le thème de la force destructrice de la pensée. Relisons Félix Davin-Honoré de Balzac :

> « Examinez maintenant cette autre étude [...] ; le développement du décourageant axiome formulé par *La Peau de chagrin* marche à travers le monde en y versant des lumières sur toutes les catastrophes. *César Birotteau*, type parfait du négociant probe, du négociant pour qui la considération est une autre atmosphère indispensable, est tué soudainement par l'idée Probité comme par un coup de pistolet; il a soutenu le malheur goutte à goutte, il ne soutient pas la joie et la vie qui tombent sur lui comme une trombe et le brisent. »

De cette thèse philosophique — centrale dans la pensée balzacienne — le roman porte l'évidente trace. Selon Pierre Barbéris, comme Raphaël de Valentin *(La Peau de chagrin)*, comme Balthasar Claës *(La Recherche de l'absolu)*, César « a connu la tentation de l'absolu », et « connaît les affres et les naufrages de l'aventure philosophique du désir ». C'est précisément à cela que tente de s'opposer Constance au début du roman, en faisant miroiter le rêve d'une retraite heureuse sur la terre au nom symbolique des Trésorières. S'il est celui de l'épouse fidèle, Constance s'affiche bien comme le nom emblématique de cette force tranquille de la bourgeoisie aux appétits modérés. Mais que peut sa vertu tempérée contre le prénom de son conquérant de mari? Il faut que s'accomplisse une destinée, conformément à ce qu'énoncent les analyses d'Azaïs, le théoricien de la compensation : « Toute existence a son apogée [...] ce midi de la vie où les forces vives s'équilibrent et se produisent dans tout leur éclat [...] L'Histoire, en redisant les causes de la grandeur et de la décadence de tout ce qui fut ici-bas pourrait avertir l'homme du moment où il doit arrêter le jeu de toutes ses facultés » (rapprochement établi par P. Barbéris). Or, pour être bourgeois, on n'en est pas moins homme, un homme qui parle pour tous les autres. Toutes les étapes de l'ascension et du chemin de croix de César sont commentées en fonction de cette ligne directrice.

Une telle orientation insère *César Birotteau* dans le complexe processus de la création balzacienne. Dès 1830, Balzac projetait d'écrire sur les thèmes de la dette et de la faillite. Pendant toute la première gestation du roman, jusqu'en 1837, il écrit *Eugénie Grandet, Le Père Goriot*, la première partie d'*Illusions perdues, Le Médecin de campagne*. Il a déjà rédigé en 1832 l'histoire de François Birotteau, le frère de César, dans *Le Curé de Tours*. Tout cela, et d'autres éléments encore, rattachent notre roman à un ensemble de préoccupations et de données romanesques, et lui imposent une répartition des forces devant conduire à un dénouement où se rassembleraient toutes les significations philosophiques.

En juillet 1837, ce projet d'*Étude philosophique* devient une *Étude de mœurs*. Le roman n'a pas complètement changé d'âme, mais sa matière s'est considérablement enrichie. Il va être sociologiquement question de bourgeoisie. Dans son *Monde de Balzac*, P. Barbéris détaille les clans bourgeois de *La Comédie humaine*, et, aux côtés des Minoret *(Ursule Mirouët)* ou des Camusot (plusieurs romans dont *Le Cousin Pons*), il distingue le « groupe Birotteau », « fait de commerçants arrivés par leur patience, leur économie, leur courage », dont la force réside dans « le but qu'ils poursuivent », et repose sur leur mode de vie. Une force bourgeoise saine, donc, avant la chute du moins, assise sur un capital investi dans l'entreprise, des économies qui fructifient, un solide capitalisme familial.

On notera l'importance accordée à la description du décor de la vie bourgeoise, conforme bien entendu à la loi balzacienne des rapports nécessaires entre les personnages et leur cadre, mais qui prend ici une importance sociologique particulière. Cette bourgeoisie n'échappe pas à la satire dans un roman qui recense férocement ses préjugés, ses lieux communs et ses opinions bêtes, comme si se profilait déjà l'ombre de

Homais. On a pu parler de burlesque, de caricature. Sans doute Balzac participe-t-il de la raillerie romantique à l'égard des bonnets de coton. La grande scène du bal prend l'allure d'une charge, et Balzac atteint à la verve moliéresque. Les personnages vertueux eux-mêmes n'échappent pas à ce comique, puisque leurs ridicules et leurs petitesses sont détaillés, voire étalés. On sera d'accord avec Pierre Laubriet pour repérer dans *César Birotteau* une dimension de l'héroï-comique digne des « Physiologies » du temps.

Pourtant, les liens affectifs, l'importance du thème familial et surtout la réalité du travail, de l'investissement personnel héroïsent d'une autre façon ce milieu, sans ambiguïté ironique cette fois. L'assomption angélique qui oriente l'intrigue en deviendra plus plausible. Ne négligeons pas ici le portrait de Césarine, joyau de la famille unie par le sacrement du mariage, fruit superbe du bonheur conjugal (et aussi, en tant que fille unique, du malthusianisme petit-bourgeois). Décrite comme un ange, Césarine déploie tous les charmes de la beauté angélique (une blonde aux yeux bleus, évidemment...) et de l'éducation bourgeoise (chant, piano, dessin, lecture de Racine père et fils — important, le fils...). Elle respire la santé, et sa forte constitution trahit à la fois les origines paysannes de son père et un mode de vie exclusivement bourgeois. Fleur de la maison Birotteau, cette belle plante saura être un modèle d'amour filial, aux antipodes des filles Goriot. Elle travaillera, sans honte, avec ferveur et détermination. Elle connaît le prix de l'argent. Comme nous le verrons, cela nous ramènera à l'ambiguïté du roman.

À la grandiloquence du titre, à la démesure du prénom, à la platitude bourgeoise du patronyme répondent victorieusement la vertu sans faille, le salut final et le statut exceptionnel de ce commerçant dans la population bourgeoise de *La Comédie humaine*. En effet, la maison Birotteau brille comme un astre de pureté dans cet ensemble où dominent les coquins cyniques. Que Célestin Crevel succède à César à *la*

Reine des Roses prend une signification symbolique. Dans *La Cousine Bette*, Crevel sera un personnage noir. Quant à Popinot, s'il se hausse ici au sublime, il triomphera dans *Le Cousin Pons* et ce pair de France apparaîtra comme l'un des représentants emblématiques de la classe dirigeante sous la monarchie de Juillet, bien loin des idéaux exprimés par son beau-père en 1819.

Roman centré sur une bourgeoisie conquérante, *César Birotteau* en développe une analyse d'autant plus percutante qu'il la montre à l'œuvre dans le négoce. Certes, le roman balzacien n'avait pas ignoré le commerce et, dès 1830, *La Maison du Chat-qui-pelote* avait présenté aux lecteurs la maison et la boutique de M. Guillaume, marchand-drapier de la rue Saint-Denis. Il s'agissait alors d'une butte témoin de la tradition commerçante, routinière et prudente. Bien différents apparaissent la maison Birotteau et son chef, dont la configuration et l'histoire procèdent de nombreuses sources, savamment établies par la critique : pièces de théâtre, parmi lesquelles *Les deux Amis ou le Négociant de Lyon* de Beaumarchais ; le type littéraire de Joseph Prudhomme créé par Henri Monnier ; d'autres publications encore dont Balzac a pu avoir connaissance...

Le choix de la parfumerie s'explique sans doute par le dynamisme de cette industrie parisienne, fécondé par les progrès de la chimie appliquée, accéléré par le développement de la publicité. Parfums et produits de beauté conquièrent un public de plus en plus large, et les parfumeurs occupent des positions d'avant-garde. La critique érudite en a retrouvé plusieurs dont on peut penser qu'ils ont fourni tel ou tel trait pour son héros à un Balzac qui s'est consciencieusement documenté : *Manuel du parfumeur* de l'Encyclopédie Roret, recueil du médecin arabe Abdeker, *Dictionnaire classique d'histoire naturelle* pour le prospectus Vauquelin, *Code du commerce*, etc.

Au souci de véracité sociologique s'ajoute celui de peindre une activité commerciale. P. Laubriet, qui montre clairement comment cette peinture rassemble des traits valables pour 1819 mais aussi pour 1837, a bien insisté sur l'opposition entre les conceptions de César et celles de Popinot. Même quand il a l'idée de l'Huile céphalique, le successeur de Ragon à *la Reine des Roses* conçoit le commerce comme une entreprise familiale. Il a d'ailleurs commencé sa carrière de façon traditionnelle, et ne songeait alors qu'à faire honnêtement fortune en achetant et vendant avec bénéfice. L'ambition lui vient avec le conseil du notaire Roguin : au lieu de finir de payer la propriété de son fonds, il vaut mieux garder son capital pour « faire quelques bonnes entreprises ». C'est alors que César invente l'Eau carminative et la Double Pâte des Sultanes, qu'il découvre la publicité à caution scientifique et la vente de masse. En quinze ans de labeur, favorisés par l'extension du marché et l'expansion de l'entreprise, Birotteau irrigue de ses senteurs et cosmétiques la Cour et la Ville, mais aussi la France entière. Il fabrique lui-même, diminuant ainsi son prix de revient, et impose ses produits. Pourtant, s'il pressent que l'évolution de son affaire la fait accéder à un autre stade du développement commercial, César reste en deçà des possibilités qu'elle offre. Il n'accomplit pas le passage au vrai grand commerce ni à la société anonyme de type moderne.

Popinot, lui, franchit le pas. Dans le projet initial, ce personnage n'atteignait pas à une telle dimension. En 1834, Balzac prévoyait huit chapitres, quatre pour la grandeur, quatre pour la décadence. La famille nucléaire Birotteau faisait face seule aux créanciers où se retrouvaient Ragon, du Tillet, Crottat, Pillerault, Claparon et Popinot. Peut-être le romancier envisageait-il de conclure le roman avec le triomphe de Popinot successeur de Birotteau, si l'on en croit le titre du dernier chapitre projeté : « Popinot et Cie ». De ce schéma primitif, le roman conserve une dynamique, l'ascension de Popinot, et un potentiel destructeur, puisqu'un Popinot animé d'autres sentiments que cette affection sans faille dont il fait preuve à l'égard de son patron pourrait devenir le seul propriétaire de l'Huile céphalique. R. Guise relève tel ou tel détail de l'intrigue où subsiste l'idée première et qui laissent entrevoir en eux une hostilité possible entre les deux hommes. Il souligne aussi fort justement que Popinot est affligé d'un pied-bot. Comme Talleyrand! Balzac métamorphose donc Anselme en personnage vertueux pour l'intégrer au clan Birotteau, ce qui n'enlève rien à ses capacités commerçantes et industrielles.

Popinot ne tient pas boutique, mais il fabrique et vend en gros. Il manipule le goût et les désirs d'une clientèle séduite par la publicité. À la qualité du produit se substitue son image imposée à coups de slogans et de phrases péremptoires. De l'huile de noisette on fait un pactole après avoir fait un produit miracle, d'autant qu'une presse de type nouveau fait rendre aux fruits toute leur juteuse promesse. De l'idée cosmétique de César, Popinot fait de l'argent. La noisette fait, si l'on ose dire, boule de neige. Mais il a fallu en passer par le médium publicitaire et la vente de masse, autrement dit par un effet d'annonce, c'est-à-dire un effet de sidération, et une technique de vente, alliance de l'imaginaire et des circuits modernes.

On peut alors parler de révolution commerciale. Un créateur chasse l'autre. Alors même que Birotteau connaît les affres de la dette et de la faillite, Popinot, son continuateur, va plus loin. Il ne succède pas simplement à son patron destiné à devenir son beau-père posthume, il le dépasse, transmue en or la vile noisette (ne fabrique-t-il pas son huile miraculeuse rue des Cinq-Diamants?), et ce grâce à Andoche Finot et à l'illustre Gaudissart, rouages essentiels de la machine moderne. Le siècle de l'imprimé et de l'illusion féconde est en marche. Quoi d'étonnant à ce que l'ardent Popinot devienne plus tard, sous Juillet, ministre du commerce? On sera d'accord avec P. Barbéris : « Popinot représente, en petit, le mouvement qui s'amorce et qui n'atteindra son plein développement que sous le second Empire ». Popinot ou le triomphe programmé de l'entreprise. Popinot ou le triomphe de la bourgeoisie. Popinot qui s'installera dans le cadre luxueux préparé pour la fête (ne peut-on rêver sur ce roman qu'ouvre et clôt le motif du bal ?). Popinot ou le boiteux magnifique.

Le Napoléon de la parfumerie

Ces dimensions du roman prennent toute leur force avec le personnage éponyme. Il devient l'empereur de la parfumerie, un empereur décoré, un empereur qui donne un bal, son soleil d'Austerlitz. Un empereur royaliste, qui s'enorgueillit d'avoir été blessé par Bonaparte en Vendémiaire. Un empereur bourgeois, installé, sûr de lui et dominateur. Trop sûr de lui. Un stratège visionnaire, qui se donne un objectif guerrier : couler l'Huile de Macassar (il aurait dû songer que le mot rime avec Trafalgar...). La quarantaine épanouie, César étale une forte carrure et laisse voir un embonpoint commençant. On a dit que Balzac lui avait prêté certains de ses traits. Il se peut, mais l'expression niaise de son visage n'a rien de balzacien, ni son ascendance moliéresque de bourgeois gentilhomme, mâtinée de « monniéresque » prudhommerie. Il y a de la démesure grotesque en lui. Cette démesure, nous la retrouvons dans son rêve spéculatif.

S'il avait écouté sa femme, César aurait évité la ruine. Heureusement, le roman dépasse et de loin ce poncif : sagesse féminine contre témérité masculine, etc. En fait, il est puni pour ne s'être pas cantonné à la parfumerie, ou, plus exactement, il est victime de la pensée. Nous rejoignons par une autre voie la dimension philosophique du roman, qui ne concerne pas la seule idée Probité. L'idée de la spéculation instillée par Roguin n'est pas autre chose que l'apparition de la pensée destructrice par sa violence même. Énergie, elle dynamise et tue. En l'espèce, elle annihile la prudence paysanne d'un César saisi par la toute-puissance de l'Idée. Elle se monnaie en désir, en appétits. César jouit. C'est trop pour lui.

Mais s'agit-il ici d'une condamnation sans équivoque ? L'enthousiasme dont fait preuve César quand il escompte les profits des terrains ressemble beaucoup à celui qui le transporte quand il parle de l'Huile céphalique, domaine où il est sûr de lui. Et cette spéculation immobilière est réellement juteuse (comme les noisettes, mais à plus long terme...). Birotteau ne succombe que par l'indélicatesse d'un notaire, sans que soit remis en cause ni l'opération elle-même ni son principe. P. Barbéris rappelle que l'on apprendra dans *Les Petits Bourgeois* qu'elle était très rentable. Voilà une nouvelle pièce à verser au dossier de l'ambiguïté du roman.

Ambiguïté que l'on retrouve dans les ridicules du personnage. Grandiloquence, satisfaction béate procurée par la Légion d'honneur, orgueil qui le conduit à donner un bal, etc. : autant de traits dévalorisants. Il y a plus : la probité du parfumeur ne serait-elle pas elle aussi ridicule, parce qu'excessive ? César le Probe : tout semble militer en faveur de ce qualificatif. Le personnage accède à la dignité du type. Il s'inscrit dans un environnement de probité : Ragon, Pillerault, le juge Popinot... Il accomplit un trajet exemplaire de fidélité à ce principe de l'honnêteté à tout prix. Littéralement. Plus profondément, la probité se donne comme une bonne pensée qui triomphe de la mauvaise. En effet, en aboutissant à la catastrophe, l'ambition de faire fortune par la spéculation laisse place à l'idée fixe du remboursement pour effacer la dette ainsi créée. De cette idée Probité, Birotteau mourra, mais il mourra heureux, sauvé, sanctifié. Pourtant, cette vertu exemplaire reste entachée d'ambiguïté. D'une ambiguïté d'une autre nature que celle précédemment évoquée.

À la suite d'André Wurmser, les commentateurs ont bien vu que cette probité est sujette à caution. Déjà Birotteau avait su convertir ses assignats en or, habileté qui inspirera confiance à Ragon. Sa fortune se fonde sur la tromperie. César sait parfaitement que son Huile céphalique, pour être inoffensive, n'en est pas moins inopérante, et qu'elle tire ses fallacieux prestiges d'un discours et d'une iconographie d'escorte (ah ! les qualités plastiques d'Héro et Léandre !). Il envisage sans scrupule une spéculation immobilière légale sans doute mais moralement douteuse. En dernière analyse cependant, ces ombres ne ternissent pas vraiment le personnage. Elles révèlent simplement des pratiques que le XIXe siècle commençant invente pour la plus grande gloire du commerce. Plus importantes, plus décisives pour la portée du roman sont les questions morales et spirituelles soulevées par son destin. Nous y reviendrons. Mais la morale n'est pas tout : le trajet de Birotteau permet aussi au romancier et au lecteur d'effectuer une traversée « réaliste » de la finance moderne.

La Madeleine, du Tillet et la Haute Banque ou la Bérézina de César Ier

L'*hubris* de Birotteau, c'est la spéculation immobilière. Son drame, c'est celui de l'argent, de sa rareté, de la dette, du crédit. C'est dire l'importance des mécanismes économiques, financiers et bancaires dans ce roman. On serait tenté de résumer l'intrigue par cette phrase : un commerçant est contraint à faire faillite ; il paie ses dettes sans pouvoir recourir à la Banque ; il en meurt. Balzac affirmait que *César Birotteau* faisait diptyque avec *La Maison Nucingen*, paru en 1838 (« Ces deux histoires sont nées jumelles »), entièrement consacré au fonctionnement de la banque Nucingen, et dont la fable se réduit pour l'essentiel à l'ascension de Rastignac, qui accomplit avec succès le programme qu'il s'était tracé dans *Le Père Goriot*, et à l'histoire de Godefroid de Beaudenord et de son épouse Isaure, ruinés par la faillite frauduleuse du banquier.

La faillite : en 1834, Balzac a déjà traité ce thème majeur dans *Eugénie Grandet*. Déshonneur, suicide de Victor Grandet, manœuvres du père Grandet, son frère, pour payer le moins possible les créanciers, passages didactiques sur le processus de liquidation, sacrifice sublime d'Eugénie remboursant finalement la totalité de la dette : tous ces éléments constituent une part essentielle de l'intrigue. Par la suite, le thème réapparaît, notamment dans *L'Interdiction*, et sera au centre de la troisième partie d'*Illusions perdues*. Il est vrai que Balzac se trouve pris lui-même dans la spirale infernale avec l'affaire de la *Chronique de Paris*, qu'il avait rachetée et qu'il doit liquider en 1836, se condamnant à plusieurs mois de harcèlement et d'esquives. En outre, son éditeur Werdet se voit contraint à la faillite en 1837. Ces circonstances contribuent à rendre le sujet particulièrement brûlant et renforcent sans doute son importance décisive dans la fiction. Encore faut-il bien comprendre les causes exactes de la faillite — fictive mais si « réaliste » — de César Birotteau.

On serait tenté de voir en Roguin, le notaire véreux, la cause principale. En effet, il a tenté Birotteau en lui faisant miroiter de substantiels profits dans la spéculation immobilière sur les terrains de la Madeleine, nullement inventée par Balzac pour les besoins du roman. Il lève le pied avec l'argent confié pour l'achat des terrains. Or, à y regarder de plus près, il n'emporte effectivement que cela, c'est-à-dire une somme sur laquelle César ne pouvait compter pour honorer ses échéances. La banqueroute de Roguin ne ruine donc pas le parfumeur. Ce qui le tue, c'est l'impossibilité où il se trouve de trouver de l'argent frais. De là la Haute Banque. C'est bien d'elle dont se sert du Tillet pour abattre son ancien patron, en lui faisant refuser le crédit qui l'eût sauvé.

On assiste donc à la combinaison infernale d'une vengeance personnelle et d'un système. Ferdinand du Tillet, enfant trouvé, est un malfaisant, pétri de vilenie. Après avoir essayé de voler la femme de son patron, il vole dans la caisse. Il poursuivra de sa haine Birotteau qui lui a pardonné, preuve de sa bassesse, mais trait psychologique très vraisemblable (et qu'un Birotteau plus averti des profondeurs de l'âme humaine eût deviné). Devenu l'amant de Mme Roguin, il fonde une banque. Nuisible il était, nuisible il sera. Acoquiné avec Claparon, il peut entreprendre la destruction de la maison Birotteau. Agent maléfique, sa noirceur s'oppose trait pour trait à la pureté des Birotteau.

La Banque acquiert une double importance dans le roman. D'une part, elle tient le destin de César dans ses mains meurtrières. D'autre part, elle est montrée par le romancier comme une instance perturbatrice et non régulatrice dans la société moderne. En effet, elle ne se place pas au service de l'économie et ne s'intéresse qu'à ses propres profits. Elle se consacre avant tout à la spéculation. Elle pervertit donc la fonction de l'argent et privilégie l'abstrait au détriment du concret. Lorsque Claparon expose sa théorie du commerce abstrait, il énonce une loi de fonctionnement où la logique financière s'écarte totalement de la logique économique. Qu'il s'agisse d'un jeu de la pensée, comme le dit P. Laubriet, comparable à l'éloge de la dette prononcé par Rastignac dans *La Peau de chagrin*, ne doit pas nous faire perdre de vue la portée critique de cette analyse. Certes, il s'agit de faire apparaître le dessous des cartes, les agissements fantastiques et souterrains de ceux qui tiennent les rênes, mais Balzac donne ainsi à voir la réalité de cette évolution du capitalisme tout-puissant.

La pertinence de l'analyse balzacienne réside aussi en ceci que le roman se situe à une époque d'argent rare, où le crédit reste très insuffisant et par conséquent cher et frileux (d'où la circulation des effets, billets et autres traites et le rôle des usuriers dans *La Comédie humaine*). Or, César ne sait pas profiter des quelques possibilités qui s'offrent à lui en refusant de jouer à ce jeu du commerce abstrait. Il ne comprend pas le fonctionnement des rouages, il ne prend pas suffisamment de hauteur et de distance à la fois. En faisant de ses difficultés puis de sa faillite une honte morale, il se prive des moyens du salut économique. Faute d'avoir intégré à son raisonnement la loi de la finance moderne et celle du marché, toutes deux promises à un avenir grandiose, en privilégiant la loi morale, César Birotteau se condamne. De là une remarquable manipulation balzacienne : la compensation. Sans doute l'une des richesses les plus éclatantes du roman réside-t-elle dans la dialectique entre cette description analytique et son contrepoids idéologique, l'angélisme de Birotteau et consorts.

Saint César ou la tragédie édifiante

Le traitement romanesque de la vertu est de l'aveu de Balzac « un difficile problème littéraire » (*Avant-Propos* de *La Comédie humaine* [1]). *César Birotteau* nous offre un exemple particulièrement éloquent des moyens esthétiques que mobilise le romancier pour rendre intéressant son héros et sa parentèle. Dès le début, une sorte d'équivalence se trouve affirmée entre bêtise et probité. « Il est trop bête »; « c'est la probité venue sur terre, cet homme-là » : ces propos de Constance Birotteau sembleraient l'établir. Nous avons vu que le parfumeur ne manquait ni d'audace ni d'intelligence commerciale. Il faut donc comprendre autrement cette bêtise. Il s'agit, comme le dit P. Laubriet, d'un « agrandissement moral », dont participent aussi Mme Birotteau, Césarine, Popinot, Pillerault et l'abbé Loraux [2]. Le sacrifice de la famille Birotteau

1. Constance Birotteau y est mise sur le même plan que Pierrette Lorrain, Ursule Mirouët, la Fosseuse, Eugénie Grandet, Marguerite Claës, Pauline de Villenoix, Mme Jules, Mme de la Chanterie, Ève Chardon, Mlle d'Esgrignon, Mme Firmiani, Agathe Rouget, Renée de Maucombe, et les « deux Birotteau ». Pillerault, le juge Popinot y figurent comme exemple de la pratique des vertus domestiques aux côtés de Joseph Lebas, Genestas, Benassis, le curé Bonnet, le médecin Minoret, David Séchard, le curé Chaperon, Bourgeat, les Sauviat, les Tascheron.

2. P. Laubriet évoque un projet de Balzac qui songeait à un roman où se seraient retrouvés plusieurs de ces protagonistes. Intitulé *Le Gendre*, il aurait rassemblé M. Matifat, Mme Matifat née Loyer, Cécile Matifat et leurs amis : « M. et madame Popinot née Birotteau — Veuve Birotteau — le juge [le juge Popinot] — la famille Camusot — Pillerault. » Nous n'en savons malheureusement pas plus.

atteint au sublime, et doit émouvoir le lecteur. Nous assistons effectivement à un martyre et à la transfiguration angélique de César. La religion n'est pas un vain mot dans ce roman. La bonté de Birotteau, ce handicap, apparaît bien comme une faiblesse dans sa partie, et lui vaut la haine inexpiable de du Tillet, mais elle le rédime sur un plan supérieur. Alors qu'il lui eût été relativement facile d'éviter les avanies causées par une crédulité née de la confiance spontanée en autrui (il suffisait d'un usage même modéré de la méfiance, d'un recours aux protections légales élémentaires, d'un sage refus d'effets sans caution, etc.), César le Magnanime, César le Bon croit à la parole donnée et à toutes ces valeurs désuètes. Fondamentalement il croit autant à la Loi qu'à la loi du cœur. Quel imbécile ! Quel exemple !

Ainsi, on serait enclin à ne pas voir dans les idées politiques et religieuses exprimées par César Birotteau une simple mise en conformité avec les options d'un Balzac légitimiste. Que ce héros ne soit pas représentatif des opinions majoritaires d'une bourgeoisie commerçante plutôt libérale et anticléricale vers 1819 est vrai, sans doute. Mais on sait qu'historiquement existaient des royalistes dans le commerce parisien. Pour être relativement marginales, les conceptions politiques et religieuses d'un Birotteau ami du Trône et de l'Autel n'en sont donc pas pour autant controuvées. Que Balzac veuille en 1837 montrer comment le libéralisme bourgeois aboutit au régime de Louis-Philippe et idéalise ainsi la Restauration tout en démontrant que le pouvoir monarchique ne peut tout au plus qu'offrir une modique compensation (la cassette royale) est incontestable. Il n'en reste pas moins que le romancier, au-delà de ses préoccupations politiques, oppose à la réalité, à l'âpre vérité, une spiritualité en action.

Dans *César Birotteau*, l'angélisme est d'abord une nouvelle naissance, la révélation d'un César sublime révélé par les événements. La critique a opéré le rapprochement entre cette métamorphose et les théories de Swedenborg que connaissait un Balzac entreprenant en 1834 l'écriture de *Séraphîta*, récit imprégné de swedenborgisme. Cet être spirituel supérieur issu des tribulations n'est autre que ce que le swedenborgisme appelle un ange. Ange de lumière, César est victime de la haine d'un ange des ténèbres, du Tillet, mais sa régénération procède de la terrible épreuve qu'il subit. Son âme végétative, celle de l'homme extérieur, dont P. Laubriet rappelle que Swedenborg l'appelle *animus*, laisse place à l'*anima*, l'âme intuitive, émanation de l'esprit divin. Une telle purification procède de la foi chrétienne de César, dont la vie était restée jusqu'alors placée sous le signe de l'*animus*. En choisissant librement le difficile chemin de l'honneur, le failli gagne son paradis. Le triomphe de César, c'est celui de son *anima*. Ce lyrisme angélique va de pair avec l'évocation poétique de la *Cinquième Symphonie* de Beethoven.

La vocation spirituelle du roman implique deux phénomènes complémentaires : l'opposition du bien et du mal, représentés par des clans; l'idéalisation du clan Birotteau. César, Constance et Césarine font assaut de grandeur, entrent dans une sorte de sublime compétition. Leurs prénoms arboreraient-ils tel un blason le « C » majuscule de Ciel ? Les époux Birotteau forment un couple exemplaire, uni véritablement pour le meilleur et pour le pire. Leur union se renforce dans l'épreuve, comme l'illustre la journée de Sceaux [1]. Malgré cette égalité dans l'émulation, il n'empêche que César, en digne chef de famille, reste celui qui incarne au plus haut point le principe de l'exaltation de la pureté, en étant le seul à vraiment comprendre toute la teneur spirituelle de la lettre envoyée par son abbé de frère. Il n'empêche que le lecteur peut, en contrepartie,

1. P. Laubriet fait remarquer qu'entre le dépôt de bilan et la réhabilitation, les époux vivent séparés, et ne se retrouvent qu'à mesure du progrès de la réhabilitation. Autant qu'une spiritualisation de l'amour conjugal, on pourrait y voir une gestion parcimonieuse des rapports sexuels, fête de la chair que l'on ne saurait s'accorder tant que l'on est en état de péché... économique.

s'interroger sur tel ou tel trait, comme le merveilleusement ambigu « Et je veux être achetée » de Césarine. Il n'empêche que l'on peut soupçonner les Birotteau de mélodramatisation de leur condition. Les exemples les plus beaux peuvent aussi être quelque peu agaçants. Quoi qu'il en soit, Balzac s'évertue à bien faire comprendre l'action de la Providence, qui assure le passage d'une valeur individuelle de la religion à sa valeur sociale. Il faut donc accorder toute son importance à la réhabilitation, cette sanction éclatante, cette auréole qui désigne le négociant racheté comme saint, évidemment digne de mourir en odeur de sainteté, le comble pour un parfumeur.

Pour parvenir à cette apothéose, César a dû repousser quelques tentations (qui, faut-il le répéter, eussent été des manœuvres et procédures légales dans le « siècle » des opérations financières) et bénéficier de hasards littéralement providentiels, telle l'intervention de Vandenesse. Insistons encore sur ce point : cette marche éprouvante vers l'assomption ne remet nullement en cause l'autre parcours du roman où se dessine la victoire réelle des hommes d'argent. Le triomphe de la vertu n'occulte pas celui de la Banque et les remboursements de Birotteau sont bel et bien facilités par les gains de Popinot ou la restitution tardive de du Tillet. L'or n'est pas seulement une couleur mystique : il est la matière des louis. Double valence idéologique du dénouement qui confère peut-être à ces lignes de l'*Avant-Propos* de *La Comédie humaine* toute leur portée : « Les infortunes des Birotteau, le prêtre et le parfumeur, sont pour moi celles de l'humanité. »

César Birotteau se veut donc un roman gouverné par une philosophie religieuse, un catholicisme balzacien dont les actions du héros illustrent la valeur symbolique et édifiante. De là cette transfiguration en acte, principe même de la dramatisation du roman, et qui rencontre chez Balzac la permanente tentation théâtrale. En effet, la complexité de *César Birotteau* apparaît totalement dans sa structure profondément théâtralisée. On a souvent évoqué Molière à propos d'un roman dont le héros ressemble parfois comme nous l'avons vu au bourgeois gentilhomme. De même, on a souligné tout ce que Balzac doit au drame bourgeois, à la comédie, au mélodrame et au vaudeville, de Diderot à Scribe. Plus qu'une énumération d'emprunts, d'échos, d'influences, il convient d'insister sur les rapports intimes, profonds qu'entretient l'écriture balzacienne avec l'écriture théâtrale : « Comme souvent chez Balzac, on devine aisément, derrière la narration et le dialogue romanesque, le thème théâtral, avec entrées, sorties, surprises, morceaux à effets, etc. » (P. Barbéris.) On se plaira à relever les scènes manifestement calculées et calibrées d'après le modèle scénique à proprement parler. De ce point de vue, le texte est un véritable festival. On a souvent remarqué la composition esthétique d'un tableau, théâtral et pictural à la fois, comme celui où la famille écoute César réciter le *Pater*. Bien d'autres moments mériteraient d'être cités, tant *César Birotteau* exhibe sa théâtralité. Mais est-ce vraiment étonnant dans le cas d'un roman qui nous fait entrer *in medias res* comme *Le Mariage de Figaro* par une savoureuse mesure de local ? Preuve s'il en était besoin de cette prédilection du roman pour les effets théâtraux, *César Birotteau* fut adapté sous la forme d'un « drame-vaudeville » au théâtre du Panthéon le 4 avril 1838. Les adaptateurs, Cormon et Lagrange, ont exploité la dimension comique du texte, mêlant le bouffon au pathétique à la manière de la comédie larmoyante. Après cette médiocre défiguration, É. Fabre donnera en octobre 1910 une pièce en cinq actes au théâtre Antoine, en empruntant au roman la plus grande partie du dialogue [1].

Plus profondément encore, la structure tragique informe *César Birotteau*. On a déjà dit que l'intrigue est scandée par de nombreuses annonces qui ne laissent

1. Ajoutons que P. Laubriet signale en outre l'influence de *César Birotteau* sur le *Jérôme Paturot à la recherche d'une position sociale* de Louis Reybaud (1842).

aucun doute sur le cheminement des événements organisée comme la marche implacable d'un destin. Que l'on considère l'édition originale en trois parties ou celles en deux parties, triptyque ou diptyque, le roman adopte un rythme temporel tel que nous nous trouvons à l'exposition très près de la chute. Le rêve prémonitoire de Constance Birotteau se trouve réalisé en peu de jours. Une vingtaine suffisent pour les préparatifs du bal, que suit presque immédiatement la catastrophe. Il faudra trois ans pour que le parfumeur failli obtienne sa réhabilitation. Certes, les effets de retardement sont nombreux (retours en arrière, tartines didactiques), mais ils ne s'opposent pas à la marche du destin, au contraire. Un système d'échos et de rappels guide sans cesse le lecteur (ainsi le rêve éveillé de Birotteau qui fait pendant au cauchemar de son épouse).

Tout milite donc pour faire de *César Birotteau* non seulement une galerie de portraits bourgeois, une dissection du commerce, un parcours des circuits économiques et financiers ou l'histoire d'une famille, mais aussi un conte moral entrant dans la légende des temps modernes autant qu'une tragédie à double tranchant. D'un côté, Balzac brosse le tableau idéal de valeurs que le nouvel âge de fer ne saurait abolir et dont l'éclat souligne d'autant plus la noirceur d'une époque dominée par les du Tillet, les Keller et les Nucingen. À la part maudite de l'humanité s'oppose la part sacrée. Il est encore des anges sur terre. D'un autre côté, le romancier ne laisse place à aucune illusion : une société où une jeune fille modèle peut s'écrier qu'elle veut être achetée est certes soumise à la servitude de l'argent. On verra une signification majeure dans la coïncidence chronologique entre *César Birotteau* et *Le Père Goriot*. Rastignac commence l'année où disparaît César, au terme d'un roman qui commençait par nous parler d'une « pauvre jeune fille » pensionnaire chez Mme Vauquer. Victorine, au nom si peu emblsématique, sera une victime, comme César. Mais que penser de Césarine ? Elle a fait le bon choix en aimant Popinot le bancal. R. Guise dit qu'elle a fait le bon calcul. Quant à Constance, cette merveille de comptoir, elle se prénomme aussi Joséphine, un nom impérial, une Joséphine qui a engendré une héritière destinée à commencer une dynastie bourgeoise [1]. L'amour serait-il désormais inséparable de l'intérêt ? La légende napoléonienne n'aurait-elle abouti qu'à cela ? Tout soldat avait, paraît-il, son bâton de maréchal dans sa giberne. Popinot trouvera sa pairie dans les noisettes. Décidément, l'épopée se dessèche...

GÉRARD GENGEMBRE.

1. Le vicomte et la vicomtesse Popinot auront un fils, qui épousera en 1845 Cécile Camusot de Marville (voir *Le Cousin Pons*).

LA GENÈSE DE *CÉSAR BIROTTEAU*

Dans leurs éditions, Pierre Laubriet et René Guise ont parfaitement éclairé les circonstances dans lesquelles Balzac a pensé et composé son roman. Nous suivons ici leurs indications que nous résumons.

L'idée du sujet

Le 5 octobre 1833, Balzac écrit à son amie Zulma Carraud :

> « Après *Lambert* et *Le Médecin de campagne*, je donnerai, toujours dans cette même voie, *Les Souffrances de l'inventeur, Histoire d'une idée heureuse* et *César Birotteau.* »

Le 16 novembre, il écrit à Gosselin pour lui promettre la copie de deux volumes de *Contes philosophiques* restant à paraître :

> « Vous pouvez annoncer, dès aujourd'hui, les deux volumes de Contes dont les titres et les sujets sont parfaitement arrêtés : *Les Souffrances de l'inventeur — Aventures administratives d'une idée heureuse et patriotique — César Birotteau — Le Prêtre catholique.* »

La première apparition du nom du héros éponyme figure dans l'album où le romancier a mis « toutes les pensées de [ses] ouvrages » et intitulé *Pensées, sujets, fragments* : « Les deux volumes de Gosselin peuvent se faire ainsi : *César Birotteau; Histoire d'une idée; les Souffrances de l'inventeur; le Prêtre — Les Proscrits — Louis*

Lambert. Jésus-Christ en Flandre. L'Église. » Ces deux volumes correspondent à la quatrième édition des *Romans et Contes philosophiques* publiés par Gosselin et annoncés dans la *Bibliographie de la France* le 23 mars 1833.

Il ne s'agit pourtant en ce qui concerne notre roman que d'un titre et d'un sujet. Il reste de ce premier *Birotteau* de 1833 trois « faux départs » (R. Guise). Pourtant, si l'on en croit sa correspondance, Balzac aurait gardé « six ans » son roman à l'état d'ébauche. Peut-être faudrait-il remonter alors jusqu'à *La Peau de chagrin*, où Rastignac oppose devant Raphaël l'attitude du dissipateur à celle de l'honnête négociant dont il évoque le destin quand une liquidation « le laisse souvent sans un sou, sans un nom, sans un ami ». Est-ce cet embryon de sujet que Balzac étoffe en 1833 ?

Le début de la rédaction

Quoi qu'il en soit, il le reprend en avril 1834 à Frapesle chez les Carraud, et, le 10, il peut écrire à Mme Hanska :

> « En ce moment [...] je fais une œuvre capitale, *César Birotteau*, le frère de celui que vous connaissez, victime comme son frère, mais victime de la civilisation parisienne, tandis que le frère n'est victime que d'un seul homme. C'est *Le Médecin de campagne* ; mais à Paris, c'est Socrate *bête*, buvant dans l'ombre et goutte à goutte sa ciguë, l'ange foulé aux pieds, l'honnête homme méconnu. Ah ! c'est un grand tableau ; ce sera plus grand, plus vaste que ce que j'ai fait jusqu'alors. »

À Frapesle, Balzac compose trente pages de manuscrit, soit les deux premiers chapitres, trouve le titre complet et commence un projet de préface. De retour à Paris en mai, il pense pouvoir terminer l'œuvre, mais rompt avec Gosselin.

Le traité Werdet et le blocage

Le 10 juillet 1834, il signe avec Werdet un traité pour l'édition d'une série d'*Études philosophiques* qui prévoit que *César Birotteau* leur sera joint et paraîtra en janvier 1835. Sans doute Balzac reprend-il son manuscrit en septembre, mais, pris par *Le Père Goriot* et d'autres tâches, il n'avance plus guère, alors qu'il a remanié les épreuves du texte déjà rédigé. Jusqu'en 1837, le travail reste en l'état. On peut donc parler de blocage.

Il faut bien comprendre cependant que cela procède du contexte créatif de ces derniers mois de 1834, où Balzac conçoit de façon très cohérente le thème essentiel chez lui de la puissance meurtrière des idées. Il pense alors son œuvre en fonction d'une signification philosophique et morale. Il lui faut donc modifier l'équilibre des forces dans *César Birotteau* pour que le héros « accède à une réhabilitation et succombe ensuite à l'idée qu'il incarne » (R. Guise). En donnant à la Banque un rôle décisif, ce qui fait entrer *César Birotteau* en conjonction avec *La Maison Nucingen*, Balzac trouve son schéma définitif. Les retards dans la rédaction du roman ne tiendront plus qu'à des circonstances contingentes.

Bien plus tard, Balzac écrira à Hippolyte Castille une *Lettre* publiée le 11 octobre 1846 dans *La Semaine* :

> « J'ai conservé *César Birotteau* pendant six ans à l'état d'ébauche, en désespérant de pouvoir jamais intéresser qui que ce soit à la figure d'un boutiquier assez bête, assez médiocre, dont les infortunes sont vulgaires, symbolisant ce dont nous nous moquons beaucoup, le *petit commerce parisien*. Eh bien, monsieur, dans un jour de bonheur, je me suis dit : Il faut le transfigurer, en en faisant l'image de la *probité*. Et il m'a paru possible. »

De l'épisode Figaro *à la publication*

Pour profiter des possibilités qu'offre le roman-feuilleton que Balzac a inauguré en 1836 avec *La Vieille Fille*, Alphonse Karr, rédacteur en chef du *Figaro*, un journal qui reparaît le 1er octobre 1836, veut recruter le romancier pour *Le Figaro-Livre*, qui offrait chaque jour au lecteur huit pages d'un roman inédit. Balzac ne parvient pas à fournir la copie, n'ajoutant que quelques feuillets à ce qu'il a déjà écrit et qu'il ne cesse de corriger. *Figaro* cesse de paraître le 15 août 1837, et les droits du roman sont cédés à Delloye et Lecou, successeurs de Werdet avec lequel Balzac avait rompu, qui traitent avec l'éditeur Boulé. Celui-ci reprend *Figaro*, qui reparaît le 15 octobre, offrant en prime huit volumes des *Études philosophiques*. *César Birotteau* est annoncé le 15 décembre par un article d'Édouard Ourliac relatant de manière cocasse l'histoire de la difficile parturition du roman, article qui sera ajouté à l'édition pour boucler les volumes. En fait, une campagne de presse à coup de prospectus dignes de Gaudissart lui-même s'efforce de lancer le livre.

Entre-temps, le roman est devenu une *Histoire parisienne*, et Balzac, enfin débloqué, écrit abondamment. On peut le croire quand il affirme avoir écrit l'essentiel du texte en dix-sept jours d'un labeur écrasant. L'édition originale peut paraître le 15 ou le 16 décembre 1837, et bénéficie d'un lancement publicitaire exceptionnel, puisque le livre est offert à ceux qui s'abonnent soit pour six mois à *L'Estafette*, soit pour trois mois à *Figaro*, deux publications périodique de Boulé. Il s'agissait d'une entreprise de l'*Association de la librairie et de la presse quotidienne* pour lutter contre la presse à bon marché.

HISTOIRE D'UN TEXTE

I. MANUSCRIT ET ÉPREUVES

Conservé à la collection Lovenjoul sous la cote A 92, le manuscrit se présente sous la forme d'un cahier relié de 197 feuillets.

En nombre considérable, les épreuves emplissent six dossiers (cotes A 93 à A 98), alors même que certains jeux sont perdus. Couverts de corrections, ils témoignent de l'incessant travail de remaniement auquel s'est livré Balzac entre le manuscrit et la première édition.

II. ÉDITIONS

L'ÉDITION ORIGINALE

Parue le 15 ou le 16 décembre 1837 en deux volumes in-8° chez Boulé, 3, rue du Coq-Héron à Paris, elle n'est annoncée que le 6 janvier 1838 par la *Bibliographie de la France*. Le texte est divisé en trois parties et seize chapitres. Le tome premier s'ouvre sur la préface reproduite p. 380, précédée du prospectus. Le tome second se terminait sur l'article d'Ourliac et sur la liste des œuvres de Balzac et de ses ouvrages à paraître.

LA DEUXIÈME ÉDITION

Elle a paru en décembre 1839 chez Charpentier, en application d'un traité signé en novembre 1838 entre Delloye et Lecou, qui avaient conservé la propriété de l'œuvre, et l'éditeur. Daté de 1840 sur la couverture (mais la page de titre porte la date de 1839), le volume in-12 indique qu'il s'agit d'une « nouvelle édition revue et corrigée ». En dehors de quelques modifications, les corrections consistent surtout en la suppression de la division en chapitres et de la préface.

LA COMÉDIE HUMAINE

En 1844, dans l'édition Furne de *La Comédie humaine, César Birotteau* est intégré au tome X, tome second des *Scènes de la vie parisienne.* Cette édition reproduit le texte de 1839 divisé en deux parties.

LE FURNE CORRIGÉ

Préparant une nouvelle édition de *La Comédie humaine,* Balzac a apporté quelques corrections sur son exemplaire personnel, dit le Furne corrigé.

L'ÉDITION DU *SIÈCLE*

Balzac a communiqué un exemplaire corrigé de l'édition Furne à Perrée, l'éditeur du « Musée littéraire » du *Siècle,* qui a publié le roman en 1847. R. Guise considère qu'il s'agit là du dernier texte du roman revu par Balzac et le prend comme texte de base de son édition dans la Pléiade.

III. LES TRANSFORMATIONS SUCCESSIVES

P. Laubriet montre que *César Birotteau* a atteint sa forme définitive dès la publication originale. Il serait hors de proportion avec le cadre de cette édition de détailler les modifications opérées par Balzac entre le manuscrit et l'édition Boulé. Contentons-nous de souligner qu'elles portent à la fois sur la structure et sur les personnages, de plus en plus étoffés. De même, Balzac ajoute des descriptions de lieux. Il s'agit donc pour l'essentiel de « conférer aux êtres et aux choses une consistance plus grande », par l'unification du personnage autour d'une donnée fondamentale, par l'accord entre ce personnage et son milieu, entre l'être et son destin, par l'accumulation des détails, par l'animation des scènes (P. Laubriet). Ainsi le traitement du réel va-t-il de pair avec la signification symbolique.

RÉCEPTION

Comme l'écrit Balzac à Mme Hanska, *César Birotteau* connaît « deux mois d'incognito », en dehors d'un évidemment élogieux article d'Ourliac dans le *Figaro* et d'une recension venimeuse du *Charivari*. Quand elle se manifeste enfin, la presse dans son ensemble n'est guère louangeuse, insistant sur ce qu'elle croit être des longueurs ou du délayage. Philarète Chasles donne au *Journal des Débats* une série de trois articles où il étudie Balzac romancier et déplore que celui-ci ne soit selon lui qu'un « amuseur de son époque », habile à exciter l'intérêt et la curiosité au détriment du sens moral et du sens artiste. Il ne voit que le personnage de Constance Birotteau à louer dans un roman qui est pourtant une de ses meilleures productions. Heureusement, le public semble avoir bien accueilli ce *César Birotteau* où Balzac se plaisait à voir un chef-d'œuvre.

NOTE SUR LA PRÉSENTE ÉDITION

Nous reproduisons le texte retenu par Pierre Laubriet pour son édition dans les Classiques Garnier. Il s'agit de la version du Furne corrigé avec le rétablissement de la division en parties et chapitres de l'édition Boulé de 1837. Outre la présence de ces divisions, elle diffère par quelques variantes de l'édition adoptée par René Guise dans la Pléiade (voir « Histoire d'un texte »). Les notes empruntent tout ou presque aux éditions de Pierre Laubriet, de Silvestre de Sacy et de René Guise.

HISTOIRE

DE LA GRANDEUR
ET DE LA DÉCADENCE

DE

CÉSAR BIROTTEAU

MARCHAND PARFUMEUR
ADJOINT AU MAIRE
DU DEUXIÈME ARRONDISSEMENT DE PARIS
CHEVALIER DE LA LÉGION-D'HONNEUR, ETC.

À MONSIEUR ALPHONSE DE LAMARTINE[1]

Son admirateur

DE BALZAC.

I

CÉSAR À SON APOGÉE

CHAPITRE PREMIER

UNE ALTERCATION DE MÉNAGE

Durant les nuits d'hiver, le bruit ne cesse dans la rue Saint-Honoré que pendant un instant; les maraîchers y continuent, en allant à la Halle, le mouvement qu'ont fait les voitures qui reviennent du spectacle ou du bal. Au milieu de ce point d'orgue qui, dans la grande symphonie du tapage parisien, se rencontre vers une heure du matin, la femme de monsieur César Birotteau, marchand parfumeur établi près de la place Vendôme, fut réveillée en sursaut par un épouvantable rêve. La parfumeuse s'était vue double, elle s'était apparue à elle-même en haillons, tournant d'une main sèche et ridée le bec-de-cane de sa propre boutique, où elle se trouvait à la fois et sur le seuil de la porte et sur son fauteuil dans le comptoir; elle se demandait l'aumône, elle s'entendait parler à la porte et au comptoir. Elle voulut saisir son mari et posa la main sur une place froide. Sa peur devint alors tellement intense qu'elle ne put remuer son cou qui se pétrifia : les parois de son gosier se collèrent, la voix lui manqua; elle resta clouée sur son séant, les yeux agrandis et fixes, les cheveux douloureusement affectés, les oreilles pleines de sons étranges, le cœur contracté mais palpitant, enfin tout à la fois en sueur et glacée au milieu d'une alcôve dont les deux battants étaient ouverts.

La peur est un sentiment morbifique [2] à demi, qui presse si violemment la machine humaine que les facultés y sont soudainement portées soit au plus haut degré de leur puissance, soit au dernier de la désorganisation. La Physiologie a été pendant longtemps surprise de ce phénomène qui renverse ses systèmes et bouleverse ses conjectures, quoiqu'il soit tout simplement un foudroiement opéré à l'intérieur, mais, comme tous les accidents électriques, bizarre et capricieux dans ses modes. Cette explication deviendra vulgaire le jour où les savants auront reconnu le rôle immense que joue l'électricité dans la pensée humaine.

Madame Birotteau subit alors quelques-unes des souffrances en quelque sorte lumineuses que procurent ces terribles décharges de la volonté répandue ou concentrée par un mécanisme inconnu. Ainsi pendant un laps de temps, fort court en l'appréciant à la mesure de nos montres, mais incommensurable au compte de ses rapides impressions, cette pauvre femme eut le monstrueux pouvoir d'émettre plus d'idées, de faire surgir plus de souvenirs que dans l'état ordinaire de ses facultés elle n'en aurait conçu pendant toute une journée. La poignante histoire de ce monologue peut se résumer en quelques mots absurdes, contradictoires et dénués de sens comme il le fut.

— Il n'existe aucune raison qui puisse faire sortir Birotteau de mon lit ! Il a mangé tant de veau que peut-être est-il indisposé ? Mais, s'il était malade, il m'aurait éveillée. Depuis dix-neuf ans que nous couchons ensemble dans ce lit, dans cette même maison, jamais il ne lui est arrivé de quitter sa place sans me le dire, pauvre mouton ! Il n'a découché que pour passer la nuit au corps-de-garde [3]. S'est-il couché ce soir avec moi ? Mais oui, mon Dieu, suis-je bête !

Elle jeta les yeux sur le lit, et vit le bonnet de nuit de son mari qui conservait la forme presque conique de la tête [4].

— Il est donc mort ! Se serait-il tué ? Pourquoi ? reprit-elle. Depuis deux ans qu'ils l'ont nommé adjoint au maire, il est *tout je ne sais comment*. Le mettre dans les fonctions publiques, n'est-ce pas, foi d'honnête femme, à faire pitié ? Ses affaires vont bien, il m'a donné un châle [5]. Elles vont mal peut-être ? Bah ! je le saurais. Sait-on jamais ce qu'un homme a dans son sac ? ni une femme non plus ? ça n'est pas un mal. Mais n'avons-nous pas vendu pour cinq mille francs aujourd'hui ! D'ailleurs un adjoint ne peut pas se faire mourir soi-même, il connaît trop bien les lois. Où donc est-il ?

Elle ne pouvait ni tourner le cou, ni avancer la main pour tirer un cordon de sonnette qui aurait mis en mouvement une cuisinière, trois commis et un garçon de magasin. En proie au cauchemar qui continuait dans son état de veille, elle oubliait sa fille paisiblement endormie dans une chambre contiguë à la sienne, et dont la porte donnait au pied de son lit. Enfin elle cria : « Birotteau ! » et ne reçut aucune réponse. Elle croyait avoir crié le nom, et ne l'avait prononcé que mentalement.

— Aurait-il une maîtresse ? Il est trop bête, reprit-elle, et d'ailleurs, il m'aime trop pour cela. N'a-t-il pas dit à madame Roguin qu'il ne m'avait jamais fait d'infidélité, même en pensée. C'est la probité venue sur terre, cet homme-là. Si quelqu'un mérite le paradis, n'est-ce pas lui ? De quoi peut-il s'accuser à son confesseur ? il lui dit des *nunu*. Pour un royaliste qu'il est, sans savoir pourquoi, par exemple, il ne fait guère bien mousser sa religion. Pauvre chat, il va dès huit heures en cachette à la messe, comme s'il allait dans une maison de plaisir. Il craint Dieu, pour Dieu même : l'enfer ne le concerne guère. Comment aurait-il une maîtresse ? il quitte si peu ma jupe qu'il m'en ennuie. Il m'aime mieux que ses yeux, il s'aveuglerait pour moi. Pendant dix-neuf ans, il n'a jamais proféré de parole plus haut que l'autre, parlant à ma personne. Sa fille ne passe qu'après moi. Mais Césarine est là... Césarine ! Césarine ! Birotteau n'a jamais eu de pensée qu'il ne me l'ait dite. Il avait bien raison, quand il venait au PETIT-MATELOT, de prétendre que je ne le connaîtrais qu'à l'user. Et plus là !... voilà de l'extraordinaire.

Elle tourna péniblement la tête et regarda furtivement à travers sa chambre, alors pleine de ces pittoresques effets de nuit qui font le désespoir du langage, et semblent appartenir exclusivement au pinceau des peintres de genre. Par quels mots rendre les effroyables zigzags que produisent les ombres portées, les apparences fantastiques des rideaux bombés par le vent, les jeux de la lumière incertaine que projette la veilleuse dans les plis du calicot rouge, les flammes que vomit une patère dont le centre rutilant ressemble à l'œil d'un voleur, l'apparition d'une robe agenouillée, enfin toutes les bizarreries qui effraient l'imagination au moment où elle n'a de puissance que pour percevoir des douleurs et pour les agrandir. Madame Birotteau crut voir une forte lumière dans la pièce qui précédait sa chambre, et pensa tout à coup au feu; mais en apercevant un foulard rouge, qui lui parut être une mare de sang répandu, les voleurs l'occupèrent exclusivement, surtout quand elle voulut trouver les traces d'une lutte dans la manière dont les meubles étaient placés. Au souvenir de la somme qui était en caisse, une crainte généreuse éteignit les froïdes ardeurs du cauchemar; elle s'élança tout effarée, en chemise, au milieu de sa chambre, pour secourir son mari, qu'elle supposait aux prises avec des assassins.

— Birotteau! Birotteau! cria-t-elle enfin d'une voix pleine d'angoisses.

Elle trouva le marchand parfumeur au milieu de la pièce voisine, une aune [6] à la main et mesurant l'air, mais si mal enveloppé dans sa robe de chambre d'indienne verte, à pois couleur chocolat, que le froid lui rougissait les jambes sans qu'il le sentît, tant il était préoccupé. Quand César se retourna pour dire à sa femme : « Eh! bien, que veux-tu, Constance? » son air, comme celui des hommes distraits par des calculs, fut si exorbitamment niais, que madame Birotteau se mit à rire.

— Mon Dieu, César, es-tu original comme ça! dit-elle. Pourquoi me laisses-tu sans me prévenir? J'ai manqué mourir de peur, je ne savais quoi m'imaginer.

Que fais-tu donc là, ouvert à tous vents ? Tu vas t'enrhumer comme un loup [7]. M'entends-tu, Birotteau ?

— Oui, ma femme, me voilà, répondit le parfumeur en rentrant dans la chambre.

— Allons, arrive donc te chauffer, et dis-moi quelle lubie tu as, reprit madame Birotteau en écartant les cendres du feu, qu'elle s'empressa de rallumer. Je suis gelée. Étais-je bête de me lever en chemise ! Mais j'ai vraiment cru qu'on t'assassinait.

Le marchand posa son bougeoir sur la cheminée, s'enveloppa dans sa robe de chambre, et alla chercher machinalement à sa femme un jupon de flanelle.

— Tiens, mimi, couvre-toi donc, dit-il. Vingt-deux sur dix-huit, reprit-il en continuant son monologue, nous pouvons avoir un superbe salon.

— Ah çà, Birotteau, te voilà donc en train de devenir fou ? rêves-tu ?

— Non, ma femme, je calcule.

— Pour faire tes bêtises, tu devrais bien au moins attendre le jour, s'écria-t-elle en rattachant son jupon sous sa camisole pour aller ouvrir la porte de la chambre où couchait sa fille.

— Césarine dort, dit-elle, elle ne nous entendra point. Voyons, Birotteau, parle donc. Qu'as-tu ?

— Nous pouvons donner le bal.

— Donner un bal ! nous ? Foi d'honnête femme, tu rêves, mon cher ami.

— Je ne rêve point, ma belle biche blanche. Écoute ? il faut toujours faire ce qu'on doit relativement à la position où l'on se trouve. Le gouvernement m'a mis en évidence, j'appartiens au gouvernement ; nous sommes obligés d'en étudier l'esprit et d'en favoriser les intentions en les développant. Le duc de Richelieu vient de faire cesser l'occupation de la France [8]. Selon monsieur de La Billardière, les fonctionnaires qui représentent la ville de Paris doivent se faire un devoir, chacun dans la sphère de ses influences, de célébrer la libération du territoire. Témoignons un vrai patriotisme qui fera rougir celui des soi-disant libéraux, ces damnés intrigants, hein? Crois-tu que je n'aime pas mon pays? Je veux montrer aux libéraux, à mes ennemis, qu'aimer le Roi, c'est aimer la France!

— Tu crois donc avoir des ennemis, mon pauvre Birotteau?

— Mais oui, ma femme, nous avons des ennemis. Et la moitié de nos amis dans le quartier sont nos ennemis. Ils disent tous : Birotteau a la chance, Birotteau est un homme de rien, le voilà cependant adjoint, tout lui réussit. Eh bien! ils vont être encore joliment attrapés. Apprends la première que je suis chevalier de la Légion-d'Honneur : le Roi a signé hier l'ordonnance.

— Oh! alors, dit madame Birotteau tout émue, faut donner le bal, mon bon ami. Mais qu'as-tu donc tant fait pour avoir la croix?

— Quand hier monsieur de La Billardière m'a dit cette nouvelle, reprit Birotteau embarrassé, je me suis aussi demandé, comme toi, quels étaient mes titres; mais en revenant j'ai fini par les reconnaître et par approuver le gouvernement. D'abord, je suis royaliste, j'ai été blessé à Saint-Roch en vendémiaire [9], n'est-ce pas quelque chose que d'avoir porté les armes dans ce temps-là pour la bonne cause? Puis, selon quelques négociants, je me suis acquitté de mes fonctions consulaires [10] à la satisfaction générale. Enfin, je suis adjoint, le Roi accorde quatre croix au corps municipal de la ville de Paris. Examen fait des personnes qui, parmi les adjoints, pouvaient être décorées, le préfet m'a porté le premier sur la liste. Le Roi doit d'ailleurs me connaître : grâce au vieux Ragon, je lui fournis la seule poudre dont il veuille faire usage; nous possédons seuls la recette de la poudre de la feue reine, pauvre chère auguste victime! Le maire m'a violemment appuyé. Que veux-tu? Si le Roi me donne la croix sans que je la lui demande, il me semble que je ne peux pas la refuser sans lui manquer à tous égards. Ai-je voulu être adjoint? Aussi, ma femme, puisque nous avons le vent en pompe, comme dit ton oncle Pillerault quand il est dans ses gaietés, suis-je décidé à mettre chez nous tout d'accord avec notre haute fortune. Si je puis être quelque chose, je me risquerai à devenir ce que le bon Dieu voudra que je sois, sous-préfet, si tel est mon destin. Ma femme, tu commets une grave erreur en croyant qu'un citoyen a payé sa dette à son pays après avoir débité pendant vingt ans des parfumeries à ceux qui venaient en chercher. Si l'État réclame le concours de nos lumières, nous les lui devons, comme nous lui devons l'impôt mobilier, les portes et fenêtres [11], *et cœtera.* As-tu donc envie de toujours rester dans ton comptoir ? Il y a, Dieu merci, bien assez longtemps que tu y séjournes. Le bal sera notre fête à nous. Adieu le détail, pour toi s'entend. Je brûle notre enseigne de LA REINE DES ROSES, j'efface sur notre tableau CÉSAR BIROTTEAU, MARCHAND PARFUMEUR, SUCCESSEUR DE RAGON, et mets tout bonnement *Parfumeries* en grosses lettres d'or [12]. Je place à l'entresol le bureau, la caisse, et un joli cabinet pour toi. Je fais mon magasin de l'arrière-boutique, de la salle à manger et de la cuisine actuelles. Je loue le premier étage de la maison voisine, où j'ouvre une porte dans le mur. Je retourne l'escalier, afin d'aller de plain-pied d'une maison à l'autre. Nous aurons alors un grand appartement meublé *aux oiseaux!* [13] Oui, je renouvelle ta chambre, je te ménage un boudoir et donne une jolie chambre à Césarine. La demoiselle de comptoir que tu prendras, notre premier commis et ta femme de chambre (oui, madame, vous en aurez une!) logeront au second. Au troisième, il y aura la cuisine, la cuisinière et le garçon de peine. Le quatrième sera notre magasin général de bouteilles, cristaux et porcelaines. L'atelier de nos ouvrières dans le grenier! Les passants ne verront plus coller les étiquettes, faire des sacs, trier des flacons, boucher des fioles. Bon pour la rue Saint-Denis; mais rue Saint-Honoré, fi donc! mauvais genre. Notre magasin doit être cossu comme un salon. Dis donc, sommes-nous les seuls parfumeurs qui soient dans les honneurs ? N'y a-t-il pas des vinaigriers, des marchands de moutarde qui commandent la garde nationale, et qui sont très bien vus au Château ? Imitons-les, étendons notre commerce, et en même temps poussons-nous dans les hautes sociétés.

— Tiens, Birotteau, sais-tu ce que je pense en t'écoutant ? Eh ! bien, tu me fais l'effet d'un homme qui cherche midi à quatorze heures. Souviens-toi de ce que je t'ai conseillé quand il a été question de te nommer maire : ta tranquillité avant tout ! « Tu es fait, t'ai-je dit, pour être en évidence, comme mon bras pour faire une aile de moulin. Les grandeurs seraient ta perte. » Tu ne m'as pas écoutée, la voilà venue notre perte. Pour jouer un rôle politique, il faut de l'argent, en avons-nous ? Comment, tu veux brûler ton enseigne qui a coûté six cents francs, et renoncer à la Reine des Roses, à ta vraie gloire ? Laisse donc les autres être des ambitieux. Qui met la main à un bûcher en retire de la flamme, est-ce vrai ? la politique brûle aujourd'hui. Nous avons cent bons mille francs, écus [14], placés en dehors de notre commerce, de notre fabrique et de nos marchandises ? Si tu veux augmenter ta fortune, agis aujourd'hui comme en 1793 : les rentes sont à soixante-douze francs, achète des rentes. Tu auras dix mille livres de revenu, sans que ce placement nuise à nos affaires. Profite de ce revirement pour marier notre fille, vends notre fonds et allons dans ton pays. Comment, pendant quinze ans, tu n'as parlé que d'acheter les Trésorières, ce joli petit bien près de Chinon, où il y a des eaux, des prés, des bois, des vignes, deux métairies, qui rapporte mille écus, dont l'habitation nous plaît à tous deux, que nous pouvons avoir encore pour soixante mille francs, et monsieur veut aujourd'hui devenir quelque chose dans le gouvernement ? Souviens-toi donc de ce que nous sommes, des parfumeurs. Il y a seize ans, avant que tu n'eusses inventé la DOUBLE PATE DES SULTANES et l'EAU CARMINATIVE, si l'on était venu te dire : « Vous allez avoir l'argent nécessaire pour acheter les Trésorières » ne te serais-tu pas trouvé mal de joie ? Eh bien ! tu peux acquérir cette propriété, dont tu avais tant envie que tu n'ouvrais la bouche que de ça, maintenant tu parles de dépenser en bêtises un argent gagné à la sueur de notre front, je peux dire le nôtre, j'ai toujours été assise dans ce comptoir par tous les temps comme un pauvre chien dans sa niche. Ne vaut-il pas mieux avoir un pied à terre chez ta fille, devenue la femme d'un notaire de Paris, et vivre huit mois de l'année à Chinon, que de commencer ici à faire de cinq sous six blancs [15], et de six blancs rien. Attends la hausse des fonds publics, tu donneras huit mille livres de rente à ta fille, nous en garderons deux mille pour nous, le produit de notre fonds nous permettra d'avoir les Trésorières. Là, dans ton pays, mon bon petit chat, en emportant notre mobilier qui vaut gros, nous serons comme des princes, tandis qu'ici faut au moins un million pour faire figure.

— Voilà où je t'attendais, ma femme, dit César Birotteau. Je ne suis pas assez bête encore (quoique tu me croies bien bête, toi!) pour ne pas avoir pensé à tout. Écoute-moi bien. Alexandre Crottat nous va comme un gant pour gendre, et il aura l'étude de Roguin; mais crois-tu qu'il se contente de cent mille francs de dot (une supposition que nous donnions tout notre avoir liquide pour établir notre fille, et c'est mon avis. J'aimerais mieux n'avoir que du pain sec pour le reste de mes jours, et la voir heureuse comme une reine, enfin la femme d'un notaire de Paris, comme tu dis). Eh bien! cent mille francs ou même huit mille livres de rente ne sont rien pour acheter l'étude à Roguin. Ce petit Xandrot, comme nous l'appelons, nous croit, ainsi que tout le monde, bien plus riches que nous ne le sommes. Si son père, ce gros fermier qui est avare comme un colimaçon, ne vend pas pour cent mille francs de terres, Xandrot ne sera pas notaire, car l'étude à Roguin vaut quatre ou cinq cent mille francs. Si Crottat n'en donne pas moitié comptant, comment se tirerait-il d'affaire? Césarine doit avoir deux cent mille francs de dot; et je veux nous retirer bons bourgeois de Paris avec quinze mille livres de rente. Hein!

Si je te faisais voir ça clair comme le jour, n'aurais-tu pas la margoulette [16] fermée ?

— Ah ! si tu as le Pérou...

— Oui, j'ai, ma biche. Oui, dit-il en prenant sa femme par la taille et la frappant à petits coups, ému par une joie qui anima tous ses traits. Je n'ai point voulu te parler de cette affaire avant qu'elle ne fût cuite ; mais, ma foi, demain je la terminerai, peut-être. Voici : Roguin m'a proposé une spéculation si sûre qu'il s'y met avec Ragon, avec ton oncle Pillerault et deux autres de ses clients. Nous allons acheter aux environs de la Madeleine des terrains que, suivant les calculs de Roguin, nous aurons pour le quart de la valeur à laquelle ils doivent arriver d'ici à trois ans, époque à laquelle, les baux étant expirés, nous deviendrons maîtres d'exploiter [17]. Nous sommes tous six par portions convenues. Moi je fournis trois cent mille francs, afin d'y être pour trois huitièmes. Si quelqu'un de nous a besoin d'argent, Roguin lui en trouvera sur sa part en l'hypothéquant. Pour tenir la queue de la poêle et savoir comment frira le poisson, j'ai voulu être propriétaire en nom pour la moitié qui sera commune entre Pillerault, le bonhomme Ragon et moi. Roguin sera sous le nom d'un monsieur Charles Claparon, mon copropriétaire, qui donnera, comme moi, une contre-lettre à ses associés. Les actes d'acquisition se font par promesses de vente sous seing privé jusqu'à ce que nous soyons maîtres de tous les terrains. Roguin examinera quels sont les contrats qui devront être réalisés, car il n'est pas sûr que nous puissions nous dispenser de l'enregistrement et en rejeter les droits sur ceux à qui nous vendrons en détail, mais ce serait trop long à t'expliquer. Les terrains payés, nous n'aurons qu'à nous croiser les bras, et dans trois ans d'ici nous serons riches d'un million. Césarine aura vingt ans, notre fonds sera vendu, nous irons alors à la grâce de Dieu modestement vers les grandeurs.

— Eh ! bien, où prendras-tu donc tes trois cent mille francs ? dit madame Birotteau.

— Tu n'entends rien aux affaires, ma chatte aimée. Je donnerai les cent mille francs qui sont chez Roguin, j'emprunterai quarante mille francs sur les bâtiments et les jardins où sont nos fabriques dans le faubourg du Temple, nous avons vingt mille francs en porte-feuille; en tout, cent soixante mille francs. Reste cent quarante mille autres, pour lesquels je souscrirai des effets à l'ordre de monsieur Charles Claparon, banquier; il en donnera la valeur, moins l'escompte. Voilà nos cent mille écus payés : *qui a terme ne doit rien* [18]. Quand les effets arriveront à échéance, nous les acquitterons avec nos gains. Si nous ne pouvions plus les solder, Roguin me remettrait des fonds à cinq pour cent, hypothéqués sur ma part de terrain. Mais les emprunts seront inutiles : j'ai découvert une essence pour faire pousser les cheveux, une *Huile Comagène!* Livingston m'a posé là-bas une presse hydraulique pour fabriquer mon huile avec des noisettes qui, sous cette forte pression, rendront aussitôt toute leur huile. Dans un an, suivant mes probabilités, j'aurai gagné cent mille francs, au moins. Je médite une affiche qui commencera par : *À bas les perruques* [19]! dont l'effet sera prodigieux. Tu ne t'aperçois pas de mes insomnies, toi! Voilà trois mois que le succès de l'HUILE DE MACASSAR [20] m'empêche de dormir. Je veux couler *Macassar!*

— Voilà donc les beaux projets que tu roules dans ta caboche depuis deux mois, sans vouloir m'en rien dire. Je viens de me voir en mendiante à ma propre porte, quel avis du ciel! Dans quelque temps, il ne nous restera que les yeux pour pleurer. Jamais tu ne feras ça, moi vivante, entends-tu, César? Il se trouve là-dessous quelques manigances que tu n'aperçois pas, tu es trop probe et trop loyal pour soupçonner des friponneries chez les autres. Pourquoi vient-on t'offrir des millions? Tu te dépouilles de toutes tes valeurs, tu t'avances au delà de tes moyens, et si ton *huile* ne prend pas, si l'on ne trouve pas d'argent, si la valeur des terrains ne se réalise pas, avec quoi paieras-tu tes billets? est-ce avec les coques de tes noisettes? Pour te placer plus haut dans la société, tu ne veux plus être en nom, tu veux ôter l'enseigne de la Reine des Roses, et tu vas faire encore tes salamalecs d'affiches et de prospectus qui montreront César Birotteau au coin de toutes les bornes et au-dessus de toutes les planches, aux endroits où l'on bâtit.

— Oh ! tu n'y es pas. J'aurai une succursale sous le nom de Popinot, dans quelque maison autour de la rue des Lombards, où je mettrai le petit Anselme. J'acquitterai ainsi la dette de la reconnaissance envers monsieur et madame Ragon, en établissant leur neveu, qui pourra faire fortune. Ces pauvres Ragonnins m'ont l'air d'avoir été bien grêlés depuis quelque temps.

— Tiens, ces gens-là veulent ton argent.

— Mais quelles gens donc, ma belle ? Est-ce ton oncle Pillerault qui nous aime comme ses petits boyaux et dîne avec nous tous les dimanches ? Est-ce ce bon vieux Ragon, notre prédécesseur, qui voit quarante ans de probité devant lui, avec qui nous faisons notre boston ? Enfin serait-ce Roguin, un notaire de Paris, un homme de cinquante-sept ans, qui a vingt-cinq ans de notariat ? Un notaire de Paris, ce serait la fleur des pois [21], si les honnêtes gens ne valaient pas tous le même prix. Au besoin, mes associés m'aideraient ! Où donc est le complot, ma biche blanche ? Tiens, il faut que je te dise ton fait ! Foi d'honnête homme, je l'ai sur le cœur. — Tu as toujours été défiante comme une chatte ! Aussitôt que nous avons eu pour deux sous à nous dans la boutique, tu croyais que les chalands étaient des voleurs. — Il faut se mettre à tes genoux afin de te supplier de te laisser enrichir ! Pour une fille de Paris, tu n'as guère d'ambition ! Sans tes craintes perpétuelles, il n'y aurait pas eu d'homme plus heureux que moi ! — Si je t'avais écoutée, je n'aurais jamais fait ni la *Pâte des Sultanes*, ni l'*Eau Carminative*. Notre boutique nous a fait vivre, mais ces deux découvertes et nos savons nous ont donné les cent soixante mille francs que nous possédons clair et net ! — Sans mon génie, car j'ai du talent comme parfumeur, nous serions de petits détaillants, nous tirerions le diable par la queue pour *joindre les deux bouts*, et je ne serais pas un des notables négociants qui concourent à l'élection des juges au Tribunal de Commerce, je n'aurais été ni juge ni adjoint. Sais-tu ce que je serais ? un boutiquier comme a été le père Ragon, soit dit sans l'offenser, car je respecte les boutiques, le plus beau de notre nez en est fait ! — Après avoir vendu de la parfumerie pendant quarante ans, nous posséderions, comme lui, trois mille livres de rente ; et au prix où sont les choses dont la valeur a doublé, nous aurions, comme eux, à peine de quoi vivre. (De jour en jour, ce vieux ménage-là me serre le cœur davantage. Il faudra que j'y voie clair, et je saurai le fin mot par Popinot, demain !) — Si j'avais suivi tes conseils, toi qui as le bonheur inquiet et qui te demandes si tu auras demain ce que tu tiens aujourd'hui, je n'aurais pas de crédit, je n'aurais pas la croix de la Légion-d'Honneur, et je ne serais pas en passe d'être un homme politique. Oui, tu as beau branler la tête, si notre affaire se réalise, je puis devenir député de Paris. Ah ! je ne me nomme pas César pour rien, tout m'a réussi. — C'est inimaginable, au dehors chacun m'accorde de la capacité ; mais ici, la seule personne à laquelle je veux tant plaire que je sue sang et eau pour la rendre heureuse, est précisément celle qui me prend pour une bête.

Ces phrases, quoique scindées par des repos éloquents et lancées comme des balles, ainsi que font tous ceux qui se posent dans une attitude récriminatoire, exprimaient un attachement si profond, si soutenu, que madame Birotteau fut intérieurement attendrie ; mais elle se servit, comme toutes les femmes, de l'amour qu'elle inspirait pour avoir gain de cause.

— Eh ! bien, Birotteau, dit-elle, si tu m'aimes, laisse-moi donc être heureuse à mon goût. Ni toi, ni moi, nous n'avons reçu d'éducation ; nous ne savons point parler, ni faire un *serviteur* à la manière des gens du monde, comment veut-on que nous réussissions dans les places du gouvernement ? Je serai heureuse aux

Trésorières; moi! J'ai toujours aimé les bêtes et les petits oiseaux, je passerai très bien ma vie à prendre soin des poulets, à faire la fermière. Vendons notre fonds, marions Césarine, et laisse ton *Imogène*[22]. Nous viendrons passer les hivers à Paris, chez notre gendre, nous serons heureux, rien ni dans la politique ni dans le commerce ne pourra changer notre manière d'être. Pourquoi vouloir écraser les autres? Notre fortune actuelle ne nous suffit-elle pas? Quand tu seras millionnaire, dîneras-tu deux fois? as-tu besoin d'une autre femme que moi? Vois mon oncle Pillerault? il s'est sagement contenté de son petit avoir, et sa vie s'emploie à de bonnes œuvres. A-t-il besoin de beaux meubles, lui? Je suis sûre que tu m'as commandé le mobilier : j'ai vu venir Braschon ici, ce n'était pas pour acheter de la parfumerie.

— Eh! bien, oui, ma belle, tes meubles sont ordonnés, nos travaux vont être commencés demain et dirigés par un architecte que m'a recommandé monsieur de La Billardière.

— Mon Dieu, s'écria-t-elle, ayez pitié de nous!

— Mais tu n'es pas raisonnable, ma biche. Est-ce à trente-sept ans, fraîche et jolie comme tu l'es, que tu peux aller t'enterrer à Chinon? Moi, Dieu merci, je n'ai que trente-neuf ans. Le hasard m'ouvre une belle carrière, j'y entre. En m'y conduisant avec prudence, je puis faire une maison honorable dans la bourgeoisie de Paris, comme cela se pratiquait jadis, fonder les Birotteau, comme il y a des Keller, des Jules Desmarets, des Roguin, des Cochin, des Guillaume, des Lebas, des Nucingen, des Saillard, des Popinot, des Matifat qui marquent ou qui ont marqué dans leurs quartiers. Allons donc! Si cette affaire-là n'était pas sûre comme de l'or en barres...

— Sûre!

— Oui, sûre. Voilà deux mois que je la chiffre. Sans en avoir l'air, je prends des informations sur les constructions, au bureau de la ville, chez des architectes et chez des entrepreneurs. Monsieur Grindot, le jeune architecte qui va remanier notre appartement, est désespéré de ne pas avoir d'argent pour se mettre dans notre spéculation.

— Il y aura des constructions à faire, il vous y pousse pour vous gruger.

— Peut-on attraper des gens comme Pillerault, comme Charles Claparon et Roguin ? Le gain est sûr comme celui de la Pâte des Sultanes, vois-tu ?

— Mais, mon cher ami, qu'a donc besoin Roguin de spéculer, s'il a sa charge payée et sa fortune faite ? Je le vois quelquefois passer plus soucieux qu'un ministre d'État, avec un regard en dessous que je n'aime pas : il cache des soucis. Sa figure est devenue, depuis cinq ans, celle d'un vieux débauché. Qui te dit qu'il ne lèvera pas le pied quand il aura vos fonds en main ? Cela s'est vu. Le connaissons-nous bien ? Il a beau depuis quinze ans être notre ami, je ne mettrais pas ma main au feu pour lui. Tiens, il est punais [23] et ne vit pas avec sa femme, il doit avoir des maîtresses qu'il paie et qui le ruinent ; je ne trouve pas d'autre cause à sa tristesse. Quand je fais ma toilette, je regarde à travers les persiennes, je le vois rentrer à pied chez lui, le matin, revenant d'où ? personne ne le sait. Il me fait l'effet d'un homme qui a un ménage en ville, qui dépense de son côté, madame du sien. Est-ce la vie d'un notaire ? S'ils gagnent cinquante mille francs et qu'ils en mangent soixante, en vingt ans on voit la fin de sa fortune, on se trouve nus comme de petits saint Jean ; mais comme on s'est habitué à briller, on dévalise ses amis sans pitié : charité bien ordonnée commence par soi-même. Il est intime avec ce petit gueux de du Tillet, notre ancien commis, je ne vois rien de bon dans cette amitié. S'il n'a pas su juger du Tillet, il est bien aveugle ; s'il le connaît, pourquoi le choie-t-il tant ? tu me diras que sa femme aime du Tillet ? eh bien ! je n'attends rien de bon d'un homme qui n'a pas d'honneur à l'égard de sa femme. Enfin les possesseurs actuels de ces terrains sont donc bien bêtes de donner pour cent sous ce qui vaut cent francs ? Si tu rencontrais un enfant qui ne sût pas ce que vaut un louis, ne lui en dirais-tu pas la valeur? Votre affaire me fait l'effet d'un vol, à moi, soit dit sans t'offenser.

— Mon Dieu! que les femmes sont quelquefois drôles, et comme elles brouillent toutes les idées! Si Roguin n'était rien dans l'affaire, tu me dirais : Tiens, tiens, César, tu fais une affaire où Roguin n'est pas; elle ne vaut rien. À cette heure, il est là comme une garantie, et tu me dis...

— Non, c'est un monsieur Claparon.

— Mais un notaire ne peut pas être en nom dans une spéculation.

— Pourquoi fait-il alors une chose que lui interdit la loi? Que me répondras-tu, toi qui ne connais que la loi?

— Laisse-moi donc continuer. Roguin s'y met, et tu me dis que l'affaire ne vaut rien? Est-ce raisonnable? Tu me dis encore : Il fait une chose contre la loi. Mais il s'y mettra ostensiblement s'il le faut. Tu me dis maintenant : Il est riche. Ne peut-on pas m'en dire autant à moi? Ragon et Pillerault seraient-ils bien venus à me dire : Pourquoi faites-vous cette affaire, vous qui avez de l'argent comme un marchand de cochons?

— Les commerçants ne sont pas dans la position des notaires, dit madame Birotteau.

— Enfin, ma conscience est bien intacte, dit César en continuant. Les gens qui vendent, vendent par nécessité; nous ne les volons pas plus qu'on ne vole ceux à qui on achète des rentes à soixante-quinze. Aujourd'hui, nous acquérons les terrains à leur prix d'aujourd'hui; dans deux ans, ce sera différent, comme pour les rentes. Sachez, Constance-Barbe-Joséphine Pillerault, que vous ne prendrez jamais César Birotteau à faire une action qui soit contre la plus rigide probité, ni contre la loi, ni contre la conscience, ni contre la délicatesse. Un homme établi depuis dix-huit ans être soupçonné d'improbité dans son ménage!

— Allons, calme-toi, César! Une femme qui vit avec toi depuis ce temps connaît le fond de ton âme. Tu es le maître, après tout. Cette fortune, tu l'as gagnée, n'est-ce pas ? elle est à toi, tu peux la dépenser. Nous serions réduites à la dernière misère, ni moi ni ta fille nous ne te ferions un seul reproche. Mais écoute : quand tu inventais ta Pâte des Sultanes et ton Eau Carminative, que risquais-tu ? des cinq à six mille francs. Aujourd'hui, tu mets toute sa fortune sur un coup de cartes, tu n'es pas le seul à le jouer, tu as des associés qui peuvent se montrer plus fins que toi. Donne ton bal, renouvelle ton appartement, fais dix mille francs de dépense, c'est inutile, ce n'est pas ruineux. Quant à ton affaire de la Madeleine, je m'y oppose formellement. Tu es parfumeur, sois parfumeur, et non pas revendeur de terrains. Nous avons un instinct qui ne nous trompe pas, nous autres femmes ! Je t'ai prévenu, maintenant agis à ta tête. Tu as été juge au Tribunal de Commerce, tu connais les lois, tu as bien mené ta barque, je te suivrai, César ! Mais je tremblerai jusqu'à ce que je voie notre fortune solidement assise, et Césarine bien mariée. Dieu veuille que mon rêve ne soit pas une prophétie !

Cette soumission contraria Birotteau, qui employa l'innocente ruse à laquelle il avait recours en semblable occasion.

— Écoute, Constance, je n'ai pas encore donné ma parole ; mais c'est tout comme.

— Oh ! César, tout est dit, n'en parlons plus. L'honneur passe avant la fortune. Allons, couche-toi, mon cher ami, nous n'avons plus de bois. D'ailleurs, nous serons toujours mieux au lit pour causer, si cela t'amuse. Oh ! le vilain rêve ! Mon Dieu ! se voir soi-même ! Mais c'est affreux ! Césarine et moi, nous allons joliment faire des neuvaines pour le succès de tes terrains.

— Sans doute l'aide de Dieu ne nuit à rien, dit gravement Birotteau. Mais l'essence de noisette est aussi une puissance, ma femme ! J'ai fait cette découverte comme autrefois celle de la Double Pâte des Sultanes, par hasard : la première fois en ouvrant un livre, cette fois en regardant la gravure d'Héro et Léandre [24]. Tu sais, une femme qui verse de l'huile sur la tête de son amant, est-ce gentil? Les spéculations les plus sûres sont celles qui reposent sur la vanité, sur l'amour-propre, l'envie de paraître. Ces sentiments-là ne meurent jamais.

— Hélas! je le vois bien.

— À un certain âge, les hommes feraient les cent coups pour avoir des cheveux, quand ils n'en ont pas. Depuis quelque temps, les coiffeurs me disent qu'ils ne vendent pas seulement le *Macassar*, mais toutes les drogues bonnes à teindre les cheveux, ou qui passent pour les faire pousser. Depuis la paix, les hommes sont bien plus auprès des femmes, et elles n'aiment pas les chauves, hé! hé! mimi! La demande de cet article-là s'explique donc par la situation politique. Une composition qui vous entretiendrait les cheveux en bonne santé se vendrait comme du pain, d'autant que cette Essence sera sans doute approuvée par l'Académie des Sciences. Mon bon monsieur Vauquelin [25] m'aidera peut-être encore. J'irai demain lui soumettre mon idée, en lui offrant la gravure que j'ai fini par trouver après deux ans de recherches en Allemagne. Il s'occupe précisément de l'analyse des cheveux. Chiffreville, son associé pour sa fabrique de produits chimiques, me l'a dit. Si ma découverte s'accorde avec les siennes, mon Essence serait achetée par les deux sexes. Mon idée est une fortune, je le répète. Mon Dieu, je n'en dors pas. Eh! par bonheur, le petit Popinot a les plus beaux cheveux du monde. Avec une demoiselle de comptoir qui aurait des cheveux longs à tomber jusqu'à terre et qui dirait, si la chose est possible sans offenser Dieu ni le prochain, que l'Huile Comagène (car ce sera décidément une huile) y est pour quelque chose, les têtes des grisons se jetteraient là-dessus comme la pauvreté sur le monde. Dis donc, mignonne, et ton bal? Je ne suis pas méchant, mais je voudrais bien rencontrer ce petit drôle de du Tillet, qui *fait le gros* avec sa fortune, et qui m'évite toujours à la Bourse. Il sait que je connais un trait de lui qui n'est pas beau. Peut-être ai-je été trop bon avec lui. Est-ce drôle, ma femme, qu'on soit toujours puni de ses bonnes actions, ici-bas s'entend! Je me suis conduit comme un père envers lui, tu ne sais pas tout ce que j'ai fait pour lui.

— Tu me donnes la chair de poule rien que de m'en parler. Si tu avais su ce qu'il voulait faire de toi, tu n'aurais pas gardé le secret sur le vol des trois mille francs, car j'ai deviné la manière dont l'affaire s'est arrangée. Si tu l'avais envoyé en Police Correctionnelle, peut-être aurais-tu rendu service à bien du monde.

— Que prétendait-il donc faire de moi?

— Rien. Si tu étais en train de m'écouter ce soir, je te donnerais un bon conseil, Birotteau, ce serait de laisser ton du Tillet.

— Ne trouverait-on pas extraordinaire de voir exclu de chez moi un commis que j'ai cautionné pour les premiers vingt mille francs avec lesquels il a commencé les affaires? Va, faisons le bien pour le bien. D'ailleurs, du Tillet s'est peut-être amendé.

— Il faudra mettre tout cen dessus dessous ici [26].

— Que dis-tu donc avec ton cen dessus dessous? Mais tout sera rangé comme un papier de musique. Tu as donc déjà oublié ce que je viens de te dire relativement à l'escalier et à ma location dans la maison voisine que j'ai arrangée avec le marchand de parapluies, Cayron? Nous devons aller ensemble demain chez monsieur Molineux, son propriétaire, car j'ai demain des affaires autant qu'en a un ministre...

— Tu m'as tourné la cervelle avec tes projets, lui dit Constance, je m'y brouille. D'ailleurs, Birotteau, je dors.

— Bonjour, répondit le mari. Écoute donc, je te dis bonjour parce que nous sommes au matin, mimi. Ah! la voilà partie, cette chère enfant! Va, tu seras richissime, ou je perdrai mon nom de César.

Quelques instants après, Constance et César ronflèrent paisiblement.

Un coup d'œil rapidement jeté sur la vie antérieure

de ce ménage confirmera les idées que doit suggérer l'amicale altercation des deux principaux personnages de cette scène. En peignant les mœurs des détaillants, cette esquisse expliquera d'ailleurs par quels singuliers hasards César Birotteau se trouvait adjoint et parfumeur, ancien officier de la garde nationale et chevalier de la Légion-d'Honneur. En éclairant la profondeur de son caractère et les ressorts de sa grandeur, on pourra comprendre comment les accidents commerciaux que surmontent les têtes fortes deviennent d'irréparables catastrophes pour de petits esprits. Les événements ne sont jamais absolus, leurs résultats dépendent entièrement des individus : le malheur est un marchepied pour le génie, une piscine pour le chrétien [27], un trésor pour l'homme habile, pour les faibles un abîme.

CHAPITRE II

ANTÉCÉDENTS DE CÉSAR BIROTTEAU

Un closier [28] des environs de Chinon, nommé Jacques Birotteau, épousa la femme de chambre d'une dame chez laquelle il faisait les vignes; il eut trois garçons, sa femme mourut en couches du dernier, et le pauvre homme ne lui survécut pas longtemps. La maîtresse affectionnait sa femme de chambre; elle fit élever avec ses fils l'aîné des enfants de son closier, nommé François, et le plaça dans un séminaire. Ordonné prêtre, François Birotteau [29] se cacha pendant la Révolution et mena la vie errante des prêtres non assermentés, traqués comme des bêtes fauves, et pour le moins guillotinés. Au moment où commence cette histoire, il se trouvait vicaire de la cathédrale de Tours, et n'avait quitté qu'une seule fois cette ville, pour venir voir son frère César. Le mouvement de Paris étourdit si fort le bon prêtre qu'il n'osait sortir de sa chambre; il nommait les cabriolets *des demi-fiacres*, et s'étonnait de tout. Après une semaine de séjour, il revint à Tours, en se promettant de ne jamais retourner dans la capitale.

Le deuxième fils du vigneron, Jean Birotteau, pris par la milice, gagna promptement le grade de capitaine pendant les premières guerres de la révolution. À la bataille de la Trébia [30], Macdonald demanda des hommes de bonne volonté pour emporter une batterie, le capitaine Jean Birotteau s'avança avec sa compagnie et fut tué. La destinée des Birotteau voulait sans doute qu'ils fussent opprimés par les hommes ou par les événements partout où ils se planteraient.

Le dernier enfant est le héros de cette scène. Lorsqu'à l'âge de quatorze ans César sut lire, écrire et compter, il quitta le pays, vint à pied à Paris chercher fortune avec un louis dans sa poche. La recommandation d'un apothicaire de Tours le fit entrer, en qualité de garçon de magasin, chez monsieur et madame Ragon, marchands parfumeurs. César possédait alors une paire de souliers ferrés, une culotte et des bas bleus, son gilet à fleurs, une veste de paysan, trois grosses chemises de bonne toile et son gourdin de route. Si ses cheveux étaient coupés comme le sont ceux des enfants de chœur, il avait les reins solides du Tourangeau ; s'il se laissait aller parfois à la paresse en vigueur dans le pays, elle était compensée par le désir de faire fortune ; s'il manquait d'esprit et d'instruction, il avait une rectitude instinctive et des sentiments délicats qu'il tenait de sa mère, créature qui, suivant l'expression tourangelle, était un *cœur d'or.* César eut la nourriture, six francs de gages par mois, et fut couché sur un grabat, au grenier, près de la cuisinière ; les commis, qui lui apprirent à faire les emballages et les commissions, à balayer le magasin et la rue, se moquèrent de lui tout en le façonnant au service, par suite des mœurs boutiquières, où la plaisanterie entre comme principal élément d'instruction ; monsieur et madame Ragon lui parlèrent comme à un chien. Personne ne prit garde à la fatigue de l'apprenti, quoique le soir ses pieds meurtris par le pavé lui fissent un mal horrible et que ses épaules fussent brisées. Cette rude application du *chacun pour soi*, l'évangile de toutes les capitales, fit trouver à César la vie de Paris fort dure. Le soir, il pleurait en pensant à la Touraine où le paysan travaille à son aise, où le maçon pose sa pierre en douze temps, où la paresse est sagement mêlée au labeur ; mais il s'endormait sans avoir le temps de penser à s'enfuir, car il avait des courses pour la matinée et obéissait à son devoir avec l'instinct d'un chien de garde. Si par hasard il se plaignait, le premier commis souriait d'un air jovial.

— Ah! mon garçon, disait-il, tout n'est pas rose à la Reine des Roses, et les alouettes n'y tombent pas toutes rôties; faut d'abord courir après, puis les prendre, enfin, faut avoir de quoi les accommoder.

La cuisinière, grosse Picarde, prenait les meilleurs morceaux pour elle, et n'adressait la parole à César que pour se plaindre de monsieur ou de madame Ragon, qui ne lui laissaient rien à voler. Vers la fin du premier mois, cette fille, obligée de garder la maison un dimanche, entama la conversation avec César. Ursule décrassée sembla charmante au pauvre garçon de peine, qui, sans le hasard, allait échouer sur le premier écueil caché dans sa carrière. Comme tous les êtres dénués de protection, il aima la première femme qui lui jetait un regard aimable. La cuisinière prit César sous sa protection, et il s'ensuivit de secrètes amours que les commis raillèrent impitoyablement. Deux ans après, la cuisinière quitta très heureusement César pour un jeune réfractaire de son pays caché à Paris, un Picard de vingt ans, riche de quelques arpents de terre, qui se laissa épouser par Ursule.

Pendant ces deux années, la cuisinière avait bien nourri son petit César, lui avait expliqué plusieurs mystères de la vie parisienne en la lui faisant examiner d'en bas, et lui avait inculqué par jalousie une profonde horreur pour les mauvais lieux dont les dangers ne lui paraissaient pas inconnus. En 1792, les pieds de César trahi s'étaient accoutumés au pavé, ses épaules aux caisses, et son esprit à ce qu'il nommait *les bourdes* [31] de Paris. Aussi, quand Ursule l'abandonna, fut-il promptement consolé, car elle n'avait réalisé aucune de ses idées instinctives sur les sentiments. Lascive et bourrue, pateline et pillarde, égoïste et buveuse, elle froissait la candeur de Birotteau sans lui offrir aucune riche perspective. Parfois, le pauvre enfant se voyait avec douleur lié par les nœuds les plus forts pour les cœurs naïfs à une créature avec laquelle il ne sympathisait pas.

Au moment où il devint maître de son cœur, il avait grandi et atteint l'âge de seize ans. Son esprit, développé par Ursule et par les plaisanteries des commis, lui fit étudier le commerce d'un regard où l'intelligence se cachait sous la simplesse : il observa les chalands, demanda dans les moments perdus des explications sur les marchandises dont il retint les diversités et les places ; il connut un beau jour les articles, les prix et les chiffres mieux que ne les connaissaient les nouveaux venus ; monsieur et madame Ragon s'habituèrent dès lors à l'employer.

Le jour où la terrible réquisition de l'an II fit maison nette chez le citoyen Ragon, César Birotteau, promu second commis, profita de la circonstance pour obtenir cinquante livres d'appointements par mois, et s'assit à la table des Ragon avec une jouissance ineffable. Le second commis de la Reine des Roses, déjà riche de six cents francs, eut une chambre où il put convenablement serrer dans des meubles longtemps convoités les nippes qu'il s'était amassées. Les jours de décadi [32], mis comme les jeunes gens de l'époque à qui la mode ordonnait d'affecter des manières brutales, ce doux et modeste paysan avait un air qui le rendait au moins leur égal, et il franchit ainsi les barrières qu'en d'autres temps la domesticité eût mises entre la bourgeoisie et lui. Vers la fin de cette année, sa probité le fit placer à la caisse. L'imposante citoyenne Ragon veillait au linge du commis, et les deux marchands se familiarisèrent avec lui.

En vendémiaire 1794, César, qui possédait cent louis d'or, les échangea contre six mille francs d'assignats, acheta des rentes à trente francs, les paya la veille du jour où l'échelle de dépréciation eut cours à la Bourse [33], et serra son inscription avec un indicible bonheur. Dès ce jour, il suivit le mouvement des fonds et des affaires publiques avec des anxiétés secrètes qui le faisaient palpiter au récit des revers ou des succès qui marquèrent cette période de notre histoire. Monsieur Ragon, ancien parfumeur de Sa Majesté la reine Marie-Antoinette, confia dans ces moments critiques son attachement pour les tyrans déchus à César Birotteau. Cette confidence fut une des circonstances capitales de la vie de César. Les conversations du soir, quand la boutique était close, la rue calme et la caisse faite, fanatisèrent le Tourangeau qui, en devenant royaliste, obéissait à ses sentiments innés. Le narré des vertueuses actions de Louis XVI, les anecdotes par lesquelles les deux époux exaltaient les mérites de la reine, échauffèrent l'imagination de César. L'horrible sort de ces deux têtes couronnées, tranchées à quelques pas de la boutique, révolta son cœur sensible et lui donna de la haine pour un système de gouvernement à qui le sang innocent ne coûtait rien à répandre. L'intérêt commercial lui montrait la mort du négoce dans le maximum [34] et dans les orages politiques, toujours ennemis des affaires. En vrai parfumeur, il haïssait d'ailleurs une révolution qui mettait tout le monde à la Titus et supprimait la poudre [35]. La tranquillité que procure le pouvoir absolu pouvant seule donner la vie à l'argent, il se fanatisa pour la royauté. Quand monsieur Ragon le vit en bonne disposition, il le nomma son premier commis et l'initia au secret de la boutique de la Reine des Roses, dont quelques chalands étaient les plus actifs, les plus dévoués émissaires des Bourbons, et où se faisait la correspondance de l'Ouest avec Paris. Entraîné par la chaleur du jeune âge, électrisé par ses rapports avec les Georges, les La Billardière, les Montauran, les Bauvan, les Longuy, les Manda, les Bernier, les du Guénic et les Fontaine, César se jeta dans la conspiration que les royalistes et les terroristes réunis dirigèrent au 13 vendémiaire contre la Convention expirante.

César eut l'honneur de lutter contre Napoléon sur les marches de Saint-Roch, et fut blessé dès le commencement de l'affaire. Chacun sait l'issue de cette tentative. Si l'aide-de-camp de Barras [36] sortit de son obscurité, Birotteau fut sauvé par la sienne. Quelques amis transportèrent le belliqueux premier commis à la Reine des Roses, où il resta caché dans le grenier, pansé par madame Ragon, et heureusement oublié. César Birotteau n'avait eu qu'un éclair de courage militaire. Pendant le mois que dura sa convalescence, il fit de solides réflexions sur l'alliance ridicule de la politique et de la parfumerie. S'il resta royaliste, il résolut d'être purement et simplement un parfumeur royaliste, sans jamais plus se compromettre, et s'adonna corps et âme à sa partie.

Au 18 brumaire, monsieur et madame Ragon, désespérant de la cause royale, se décidèrent à quitter la parfumerie, à vivre en bons bourgeois, sans plus se mêler de politique. Pour recouvrer le prix de leur fonds, il leur fallait rencontrer un homme qui eût plus de probité que d'ambition, plus de gros bon sens que de capacité, Ragon proposa donc l'affaire à son premier commis. Birotteau, maître à vingt ans de mille francs de rente dans les fonds publics, hésita. Son ambition consistait à vivre auprès de Chinon quand il se serait fait quinze cents francs de rente, et que le Premier Consul aurait consolidé la dette publique en se consolidant aux Tuileries. Pourquoi risquer son honnête et simple indépendance dans les chances commerciales? se disait-il. Il n'avait jamais cru gagner une fortune si considérable, due à ces chances auxquelles on ne se livre que pendant la jeunesse; il songeait alors à épouser en Touraine une femme aussi riche que lui pour pouvoir acheter et cultiver les Trésorières, petit bien que, depuis l'âge de raison, il avait convoité, qu'il rêvait d'augmenter, où il se ferait mille écus de rente, où il mènerait une vie heureusement obscure. Il allait refuser quand l'amour changea tout-à-coup ses résolutions en décuplant le chiffre de son ambition.

Depuis la trahison d'Ursule, César était resté sage, autant par crainte des dangers que l'on court à Paris en amour que par suite de ses travaux. Quand les passions sont sans aliment, elles se changent en besoin; le mariage devient alors, pour les gens de la classe moyenne, une idée fixe; car ils n'ont que cette manière de conquérir et de s'approprier une femme. César

Birotteau en était là. Tout roulait sur le premier commis dans le magasin de la Reine des Roses : il n'avait pas un moment à donner au plaisir. Dans une semblable vie les besoins sont encore plus impérieux : aussi la rencontre d'une belle fille, à laquelle un commis libertin eût à peine songé, devait-elle produire le plus grand effet sur le sage César. Par un beau jour de juin, en entrant par le pont Marie dans l'île Saint-Louis, il vit une jeune fille debout sur la porte d'une boutique située à l'encoignure du quai d'Anjou. Constance Pillerault était la première demoiselle d'un magasin de nouveautés nommé le Petit-Matelot, le premier des magasins qui depuis se sont établis dans Paris avec plus ou moins d'enseignes peintes, banderoles flottantes, montres pleines de châles en balançoire, cravates arrangées comme des châteaux de cartes, et mille autres séductions commerciales, prix fixes, bandelettes, affiches, illusions et effets d'optique portés à un tel degré de perfectionnement que les devantures de boutiques sont devenues des poèmes commerciaux [37]. Le bas prix de tous les objets dits Nouveautés qui se trouvaient au Petit-Matelot lui donna une vogue inouïe dans l'endroit de Paris le moins favorable à la vogue et au commerce. Cette première demoiselle était alors citée par sa beauté, comme depuis le furent la Belle Limonadière du Café des Mille-Colonnes [38] et plusieurs autres pauvres créatures qui ont fait lever plus de jeunes et de vieux nez aux carreaux des modistes, des limonadiers et des magasins, qu'il n'y a de pavés dans les rues de Paris. Le premier commis de la Reine des Roses, logé entre Saint-Roch et la rue de la Sourdière [39], exclusivement occupé de parfumerie, ne soupçonnait pas l'existence du Petit-Matelot; car les petits commerces de Paris sont assez étrangers les uns aux autres. César fut si vigoureusement féru par la beauté de Constance qu'il entra furieusement au Petit-Matelot pour y acheter six chemises de toile, dont il débattit longtemps le prix en se faisant déplier des volumes de toiles, ni plus ni moins qu'une Anglaise en humeur de marchander (*shoping*[40]). La première demoiselle daigna s'occuper de César en s'apercevant, à quelques symptômes connus de toutes les femmes, qu'il venait bien plus pour la marchande que pour la marchandise. Il dicta son nom et son adresse à la demoiselle, qui fut très indifférente à l'admiration du chaland après l'emplette. Le pauvre commis avait eu peu de chose à faire pour gagner les bonnes grâces d'Ursule, il était demeuré niais comme un mouton ; l'amour l'enniaisant[41] encore davantage, il n'osa pas dire un mot, et fut d'ailleurs trop ébloui pour remarquer l'insouciance qui succédait au sourire de cette sirène marchande.

Pendant huit jours il alla tous les soirs faire faction devant le Petit-Matelot, quêtant un regard comme un chien quête un os à la porte d'une cuisine, insoucieux des moqueries que se permettaient les commis et les *demoiselles*, se dérangeant avec humilité pour les acheteurs ou les passants, attentif aux petites révolutions de la boutique. Quelques jours après il entra de nouveau dans le paradis où était son ange, moins pour y acheter des mouchoirs que pour lui communiquer une idée lumineuse.

— Si vous aviez besoin de parfumeries, mademoiselle, je vous en fournirais bien tout de même, dit-il en la payant.

Constance Pillerault recevait journellement de brillantes propositions où il n'était jamais question de mariage ; et, quoique son cœur fût aussi pur que son front était blanc, ce ne fut qu'après six mois de marches et de contremarches, où César signala son infatigable amour, qu'elle daigna recevoir les soins de César, mais sans vouloir se prononcer : prudence commandée par le nombre infini de ses serviteurs, marchands de vins en gros, riches limonadiers et autres qui lui faisaient les yeux doux. L'amant s'était appuyé sur le tuteur de Constance, monsieur Claude-Joseph Pillerault, alors marchand quincaillier sur le quai de la Ferraille[42], qu'il avait fini par découvrir en se livrant à l'espionnage souterrain qui distingue le véritable amour. La rapidité de ce récit oblige à passer sous silence les joies de l'amour parisien fait avec innocence, à taire les prodigalités particulières aux commis : melons apportés dans la primeur, fins dîners chez Vénua [43] suivis du spectacle, parties de campagne en fiacre le dimanche. Sans être joli garçon, César n'avait rien dans sa personne qui s'opposât à ce qu'il fût aimé. La vie de Paris et son séjour dans un magasin sombre avaient fini par éteindre la vivacité de son teint de paysan. Son abondante chevelure noire, son encolure de cheval normand, ses gros membres, son air simple et probe, tout contribuait à disposer favorablement en sa faveur. L'oncle Pillerault, chargé de veiller au bonheur de la fille de son frère, avait pris des renseignements : il sanctionna les intentions du Tourangeau. En 1800, au joli mois de mai, mademoiselle Pillerault consentit à épouser César Birotteau, qui s'évanouit de joie au moment où, sous un tilleul, à Sceaux, Constance-Barbe-Joséphine l'accepta pour époux. — Ma petite, dit monsieur Pillerault, tu acquiers un bon mari. Il a le cœur chaud et des sentiments d'honneur : c'est franc comme l'osier et sage comme un Enfant-Jésus, enfin le roi des hommes. Constance abdiqua franchement les brillantes destinées auxquelles, comme toutes les filles de boutique, elle avait parfois rêvé : elle voulut être une honnête femme, une bonne mère de famille, et prit la vie suivant le religieux programme de la classe moyenne. Ce rôle allait d'ailleurs bien mieux à ses idées que les dangereuses vanités qui séduisent tant de jeunes imaginations parisiennes. D'une intelligence étroite, Constance offrait le type de la petite bourgeoise dont les travaux ne vont pas sans un peu d'humeur, qui commence par refuser ce qu'elle désire et se fâche quand elle est prise au mot, dont l'inquiète activité se porte sur la cuisine et sur la caisse, sur les affaires les plus graves et sur les reprises invisibles à faire au linge, qui aime en grondant, ne conçoit que les idées les plus simples, la petite monnaie de l'esprit, raisonne sur tout, a peur de tout, calcule tout et pense toujours à l'avenir.

Sa beauté froide, mais candide, son air touchant, sa fraîcheur, empêchèrent Birotteau de songer à des défauts compensés d'ailleurs par cette délicate probité naturelle aux femmes, par un ordre excessif, par le fanatisme du travail et par le génie de la vente. Constance avait alors dix-huit ans et possédait onze mille francs. César, à qui l'amour inspira la plus excessive ambition, acheta le fonds de la Reine des Roses et le transporta près de la place Vendôme, dans une belle maison. Âgé de vingt et un ans seulement, marié à une belle femme adorée, possesseur d'un établissement dont il avait payé le prix aux trois quarts, il dut voir et vit l'avenir en beau, surtout en mesurant le chemin fait depuis son point de départ. Roguin, notaire des Ragon, le rédacteur du contrat de mariage, donna de sages conseils au parfumeur en l'empêchant d'achever le paiement du fonds avec la dot de sa femme. — Gardez donc des fonds pour faire quelques bonnes entreprises, mon garçon, lui avait-il dit. — Birotteau regarda le notaire avec admiration, prit l'habitude de le consulter, et s'en fit un ami. Comme Ragon et Pillerault, il eut tant de foi dans le notariat, qu'il se livrait à Roguin sans se permettre un soupçon. Grâce à ce conseil, César, muni des onze mille francs de Constance pour commencer ses affaires, n'eût pas alors échangé son *avoir* contre celui du Premier Consul, quelque brillant que parût être l'*avoir* de Napoléon. D'abord, Birotteau n'eut qu'une cuisinière, il se logea dans l'entresol situé au-dessus de sa boutique, espèce de bouge assez bien décoré par un tapissier, et où les nouveaux mariés entamèrent une éternelle lune de miel. Madame César apparut comme une merveille dans son comptoir. Sa beauté eut une énorme influence sur la vente, il ne fut question que de la belle madame Birotteau parmi les élégants de l'Empire. Si César fut accusé de royalisme, le monde rendit justice à sa probité; si quelques marchands voisins envièrent son bonheur, il passa pour en être digne. Le coup de feu qu'il avait reçu sur les marches de Saint-Roch lui donna la réputation d'un homme mêlé aux secrets de la politique et celle d'un homme courageux, quoiqu'il n'eût aucun courage militaire au cœur et nulle idée politique dans la cervelle. Sur ces données, les honnêtes gens de l'arrondissement le nommèrent capitaine de la garde nationale, mais il fut cassé par Napoléon qui, selon Birotteau, lui gardait rancune de leur rencontre en vendémiaire. César eut alors à bon marché un vernis de persécution qui le rendit intéressant aux yeux des opposants, et lui fit acquérir une certaine importance.

Voici quel fut le sort de ce ménage constamment heureux par les sentiments, agité seulement par les anxiétés commerciales.

Pendant la première année, César Birotteau mit sa femme au fait de la vente et du détail des parfumeries, métier auquel elle s'entendit admirablement bien ; elle semblait avoir été créée et mise au monde pour ganter les chalands. Cette année finie, l'inventaire épouvanta l'ambitieux parfumeur : tous frais prélevés, en vingt ans à peine aurait-il gagné le modeste capital de cent mille francs, auquel il avait chiffré son bonheur. Il résolut alors d'arriver à la fortune plus rapidement, et voulut d'abord joindre la fabrication au détail. Contre l'avis de sa femme, il loua une baraque et des terrains dans le faubourg du Temple, et y fit peindre en gros caractères : FABRIQUE DE CÉSAR BIROTTEAU. Il débaucha de Grasse un ouvrier avec lequel il commença de compte à demi quelques fabrications de savon, d'essences et d'eau de Cologne. Son association avec cet ouvrier ne dura que six mois, et se termina par des pertes qu'il supporta seul. Sans se décourager, Birotteau voulut obtenir un résultat à tout prix, uniquement pour ne pas être grondé par sa femme, à laquelle il avoua plus tard qu'en ce temps de désespoir la tête lui bouillait comme une marmite, et que plusieurs fois, n'était ses sentiments religieux, il se serait jeté dans la Seine.

Désolé de quelques expériences infructueuses, il flânait un jour le long des boulevards en revenant dîner, car le flâneur parisien est aussi souvent un homme au désespoir qu'un oisif. Parmi quelques livres à six sous étalés dans une manne à terre, ses yeux furent saisis par ce titre jaune de poussière : *Abdeker* ou *l'Art de conserver la Beauté* [44]. Il prit ce prétendu livre arabe, espèce de roman fait par un médecin du siècle précédent, et tomba sur une page où il s'agissait de parfums. Appuyé sur un arbre du boulevard pour feuilleter le livre, il lut une note où l'auteur expliquait la nature du derme et de l'épiderme, et démontrait que telle pâte ou tel savon produisait un effet souvent contraire à celui qu'on en attendait, si la pâte et le savon donnaient du ton à la peau qui voulait être relâchée, ou relâchaient la peau qui exigeait des toniques. Birotteau acheta ce livre où il vit une fortune. Néanmoins, peu confiant dans ses lumières, il alla chez un chimiste célèbre, Vauquelin, auquel il demanda tout naïvement les moyens de composer un double cosmétique qui produisît des effets appropriés aux diverses natures de l'épiderme humain. Les vrais savants, ces hommes si réellement grands en ce sens qu'ils n'obtiennent jamais de leur vivant le renom par lequel leurs immenses travaux inconnus devraient être payés, sont presque tous serviables et sourient aux pauvres d'esprit. Vauquelin protégea donc le parfumeur, lui permit de se dire l'inventeur d'une pâte pour blanchir les mains et dont il lui indiqua la composition. Birotteau appela ce cosmétique la Double Pâte des Sultanes. Afin de compléter l'œuvre, il appliqua le procédé de la pâte pour les mains à une eau pour le teint qu'il nomma l'Eau Carminative [45]. Il imita dans sa partie le système du Petit-Matelot, il déploya, le premier d'entre les parfumeurs, ce luxe d'affiches, d'annonces et de moyens de publication que l'on nomme peut-être injustement charlatanisme.

La Pâte des Sultanes et l'Eau Carminative se produisirent dans l'univers galant et commercial par des affiches coloriées, en tête desquelles étaient ces mots : *Approuvées par l'Institut!* Cette formule, employée pour la première fois, eut un effet magique. Non seulement la France, mais le continent fut pavoisé d'affiches jaunes, rouges, bleues, par le souverain de la Reine des Roses qui tenait, fournissait et fabriquait, à des prix modérés, tout ce qui concernait sa partie. À une époque où l'on ne parlait que de l'Orient, nommer un cosmétique quelconque Pâte des Sultanes, en devinant la magie exercée par ces mots dans un pays où tout homme tient autant à être sultan que la femme à devenir sultane, était une inspiration qui pouvait venir à un homme ordinaire comme à homme d'esprit; mais le public jugeant toujours les résultats, Birotteau passa d'autant plus pour un homme supérieur, commercialement parlant, qu'il rédigea lui-même un prospectus dont la ridicule phraséologie fut un élément de succès : en France, on ne rit que des choses et des hommes dont on s'occupe, et personne ne s'occupe de ce qui ne réussit point. Quoique Birotteau n'eût pas joué sa bêtise, on lui donna le talent de savoir faire la bête à propos. Il s'est retrouvé, non sans peine, un exemplaire de ce prospectus dans la maison Popinot et compagnie, droguistes, rue des Lombards [46]. Cette pièce curieuse est au nombre de celles que, dans un cercle plus élevé, les historiens intitulent *pièces justificatives*. La voici donc :

DOUBLE PÂTE DES SULTANES ET EAU CARMINATIVE
DE CÉSAR BIROTTEAU
DÉCOUVERTE MERVEILLEUSE
APPROUVÉE PAR L'INSTITUT DE FRANCE.

Depuis longtemps une pâte pour les mains et une eau pour le visage, donnant un résultat supérieur à celui obtenu par l'Eau de Cologne dans l'œuvre de la toilette, étaient généralement désirées par les deux sexes en Europe. Après avoir consacré de longues veilles à l'étude du derme et de l'épiderme chez les deux sexes, qui, l'un comme l'autre, attachent avec raison le plus grand prix à la douceur, à la souplesse, au brillant, au velouté de la peau, le sieur Birotteau, parfumeur avantageusement connu dans la capitale et à l'étranger, a découvert une Pâte et une Eau à juste titre nommées, dès leur apparition, merveilleuses par les élégants et par les élégantes de Paris. En effet, cette Pâte et cette Eau possèdent d'étonnantes propriétés pour agir sur la peau, sans la rider prématurément, effet immanquable des drogues employées inconsidérément jusqu'à ce jour et inventées par d'ignorantes cupidités. Cette découverte repose sur la division des tempéraments qui se rangent en deux grandes classes indiquées par la couleur de la Pâte et de l'Eau, lesquelles sont roses pour le derme et l'épiderme des personnes de constitution lymphatique, et blanches pour ceux des personnes qui jouissent d'un tempérament sanguin.

Cette Pâte est nommée Pâte des Sultanes, *parce que cette découverte avait déjà été faite pour le sérail par un médecin arabe. Elle a été approuvée par l'Institut sur le rapport de notre illustre chimiste* VAUQUELIN, *ainsi que l'Eau établie sur les principes qui ont dicté la composition de la Pâte.*

Cette précieuse Pâte, qui exhale les plus doux parfums, fait donc disparaître les taches de rousseur les plus rebelles, blanchit les épidermes les plus récalcitrants, et dissipe les sueurs de la main dont se plaignent les femmes non moins que les hommes.

*L'*Eau Carminative *enlève ces légers boutons qui, dans certains moments, surviennent inopinément aux femmes, et contrarient leurs projets pour le bal; elle rafraîchit et ravive les couleurs en ouvrant ou fermant les pores selon les exigences du tempérament; elle est si connue déjà pour arrêter les outrages du temps que beaucoup de dames l'ont, par reconnaissance, nommée* L'AMIE DE LA BEAUTÉ.

L'Eau de Cologne est purement et simplement un parfum banal sans efficacité spéciale, tandis que la Double Pâte des Sultanes *et l'*Eau Carminative *sont deux compositions opérantes, d'une puissance motrice agissant sans danger sur les qualités internes et les secondant; leurs odeurs essentiellement balsamiques et d'un esprit divertissant réjouissent le cœur et le cerveau admirablement, charment les idées et les réveillent; elles sont aussi étonnantes par leur mérite que par leur simplicité; enfin, c'est un* *attrait de plus offert aux femmes, et un moyen de séduction que les hommes peuvent acquérir.*

*L'usage journalier de l'Eau dissipe les cuissons occasionnées par le feu du rasoir; elle préserve également les lèvres de la gerçure et les maintient rouges; elle efface naturellement à la longue les taches de rousseur et finit par redonner du ton aux chairs. Ces effets annoncent toujours en l'homme un équilibre parfait entre les humeurs, ce qui tend à délivrer les personnes sujettes à la migraine de cette horrible maladie. Enfin, l'*Eau Carminative, *qui peut être employée par les femmes dans toutes leurs toilettes, prévient les affections cutanées en ne gênant pas la transpiration des tissus, tout en leur communiquant un velouté persistant.*

S'adresser, franc de port, à monsieur CÉSAR BIROTTEAU, *successeur de Ragon, ancien parfumeur de la reine Marie-Antoinette, à la Reine des Roses, rue Saint-Honoré, à Paris, près la place Vendôme.*

Le prix du pain de Pâte est de trois livres, et celui de la bouteille est de six livres.

Monsieur César Birotteau, pour éviter toutes les contrefaçons, prévient le public que la Pâte est enveloppée d'un papier portant sa signature, et que les bouteilles ont un cachet incrusté dans le verre.

Le succès fut dû, sans que César s'en doutât, à Constance qui lui conseilla d'envoyer l'Eau Carminative et la Pâte des Sultanes par caisses à tous les parfumeurs de France et de l'étranger, en leur offrant un gain de trente pour cent, s'ils voulaient prendre ces deux articles par *grosses*[47]. La Pâte et l'Eau valaient mieux en réalité que les cosmétiques analogues et séduisaient les ignorants par la distinction établie entre les tempéraments : les cinq cents parfumeurs de France, alléchés par le gain, achetèrent annuellement chez Birotteau chacun plus de trois cents grosses de Pâte et d'Eau, consommation qui lui produisit des bénéfices restreints quant à l'article, énormes par la quantité. César put alors acheter les bicoques et les terrains du faubourg du Temple, il y bâtit de vastes fabriques et décora magnifiquement son magasin de la Reine des Roses; son ménage éprouva les petits bonheurs de l'aisance, et sa femme ne trembla plus autant.

En 1810, madame César prévit une hausse dans les loyers, elle poussa son mari à se faire principal locataire de la maison où ils occupaient la boutique et l'entresol, et à mettre leur appartement au premier étage [48]. Une circonstance heureuse décida Constance à fermer les yeux sur les folies que Birotteau fit pour elle dans son appartement. Le parfumeur venait d'être élu juge au Tribunal de Commerce. Sa probité, sa délicatesse connue et la considération dont il jouissait lui valurent cette dignité qui le classa désormais parmi les notables commerçants de Paris. Pour augmenter ses connaissances, il se leva dès cinq heures du matin, lut les répertoires de jurisprudence et les livres qui traitaient des litiges commerciaux. Son sentiment du juste, sa rectitude, son bon vouloir, qualités essentielles dans l'appréciation des difficultés soumises aux sentences consulaires, le rendirent un des juges les plus estimés. Ses défauts contribuèrent également à sa réputation. En sentant son infériorité, César subordonnait volontiers ses lumières à celles de ses collègues flattés d'être si curieusement écoutés par lui : les uns recherchèrent la silencieuse approbation d'un homme censé profond, en sa qualité d'écouteur; les autres, enchantés de sa modestie et de sa douceur, le vantèrent. Les justiciables louèrent sa bienveillance, son esprit conciliateur, et il fut souvent pris pour arbitre en des contestations où son bon sens lui suggérait une justice de cadi [49]. Pendant le temps que durèrent ses fonctions, il sut se composer un langage farci de lieux communs, semé d'axiomes et de calculs traduits en phrases arrondies qui doucement débitées sonnaient aux oreilles des gens superficiels comme de l'éloquence. Il plut ainsi à cette majorité naturellement médiocre, à perpétuité condamnée aux travaux, aux vues du terre à terre. César perdit tant de temps au Tribunal, que sa femme le contraignit à refuser désormais ce coûteux honneur. Vers 1813, grâce à sa constante union et après avoir vulgairement cheminé dans la vie, ce ménage vit commencer une ère de prospérité que rien ne semblait devoir interrompre. Monsieur et madame Ragon, leurs prédécesseurs, leur oncle Pillerault, Roguin le notaire, les Matifat, droguistes de la rue des Lombards, fournisseurs de la Reine des Roses, Joseph Lebas, marchand drapier, successeur des Guillaume, au Chat-qui-pelote [50], une des lumières de la rue Saint-Denis, le juge Popinot, frère de madame Ragon, Chiffreville, de la maison Protez et Chiffreville, monsieur et madame Cochin, employés au Trésor et commanditaires des Matifat, l'abbé Loraux, confesseur et directeur des gens pieux de cette coterie, et quelques autres personnes, composaient le cercle de leurs amis. Malgré les sentiments royalistes de Birotteau, l'opinion publique était alors en sa faveur, il passait pour être très riche, quoiqu'il ne possédât encore que cent mille francs en dehors de son commerce. La régularité de ses affaires, son exactitude, son habitude de ne rien devoir, de ne jamais escompter son papier et de prendre au contraire des valeurs sûres à ceux auxquels il pouvait être utile, son obligeance lui méritaient un crédit énorme. Il avait d'ailleurs réellement gagné beaucoup d'argent; mais ses constructions et ses fabriques en avaient beaucoup absorbé. Puis sa maison lui coûtait près de vingt mille francs par an. Enfin l'éducation de Césarine, fille unique idolâtrée par Constance autant que par lui, nécessitait de fortes dépenses. Ni le mari ni la femme ne regardaient à l'argent quand il s'agissait de faire plaisir à leur fille dont ils n'avaient pas voulu se séparer. Imaginez les jouissances du pauvre paysan parvenu, quand il entendait sa charmante Césarine répétant au piano une sonate de Steibelt [51] ou chantant une romance; quand il lui voyait écrire correctement la langue française; quand il l'admirait lui lisant Racine père et fils, lui en expliquant les beautés, dessinant un paysage ou faisant une sépia! Quel bonheur pour lui que de revivre dans une fleur si belle, si pure, qui n'avait pas encore quitté la tige maternelle, un ange enfin dont les grâces naissantes, dont les premiers développements avaient été passionnément suivis! une fille unique, incapable de mépriser son père ou de se moquer de son défaut d'instruction, tant elle était vraiment *jeune fille.* En venant à Paris, César savait lire, écrire et compter, mais son instruction en était restée là, sa vie laborieuse l'avait empêché d'acquérir des idées et des connaissances étrangères au commerce de la parfumerie. Mêlé constamment à des gens à qui les sciences, les lettres étaient indifférentes, et dont l'instruction n'embrassait que des spécialités; n'ayant pas de temps pour se livrer à des études élevées, le parfumeur devint un homme pratique. Il épousa forcément le langage, les erreurs, les opinions du bourgeois de Paris qui admire Molière, Voltaire et Rousseau sur parole, qui achète leurs œuvres sans les lire; qui soutient que l'on doit dire *ormoire,* parce que les femmes serraient dans ces meubles leur *or* et leurs robes autrefois presque toujours en moire, et que l'on a dit par corruption *armoire.* Potier, Talma, mademoiselle Mars, étaient dix fois millionnaires et ne vivaient pas comme les autres humains : le grand tragédien mangeait de la chair crue, mademoiselle Mars faisait parfois fricasser des perles, pour imiter une célèbre actrice égyptienne. L'Empereur avait dans ses gilets des poches en cuir pour pouvoir prendre son tabac par poignées, il montait à cheval au grand galop l'escalier de l'orangerie de Versailles. Les écrivains, les artistes mouraient à l'hôpital par suite de leurs originalités; ils étaient d'ailleurs tous athées, il fallait bien se garder de les recevoir chez soi. Joseph Lebas citait avec effroi l'histoire du mariage de sa belle-sœur Augustine avec le peintre Sommervieux. Les astronomes vivaient d'araignées. Ces points lumineux de leurs connaissances en langue française, en art dramatique, en politique, en littérature, en science, expliquent la portée de ces intelligences bourgeoises. Un poète, qui passe rue des Lombards, peut en y sentant quelques parfums rêver l'Asie. Il admire des danseuses dans une chauderie [52] en respirant du vétiver. Frappé par l'éclat de la cochenille, il y retrouve les poèmes brahmaniques, les religions et leurs castes. En se heurtant contre l'ivoire brut, il monte sur le dos des éléphants, dans une cage de mousseline, et y fait l'amour comme le roi de Lahore. Mais le petit commerçant ignore d'où viennent et où croissent les produits sur lesquels il opère. Birotteau parfumeur ne savait pas un iota d'histoire naturelle ni de chimie. En regardant Vauquelin comme un grand homme, il le considérait comme une exception, il était de la force de cet épicier retiré qui résumait ainsi une discussion sur la manière de faire venir le thé : Le thé ne vient que de deux manières, *par caravane* ou *par le Hâvre*, dit-il d'un air finaud. Selon Birotteau, l'aloès et l'opium ne se trouvaient que rue des Lombards. L'eau de rose prétendue de Constantinople se faisait, comme l'eau de Cologne, à Paris. Ces noms de lieux étaient des bourdes inventées pour plaire aux Français qui ne peuvent supporter les choses de leur pays. Un marchand français devait dire sa découverte anglaise, afin de lui donner de la vogue, comme en Angleterre un droguiste attribue la sienne à la France. Néanmoins, César ne pouvait jamais être entièrement sot ni bête : la probité, la bonté jetaient sur les actes de sa vie un reflet qui les rendaient respectables, car une belle action fait accepter toutes les ignorances possibles. Son constant succès lui donna de l'assurance. À Paris, l'assurance est acceptée pour le pouvoir dont elle est le signe. Ayant apprécié César durant les trois premières années de leur mariage, sa femme fut en proie à des transes continuelles ; elle représentait dans cette union la partie sagace et prévoyante, le doute, l'opposition, la crainte ; comme César y représentait l'audace, l'ambition, l'action, le bonheur inouï de la fatalité. Malgré les apparences, le marchand était trembleur, tandis que sa femme avait en réalité de la patience et du courage. Ainsi un homme pusillanime, médiocre, sans instruction, sans idées, sans connaissances, sans caractère, et qui ne devait point réussir sur la place la plus glissante du monde, arriva, par son esprit de conduite, par le sentiment du juste, par la bonté d'une âme vraiment chrétienne, par amour pour la seule femme qu'il eût possédée, à passer pour un homme remarquable, courageux et plein de résolution. Le public ne voyait que les résultats. Hormis Pillerault et le juge Popinot, les personnes de sa société, ne voyant César que superficiellement, ne pouvaient le juger. D'ailleurs, les vingt ou trente amis qui se réunissaient entre eux disaient les mêmes niaiseries, répétaient les mêmes lieux communs, se regardaient tous comme des gens supérieurs dans leur partie. Les femmes faisaient assaut de bons dîners et de toilettes ; chacune d'elles avait tout dit en disant un mot de mépris sur son mari. Madame Birotteau avait seule le bon sens de traiter le sien avec honneur et respect en public : elle voyait en lui l'homme qui, malgré ses secrètes incapacités, avait gagné leur fortune, et dont elle partageait la considération. Seulement, elle se demandait parfois ce qu'était le monde, si tous les hommes prétendus supérieurs ressemblaient à son mari. Cette conduite ne contribuait pas peu à maintenir l'estime respectueuse accordée au marchand dans un pays où les femmes sont assez portées à déconsidérer leurs maris et à s'en plaindre.

Les premiers jours de l'année 1814, si fatale à la France impériale, furent signalés chez les Birotteau par deux événements peu marquants dans tout autre ménage, mais de nature à impressionner des âmes simples comme celles de César et de sa femme, qui, en jetant les yeux sur leur passé, n'y trouvaient que des émotions douces. Ils avaient pris pour premier commis un jeune homme de vingt-deux ans, nommé Ferdinand du Tillet. Ce garçon, qui sortait d'une maison de parfumerie où l'on avait refusé de l'intéresser dans les bénéfices, et qui passait pour un génie, se remua beaucoup pour entrer à la Reine des Roses, dont les êtres, les forces et les mœurs intérieures lui étaient connus. Birotteau l'accueillit et lui donna mille francs d'appointements avec l'intention d'en faire son successeur. Ferdinand eut sur les destinées de cette famille une si grande influence, qu'il est nécessaire d'en dire quelques mots. D'abord, il se nommait simplement Ferdinand, sans nom de famille. Cette anonymie lui parut un immense avantage au moment où Napoléon pressa les familles pour y trouver des soldats. Il était cependant né quelque part, par le fait de quelque cruelle et voluptueuse fantaisie. Voici le peu de renseignements recueillis sur son état-civil. En 1793, une pauvre fille du Tillet, petit endroit situé près des Andelys, était venue accoucher nuitamment dans le jardin du desservant de l'église du Tillet, et s'alla noyer après avoir frappé aux volets. Le bon prêtre recueillit l'enfant, lui donna le nom du saint inscrit au calendrier ce jour-là, le nourrit et l'éleva comme son enfant. Le curé mourut en 1804, sans laisser une succession assez opulente pour suffire à l'éducation qu'il avait commencée. Ferdinand, jeté dans Paris, y mena une existence de flibustier dont les hasards pouvaient le mener à l'échafaud ou à la fortune, au barreau, dans l'armée, au commerce, à la domesticité. Ferdinand, obligé de vivre en vrai Figaro, devint commis-voyageur, puis commis parfumeur à Paris, où il revint après avoir parcouru la France, étudié le monde, et pris son parti d'y réussir à tout prix. En 1813, il jugea nécessaire de constater son âge et de se donner un état-civil, en requérant au Tribunal des Andelys un jugement qui fît passer son acte de baptême des registres du presbytère sur ceux de la mairie, et il y obtint une rectification en demandant qu'on y insérât le nom de du Tillet, sous lequel il s'était fait connaître, autorisé par le fait de son exposition dans la commune. Sans père ni mère, sans autre tuteur que le procureur impérial, seul dans le monde, ne devant de comptes à personne, il traita la Société de Turc à More [53] en la trouvant marâtre : il ne connut d'autre guide que son intérêt, et tous les moyens de fortune lui semblèrent bons. Ce Normand, armé de capacités dangereuses, joignait à son envie de parvenir les âpres défauts reprochés à tort ou à raison aux natifs de sa province. Des manières patelines faisaient passer son esprit chicanier, car c'était le plus rude ferrailleur judiciaire; mais s'il contestait audacieusement le droit d'autrui, il ne cédait rien sur le sien; il prenait son adversaire par le temps, il le lassait par une inflexible volonté. Son principal mérite consistait en celui des Scapins de la vieille comédie : il possédait leur fertilité de ressources, leur adresse à côtoyer l'injuste, leur démangeaison de prendre ce qui est bon à garder. Enfin il comptait appliquer à son indigence le mot que l'abbé Terray disait au nom de l'État, quitte à devenir plus tard honnête homme [54]. Doué d'une activité passionnée, d'une intrépidité militaire à demander à tout le monde une bonne comme une mauvaise action en justifiant sa demande par la théorie de l'intérêt personnel, il méprisait trop les hommes en les croyant tous corruptibles, il était trop peu délicat sur le choix des moyens en les trouvant tous bons, il regardait trop fixement le succès et l'argent comme l'absolution du mécanisme moral pour ne pas réussir tôt ou tard. Un pareil homme, placé entre le bagne et des millions, devait être vindicatif, absolu, rapide dans ses déterminations, mais dissimulé comme un Cromwell qui voulait couper la tête à la Probité. Sa profondeur était cachée sous un esprit railleur et léger. Simple commis parfumeur, il ne mettait point de bornes à son ambition; il avait embrassé la Société par un coup-d'œil haineux en se disant : Tu seras à moi! et il s'était juré à lui-même de ne se marier qu'à quarante ans. Il se tint parole. Au physique, Ferdinand était un jeune homme élancé, de taille agréable et de manières mixtes qui lui permettaient de prendre au besoin le diapason de toutes les sociétés. Sa figure chafouine plaisait à la première vue; mais plus tard, en le pratiquant, on y surprenait des expressions étranges qui se peignent à la surface des gens mal avec eux-mêmes, ou dont la conscience grogne à certaines heures. Son teint très ardent sous la peau molle des Normands avait une couleur aigre. Le regard de ses yeux vairons doublés d'une feuille d'argent était fuyant, mais terrible quand il l'arrêtait droit sur sa victime. Sa voix semblait éteinte comme celle d'un homme qui a longtemps parlé. Ses lèvres minces ne manquaient pas de grâce; mais son nez pointu, son front légèrement bombé trahissaient un défaut de race. Enfin ses cheveux, d'une coloration semblable à celle des cheveux teints en noir, indiquaient un métis social qui tirait son esprit d'un grand seigneur libertin, sa bassesse d'une paysanne séduite, ses connaissances d'une éducation inachevée, et ses vices de son état d'abandon. Birotteau apprit avec le plus profond étonnement que son commis sortait très élégamment mis, rentrait fort tard, allait au bal chez des banquiers ou chez des notaires. Ces mœurs déplurent à César : dans ses idées, les commis devaient étudier les livres de leur maison, et penser exclusivement à leur partie. Le parfumeur se choqua de niaiseries, il reprocha doucement à du Tillet de porter du linge trop fin, d'avoir des cartes sur lesquelles son nom était gravé ainsi : F. DU TILLET; mode qui, dans sa jurisprudence commerciale, appartenait exclusivement aux gens du monde. Ferdinand était venu chez cet Orgon dans les intentions de Tartuffe : il fit la cour à madame César, tenta de la séduire, et jugea son patron comme elle le jugeait elle-même, mais avec une effrayante promptitude. Quoique discret, réservé, ne disant que ce qu'il voulait dire, du Tillet dévoila ses opinions sur les hommes et la vie, de manière à épouvanter une femme timorée qui partageait les religions de son mari, et regardait comme un crime de causer le plus léger tort au prochain. Malgré l'adresse dont usa madame Birotteau, du Tillet devina le mépris qu'il inspirait. Constance, à qui Ferdinand avait écrit quelques lettres d'amour, aperçut bientôt un changement dans les manières de son commis, qui prit avec elle des airs avantageux, pour faire croire à leur bonne intelligence. Sans instruire son mari de ses raisons secrètes, elle lui conseilla de renvoyer Ferdinand. Birotteau se trouva d'accord avec sa femme en ce point. Le renvoi du commis fut résolu. Trois jours avant de le congédier, par un samedi soir, Birotteau fit le compte mensuel de sa caisse, et y trouva trois mille francs de moins. Sa consternation fut affreuse, moins pour la perte que pour les soupçons qui planaient sur trois commis, une cuisinière, un garçon de magasin et des ouvriers attitrés. À qui s'en prendre ? madame Birotteau ne quittait point le comptoir. Le commis chargé de la caisse était un neveu de monsieur Ragon, nommé Popinot, jeune homme de dix-neuf ans, logé chez eux, la probité même. Ses chiffres, en désaccord avec la somme en caisse, accusaient le déficit et indiquaient que la soustraction avait été faite après la balance. Les deux époux résolurent de se taire et de surveiller la maison. Le lendemain dimanche, ils recevaient leurs amis. Les familles qui composaient cette espèce de coterie se festoyaient à tour de rôle. En jouant à la bouillotte [55], Roguin le notaire mit sur le tapis de vieux louis que madame César avait reçus quelques jours auparavant d'une nouvelle mariée, madame d'Espard. — Vous avez volé un tronc, dit en riant le parfumeur. Roguin dit avoir gagné cet argent chez un banquier à du Tillet, qui confirma la réponse du notaire, sans rougir. Le parfumeur, lui, devint pourpre. La soirée finie, au moment où Ferdinand alla se coucher, Birotteau l'emmena dans le magasin, sous prétexte de parler affaire. — Du Tillet, lui dit le brave homme, il manque trois mille francs à ma caisse, et je ne puis soupçonner personne ; la circonstance des vieux louis semble être trop contre vous pour que je ne vous en parle point ; aussi ne nous coucherons-nous pas sans avoir trouvé l'erreur, car après tout ce ne peut être qu'une erreur. Vous pouvez bien avoir pris quelque chose en compte sur vos appointements. Du Tillet dit effectivement avoir pris les louis. Le parfumeur alla ouvrir son grand livre, le compte de son commis ne se trouvait pas encore débité. — J'étais pressé, je devais faire écrire la somme par Popinot, dit Ferdinand. — C'est juste, dit Birotteau bouleversé par la froide insouciance du Normand qui connaissait bien les braves gens chez lesquels il était venu dans l'intention d'y faire fortune. Le parfumeur et son commis passèrent la nuit en vérifications que le digne marchand savait inutiles. En allant et venant, César glissa trois billets de banque de mille francs dans la caisse en les collant contre la bande du tiroir, puis il feignit d'être accablé de fatigue, parut dormir et ronfla. Du Tillet le réveilla triomphalement et afficha une joie excessive d'avoir éclairci l'erreur. Le lendemain, Birotteau gronda publiquement le petit Popinot, sa femme, et se mit en colère à propos de leur négligence. Quinze jours après, Ferdinand du Tillet entra chez un agent de change. La parfumerie ne lui convenait pas, dit-il, il voulait étudier la banque. En sortant de chez Birotteau, du Tillet parla de madame César de manière à faire croire que son patron l'avait renvoyé par jalousie. Quelques mois après, du Tillet vint voir son ancien patron, et réclama de lui sa caution pour vingt mille francs, afin de compléter les garanties qu'on lui demandait dans une affaire qui le mettait sur le chemin de la fortune. En remarquant la surprise que Birotteau manifesta de cette effronterie, du Tillet fronça le sourcil et lui demanda s'il n'avait pas confiance en lui. Matifat et deux négociants en affaires avec Birotteau remarquèrent l'indignation du parfumeur qui réprima sa colère en leur présence. Du Tillet était peut-être redevenu honnête homme, sa faute pouvait avoir été causée par une maîtresse au désespoir ou par une tentative au jeu, la réprobation publique d'un honnête homme allait jeter dans une voie de crimes et de malheurs un homme encore jeune et peut-être sur la voie du repentir. Cet ange prit alors la plume et fit un aval sur les billets de du Tillet en lui disant qu'il rendait de grand cœur ce léger service à un garçon qui lui avait été très utile. Le sang lui montait au visage en faisant ce mensonge officieux. Du Tillet ne soutint pas le regard de cet homme, et lui voua sans doute en ce moment cette haine sans trêve que les anges des ténèbres ont conçue contre les anges de lumière. Du Tillet tint si bien le balancier en dansant sur la corde roide des spéculations financières, qu'il resta toujours élégant et riche en apparence avant de l'être en réalité. Dès qu'il eut un cabriolet, il ne le quitta plus; il se maintint dans la sphère élevée des gens qui mêlent les plaisirs aux affaires, en faisant du foyer de l'Opéra la succursale de la Bourse, les Turcarets de l'époque [56]. Grâce à madame Roguin, qu'il connut chez Birotteau, il se répandit promptement parmi les gens de finance les plus haut placés. En ce moment, Ferdinand du Tillet était arrivé à une prospérité qui n'avait rien de mensonger. Au mieux avec la maison Nucingen où Roguin l'avait fait admettre, il s'était lié promptement avec les frères Keller, avec la haute Banque. Personne ne savait d'où venaient à ce garçon les immenses capitaux qu'il faisait mouvoir, mais on attribuait son bonheur à son intelligence et à sa probité.

La Restauration fit un personnage de César, à qui naturellement le tourbillon des crises politiques ôta la mémoire de ces deux accidents domestiques. L'immutabilité de ses opinions royalistes, auxquelles il était devenu fort indifférent depuis sa blessure, mais dans lesquelles il avait persisté par décorum, le souvenir de son dévouement en vendémiaire lui valurent de hautes protections, précisément parce qu'il ne demanda rien. Il fut nommé chef de bataillon dans la garde nationale, quoiqu'il fût incapable de répéter le moindre mot de commandement. En 1815, Napoléon, toujours ennemi de Birotteau, le destitua. Durant les Cent-Jours, Birotteau devint *la bête noire* des Libéraux de son quartier; car en 1815 seulement, commencèrent les scissions politiques entre les négociants, jusqu'alors unanimes dans leurs vœux de tranquillité dont les affaires avaient besoin. À la seconde restauration, le gouvernement royal dut remanier le corps municipal. Le préfet voulut nommer Birotteau maire. Grâce à sa femme, le parfumeur accepta seulement la place d'adjoint qui le mettait moins en évidence. Cette modestie augmenta beaucoup l'estime qu'on lui portait généralement et lui valut l'amitié du maire, monsieur Flamet de La Billardière. Birotteau, qui l'avait vu venir à la Reine des Roses au temps où la boutique servait d'entrepôt aux conspirations royalistes, le désigna lui-même au préfet de la Seine, qui le consulta sur le choix à faire. Monsieur et madame Birotteau ne furent jamais oubliés dans les invitations du maire. Enfin madame César quêta souvent à Saint-Roch, en belle et bonne compagnie. La Billardière servit chaudement Birotteau quand il fut question de distribuer au Corps Municipal les croix accordées, en appuyant sur sa blessure reçue à Saint-Roch, sur son attachement aux Bourbons et sur la considération dont il jouissait. Le Ministère, qui voulait, tout en prodiguant la croix de la Légion-d'Honneur afin d'abattre l'œuvre de Napoléon, se faire des créatures et rallier aux Bourbons les différents commerces, les hommes d'art et de science, comprit donc Birotteau dans la prochaine promotion. Cette faveur, en harmonie avec l'éclat que jetait Birotteau dans son arrondissement, le plaçait dans une situation où durent s'agrandir les idées d'un homme à qui jusqu'alors tout avait réussi. La nouvelle que le maire lui avait donnée de sa promotion fut le dernier argument qui décida le parfumeur à se lancer dans l'opération qu'il venait d'exposer à sa femme afin de quitter au plus vite la parfumerie, et s'élever aux régions de la haute bourgeoisie de Paris.

César avait alors quarante ans. Les travaux auxquels il se livrait dans sa fabrique lui avaient donné quelques rides prématurées, et avaient légèrement argenté la longue chevelure touffue que la pression de son chapeau lustrait circulairement. Son front, où, par la manière dont ils étaient plantés, ses cheveux dessinaient cinq pointes, annonçait la simplicité de sa vie. Ses gros sourcils n'effrayaient point, car ses yeux bleus s'harmoniaient par leur limpide regard toujours franc à son front d'honnête homme. Son nez cassé à la naissance et gros du bout lui donnait l'air étonné des gobe-mouches de Paris. Ses lèvres étaient très lippues, et son grand menton tombait droit. Sa figure, fortement colorée, à contours carrés, offrait, par la disposition des rides, par l'ensemble de la physionomie, le caractère ingénument rusé du paysan. La force générale du corps, la grosseur des membres, la carrure du dos, la largeur des pieds, tout dénotait d'ailleurs le villageois transplanté dans Paris. Ses mains larges et poilues, les grasses phalanges de ses doigts ridés, ses grands ongles carrés eussent attesté son origine, s'il n'en était pas resté des vestiges dans toute sa personne. Il avait sur les lèvres le sourire de bienveillance que prennent les marchands quand vous entrez chez eux; mais ce sourire commercial était l'image de son contentement intérieur et peignait l'état de son âme douce. Sa défiance ne dépassait jamais les affaires, sa ruse le quittait sur le seuil de la Bourse ou quand il fermait son Grand Livre. Le soupçon était pour lui ce qu'étaient ses factures imprimées, une nécessité de la vente elle-même. Sa figure offrait une sorte d'assurance comique, de fatuité mêlée de bonhomie qui le rendait original à voir en lui évitant une ressemblance trop complète avec la plate figure du bourgeois parisien. Sans cet air de naïve admiration et de foi en sa personne, il eût imprimé trop de respect; il se rapprochait ainsi des hommes en payant sa quote-part de ridicule. Habituellement en parlant il se croisait les mains derrière le dos. Quand il croyait avoir dit quelque chose de galant ou de saillant, il se levait imperceptiblement sur la pointe des pieds, à deux reprises, et retombait sur ses talons lourdement, comme pour appuyer sur sa phrase. Au fort d'une discussion on le voyait quelquefois tourner sur lui-même brusquement, faire quelques pas comme s'il allait chercher des objections et revenir sur son adversaire par un mouvement brusque. Il n'interrompait jamais, et se trouvait souvent victime de cette exacte observation des convenances, car les autres s'arrachaient la parole, et le bonhomme quittait la place sans avoir pu dire un mot. Sa grande expérience des affaires commerciales lui avait donné des habitudes taxées de manies par quelques personnes. Si quelque billet n'était pas payé, il l'envoyait à l'huissier, et ne s'en occupait plus que pour recevoir le capital, l'intérêt et les frais, l'huissier devait poursuivre jusqu'à ce que le négociant fût en faillite; César cessait alors toute procédure, ne comparaissait à aucune assemblée de créanciers, et gardait ses titres. Ce système et son implacable mépris pour les faillis lui venaient de monsieur Ragon qui, dans le cours de sa vie commerciale, avait fini par apercevoir une si grande perte de temps dans les affaires litigieuses, qu'il regardait le maigre et incertain dividende donné par les concordats [57] comme amplement regagné par l'emploi du temps qu'on ne perdait point à aller, venir, faire des démarches et courir après les excuses de l'improbité. — Si le failli est honnête homme et se refait, il vous paiera, disait monsieur Ragon. S'il reste sans ressource et qu'il soit purement malheureux, pourquoi le tourmenter? si c'est un fripon, vous n'aurez jamais rien. Votre sévérité connue vous fait passer pour intraitable, et comme il est impossible de transiger avec vous, tant que l'on peut payer, c'est vous qu'on paie. César arrivait à un rendez-vous à l'heure dite, mais dix minutes après il partait avec une inflexibilité que rien ne faisait plier; aussi son exactitude rendait-elle exacts les gens qui traitaient avec lui. Le costume qu'il avait adopté concordait à ses mœurs et sa physionomie. Aucune puissance ne l'eût fait renoncer aux cravates de mousseline blanche dont les coins brodés par sa femme ou sa fille lui pendaient sous le cou. Son gilet de piqué blanc boutonné carrément [58] descendait très bas sur son abdomen assez proéminent, car il avait un léger embonpoint. Il portait un pantalon bleu, des bas de soie noire et des souliers à rubans dont les nœuds se défaisaient souvent. Sa redingote vert-olive toujours trop large, et son chapeau à grands bords lui donnaient l'air d'un quaker. Quand il s'habillait pour les soirées du dimanche, il mettait une culotte de soie, des souliers à boucles d'or, et son infaillible gilet carré dont les deux bouts s'entr'ouvraient alors afin de montrer le haut de son jabot plissé. Son habit de drap marron était à grands pans et à longues basques. Il conserva, jusqu'en 1819, deux chaînes de montre qui pendaient parallèlement, mais il ne mettait la seconde que quand il s'habillait. Tel était César Birotteau, digne homme à qui les mystères qui président à la naissance des hommes avaient refusé la faculté de juger l'ensemble de la politique et de la vie, de s'élever au-dessus du niveau social sous lequel vit la classe moyenne, qui suivait en toute chose les errements de la routine : toutes ses opinions lui avaient été communiquées, et il les appliquait sans examen. Aveugle mais bon, peu spirituel mais profondément religieux, il avait un cœur pur. Dans ce cœur brillait un seul amour, la lumière et la force de sa vie, car son désir d'élévation, le peu de connaissances qu'il avait acquises, tout venait de son affection pour sa femme et pour sa fille.

Quant à madame César, alors âgée de trente-sept ans, elle ressemblait si parfaitement à la Vénus de Milo que tous ceux qui la connaissaient virent son portrait dans cette belle statue quand le duc de Rivière l'envoya [59]. En quelques mois, les chagrins passèrent si promptement leurs teintes jaunes sur son éblouissante blancheur, creusèrent et noircirent si cruellement le cercle bleuâtre où jouaient ses beaux yeux verts, qu'elle eut l'air d'une vieille madone; car elle conserva toujours, au milieu de ses ruines, une douce candeur, un regard pur quoique triste, et il fut impossible de ne pas la trouver toujours belle femme, d'un maintien sage et plein de décence. Au bal prémédité par César, elle devait jouir d'ailleurs d'un dernier éclat de beauté qui fut remarqué.

Toute existence a son apogée, une époque pendant laquelle les causes agissent et sont en rapport exact avec les résultats. Ce midi de la vie, où les forces vives s'équilibrent et se produisent dans tout leur éclat, est non seulement commun aux êtres organisés, mais encore aux cités, aux nations, aux idées, aux institutions, aux commerces, aux entreprises qui, semblables aux races nobles et aux dynasties, naissent, s'élèvent et tombent. D'où vient la rigueur avec laquelle ce thème de croissance et de décroissance s'applique à tout ce qui s'organise ici-bas ? car la mort elle-même a, dans les temps de fléau, son progrès, son ralentissement, sa recrudescence et son sommeil. Notre globe lui-même est peut-être une fusée un peu plus durable que les autres. L'Histoire, en redisant les causes de la grandeur et de la décadence de tout ce qui fut ici-bas, pourrait avertir l'homme du moment où il doit arrêter le jeu de toutes ses facultés; mais ni les conquérants, ni les acteurs, ni les femmes, ni les auteurs n'en écoutent la voix salutaire. César Birotteau, qui devait se considérer comme étant à l'apogée de sa fortune, prenait ce temps d'arrêt comme un nouveau point de départ. Il ne savait pas, et d'ailleurs ni les nations, ni les rois n'ont tenté d'écrire en caractères ineffaçables la cause de ces renversements dont l'histoire est grosse, dont tant de maisons souveraines ou commerciales offrent de si grands exemples. Pourquoi de nouvelles pyramides ne rappelleraient-elles pas incessamment ce principe qui doit dominer la politique des nations aussi bien que celle des particuliers : *Quand l'effet produit n'est plus en rapport direct ni en proportion égale avec sa cause, la désorganisation commence ?* Mais ces monuments existent partout, c'est les traditions et les pierres qui nous parlent du passé, qui consacrent les caprices de l'indomptable Destin, dont la main efface nos songes et nous prouve que les plus grands événements se résument dans une idée. Troie et Napoléon ne sont que des poèmes. Puisse cette histoire être le poème des vicissitudes bourgeoises auxquelles nulle voix n'a songé, tant elles semblent dénuées de grandeur, tandis qu'elles sont au même titre immenses : il ne s'agit pas d'un seul homme ici, mais de tout un peuple de douleurs.

CHAPITRE III

LES GERMES DU MALHEUR

En s'endormant, César craignit que le lendemain sa femme ne lui fît quelques objections péremptoires, et s'ordonna de se lever de grand matin pour tout résoudre. Au petit jour, il sortit donc sans bruit, laissa sa femme au lit, s'habilla lestement et descendit au magasin, au moment où le garçon en ôtait les volets numérotés. Birotteau, se voyant seul, attendit le lever de ses commis, et se mit sur le pas de sa porte en examinant comment son garçon de peine nommé Raguet s'acquittait de ses fonctions, et Birotteau s'y connaissait ! Malgré le froid, le temps était superbe.

— Popinot, va prendre ton chapeau, mets tes souliers, fais descendre monsieur Célestin, nous allons causer tous deux aux Tuileries, dit-il en voyant descendre Anselme.

Popinot, cet admirable contrepied de du Tillet, et qu'un de ces heureux hasards qui font croire à une Sous-Providence avait mis auprès de César, joue un si grand rôle dans cette histoire qu'il est nécessaire de le profiler ici. Madame Ragon était une demoiselle Popinot. Elle avait deux frères. L'un, le plus jeune de la famille, se trouvait alors juge suppléant au tribunal de première instance de la Seine. L'aîné avait entrepris le commerce des laines brutes, y avait mangé sa fortune, et mourut en laissant à la charge des Ragon et de son frère le juge qui n'avait pas d'enfants, son fils unique, déjà privé d'une mère morte en couches. Pour donner un état à son neveu, madame Ragon l'avait mis dans la parfumerie en espérant le voir succéder à Birotteau. Anselme Popinot était petit et pied-bot, infirmité que le hasard a donnée à lord Byron, à Walter Scott, à monsieur de Talleyrand, pour ne pas décourager ceux qui en sont affligés. Il avait ce teint éclatant et plein de taches de rousseur qui distingue les gens dont les cheveux sont rouges ; mais son front pur, ses yeux de la couleur des agates gris-veiné, sa jolie bouche, sa blancheur et la grâce d'une jeunesse pudique, la timidité que lui inspirait son vice de conformation réveillaient à son profit des sentiments protecteurs : on aime les faibles. Popinot intéressait. Le petit Popinot, tout le monde l'appelait ainsi, tenait à une famille essentiellement religieuse, où les vertus étaient intelligentes, où la vie était modeste et pleine de belles actions. Aussi l'enfant, élevé par son oncle le juge, offrait-il en lui la réunion des qualités qui rendent la jeunesse si belle : sage et affectueux, un peu honteux, mais plein d'ardeur, doux comme un mouton, mais courageux au travail, dévoué, sobre, il était doué de toutes les vertus d'un chrétien des premiers temps de l'Église. En entendant parler d'une promenade aux Tuileries, la proposition la plus excentrique que pût faire à cette heure son imposant patron, Popinot crut qu'il voulait lui parler d'établissement ; le commis pensa soudain à Césarine, la véritable reine des Roses, l'enseigne vivante de la maison et de laquelle il s'éprit le jour même où, deux mois avant du Tillet, il était entré chez Birotteau. En montant l'escalier, il fut donc obligé de s'arrêter, son cœur se gonflait trop, ses artères battaient trop violemment ; il descendit bientôt suivi de Célestin, le premier commis de Birotteau. Anselme et son patron cheminèrent sans mot dire vers les Tuileries. Popinot avait alors vingt et un ans, Birotteau s'était marié à cet âge, Anselme ne voyait donc aucun empêchement à son mariage avec Césarine, quoique la fortune du parfumeur et la beauté de sa fille fussent d'immenses obstacles à la réussite de vœux si ambitieux ; mais l'amour procède par les élans de l'espérance, et plus ils sont insensés, plus il y ajoute foi; aussi plus sa maîtresse se trouvait loin de lui, plus ses désirs étaient-ils vifs. Heureux enfant qui, par un temps où tout se nivelle, où tous les chapeaux se ressemblent, réussissait à créer des distances entre la fille d'un parfumeur et lui, rejeton d'une vieille famille parisienne! Malgré ses doutes, ses inquiétudes, il était heureux : il dînait tous les jours auprès de Césarine! Puis en s'appliquant aux affaires de la maison, il y mettait un zèle, une ardeur qui dépouillait le travail de toute amertume; en faisant tout au nom de Césarine, il n'était jamais fatigué. Chez un jeune homme de vingt ans, l'amour se repaît de dévouement. — Ce sera un négociant, il parviendra, disait de lui César à madame Ragon en vantant l'activité d'Anselme au milieu des *mises* [60] de la fabrique, en louant son aptitude à comprendre les finesses de l'art, en rappelant l'âpreté de son travail dans les moments où les expéditions donnaient, et où, les manches retroussées, les bras nus, le boiteux emballait et clouait à lui seul plus de caisses que les autres commis. Les prétentions connues et avouées d'Alexandre Crottat, premier clerc de Roguin, la fortune de son père, riche fermier de la Brie, formaient des obstacles bien grands au triomphe de l'orphelin; mais ces difficultés n'étaient cependant point encore les plus âpres à vaincre : Popinot ensevelissait au fond de son cœur de tristes secrets qui agrandissaient l'intervalle mis entre Césarine et lui. La fortune des Ragon, sur laquelle il aurait pu compter, était compromise; l'orphelin avait le bonheur de les aider à vivre en leur apportant ses maigres appointements. Cependant il croyait au succès! Il avait plusieurs fois saisi quelques regards jetés avec un apparent orgueil sur lui par Césarine; au fond de ses yeux bleus, il avait osé lire une secrète pensée pleine de caressantes espérances. Il allait donc, travaillé par son espoir du moment, tremblant, silencieux, ému, comme pourraient l'être en semblable occurrence tous les jeunes gens pour qui la vie est en bourgeon.

— Popinot, lui dit le brave marchand, ta tante va-t-elle bien ?

— Oui, monsieur.

— Cependant elle me paraît soucieuse depuis quelque temps, y aurait-il quelque chose qui clocherait chez elle ? Écoute-moi, garçon, faut pas trop faire le mystérieux avec moi, je suis quasi de la famille, voilà vingt-cinq ans que je connais ton oncle Ragon. Je suis entré chez lui en gros souliers ferrés, arrivant de mon village. Quoique l'endroit s'appelle les Trésorières, j'avais pour toute fortune un louis d'or que m'avait donné ma marraine, feu madame la marquise d'Uxelles, une parente à monsieur le duc et madame la duchesse de Lenoncourt, qui sont de nos pratiques. Aussi ai-je prié tous les dimanches pour elle et pour toute sa famille ; j'envoie en Touraine à sa nièce, madame de Mortsauf, toutes ses parfumeries. Il me vient toujours des pratiques par eux, comme, par exemple, monsieur de Vandenesse, qui prend pour douze cents francs par an. On ne serait pas reconnaissant par bon cœur, on devrait l'être par calcul : mais je te veux du bien sans arrière-pensée et pour toi.

— Ah ! monsieur, vous aviez, si vous me permettez de vous le dire, une fière caboche !

— Non, mon garçon, non, cela ne suffit point. Je ne dis pas que ma caboche n'en vaille pas une autre, mais j'avais de la probité, *mordicus !* mais j'ai eu de la conduite, mais je n'ai jamais aimé que ma femme. L'amour est un fameux *véhicule*, un mot heureux qu'a employé hier monsieur de Villèle [61] à la tribune.

— L'amour ! dit Popinot. Oh ! monsieur, est-ce que...

— Tiens, tiens, voilà le père Roguin qui vient à pied par le haut de la place Louis XV [62], à huit heures. Qu'est-ce que le bonhomme fait donc là ? se dit César en oubliant Anselme Popinot et l'huile de noisette.

Les suppositions de sa femme lui revinrent à la mémoire, et, au lieu d'entrer dans le jardin des Tuileries, Birotteau s'avança vers le notaire pour le rencontrer. Anselme suivit son patron à distance, sans pouvoir s'expliquer le subit intérêt qu'il prenait à une chose en apparence si peu importante; mais très heureux des encouragements qu'il trouvait dans le dire de César sur ses souliers ferrés, son louis d'or et l'amour.

Roguin, grand et gros homme bourgeonné, le front très découvert, à cheveux noirs, ne manquait pas jadis de physionomie; il avait été audacieux et jeune, car de petit-clerc il était devenu notaire; mais, en ce moment, son visage offrait, aux yeux d'un habile observateur, les tiraillements, les fatigues de plaisirs cherchés. Lorsqu'un homme se plonge dans la fange des excès, il est difficile que sa figure ne soit pas fangeuse en quelque endroit; aussi les contours des rides, la chaleur du teint étaient-ils, chez Roguin, sans noblesse. Au lieu de cette lueur pure qui flambe sous les tissus des hommes contenus et leur imprime une fleur de santé, l'on entrevoyait chez lui l'impureté d'un sang fouetté par des efforts contre lesquels regimbe le corps. Son nez était ignoblement retroussé, comme celui des gens chez lesquels les humeurs, en prenant la route de cet organe, produisent une infirmité secrète qu'une vertueuse reine de France croyait naïvement être un malheur commun à l'espèce, n'ayant jamais approché d'autre homme que le roi d'assez près pour reconnaître son erreur. En prisant beaucoup de tabac d'Espagne, Roguin avait cru dissimuler son incommodité, il en avait augmenté les inconvénients qui furent la principale cause de ses malheurs.

N'est-ce pas une flatterie sociale un peu trop prolongée que de toujours peindre les hommes sous de fausses couleurs, et de ne pas révéler quelques-uns des vrais principes de leurs vicissitudes, si souvent causées par la maladie? Le mal physique, considéré dans ses ravages moraux, examiné dans ses influences sur le mécanisme de la vie, a peut-être été jusqu'ici trop négligé par les historiens des mœurs. Madame César avait bien deviné le secret du ménage.

Dès la première nuit de ses noces, la charmante fille

unique du banquier Chevrel avait conçu pour le pauvre notaire une insurmontable antipathie, et voulut aussitôt requérir le divorce. Trop heureux d'avoir une femme riche de cinq cent mille francs sans compter les espérances, Roguin avait supplié sa femme de ne pas intenter une action en divorce, en la laissant libre et se soumettant à toutes les conséquences d'un pareil pacte. Madame Roguin, devenue souveraine maîtresse, se conduisit avec son mari comme une courtisane avec un vieil amant. Roguin trouva bientôt sa femme trop chère, et, comme beaucoup de maris parisiens, il eut un second ménage en ville. D'abord contenue dans de sages bornes, cette dépense fut médiocre.

Primitivement, Roguin rencontra, sans grands frais, des grisettes très heureuses de sa protection; mais, depuis trois ans, il était rongé par une de ces indomptables passions qui envahissent les hommes entre cinquante et soixante ans, et que justifiait l'une des plus magnifiques créatures de ce temps, connue dans les fastes de la prostitution sous le sobriquet de la belle Hollandaise, car elle allait retomber dans ce gouffre où sa mort l'illustra. Elle avait été jadis amenée de Bruges à Paris par un des clients de Roguin, qui, forcé de partir par suite des événements politiques, lui en fit présent en 1815 [63]. Le notaire avait acheté pour sa belle une petite maison aux Champs-Élysées, l'avait richement meublée et s'était laissé entraîner à satisfaire les coûteux caprices de cette femme, dont les profusions absorbèrent sa fortune.

L'air sombre empreint sur la physionomie de Roguin, et qui se dissipa quand il vit son client, tenait à des événements mystérieux où se trouvaient les secrets de la fortune si rapidement faite par du Tillet. Le plan formé par du Tillet changea dès le premier dimanche où il put observer chez son patron la situation respective de monsieur et madame Roguin. Il était venu moins pour séduire madame César que pour se faire offrir la main de Césarine en dédommagement d'une passion rentrée, et il eut d'autant moins de peine à renoncer à ce mariage qu'il avait cru César riche et le trouvait pauvre. Il espionna le notaire, s'insinua dans sa confiance, se fit présenter chez la belle Hollandaise, y étudia dans quels termes elle était avec Roguin, et apprit qu'elle menaçait de remercier son amant s'il lui rognait son luxe. La belle Hollandaise était de ces femmes folles qui ne s'inquiètent jamais d'où vient l'argent ni comment il s'acquiert, et qui donneraient une fête avec les écus d'un parricide. Elle ne pensait jamais le lendemain à la veille. Pour elle, l'avenir était son après-dîner, et la fin du mois l'éternité, même quand elle avait des mémoires à payer. Charmé de rencontrer un premier levier, du Tillet commença par obtenir de la belle Hollandaise qu'elle aimât Roguin pour trente mille francs par an au lieu de cinquante mille, service que les vieillards passionnés oublient rarement.

Enfin, après un souper très aviné, Roguin s'ouvrit à du Tillet sur sa crise financière. Ses immeubles étant absorbés par l'hypothèque légale de sa femme, il avait été conduit par sa passion à prendre dans les fonds de ses clients une somme déjà supérieure à la moitié de sa charge. Quand le reste serait dévoré, l'infortuné Roguin se brûlerait la cervelle, car il croyait diminuer l'horreur de la faillite en imposant la pitié publique. Du Tillet aperçut une fortune rapide et sûre qui brilla comme un éclair dans la nuit de l'ivresse, il rassura Roguin et le paya de sa confiance en lui faisant tirer ses pistolets en l'air. — En se hasardant ainsi, lui dit-il, un homme de votre portée ne doit pas se conduire comme un sot et marcher à tâtons, mais opérer hardiment. Il lui conseilla de prendre dès à présent une forte somme, de la lui confier pour être jouée avec audace dans une partie quelconque, à la Bourse, ou dans quelque spéculation choisie entre les mille qui s'entreprenaient alors. En cas de gain, ils fonderaient à eux deux une maison de banque où l'on tirerait parti des dépôts, et dont les bénéfices lui serviraient à contenter sa passion. Si la chance tournait contre eux, Roguin irait vivre à l'étranger au lieu de se tuer, parce que *son* du Tillet lui serait fidèle jusqu'au dernier sou. C'était une corde à portée de main pour un homme qui se noyait, et Roguin ne s'aperçut pas que le commis parfumeur la lui passait autour du cou.

Maître du secret de Roguin, du Tillet s'en servit pour établir à la fois son pouvoir sur la femme, sur la maîtresse et sur le mari. Prévenue d'un désastre qu'elle était loin de soupçonner, madame Roguin accepta les soins de du Tillet, qui sortit alors de chez le parfumeur, sûr de son avenir. Il n'eut pas de peine à convaincre la maîtresse de risquer une somme, afin de ne jamais être obligée de recourir à la prostitution s'il lui arrivait quelque malheur. La femme régla ses affaires, amassa promptement un petit capital, et le remit à un homme en qui son mari se fiait, car le notaire donna d'abord cent mille francs à son complice. Placé près de madame Roguin de manière à transformer les intérêts de cette belle femme en affection, du Tillet sut lui inspirer la plus violente passion. Ses trois commanditaires lui constituèrent naturellement une part; mais, mécontent de cette part, il eut l'audace, en les faisant jouer à la Bourse, de s'entendre avec un adversaire qui lui rendait le montant des pertes supposées, car il joua pour ses clients et pour lui-même. Aussitôt qu'il eut cinquante mille francs, il fut sûr de faire une grande fortune; il porta le coup d'œil d'aigle qui le caractérise dans les phases où se trouvait alors la France : il joua la baisse pendant la campagne de France, et la hausse au retour des Bourbons. Deux mois après la rentrée de Louis XVIII, madame Roguin possédait deux cent mille francs, et du Tillet cent mille écus. Le notaire, aux yeux de qui ce jeune homme était un ange, avait rétabli l'équilibre dans ses affaires. La belle Hollandaise dissipait tout, elle était la proie d'un infâme cancer, nommé Maxime de Trailles, ancien page de l'Empereur. Du Tillet découvrit le véritable nom de cette fille en faisant un acte avec elle. Elle se nommait Sarah Gobseck. Frappé de la coïncidence de ce nom avec celui d'un usurier dont il avait entendu parler, il alla chez ce vieil escompteur, la providence des enfants de famille, afin de reconnaître jusqu'où pourrait aller sur lui le crédit de sa parente. Le Brutus des usuriers fut implacable pour sa petite-nièce, mais du Tillet sut lui plaire en se posant comme le banquier de Sarah, et comme ayant des fonds à faire mouvoir. La nature normande et la nature usurière se convinrent l'une à l'autre. Gobseck se trouvait avoir besoin d'un homme jeune et habile pour surveiller une petite opération à l'étranger. Un Auditeur au Conseil d'État, surpris par le retour des Bourbons, avait eu l'idée, pour se bien mettre en cour, d'aller en Allemagne racheter les titres des dettes contractées par les princes pendant leur émigration. Il offrait les bénéfices de cette affaire, pour lui purement politique, à ceux qui lui donneraient les fonds nécessaires. L'usurier ne voulait lâcher les sommes qu'au fur et à mesure de l'achat des créances, et les faire examiner par un fin représentant. Les usuriers ne se fient à personne, ils veulent des garanties ; auprès d'eux, l'occasion est tout : de glace quand ils n'ont pas besoin d'un homme, ils sont patelins et disposés à la bienfaisance quand leur utilité s'y trouve. Du Tillet connaissait le rôle immense sourdement joué sur la place de Paris par les Werbrust et Gigonnet, escompteurs du commerce des rues Saint-Denis et Saint-Martin, par Palma, banquier du faubourg Poissonnière, presque toujours intéressés avec Gobseck. Il offrit donc une caution pécuniaire en se faisant accorder un intérêt et en exigeant que ces messieurs employassent dans leur commerce d'argent les fonds qu'il leur déposerait : il se préparait ainsi des appuis. Il accompagna monsieur Clément Chardin des Lupeaulx dans un voyage en Allemagne qui dura pendant les Cent-Jours, et revint à la seconde restauration, ayant plus augmenté les éléments de sa fortune que sa fortune elle-même. Il était entré dans les secrets des plus habiles calculateurs de Paris, il avait conquis l'amitié de l'homme dont il était le surveillant, car cet habile escamoteur lui avait mis à nu les ressorts et la jurisprudence de la haute politique. Du Tillet était un de ces esprits qui entendent à demi-mot, il acheva de se former pendant ce voyage. Au retour, il retrouva madame Roguin fidèle. Quant au pauvre notaire, il attendait Ferdinand avec autant d'impatience qu'en témoignait sa femme, la belle Hollandaise l'avait de nouveau ruiné. Du Tillet questionna la belle Hollandaise, et ne retrouva pas une dépense équivalente aux sommes dissipées. Du Tillet découvrit alors le secret que Sarah Gobseck lui avait si soigneusement caché, sa folle passion pour Maxime de Trailles, dont les débuts dans sa carrière de vices et de débauche annonçaient ce qu'il fut, un de ces garnements politiques nécessaires à tout bon gouvernement, et que le jeu rendait insatiable. En faisant cette découverte, du Tillet comprit l'insensibilité de Gobseck pour sa petite-nièce. Dans ces conjonctures, le banquier du Tillet, car il devint banquier, conseilla fortement à Roguin de garder une poire pour la soif, en embarquant ses clients les plus riches dans une affaire où il pourrait se réserver de fortes sommes, s'il était contraint à faillir en recommençant le jeu de la Banque. Après des *hauts* et des *bas*, profitables seulement à du Tillet et à madame Roguin, le notaire entendit enfin sonner l'heure de sa *déconfiture*. Son agonie fut alors exploitée par son meilleur ami. Du Tillet inventa la spéculation relative aux terrains situés autour de la Madeleine. Naturellement les cent mille francs déposés par Birotteau chez Roguin, en attendant un placement, furent remis à du Tillet qui, voulant perdre le parfumeur, fit comprendre à Roguin qu'il courait moins de dangers à prendre dans ses filets ses amis intimes. — Un ami, lui dit-il, conserve des ménagements jusque dans sa colère. Peu de personnes savent aujourd'hui combien peu valait à cette époque une toise de terrain autour de la Madeleine, mais ces terrains allaient nécessairement être vendus au-dessus de leur valeur momentanée à cause de l'obligation où l'on serait d'aller trouver des propriétaires qui profiteraient de l'occasion; or du Tillet voulait être à portée de recueillir les bénéfices sans supporter les pertes d'une spéculation à long terme. En d'autres termes, son plan consistait à tuer l'affaire pour s'adjuger un cadavre qu'il savait pouvoir raviver. En semblable occurrence, les Gobseck, les Palma, les Werbrust, les Gigonnet se prêtaient mutuellement la main; mais du Tillet n'était pas assez intime avec eux pour leur demander leur aide; d'ailleurs il voulait si bien cacher son bras tout en conduisant l'affaire, qu'il pût recueillir les profits du vol sans en avoir la honte; il sentit donc la nécessité d'avoir à lui l'un de ces mannequins vivants nommés dans la langue commerciale *hommes de paille.* Son joueur supposé de la Bourse lui parut propre à devenir son âme damnée, et il entreprit sur les droits divins en créant un homme. D'un ancien commis-voyageur, sans moyens ni capacité, excepté celle de parler indéfiniment sur toute espèce de sujet en ne disant rien, sans sou ni maille [64], mais pouvant comprendre un rôle et le jouer sans compromettre la pièce; plein de l'honneur le plus rare, c'est-à-dire capable de garder un secret et de se laisser déshonorer au profit de son commettant, du Tillet fit un banquier qui montait et dirigeait les plus grandes entreprises, le chef de la maison Claparon. La destinée de Charles Claparon était d'être un jour livré aux juifs et aux pharisiens, si les affaires lancées par du Tillet exigeaient une faillite, et Claparon le savait. Mais, pour un pauvre diable qui se promenait mélancoliquement sur les boulevards avec un avenir de quarante sous dans sa poche quand son camarade du Tillet le rencontra, les petites parts qui devaient lui être abandonnées dans chaque affaire furent un Eldorado. Ainsi son amitié, son dévouement pour du Tillet corroborés d'une reconnaissance irréfléchie, excités par les besoins d'une vie libertine et décousue, lui faisaient dire *amen* à tout. Puis, après avoir vendu son honneur, il le vit risquer avec tant de prudence, qu'il finit par s'attacher à son ancien camarade, comme un chien à son maître. Claparon était un caniche fort laid, mais toujours prêt à faire le saut de Curtius [65]. Dans la combinaison actuelle, il devait représenter une moitié des acquéreurs des terrains comme César Birotteau représenterait l'autre. Les valeurs que Claparon recevrait de Birotteau seraient escomptées par un des usuriers de qui du Tillet pouvait emprunter le nom, pour précipiter Birotteau dans les abîmes d'une faillite, quand Roguin lui enlèverait ses fonds. Les syndics de la faillite agiraient au gré des inspirations de du Tillet qui, possesseur des écus donnés par le parfumeur et son créancier sous différents noms, ferait liciter les terrains et les achèterait pour la moitié de leur valeur en payant avec les fonds de Roguin et le dividende de la faillite. Le notaire trempait dans ce plan en croyant avoir une bonne part des précieuses dépouilles du parfumeur et de ses coïntéressés; mais l'homme à la discrétion duquel il se livrait devait se faire et se fit la part du lion. Roguin, ne pouvant poursuivre du Tillet devant aucun tribunal, fut heureux de l'os à ronger qui lui fut jeté, de mois en mois, au fond de la Suisse où il trouva des beautés au rabais. Les circonstances, et non une méditation d'auteur tragique inventant une intrigue, avaient engendré cet horrible plan. La haine sans désir de vengeance est un grain tombé sur du granit; mais la vengeance vouée à César, par du Tillet, était un des mouvements les plus naturels, ou il faut nier la querelle des anges maudits et des anges de lumière. Du Tillet ne pouvait sans de grands inconvénients assassiner le seul homme dans Paris qui le savait coupable d'un vol domestique, mais il pouvait le jeter dans la boue et l'annihiler au point de rendre son témoignage impossible. Pendant longtemps sa vengeance avait germé dans son cœur sans fleurir, car les gens les plus haineux font à Paris très peu de plans; la vie y est trop rapide, trop remuée, il y a trop d'accidents imprévus; mais aussi ces perpétuelles oscillations, si elles ne permettent pas la préméditation, servent-elles très bien une pensée tapie au fond du politique assez fort pour guetter leurs chances fluviatiles. Quand Roguin avait fait sa confidence à du Tillet, le commis y entrevit vaguement la possibilité de détruire César, et il ne s'était pas trompé. Sur le point de quitter son idole, le notaire buvait le reste de son philtre dans la coupe cassée, il allait tous les jours aux Champs-Élysées et revenait chez lui de grand matin. Ainsi la défiante madame César avait raison. Dès qu'un homme se résout à jouer le rôle que du Tillet avait donné à Roguin, il acquiert les talents du plus grand comédien, il a la vue d'un lynx et la pénétration d'un voyant, il sait magnétiser sa dupe ; aussi le notaire avait-il aperçu Birotteau longtemps avant que Birotteau ne le vît, et quand le parfumeur le regarda, il lui tendait déjà la main de loin.

— Je viens d'aller recevoir le testament d'un grand personnage qui n'a pas huit jours à vivre, dit-il de l'air le plus naturel du monde ; mais l'on m'a traité comme un médecin de village, on m'a envoyé chercher en voiture, et je reviens à pied.

Ces paroles dissipèrent un léger nuage de défiance qui avait obscurci le front du parfumeur, et que Roguin entrevit ; aussi le notaire se garda-t-il bien de parler de l'affaire des terrains le premier, car il voulait porter le dernier coup à sa victime.

— Après les testaments, les contrats de mariage, dit Birotteau, voilà la vie. Et à propos de cela, quand épousons-nous la Madeleine ? Hé ! hé ! papa Roguin, ajouta-t-il en lui tapant sur le ventre.

Entre hommes la prétention des plus chastes bourgeois est de paraître égrillards.

— Mais si ce n'est pas aujourd'hui, répondit le notaire d'un air diplomatique, ce ne sera jamais. Nous craignons que l'affaire ne s'ébruite, je suis déjà vivement pressé par deux de mes plus riches clients qui veulent se mettre dans cette spéculation. Aussi est-ce à prendre ou à laisser. Passé midi, je dresserai les actes et vous n'aurez la faculté d'y être que jusqu'à une heure. Adieu. Je vais précisément lire les minutes que Xandrot a dû me dégrossir pendant cette nuit.

— Eh ! bien, c'est fait, vous avez ma parole, dit

Birotteau en courant après le notaire et lui frappant dans la main. Prenez les cent mille francs qui devaient servir à la dot de ma fille.

— Bien, dit Roguin en s'éloignant.

Pendant l'instant que Birotteau mit à revenir auprès du petit Popinot, il éprouva dans ses entrailles une chaleur violente, son diaphragme se contracta, ses oreilles tintèrent.

— Qu'avez-vous, monsieur ? lui demanda le commis en voyant à son maître le visage pâle.

— Ah ! mon garçon, je viens de conclure par un seul mot une grande affaire, personne n'est maître de ses émotions en pareil cas. D'ailleurs tu n'y es pas étranger. Aussi, t'ai-je amené ici pour y causer plus à l'aise, personne ne nous écoutera. Ta tante est gênée, à quoi donc a-t-elle perdu son argent ? dis-le-moi.

— Monsieur, mon oncle et ma tante avaient leurs fonds chez monsieur de Nucingen, ils ont été forcés de prendre en remboursement des actions dans les mines de Worstchin qui ne donnent pas encore de dividende [66], et il est difficile à leur âge de vivre d'espérance.

— Mais avec quoi vivent-ils ?

— Ils m'ont fait le plaisir d'accepter mes appointements.

— Bien, bien Anselme, dit le parfumeur en laissant voir une larme qui roula dans ses yeux, tu es digne de l'attachement que je te porte. Aussi vas-tu recevoir une haute récompense de ton application à mes affaires.

En disant ces paroles, le négociant grandissait autant à ses propres yeux qu'à ceux de Popinot ; il y mit cette bourgeoise et naïve emphase, expression de sa supériorité postiche.

— Quoi ! Vous auriez deviné ma passion pour...

— Pour qui ? dit le parfumeur.

— Pour mademoiselle Césarine...

— Ah ! garçon, tu es bien hardi, s'écria Birotteau. Mais garde bien ton secret, je te promets de l'oublier, et tu sortiras de chez moi demain. Je ne t'en veux pas ; à ta place, diable! diable! j'en aurais fait tout autant. Elle est si belle!

— Ah, monsieur! dit le commis qui sentait sa chemise mouillée tant il se tressuait [67].

— Mon garçon, cette affaire n'est pas l'affaire d'un jour : Césarine est sa maîtresse, et sa mère a ses idées. Ainsi rentre en toi-même, essuie tes yeux, tiens ton cœur en bride, et n'en parlons jamais. Je ne rougirais pas de t'avoir pour gendre : neveu de monsieur Popinot, juge au Tribunal de première instance; neveu des Ragon, tu as le droit de faire ton chemin tout comme un autre : mais il y a des *mais*, des *car*, des *si!* Quel diable de chien me lâches-tu là dans une conversation d'affaire! Tiens, assieds-toi sur cette chaise, et que l'amoureux fasse place au commis. Popinot, es-tu homme de cœur? dit-il en regardant son commis. Te sens-tu le courage de lutter avec plus fort que toi, de te battre corps à corps?...

— Oui, monsieur.

— De soutenir un combat long, dangereux...

— De quoi s'agit-il?

— De couler l'huile de Macassar! dit Birotteau, se dressant en pied comme un héros de Plutarque. Ne nous abusons pas, l'ennemi est fort, bien campé, redoutable. L'huile de Macassar a été rondement menée. La conception est habile. Les fioles carrées ont l'originalité de la forme. Pour mon projet, j'ai pensé à faire les nôtres triangulaires; mais je préférerais, après de mûres réflexions, de petites bouteilles de verre mince clissées en roseau; elles auraient un air mystérieux, et le consommateur aime tout ce qui l'intrigue.

— C'est coûteux, dit Popinot. Il faudrait tout établir au meilleur marché possible, afin de faire de fortes remises aux détaillants.

— Bien, mon garçon, voilà les vrais principes. Songes-y bien, l'huile de Macassar se défendra! elle est spécieuse, elle a un nom séduisant. On la présente comme une importation étrangère, et nous aurons le malheur d'être de notre pays. Voyons, Popinot, te sens-tu de force à tuer Macassar ? D'abord tu l'emporteras dans les expéditions d'outre-mer : il paraît que Macassar est réellement aux Indes, il est plus naturel alors d'envoyer le produit français aux Indiens que de leur renvoyer ce qu'ils sont censés nous fournir. À toi les pacotilleurs ! Mais il faut lutter à l'étranger, lutter dans les départements ! Or l'huile de Macassar a été bien affichée, il ne faut pas se déguiser sa puissance, elle est poussée, le public la connaît.

— Je la coulerai, s'écria Popinot l'œil en feu.

— Avec quoi ? lui dit Birotteau. Voilà bien l'ardeur des jeunes gens. Écoute-moi donc jusqu'au bout.

Anselme se mit comme un soldat au port d'armes devant un maréchal de France.

— J'ai inventé, Popinot, une huile pour exciter la pousse des cheveux, raviver le cuir chevelu, maintenir la couleur de chevelures mâles et femelles. Cette essence n'aura pas moins de succès que ma pâte et mon eau ; mais je ne veux pas exploiter ce secret par moi-même, je pense à me retirer du commerce. C'est toi, mon enfant, qui lanceras mon huile *Comagène* (du mot *coma*, mot latin qui signifie cheveux, comme me l'a dit monsieur Alibert, médecin du Roi [68]. Ce mot se trouve dans la tragédie de Bérénice, où Racine a mis un roi de Comagène, amant de cette belle reine si célèbre par sa chevelure, lequel amant, sans doute par flatterie, a donné ce nom à son royaume [69] ! Comme ces grands génies ont de l'esprit ! ils descendent aux plus petits détails).

Le petit Popinot garda son sérieux en écoutant cette parenthèse saugrenue, évidemment dite pour lui qui avait de l'instruction.

— Anselme, j'ai jeté les yeux sur toi pour fonder une maison de commerce de haute droguerie, rue des Lombards, dit Birotteau. Je serai ton associé secret, je te baillerai les premiers fonds. Après l'huile Comagène, nous essaierons de l'essence de vanille, de l'esprit de menthe. Enfin, nous aborderons la droguerie en la révolutionnant, en vendant ses produits concentrés au lieu de les vendre en nature. Ambitieux jeune homme, es-tu content ?

Anselme ne pouvait répondre, tant il était oppressé, mais ses yeux pleins de larmes répondaient pour lui. Cette offre lui semblait dictée par une indulgente paternité qui lui disait : Mérite Césarine en devenant riche et considéré.

— Monsieur, répondit-il enfin en prenant l'émotion de Birotteau pour l'étonnement, moi aussi je réussirai !

— Voilà comme j'étais, s'écria le parfumeur, je n'ai pas dit un autre mot. Si tu n'as pas ma fille, tu auras toujours une fortune. Eh ! bien, garçon, qu'est-ce qui te prend ?

— Laissez-moi espérer qu'en acquérant l'une j'obtiendrai l'autre.

— Je ne puis t'empêcher d'espérer, mon ami, dit Birotteau touché par le ton d'Anselme.

— Eh ! bien, monsieur, puis-je dès aujourd'hui prendre mes mesures pour trouver une boutique afin de commencer au plus tôt ?

— Oui, mon enfant. Demain nous irons nous enfermer tous deux à la fabrique. Avant d'aller dans le quartier de la rue des Lombards, tu passeras chez Livingston, pour savoir si ma presse hydraulique pourra fonctionner demain. Ce soir, nous irons, à l'heure du dîner, chez l'illustre et bon monsieur Vauquelin pour le consulter. Ce savant s'est occupé tout récemment de la composition des cheveux, il a recherché quelle était leur substance colorante, d'où elle provenait, quelle était la contexture des cheveux. Tout est là, Popinot. Tu sauras mon secret, et il ne s'agira plus que de l'exploiter avec intelligence. Avant d'aller chez Livingston, passe chez Pieri Bénard. Mon enfant, le désintéressement de monsieur Vauquelin est une des grandes douleurs de ma vie ; il est impossible de lui rien faire accepter. Heureusement j'ai su par Chiffreville qu'il voulait une Vierge de Dresde, gravée par un certain Muller [70], et, après deux ans de correspondance en Allemagne, Bénard a fini par la trouver sur papier de chine, avant la lettre [71] : elle coûte quinze cents francs, mon garçon. Aujourd'hui, notre bienfaiteur la verra dans son antichambre en nous reconduisant, car elle doit être encadrée, tu t'en assureras. Nous nous rappellerons ainsi à son souvenir, ma femme et moi, car quant à la reconnaissance, voilà seize ans que nous prions Dieu, tous les jours, pour lui. Moi je ne l'oublierai jamais; mais, Popinot, enfoncés dans la science, les savants oublient tout, femmes, amis, obligés. Nous autres, notre peu d'intelligence nous permet au moins d'avoir le cœur chaud. Ça console de ne pas être un grand homme. Ces messieurs de l'Institut, c'est tout cerveau, tu verras, vous ne les rencontrez jamais dans une église. Monsieur Vauquelin est toujours dans son cabinet ou dans son laboratoire, j'aime à croire qu'il pense à Dieu en analysant ses ouvrages. Voilà qui est entendu : je te ferai les fonds, je te laisserai la possession de mon secret, nous serons de moitié, sans qu'il soit besoin d'acte. Vienne le succès! nous arrangerons nos flûtes [72]. Cours, mon garçon, moi je vais à mes affaires. Écoute donc, Popinot, je donnerai dans vingt jours un grand bal, fais-toi faire un habit, viens-y comme un commerçant déjà calé [73]...

Ce dernier trait de bonté émut tellement Popinot, qu'il saisit la grosse main de César et la baisa. Le bonhomme avait flatté l'amoureux par cette confidence, et les gens épris sont capables de tout.

— Pauvre garçon, dit Birotteau en le voyant courir à travers les Tuileries, si Césarine l'aimait! mais il est boiteux, il a les cheveux de la couleur d'un bassin, et les jeunes filles sont si singulières, je ne crois guère que Césarine... Et puis sa mère veut la voir la femme d'un notaire. Alexandre Crottat la fera riche : la richesse rend tout supportable, tandis qu'il n'y a pas de bonheur qui ne succombe à la misère. Enfin, j'ai résolu de laisser ma fille maîtresse d'elle-même jusqu'à concurrence d'une folie.

CHAPITRE IV

DÉPENSES EXCESSIVES

Le voisin de Birotteau était un petit marchand de parapluies, d'ombrelles et de cannes, nommé Cayron, Languedocien, qui faisait de mauvaises affaires, et que Birotteau avait obligé déjà plusieurs fois. Cayron ne demandait pas mieux que de se restreindre à sa boutique et de céder au riche parfumeur les deux pièces du premier étage, en diminuant d'autant son bail.

— Eh! bien, voisin, lui dit familièrement Birotteau en entrant chez le marchand de parapluies, ma femme consent à l'augmentation de notre local! Si vous voulez, nous irons chez monsieur Molineux à onze heures.

— Mon cher monsieur Birotteau, reprit le marchand de parapluies, je ne vous ai jamais rien demandé pour cette cession, mais vous savez qu'un bon commerçant doit faire argent de tout.

— Diable! diable! répondit le parfumeur, je n'ai pas des mille et des cents. J'ignore si mon architecte, que j'attends, trouvera la chose praticable. Avant de conclure, m'a-t-il dit, sachons si vos planchers sont de niveau. Puis il faut que monsieur Molineux consente à laisser percer le mur, et le mur est-il mitoyen? Enfin j'ai à faire retourner chez moi l'escalier, pour changer le palier afin d'établir le plain-pied. Voilà bien des frais, je ne veux pas me ruiner.

— Oh! monsieur, dit le Méridional, quand vous serez ruiné, le soleil sera venu coucher avec la terre, et ils auront fait des petits!

Birotteau se caressa le menton en se soulevant sur la pointe des pieds et retombant sur ses talons.

— D'ailleurs, reprit Cayron, je ne vous demande pas autre chose que de me prendre ces valeurs-là...

Et il lui présenta un petit bordereau de cinq mille francs composé de seize billets.

— Ah! dit le parfumeur en feuilletant les effets, de *petites broches* [74], deux mois, trois mois...

— Prenez-les-moi, à six pour cent seulement, dit le marchand d'un air humble.

— Est-ce que je fais l'usure? dit le parfumeur d'un air de reproche.

— Mon Dieu, monsieur, je suis allé chez votre ancien commis du Tillet; il n'en voulait à aucun prix, sans doute pour savoir ce que je consentirais à perdre.

— Je ne connais pas ces signatures-là, dit le parfumeur.

— Mais nous avons de si drôles de noms dans les cannes et les parapluies, c'est des colporteurs!

— Eh! bien je ne dis pas que je prenne tout, mais je m'arrangerai toujours des plus courts.

— Pour mille francs qui se trouvent à quatre mois, ne me laissez pas courir après les sangsues qui nous tirent le plus clair de nos bénéfices, faites-moi tout, monsieur. J'ai si peu recours à l'escompte, je n'ai nul crédit, voilà ce qui nous tue nous autres petits détaillants.

— Allons, j'accepte vos broches, Célestin fera le compte. À onze heures soyez prêt. Voici mon architecte, monsieur Grindot, ajouta le parfumeur en voyant venir le jeune homme avec lequel il avait pris la veille rendez-vous chez monsieur de La Billardière. Contre la coutume des gens de talent, vous êtes exact, monsieur, lui dit César en déployant ses grâces commerciales les plus distinguées. Si l'exactitude, suivant un mot du Roi, homme d'esprit autant que grand politique, est la politesse des rois, elle est aussi la fortune des négociants. Le temps, le temps est de l'or, surtout pour vous artistes. L'architecture est la réunion de tous les arts, je me suis laissé dire cela. Ne passons point par la boutique, ajouta-t-il en montrant la fausse porte cochère de sa maison.

Quatre ans auparavant, monsieur Grindot avait remporté *le grand prix* d'architecture, il revenait de Rome après un séjour de trois ans aux frais de l'État. En Italie le jeune artiste songeait à l'art, à Paris il songeait à la fortune. Le gouvernement peut seul donner les millions nécessaires à un architecte pour édifier sa gloire ; en revenant de Rome, il est si naturel de se croire Fontaine ou Percier [75] que tout architecte ambitieux incline au ministérialisme : le pensionnaire libéral, devenu royaliste, tâchait donc de se faire protéger par les gens influents. Quand un *grand prix* se conduit ainsi, ses camarades l'appellent un intrigant. Le jeune architecte avait deux partis à prendre : servir le parfumeur ou le mettre à contribution. Mais Birotteau l'adjoint, Birotteau le futur possesseur par moitié des terrains de la Madeleine, autour de laquelle tôt ou tard il se bâtirait un beau quartier, était un homme à ménager. Grindot immola donc le gain présent aux bénéfices à venir. Il écouta patiemment les plans, les redites, les idées d'un de ces bourgeois, cible constante des traits, des plaisanteries de l'artiste, éternel objet de ses mépris, et suivit le parfumeur en hochant la tête pour saluer ses idées. Quand le parfumeur eut bien tout expliqué, le jeune architecte essaya de lui résumer à lui-même son plan.

— Vous avez à vous trois croisées de face sur la rue, plus la croisée perdue sur l'escalier et prise par le palier. Vous ajoutez à ces quatre croisées les deux qui sont de niveau dans la maison voisine en retournant l'escalier pour aller de plain-pied dans tout l'appartement, du côté de la rue.

— Vous m'avez parfaitement compris, dit le parfumeur étonné.

— Pour réaliser votre plan il faut éclairer par en haut le nouvel escalier et ménager une loge de portier sous le socle.

— Un socle...

— Oui, c'est la partie sur laquelle reposera...

— Je comprends, monsieur.

— Quant à votre appartement, laissez-moi carte blanche pour le distribuer et le décorer. Je veux le rendre digne...

— Digne ! Vous avez dit le mot, monsieur.

— Quel temps me donnez-vous pour opérer ce changement de décor ?

— Vingt jours.

— Quelle somme voulez-vous jeter à la tête des ouvriers ? dit Grindot.

— Mais à quelle somme pourront monter ces réparations ?

— Un architecte chiffre une construction neuve à un centime près, répondit le jeune homme ; mais comme je ne sais pas ce que c'est que d'enfiler un bourgeois [76]... (pardon ! monsieur, le mot m'est échappé) je dois vous prévenir qu'il est impossible de chiffrer des réparations et des rhabillages. À peine en huit jours arriverais-je à faire un devis approximatif. Accordez-moi votre confiance : vous aurez un charmant escalier éclairé par le haut, orné d'un joli vestibule sur la rue et sous le socle...

— Toujours ce socle...

— Ne vous inquiétez pas, je trouverai la place d'une petite loge de portier. Vos appartements seront étudiés, restaurés avec amour. Oui, monsieur, je vois l'art et non la fortune ! Avant tout, ne dois-je pas faire parler de moi pour arriver ? Selon moi, le meilleur moyen est de ne pas tripoter avec les fournisseurs, de réaliser de beaux effets à bon marché.

— Avec de pareilles idées, jeune homme, dit Birotteau d'un ton protecteur, vous réussirez.

— Ainsi, reprit Grindot, traitez directement avec vos maçons, peintres, serruriers, charpentiers, menuisiers. Moi je me charge de régler leurs mémoires. Accordez-moi seulement deux mille francs d'honoraires, ce sera de l'argent bien placé. Laissez-moi maître des lieux demain à midi et indiquez-moi vos ouvriers.

— À quoi peut se monter la dépense à vue de nez? dit Birotteau.

— Dix à douze mille francs, dit Grindot. Mais je ne compte pas le mobilier, car vous le renouvelez sans doute. Vous me donnerez l'adresse de votre tapissier, je dois m'entendre avec lui pour assortir les couleurs, afin d'arriver à un ensemble de bon goût.

— Monsieur Braschon, rue Saint-Antoine, a mes ordres, dit le parfumeur en prenant un air ducal.

L'architecte écrivit l'adresse sur un de ces petits souvenirs [77] qui viennent toujours d'une jolie femme.

— Allons, dit Birotteau, je me fie à vous, monsieur. Seulement, attendez que j'aie arrangé la cession du bail des deux chambres voisines et obtenu la permission d'ouvrir le mur.

— Prévenez-moi par un billet ce soir, dit l'architecte. Je dois passer la nuit à faire mes plans, et nous préférons encore travailler pour les bourgeois à travailler pour le roi de Prusse, c'est-à-dire pour nous. Je vais toujours prendre les mesures, les hauteurs, la dimension des tableaux, la portée des fenêtres...

— Nous arriverons au jour dit, reprit Birotteau, sans quoi, rien.

— Il le faudra bien, dit l'architecte. Les ouvriers passeront les nuits, on emploiera des procédés pour sécher les peintures; mais ne vous laissez pas enfoncer [78] par les entrepreneurs, demandez-leur toujours le prix d'avance, et constatez vos conventions!

— Paris est le seul endroit du monde où l'on puisse frapper de pareils coups de baguette, dit Birotteau en se laissant aller à un geste asiatique digne des *Mille et Une Nuits*. Vous me ferez l'honneur de venir à mon bal, monsieur. Les hommes à talent n'ont pas tous le dédain dont on accable le commerce, et vous y verrez sans doute un savant du premier ordre, monsieur Vauquelin de l'Institut! puis monsieur de La Billardière, monsieur le comte de Fontaine, monsieur Lebas, juge, et le président du Tribunal de Commerce; des magistrats : monsieur le comte de Granville de la Cour royale et monsieur Popinot du Tribunal de première instance, monsieur Camusot du Tribunal de Commerce et monsieur Cardot son beau-père... enfin peut-être monsieur le duc de Lenoncourt, premier gentilhomme de la chambre du Roi. Je réunis quelques amis autant... pour célébrer la délivrance du territoire... que pour fêter ma... promotion dans l'ordre de la Légion-d'Honneur... (Grindot fit un geste singulier.) — Peut-être... me suis-je rendu digne de cette... insigne... et... royale... faveur en siégeant au tribunal consulaire et en combattant pour les Bourbons sur les marches de Saint-Roch au 13 vendémiaire, où je fus blessé par Napoléon. Ces titres...

Constance, vêtue en matin, sortit de la chambre à coucher de Césarine où elle s'était habillée; son premier coup d'œil arrêta net la verve de son mari, qui cherchait à formuler une phrase normale pour apprendre avec modestie ses grandeurs au prochain.

— Tiens, mimi, voici monsieur *de* Grindot, jeune homme distingué d'autre part, et possesseur d'un grand talent. Monsieur est l'architecte que nous a recommandé monsieur de La Billardière, pour diriger nos *petits* travaux ici.

Le parfumeur se cacha de sa femme pour faire un signe à l'architecte en mettant un doigt sur ses lèvres au mot petit et l'artiste comprit.

— Constance, monsieur va prendre les mesures, les hauteurs; laisse-le faire, ma bonne, dit Birotteau qui s'esquiva dans la rue.

— Cela sera-t-il bien cher? dit Constance à l'architecte.

— Non, madame, six mille francs, à vue de nez...

— À vue de nez! s'écria madame Birotteau. Monsieur, je vous en prie ne commencez rien sans un devis et des marchés signés. Je connais les façons de messieurs les entrepreneurs : six mille veut dire vingt mille. Nous ne sommes pas en position de faire des folies. Je vous en prie, monsieur, quoique mon mari soit bien le maître chez lui, laissez-lui le temps de réfléchir.

— Madame, monsieur l'adjoint m'a dit de lui livrer les lieux dans vingt jours, et si nous tardons, vous seriez exposés à entamer la dépense sans obtenir le résultat.

— Il y a dépenses et dépenses, dit la belle parfumeuse.

— Eh ! madame, croyez-vous qu'il soit bien glorieux pour un architecte qui veut élever des monuments de décorer un appartement ? Je ne descends à ce détail que pour obliger monsieur de La Billardière, et si je vous effraie...

Il fit un mouvement de retraite.

— Bien, bien, monsieur, dit Constance en rentrant dans sa chambre, où elle se jeta la tête sur l'épaule de Césarine. Ah ! ma fille ! ton père se ruine ! Il a pris un architecte qui a des moustaches, une royale [79], et qui parle de construire des monuments ! Il va jeter la maison par les fenêtres pour nous bâtir un Louvre. César n'est jamais en retard pour une folie ; il m'a parlé de son projet cette nuit, il l'exécute ce matin.

— Bah ! maman, laisse faire à papa, le bon Dieu l'a toujours protégé, dit Césarine en embrassant sa mère et se mettant au piano pour montrer à l'architecte que la fille d'un parfumeur n'était pas étrangère aux beaux-arts.

Quand l'architecte entra dans la chambre à coucher, il fut surpris de la beauté de Césarine, et resta presque interdit. Sortie de sa chambrette en déshabillé du matin, Césarine fraîche et rose comme une jeune fille est rose et fraîche à dix-huit ans, blonde et mince, les yeux bleus, offrait au regard de l'artiste cette élasticité, si rare à Paris, qui fait rebondir les chairs les plus délicates, et nuance d'une couleur adorée par les peintres le bleu des veines dont le réseau palpite dans les clairs du teint. Quoique vivant dans la lymphatique atmosphère d'une boutique parisienne où l'air se renouvelle difficilement, où le soleil pénètre peu, ses mœurs lui donnaient les bénéfices de la vie en plein air d'une

Transtévérine de Rome. D'abondants cheveux, plantés comme ceux de son père, et relevés de manière à laisser voir un cou bien attaché, ruisselaient en boucles soignées, comme les soignent toutes les demoiselles de magasin à qui le désir d'être remarquées a inspiré les minuties les plus anglaises en fait de toilette. La beauté de cette belle fille n'était ni la beauté d'une lady, ni celle des duchesses françaises, mais la ronde et rousse beauté des Flamandes de Rubens. Césarine avait le nez retroussé de son père, mais rendu spirituel par la finesse du modelé, semblable à celui des nez essentiellement français, si bien *réussis* chez Largillière [80]. Sa peau, comme une étoffe pleine et forte, annonçait la vitalité d'une vierge. Elle avait le beau front de sa mère, mais éclairci par la sérénité d'une fille sans soucis. Ses yeux bleus, noyés dans un riche fluide, exprimaient la grâce tendre d'une blonde heureuse. Si le bonheur ôtait à sa tête cette poésie que les peintres veulent absolument donner à leurs compositions en les faisant un peu trop pensives, la vague mélancolie physique dont sont atteintes les jeunes filles qui n'ont jamais quitté l'aile maternelle lui imprimait alors une sorte d'idéal. Malgré la finesse de ses formes, elle était fortement constituée : ses pieds accusaient l'origine paysanne de son père, car elle péchait par un défaut de race et peut-être aussi par la rougeur de ses mains, signature d'une vie purement bourgeoise. Elle devait arriver tôt ou tard à l'embonpoint. En voyant venir quelques jeunes femmes élégantes, elle avait fini par attraper le sentiment de la toilette, quelques airs de tête, une manière de parler, de se mouvoir, qui jouaient la femme comme il faut et tournaient la cervelle à tous les jeunes gens, aux commis, auxquels elle paraissait très distinguée. Popinot s'était juré de ne jamais avoir d'autre femme que Césarine. Cette blonde fluide qu'un regard semblait traverser, prête à fondre en pleurs pour un mot de reproche, pouvait seule lui rendre le sentiment de la supériorité masculine. Cette charmante fille inspirait l'amour sans laisser le temps d'examiner si elle avait assez d'esprit pour le rendre durable; mais à quoi bon ce qu'on nomme à Paris l'*esprit*, dans une classe où l'élément principal du bonheur est le bon sens et la vertu? Au moral, Césarine était sa mère un peu perfectionnée par les superfluités de l'éducation : elle aimait la musique, dessinait au crayon noir la *Vierge à la Chaise*[81], lisait les œuvres de mesdames Cottin et Riccoboni, Bernardin de Saint-Pierre, Fénelon, Racine. Elle ne paraissait jamais auprès de sa mère dans le comptoir que quelques moments avant de se mettre à table, ou pour la remplacer en de rares occasions. Son père et sa mère, comme tous ces parvenus empressés de cultiver l'ingratitude de leurs enfants en les mettant au-dessus d'eux, se plaisaient à déifier Césarine, qui, heureusement, avait les vertus de la bourgeoisie et n'abusait pas de leur faiblesse.

Madame Birotteau suivait l'architecte d'un air inquiet et solliciteur, en regardant avec terreur et montrant à sa fille les mouvements bizarres du mètre, la canne des architectes et des entrepreneurs, avec laquelle Grindot prenait ses mesures. Elle trouvait à ces coups de baguette un air conjurateur de fort mauvais augure, elle aurait voulu les murs moins hauts, les pièces moins grandes, et n'osait questionner le jeune homme sur les effets de cette sorcellerie.

— Soyez tranquille, madame, je n'emporterai rien, dit l'artiste en souriant.

Césarine ne put s'empêcher de rire.

— Monsieur, dit Constance d'une voix suppliante en ne remarquant même pas le quiproquo de l'architecte, allez à l'économie, et, plus tard, nous pourrons vous récompenser...

Avant d'aller chez monsieur Molineux, le propriétaire de la maison voisine, César voulut prendre chez Roguin l'acte sous signature privée qu'Alexandre Crottat avait dû lui préparer pour cette cession de bail. En sortant, Birotteau vit du Tillet à la fenêtre du cabinet de Roguin. Quoique la liaison de son ancien commis avec la femme du notaire rendît assez naturelle la rencontre de du Tillet à l'heure où se faisaient les traités relatifs aux terrains, Birotteau s'en inquiéta, malgré son extrême confiance. L'air animé de du Tillet annonçait une discussion. — Serait-il dans l'affaire ? se demanda-t-il par suite de sa prudence commerciale. Le soupçon passa comme un éclair dans son âme. Il se retourna, vit madame Roguin, et la présence du banquier ne lui parut plus alors si suspecte. — Cependant, si Constance avait raison ? se dit-il. Suis-je bête d'écouter des idées de femmes ! J'en parlerai d'ailleurs à mon oncle ce matin. De la Cour Batave [82], où demeure ce monsieur Molineux, à la rue des Bourdonnais il n'y a qu'un saut. Un défiant observateur, un commerçant qui dans sa carrière aurait rencontré quelques fripons, eût été sauvé ; mais les antécédents de Birotteau, l'incapacité de son esprit peu propre à remonter la chaîne des inductions par lesquelles un homme supérieur arrive aux causes, tout le perdit. Il trouva le marchand de parapluies en grande tenue, et s'en allait avec lui chez le propriétaire, quand Virginie, sa cuisinière, le saisit par le bras.

— Monsieur, madame ne veut pas que vous alliez plus loin...

— Allons, s'écria Birotteau, encore des idées de femme !

— ... Sans prendre votre tasse de café qui vous attend.

— Ah ! c'est vrai. Mon voisin, dit Birotteau à Cayron, j'ai tant de choses en tête que je n'écoute pas mon estomac. Faites-moi le plaisir d'aller en avant, nous nous retrouverons à la porte de monsieur Molineux, à moins que vous ne montiez pour lui expliquer l'affaire, nous perdrons ainsi moins de temps.

Monsieur Molineux était un petit rentier grotesque, qui n'existe qu'à Paris, comme un certain lichen ne croît qu'en Islande. Cette comparaison est d'autant plus juste que cet homme appartenait à une nature mixte, à un Règne Animo-végétal qu'un nouveau Mercier [83] pourrait composer des cryptogames qui poussent, fleurissent ou meurent sur, dans ou sous les murs plâtreux de différentes maisons étranges et malsaines où ces êtres viennent de préférence. Au premier aspect, cette plante humaine, ombellifère, vu la casquette bleue tubulée qui la couronnait, à tige entourée d'un pantalon verdâtre, à racines bulbeuses enveloppées de chaussons en lisière [84], offrait une physionomie blanchâtre et plate qui certes ne trahissait rien de vénéneux. Dans ce produit bizarre vous eussiez reconnu l'actionnaire par excellence, croyant à toutes les nouvelles que la Presse périodique baptise de son encre, et qui a tout dit en disant : Lisez le journal ! Le bourgeois essentiellement ami de l'ordre, et toujours en révolte morale avec le pouvoir auquel néanmoins il obéit toujours, créature faible en masse et féroce en détail, insensible comme un huissier quand il s'agit de son droit, et donnant du mouron frais aux oiseaux ou des arêtes de poisson à son chat, interrompant une quittance de loyer pour seriner un canari, défiant comme un geôlier, mais apportant son argent pour une mauvaise affaire, et tâchant alors de se rattraper par une crasse avarice. La malfaisance de cette fleur hybride ne se révélait en effet que par l'usage ; pour être éprouvée, sa nauséabonde amertume voulait la coction [85] d'un commerce quelconque où ses intérêts se trouvaient mêlés à ceux des hommes. Comme tous les Parisiens, Molineux éprouvait un besoin de domination, il souhaitait cette part de souveraineté plus ou moins considérable exercée par chacun et même par un portier, sur plus ou moins de victimes, femme, enfant, locataire, commis, cheval, chien ou singe, auxquels on rend par ricochet les mortifications reçues dans la sphère supérieure où l'on aspire. Ce petit vieillard ennuyeux n'avait ni femme, ni enfant, ni neveu, ni nièce ; il rudoyait trop sa femme de ménage pour en faire un souffre-douleur, car elle évitait tout contact en accomplissant rigoureusement son service. Ses appétits de tyrannie étaient donc trompés ; pour les satisfaire, il avait patiemment étudié les lois sur le contrat de louage et sur le mur mitoyen ; il avait approfondi la jurisprudence qui régit les maisons à Paris dans les infiniment petits des tenants, aboutissants, servitudes, impôts, charges, balayages, tentures à la Fête-Dieu, tuyaux de descente, éclairage, saillies sur la voie publique, et voisinage d'établissements insalubres. Ses moyens et son activité, tout son esprit passait à maintenir son état de propriétaire au grand complet de guerre ; il en avait fait un amusement, et son amusement tournait en monomanie. Il aimait à protéger les citoyens contre les envahissements de l'illégalité ; mais les sujets de plainte étaient rares, sa passion avait donc fini par embrasser ses locataires. Un locataire devenait son ennemi, son inférieur, son sujet, son feudataire ; il croyait avoir droit à ses respects, et regardait comme un homme grossier celui qui passait sans rien dire auprès de lui dans les escaliers. Il écrivait lui-même ses quittances, et les envoyait à midi le jour de l'échéance. Le contribuable en retard recevait un commandement à heure fixe. Puis la saisie, les frais, toute la cavalerie judiciaire allait aussitôt, avec la rapidité de ce que l'exécuteur des hautes œuvres appelle *la mécanique*. Molineux n'accordait ni terme, ni délai, son cœur avait un calus à l'endroit du loyer. — Je vous prêterai de l'argent si vous en avez besoin, disait-il à un homme solvable, mais payez-moi mon loyer, tout retard entraîne une perte d'intérêts dont la loi ne nous indemnise pas. Après un long examen des fantaisies capriolantes des locataires qui n'offraient rien de normal, qui se succédaient en renversant les institutions de leurs devanciers, ni plus ni moins que des dynasties, il s'était octroyé une charte, mais il l'observait religieusement. Ainsi, le bonhomme ne réparait rien, aucune cheminée ne fumait, ses escaliers étaient propres, ses plafonds blancs, ses corniches irréprochables, les parquets inflexibles sur leurs lambourdes, les peintures satisfaisantes ; la serrurerie n'avait jamais que trois ans, aucune vitre ne manquait, les fêlures n'existaient pas, il ne voyait de cassures au carrelage que quand on quittait les lieux, et il se faisait assister pour les recevoir d'un serrurier, d'un peintre-vitrier, gens, disait-il, fort accommodants. Le preneur était d'ailleurs libre d'améliorer; mais si l'imprudent restaurait son appartement, le petit Molineux pensait nuit et jour à la manière de le déloger pour réoccuper l'appartement fraîchement décoré; il le guettait, l'attendait et entamait la série de ses mauvais procédés. Toutes les finesses de la législation parisienne sur les baux, il les connaissait. Processif, écrivailleur, il minutait des lettres douces et polies à ses locataires; mais au fond de son style comme sous sa mine fade et prévenante se cachait l'âme de Shylock. Il lui fallait toujours six mois d'avance, imputables sur le dernier terme du bail, et le cortège des épineuses conditions qu'il avait inventées. Il vérifiait si les lieux étaient garnis de meubles suffisants pour répondre du loyer. Avait-il un nouveau locataire, il le soumettait à la police de ses renseignements, car il ne voulait pas certains états, le plus léger marteau l'effrayait. Puis, quand il fallait passer bail, il gardait l'acte et l'épelait pendant huit jours craignant ce qu'il nommait les *et cœtera* de notaire. Sorti de ses idées de propriétaire, Jean-Baptiste Molineux paraissait bon, serviable; il jouait au boston sans se plaindre d'avoir été soutenu [86] mal à propos; il riait de ce qui fait rire les bourgeois, parlait de ce dont ils parlent, des actes arbitraires des boulangers qui avaient la scélératesse de vendre à faux poids, de la connivence de la police, des héroïques dix-sept députés de la Gauche [87]. Il lisait le BON SENS du curé Meslier [88] et allait à la messe, faute de pouvoir choisir entre le déisme et le christianisme; mais il ne rendait point le pain bénit et plaidait alors pour se soustraire aux prétentions envahissantes du clergé. L'infatigable pétitionnaire écrivait à cet égard des lettres aux journaux que les journaux n'inséraient pas et laissaient sans réponse. Enfin il ressemblait à un estimable bourgeois qui met solennellement au feu sa bûche de Noël, tire les rois, invente des poissons d'avril, fait tous les boulevards quand le temps est beau, va voir patiner, et se rend à deux heures sur la terrasse de la place Louis XV les jours de feu d'artifice, avec du pain dans sa poche, pour être *aux premières loges*.

La Cour Batave, où demeurait ce petit vieillard, est le produit d'une de ces spéculations bizarres qu'on ne peut plus s'expliquer dès qu'elles sont exécutées. Cette construction claustrale, à arcades et galeries intérieures, bâtie en pierres de taille, ornée d'une fontaine au fond, une fontaine altérée qui ouvre sa gueule de lion moins pour donner de l'eau que pour en demander à tous les passants, fut sans doute inventée pour doter le quartier Saint-Denis d'une sorte de Palais-Royal. Ce monument, malsain, enterré sur ses quatre lignes par de hautes maisons, n'a de vie et de mouvement que pendant le jour, il est le centre des passages obscurs qui s'y donnent rendez-vous et joignent le quartier des Halles au quartier Saint-Martin par la fameuse rue Quincampoix, sentiers humides, où les gens pressés gagnent des rhumatismes; mais la nuit aucun lieu de Paris n'est plus désert, vous diriez les catacombes du commerce. Il y a là plusieurs cloaques industriels, très peu de Bataves et beaucoup d'épiciers. Naturellement les appartements de ce palais marchand n'ont d'autre vue que celle de la cour commune où donnent toutes les fenêtres, en sorte que les loyers sont d'un prix minime. Monsieur Molineux demeurait dans un des angles, au sixième étage, par raison de santé : l'air n'était pur qu'à soixante-dix pieds au-dessus du sol. Là, ce bon propriétaire jouissait de l'aspect enchanteur des moulins de Montmartre en se promenant dans les chenaux [89] où il cultivait des fleurs, nonobstant les ordonnances de police relatives aux jardins suspendus de la moderne Babylone. Son appartement était composé de quatre pièces, non compris ses précieuses *anglaises* [90] situées à l'étage supérieur : il en avait la clef, elles lui appartenaient, il les avait établies, il était en règle à cet égard. En entrant, une indécente nudité révélait aussitôt l'avarice de cet homme : dans l'antichambre, six chaises de paille, un poële en faïence, et sur les murs tendus de papier vert-bouteille, quatre gravures achetées à des ventes; dans la salle à manger, deux buffets, deux cages pleines d'oiseaux, une table couverte d'une toile cirée, un baromètre, une porte-fenêtre donnant sur ses jardins suspendus et des chaises d'acajou foncées [91] de crin; le salon avait de petits rideaux en vieille étoffe de soie verte, un meuble [92] en velours d'Utrecht vert à bois peint en blanc. Quant à la chambre de ce vieux célibataire, elle offrait des meubles du temps de Louis XV, défigurés par un trop long usage et sur lesquels une femme vêtue de blanc aurait eu peur de se salir. Sa cheminée était ornée d'une pendule à deux colonnes entre lesquelles tenait un cadran qui servait de piédestal à une Pallas brandissant sa lance : un mythe. Le carreau était encombré de plats pleins de restes destinés aux chats, et sur lesquels on craignait de mettre le pied. Au-dessus d'une commode en bois de rose un portrait au pastel (Molineux dans sa jeunesse). Puis des livres, des tables où se voyaient d'ignobles cartons verts; sur une console, feu ses serins empaillés; enfin un lit d'une froideur qui en eût remontré à une carmélite.

César Birotteau fut enchanté de l'exquise politesse de Molineux, qu'il trouva en robe de chambre de molleton gris, surveillant son lait posé sur un petit réchaud en tôle dans le coin de sa cheminée et son eau de marc qui bouillait dans un petit pot de terre brune et qu'il versait à petites doses sur sa cafetière. Pour ne pas déranger son propriétaire, le marchand de parapluies avait été ouvrir la porte à Birotteau. Molineux avait en vénération les maires et les adjoints de la ville de Paris, qu'il appelait *ses officiers municipaux*. À l'aspect du magistrat, il se leva, resta debout, la casquette à la main, tant que le grand Birotteau ne fut pas assis.

— Non, monsieur, oui, monsieur, ah! monsieur, si j'avais su avoir l'honneur de posséder au sein de mes modestes pénates un membre du corps municipal de Paris, croyez alors que je me serais fait un devoir de me rendre chez vous, quoique votre propriétaire ou — sur le point — de le — devenir. Birotteau fit un geste pour le prier de remettre sa casquette. — Je n'en ferai rien, je ne me couvrirai pas que vous ne soyez assis et couvert si vous êtes enrhumé ; ma chambre est un peu froide, la modicité de mes revenus ne me permet pas... À vos souhaits, monsieur l'adjoint.

Birotteau avait éternué en cherchant ses actes. Il les présenta, non sans dire, pour éviter tout retard, que monsieur Roguin notaire les avait rédigés à ses frais.

— Je ne conteste pas les lumières de monsieur Roguin, vieux nom bien connu dans le notariat parisien ; mais j'ai mes petites habitudes, je fais mes affaires moi-même, manie assez excusable, et mon notaire est...

— Mais notre affaire est si simple, dit le parfumeur habitué aux promptes décisions des commerçants.

— Si simple ! s'écria Molineux. Rien n'est simple en matière de location. Ah ! vous n'êtes pas propriétaire, monsieur, et vous n'en êtes que plus heureux. Si vous saviez jusqu'où les locataires poussent l'ingratitude, et à combien de précautions nous sommes obligés. Tenez, monsieur, j'ai un locataire...

Molineux raconta pendant un quart d'heure comment monsieur Gendrin, dessinateur, avait trompé la surveillance de son portier, rue Saint-Honoré. Monsieur Gendrin avait fait des infamies dignes d'un Marat, des dessins obscènes que la police tolérait, attendu la connivence de la police ! Ce Gendrin, artiste profondément immoral, rentrait avec des femmes de mauvaise vie et rendait l'escalier impraticable ! plaisanterie bien digne d'un homme qui dessinait des caricatures contre le gouvernement. Et pourquoi ces méfaits ?... parce qu'on lui demandait son loyer le quinze ! Gendrin et Molineux allaient plaider, car, tout en ne payant pas, l'artiste prétendait rester dans son appartement vide. Molineux recevait des lettres anonymes où Gendrin, sans doute, le menaçait d'un assassinat, le soir, dans les détours qui mènent à la Cour Batave.

— Au point, monsieur, dit-il en continuant, que monsieur le préfet de police, à qui j'ai confié mon embarras... (j'ai profité de la circonstance pour lui toucher quelques mots sur les modifications à introduire dans les lois qui régissent la matière) m'a autorisé à porter des pistolets pour ma sûreté personnelle.

Le petit vieillard se leva pour aller chercher ses pistolets.

— Les voilà, monsieur! s'écria-t-il.

— Mais, monsieur, vous n'avez rien à craindre de semblable de ma part, dit Birotteau regardant Cayron auquel il sourit en lui jetant un regard où se peignait un sentiment de pitié pour un pareil homme.

Ce regard, Molineux le surprit, il fut blessé de rencontrer une semblable expression chez un officier municipal, qui devait protéger ses administrés. À tout autre, il l'aurait pardonnée, mais il ne la pardonna pas à Birotteau.

— Monsieur, reprit-il d'un air sec, un juge consulaire des plus estimés, un adjoint, un honorable commerçant ne descendrait pas à ces petitesses, car ce sont des petitesses! Mais, dans l'espèce, il y a un percement à faire consentir par votre propriétaire, monsieur le comte de Granville, des conventions à stipuler pour le rétablissement du mur à fin de bail; enfin, les loyers sont considérablement bas, ils se relèveront, la place Vendôme gagnera, elle gagne! la rue de Castiglione va se bâtir! Je me lie... je me lie...

— Finissons, dit Birotteau stupéfait, que voulez-vous? je connais assez les affaires pour deviner que vos raisons se tairont devant la raison supérieure, l'argent! Eh! bien, que vous faut-il?

— Rien que de juste, monsieur l'adjoint. Combien avez-vous de temps à faire de votre bail?

— Sept ans, répondit Birotteau.

— Dans sept ans, que ne vaudra pas mon premier étage? reprit Molineux. Que ne louerait-on pas deux chambres garnies dans ce quartier-là? plus de deux cents francs par mois, peut-être! Je me lie, je me lie par un bail. Nous porterons donc le loyer à quinze cents francs. À ce prix, je consens à faire distraction de ces deux chambres du loyer de monsieur Cayron que voilà, dit-il en jetant un regard louche au marchand, je vous les donne à bail pour sept années consécutives. Le percement sera à votre charge, sous la condition de me rapporter l'approbation et désistement de tous droits de monsieur le comte de Granville. Vous aurez la responsabilité des événements de ce petit percement, vous ne serez point tenu de rétablir le mur pour ce qui me concerne, et vous me donnerez comme indemnité cinq cents francs dès à présent : on ne sait ni qui vit ni qui meurt, je ne veux courir après personne pour refaire le mur.

— Ces conditions me semblent à peu près justes, dit Birotteau.

— Puis, dit Molineux, vous me compterez sept cent cinquante francs, *hic et nunc*, imputables sur les six derniers mois de la jouissance, le bail en portera quittance. Oh ! j'accepterai de petits effets, causés *valeur en loyers* pour ne pas perdre ma garantie, à telle date qu'il vous plaira. Je suis rond et court en affaires. Nous stipulerons que vous fermerez la porte sur mon escalier où vous n'aurez aucun droit d'entrée... à vos frais... en maçonnerie. Rassurez-vous, je ne demanderai point d'indemnité pour le rétablissement à la fin du bail ; je la regarde comme comprise dans les cinq cents francs. Monsieur, vous me trouverez toujours juste.

— Nous autres commerçants ne sommes pas si pointilleux, dit le parfumeur, il n'y aurait point d'affaire possible avec de telles formalités.

— Oh ! dans le commerce, c'est bien différent, et surtout dans la parfumerie où tout va comme un gant, dit le petit vieillard avec un sourire aigre. Mais, monsieur, en matière de location, à Paris, rien n'est indifférent. Tenez, j'ai un locataire, rue Montorgueil...

— Monsieur, dit Birotteau, je serais désespéré de retarder votre déjeuner : voilà les actes, rectifiez-les, tout ce que vous me demandez est entendu ; signons demain, échangeons aujourd'hui nos paroles, car demain mon architecte doit être maître des lieux.

— Monsieur, reprit Molineux en regardant le marchand de parapluies, il y a le terme échu, monsieur Cayron ne veut pas le payer, nous le joindrons aux petits effets pour que le bail aille de janvier en janvier. Ce sera plus régulier.

— Soit, dit Birotteau.

— Le sou pour livre au portier...

— Mais, dit Birotteau, vous me privez de l'escalier, de l'entrée, il n'est pas juste...

— Oh ! vous êtes locataire, dit d'une voix péremptoire le petit Molineux à cheval sur le principe, vous devez les impositions des portes et fenêtres et votre part dans les charges. Quand tout est bien entendu, monsieur, il n'y a plus aucune difficulté. Vous vous agrandissez beaucoup, monsieur, les affaires vont bien ?

— Oui, dit Birotteau. Mais le motif est autre. Je réunis quelques amis autant pour célébrer la délivrance du territoire que pour fêter ma promotion dans l'ordre de la Légion-d'Honneur...

— Ah ! ah ! dit Molineux, une récompense bien méritée !

— Oui, dit Birotteau. Peut-être me suis-je rendu digne de cette insigne et royale faveur en siégeant au tribunal consulaire et en combattant pour les Bourbons sur les marches de Saint-Roch, au 13 vendémiaire, où je fus blessé par Napoléon ; ces titres...

— Valent ceux de nos braves soldats de l'ancienne armée. Le ruban est rouge, parce qu'il est trempé dans le sang répandu.

A ces mots, pris du *Constitutionnel*, Birotteau ne put s'empêcher d'inviter le petit Molineux, qui se confondit en remerciements et se sentit prêt à lui pardonner son dédain. Le vieillard reconduisit son nouveau locataire jusqu'au palier en l'accablant de politesses. Quand Birotteau fut au milieu de la Cour Batave avec Cayron, il regarda son voisin d'un air goguenard.

— Je ne croyais pas qu'il pût exister des gens si infirmes ! dit-il en retenant sur ses lèvres le mot *bête*.

— Ah ! monsieur, dit Cayron, tout le monde n'a pas vos talents.

Birotteau pouvait se croire un homme supérieur en présence de monsieur Molineux ; la réponse du marchand de parapluies le fit sourire agréablement, et il le salua d'une façon royale.

— Je suis à la Halle, se dit Birotteau, faisons l'affaire des noisettes.

Après une heure de recherches, Birotteau, renvoyé des dames de la Halle à la rue des Lombards, où se consommaient les noisettes pour les dragées, apprit par ses amis les Matifat que *le fruit sec* n'était tenu en gros que par une certaine madame Angélique Madou, demeurant rue Perrin-Gasselin [93], seule maison où se trouvassent la véritable aveline de Provence et la vraie noisette blanche des Alpes.

La rue Perrin-Gasselin est un des sentiers du labyrinthe carrément enfermé par le quai, la rue Saint-Denis, la rue de la Ferronnerie et la rue de la Monnaie, et qui est comme les entrailles de la ville. Il y grouille un nombre infini de marchandises hétérogènes et mêlées, puantes et coquettes, le hareng et la mousseline, la soie et les miels, les beurres et les tulles, surtout beaucoup de petits commerces dont ne se doute pas plus Paris que la plupart des hommes ne se doutent de ce qui se cuit dans leur *pancréas*, et qui avaient alors pour sangsue un certain Bidault dit Gigonnet, escompteur, demeurant rue Grenétat. Ici, d'anciennes écuries sont habitées par des tonnes d'huile, les remises contiennent des myriades de bas de coton. Là se tient *le gros* des denrées vendues en détail aux Halles. Madame Madou, ancienne revendeuse de marée, jetée il y a dix ans dans *le fruit sec* par une liaison avec l'ancien propriétaire de son fonds, et qui avait longtemps alimenté les commérages de la Halle, était une beauté virile et provocante, alors disparue dans un excessif embonpoint. Elle habitait le rez-de-chaussée d'une maison jaune en ruines, mais maintenue à chaque étage par des croix en fer. Le défunt avait réussi à se défaire de ses concurrents et à convertir son commerce en monopole; malgré quelques légers défauts d'éducation, son héritière pouvait donc le continuer de routine, allant et venant dans ses magasins qui occupaient des remises, des écuries et d'anciens ateliers où elle combattait les insectes avec succès. Sans comptoir, ni caisse, ni livres, car elle ne savait ni lire, ni écrire, elle répondait par des coups de poing à une lettre, en la regardant comme une insulte. Au demeurant bonne femme, haute en couleur, ayant sur la tête un foulard par-dessus son bonnet, se conciliant par son verbe d'ophicléide l'estime des charretiers qui lui apportaient ses marchandises et avec lesquels ses *castilles* [94] finissaient par une bouteille *de petit blanc.* Elle ne pouvait avoir aucune difficulté avec les cultivateurs qui lui expédiaient ses fruits, ils correspondaient avec de l'argent comptant, seule manière de s'entendre entre eux, et la mère Madou les allait voir pendant la belle saison. Birotteau aperçut cette sauvage marchande au milieu de sacs de noisettes, de marrons et de noix.

— Bonjour, ma chère dame, dit Birotteau d'un air léger.

— *Ta chère,* dit-elle. Hé! mon fils, tu me connais donc pour avoir eu des rapports agréables? Est-ce que nous avons gardé des rois ensemble?

— Je suis parfumeur et de plus adjoint au maire du deuxième arrondissement de Paris; ainsi, comme magistrat et consommateur, j'ai droit à ce que vous preniez un autre ton avec moi.

— Je me marie quand je veux, dit la virago, je ne consomme rien à la mairie et ne fatigue pas les adjoints. Quant à ma pratique, *a* m'adore, et je *leux* parle à mon idée. S'ils ne sont pas contents, ils vont se faire enfiler *alieurs.*

— Voilà les effets du monopole! se dit Birotteau.

— Popole! c'est mon filleul : il aura fait des sottises; venez-vous pour lui, mon respectable magistrat? dit-elle en adoucissant sa voix.

— Non, j'ai eu l'honneur de vous dire que je venais en qualité de consommateur.

— Eh bien! comment te nommes-tu mon gars? Je t'ai pas *core* vu venir.

— Avec ce ton-là, vous devez vendre vos noisettes à bon marché? dit Birotteau qui se nomma et donna ses qualités.

— Ah! vous êtes le fameux Birotteau qu'a une belle femme! Et combien en voulez-vous de ces sucrées de noisettes, mon cher amour?

— Six mille pesant [95].

— C'est tout ce que j'en ai, dit la marchande en parlant comme une flûte enrouée. Mon cher monsieur, vous n'êtes pas dans les fainéants pour marier les filles et les parfumer! Que Dieu vous bénisse, vous avez de l'occupation. Excusez du peu! Vous allez être une fière pratique, et vous serez inscrit dans le cœur de la femme que j'aime le mieux au monde...

— Qui donc?...

— Hé! bien, la chère madame Madou.

— Combien vos noisettes?

— Pour vous, mon bourgeois, vingt-cinq francs le cent, si vous prenez le tout.

— Vingt-cinq francs, dit Birotteau, quinze cents francs! Et il m'en faudra peut-être des cent milliers par an.

— Mais voyez donc la belle marchandise, cueillie sans souliers! dit-elle en plongeant son bras rouge dans un sac d'avelines. Et pas creuse! mon cher monsieur. Pensez donc que les épiciers vendent leurs mendiants [96] vingt-quatre sous la livre, et que sur quatre livres ils mettent plus d'une livre de noisettes *eu* dedans. Faut-il que je perde sur ma marchandise pour vous plaire? Vous êtes gentil, mais vous ne me plaisez pas *core* assez pour ça! S'il vous en faut tant, on pourra faire marché à vingt francs, car faut pas renvoyer un adjoint, ça porterait malheur aux mariés! Tâtez-donc la belle marchandise, et lourde! Il ne faut pas les cinquante à la livre! c'est plein, le ver n'y est pas!

— Allons, envoyez-moi six milliers pour deux mille francs et à quatre-vingt-dix jours, rue du Faubourg-du-Temple, à ma fabrique, demain de grand matin.

— On sera pressé comme une mariée. Eh! bien, adieu, monsieur le maire, sans rancune. Mais si ça vous était égal, dit-elle en suivant Birotteau dans la cour, j'aime mieux vos effets à quarante jours, car je vous fais trop bon marché, je ne peux pas core perdre l'escompte! Avec ça qu'il a le cœur tendre, le père Gigonnet, il nous suce l'âme comme une araignée sirote une mouche.

— Eh! bien, oui, à cinquante jours. Mais nous pèserons par cent livres, afin de ne pas avoir de creuses. Sans cela, rien de fait.

— Ah! le chien, il s'y connaît, dit madame Madou. On ne peut pas lui refaire le poil. C'est ces gueux de la rue des Lombards qui lui ont dit ça! ces gros loups-là s'entendent tous pour dévorer les pauvres *igneaux*.

L'agneau avait cinq pieds de haut et trois pieds de tour, elle ressemblait à une borne habillée en cotonnade à raie et sans ceinture.

Le parfumeur, perdu dans ses combinaisons, méditait en allant le long de la rue Saint-Honoré sur son duel avec l'huile de Macassar, il raisonnait ses étiquettes, la forme de ses bouteilles, calculait la contexture du bouchon, la couleur des affiches. Et l'on dit qu'il n'y a pas de poésie dans le commerce! Newton ne fit pas plus de calculs pour son célèbre binôme que Birotteau n'en faisait pour l'Essence Comagène, car l'Huile redevint Essence, il allait d'une expression à l'autre sans en connaître la valeur. Toutes les combinaisons se pressaient dans sa tête, et il prenait cette activité dans le vide pour la substantielle action du talent. Dans sa préoccupation, il dépassa la rue des Bourdonnais et fut obligé de revenir sur ses pas en se rappelant son oncle.

CHAPITRE V

UN VRAI PHILOSOPHE, UN GRAND CHIMISTE

Claude-Joseph Pillerault, autrefois marchand quincaillier à l'enseigne de la Cloche-d'Or, était une de ces physionomies belles en ce qu'elles sont : costume et mœurs, intelligence et cœur, langage et pensée, tout s'harmoniait [97] en lui. Seul et unique parent de madame Birotteau, Pillerault avait concentré toutes ses affections sur elle et sur Césarine, après avoir perdu, dans le cours de sa carrière commerciale, sa femme et son fils, puis un enfant adoptif, le fils de sa cuisinière. Ces pertes cruelles avaient jeté ce bonhomme dans un stoïcisme chrétien, belle doctrine qui animait sa vie et colorait ses derniers jours d'une teinte à la fois chaude et froide comme celle qui dore les couchers du soleil en hiver. Sa tête maigre et creusée, d'un ton sévère, où l'ocre et le bistre étaient harmonieusement fondus, offrait une frappante analogie avec celle que les peintres donnent au Temps, mais en le vulgarisant ; car les habitudes de la vie commerciale avaient amoindri chez lui le caractère monumental et rébarbatif exagéré par les peintres, les statuaires et les fondeurs de pendules. De taille moyenne, Pillerault était plutôt trapu que gras, la nature l'avait taillé pour le travail et la longévité, sa carrure accusait une forte charpente, car il était d'un tempérament sec, sans émotion d'épiderme ; mais non pas insensible. Pillerault, peu démonstratif, ainsi que l'indiquaient son attitude calme et sa figure arrêtée, avait une sensibilité tout intérieure, sans phrase ni emphase. Son œil, à prunelle verte mélangée de points noirs, était remarquable par une inaltérable lucidité. Son front, ridé par des lignes droites et jauni par le temps, était petit, serré, dur, couvert par des cheveux d'un gris argenté, tenus courts et comme feutrés. Sa bouche fine annonçait la prudence et non l'avarice. La vivacité de l'œil révélait une vie contenue. Enfin la probité, le sentiment du devoir, une modestie vraie lui faisaient comme une auréole en donnant à sa figure le relief d'une belle santé. Pendant soixante ans, il avait mené la vie dure et sobre d'un travailleur acharné. Son histoire ressemblait à celle de César, moins les circonstances heureuses. Commis jusqu'à trente ans, ses fonds étaient engagés dans son commerce au moment où César employait ses économies en rentes ; enfin, il avait subi le maximum, ses pioches et ses fers avaient été mis en réquisition. Son caractère sage et réservé, sa prévoyance et sa réflexion mathématique avaient agi sur sa *manière de travailler*. La plupart de ses affaires s'étaient conclues sur parole, et il avait rarement eu des difficultés. Observateur comme tous les gens méditatifs, il étudiait les gens en les laissant causer ; il refusait alors souvent des marchés avantageux pris par ses voisins, qui plus tard s'en repentaient en se disant que Pillerault flairait les fripons. Il préférait des gains minimes et sûrs à ces coups audacieux qui mettaient en question de grosses sommes. Il tenait les plaques de cheminée, les grils, les chenets grossiers, les chaudrons en fonte et en fer, les houes et les fournitures de paysan. Cette partie assez ingrate exigeait un travail mécanique excessif. Le gain n'était pas en raison du labeur, il y avait peu de bénéfice sur ces matières lourdes, difficiles à remuer, à emmagasiner. Aussi avait-il cloué bien des caisses, fait bien des emballages, déballé, reçu bien des voitures. Aucune fortune n'était ni plus noblement gagnée, ni plus légitime, ni plus honorable que la sienne. Il n'avait jamais surfait, ni jamais couru après les affaires. Dans les derniers jours, on le voyait fumant sa pipe devant sa porte, regardant les passants et voyant travailler ses commis. En 1814, époque à laquelle il se retira, sa fortune consistait d'abord en soixante-dix mille francs qu'il plaça sur le Grand-Livre [98], et dont il eut cinq mille et quelques cents francs de rente; puis en quarante mille francs payables en cinq ans sans intérêt, le prix de son fonds, vendu à l'un de ses commis. Pendant trente ans, en faisant annuellement pour cent mille francs d'affaires, il avait gagné sept pour cent de cette somme, et sa vie absorbait la moitié de ses gains. Tel fut son bilan. Ses voisins, peu envieux de cette médiocrité, louaient sa sagesse sans la comprendre. Au coin de la rue de la Monnaie et de la rue Saint-Honoré se trouve le Café David [99], où quelques vieux négociants allaient comme Pillerault prendre leur café le soir. Là, parfois l'adoption du fils de la cuisinière avait été le sujet de quelques plaisanteries, de celles qu'on adresse à un homme respecté, car le quincaillier inspirait une estime respectueuse, sans l'avoir cherchée, la sienne lui suffisait. Aussi, quand Pillerault perdit ce pauvre jeune homme, y eut-il plus de deux cents personnes au convoi, qui allèrent jusqu'au cimetière. En ce temps, il fut héroïque. Sa douleur contenue comme celle de tous les hommes forts sans faste, augmenta la sympathie du quartier pour ce *brave homme*, mot prononcé pour Pillerault avec un accent qui en étendait le sens et l'ennoblissait. La sobriété de Claude Pillerault, devenue habitude, ne put se plier aux plaisirs d'une vie oisive, quand, au sortir du commerce, il rentra dans ce repos qui affaisse tant le bourgeois parisien; il continua son genre d'existence et anima sa vieillesse par ses convictions politiques qui, disons-le, étaient celles de l'extrême gauche. Pillerault appartenait à cette partie ouvrière agrégée par la révolution à la bourgeoisie. La seule tache de son caractère était l'importance qu'il attachait à sa conquête : il tenait à ses droits, à la liberté, aux fruits de la révolution; il croyait son aisance et sa consistance politique compromises par les jésuites dont les libéraux annonçaient le secret pouvoir, menacées par les idées que *le Constitutionnel* prêtait à Monsieur. Il était d'ailleurs conséquent avec sa vie, avec ses idées ; il n'y avait rien d'étroit dans sa politique, il n'injuriait point ses adversaires, il avait peur des courtisans, il croyait aux vertus républicaines : il imaginait Manuel pur de tout excès, le général Foy grand homme, Casimir Perier sans ambition, Lafayette un prophète politique, Courier bon homme [100]. Il avait enfin de nobles chimères. Ce beau vieillard vivait de la vie de famille, il allait chez les Ragon et chez sa nièce, chez le juge Popinot, chez Joseph Lebas et chez les Matifat. Personnellement quinze cents francs faisaient raison de tous ses besoins. Quant au reste de ses revenus, il l'employait à de bonnes œuvres, en présents à sa petite-nièce : il donnait à dîner quatre fois par an à ses amis chez Roland, rue du Hasard [101], et les menait au spectacle. Il jouait le rôle de ces vieux garçons sur qui les femmes mariées tirent des lettres de change à vue pour leurs fantaisies : une partie de campagne, l'Opéra, les Montagnes-Beaujon [102]. Pillerault était alors heureux du plaisir qu'il donnait, il jouissait dans le cœur des autres. Après avoir vendu son fonds, il n'avait pas voulu quitter le quartier où étaient ses habitudes, et il avait pris rue des Bourdonnais un petit appartement de trois pièces au quatrième dans une vieille maison. De même que les mœurs de Molineux se peignaient dans son étrange mobilier, de même la vie pure et simple de Pillerault était révélée par les dispositions intérieures de son appartement composé d'une antichambre, d'un salon et d'une chambre. Aux dimensions près, c'était la cellule du chartreux. L'antichambre, au carreau rouge et frotté, n'avait qu'une fenêtre ornée de rideaux en percale à bordures rouges, des chaises d'acajou garnies de basane rouge et de clous dorés ; les murs étaient tendus d'un papier vert-olive et décorés du Serment des Américains, du portrait de Bonaparte en Premier Consul, et de la Bataille d'Austerlitz. Le salon, sans doute arrangé par le tapissier, avait un meuble jaune à rosaces, un tapis, la garniture de cheminée en bronze sans dorures, un devant de cheminée peint, une console avec un vase à fleurs sous verre, une table ronde à tapis sur laquelle était un porte-liqueurs. Le neuf de cette pièce annonçait assez un sacrifice fait aux usages du monde par le vieux quincaillier qui recevait rarement. Dans sa chambre, simple comme celle d'un religieux ou d'un vieux soldat, les deux hommes qui apprécient le mieux la vie, un crucifix à bénitier placé dans son alcôve frappait les regards. Cette profession de foi chez un républicain stoïque émouvait profondément. Une vieille femme venait faire son ménage, mais son respect pour les femmes était si grand qu'il ne lui laissait pas cirer ses souliers, nettoyés par abonnement avec un décrotteur. Son costume était simple et invariable. Il portait habituellement une redingote et un pantalon de drap bleu, un gilet de rouennerie [103], une cravate blanche, et des souliers très couverts ; les jours fériés, il mettait un habit à boutons de métal. Ses habitudes pour son lever, son déjeuner, ses sorties, son dîner, ses soirées et son retour au logis étaient marquées au coin de la plus stricte exactitude, car la régularité des mœurs fait la longue vie et la santé. Il n'était jamais question de politique entre César, les Ragon, l'abbé Loraux et lui, car les gens de cette société se connaissaient trop pour en venir à des attaques sur le terrain du prosélytisme. Comme son neveu et comme les Ragon, il avait une grande confiance en Roguin. Pour lui, le notaire de Paris était toujours un être vénérable, une image vivante de la probité. Dans l'affaire des terrains, Pillerault s'était livré à un contre-examen qui motivait la hardiesse avec laquelle César avait combattu les pressentiments de sa femme.

Le parfumeur monta les soixante-dix-huit marches qui menaient à la petite porte brune de l'appartement de son oncle, en pensant que ce vieillard devait être bien vert pour toujours les monter sans se plaindre. Il trouva la redingote et le pantalon étendus sur le portemanteau placé à l'extérieur ; madame Vaillant les brossait et frottait pendant que ce vrai philosophe enveloppé dans une redingote en molleton gris déjeunait au coin de son feu, en lisant les débats parlementaires dans *le Constitutionnel* ou *Journal du Commerce*[104].

— Mon oncle, dit César, l'affaire est conclue, on va dresser les actes. Si vous aviez cependant quelques craintes ou des regrets, il est encore temps de rompre.

— Pourquoi romprais-je ? l'affaire est bonne, mais longue à réaliser, comme toutes les affaires sûres. Mes cinquante mille francs sont à la Banque, j'ai touché hier les derniers cinq mille francs de mon fonds. Quant aux Ragon ils y mettent toute leur fortune.

— Eh ! bien, comment vivent-ils ?

— Enfin, sois tranquille, ils vivent.

— Mon oncle, je vous entends, dit Birotteau vivement ému et serrant les mains du vieillard austère.

— Comment se fera l'affaire ? dit brusquement Pillerault.

— J'y serai pour trois huitièmes, vous et les Ragon pour un huitième ; je vous créditerai sur mes livres jusqu'à ce qu'on ait décidé la question des actes notariés.

— Bon ! Mon garçon, tu es donc bien riche, pour jeter là trois cent mille francs ? Il me semble que tu hasardes beaucoup en dehors de ton commerce, n'en souffrira-t-il pas ? Enfin cela te regarde. Si tu éprouvais un échec, voilà les rentes à quatre-vingts, je pourrais vendre deux mille francs de mes consolidés. Prends-y garde, mon garçon : si tu avais recours à moi, ce serait la fortune de ta fille à laquelle tu toucherais là.

— Mon oncle, comme vous dites simplement les plus belles choses ! vous me remuez le cœur.

— Le général Foy me le remuait bien autrement tout-à-l'heure ! Enfin, va, conclus : les terrains ne s'envoleront pas, ils seront à nous pour moitié ; quand il faudrait attendre six ans, nous aurons toujours quelques intérêts, il y a des chantiers qui donnent des loyers, on ne peut donc rien perdre. Il n'y a qu'une chance, encore est-elle impossible, Roguin n'emportera pas nos fonds...

— Ma femme me le disait pourtant cette nuit, elle craint.

— Roguin emporter nos fonds, dit Pillerault en riant, et pourquoi ?

— Il a, dit-elle, trop de sentiment dans le nez, et, comme tous les hommes qui ne peuvent pas avoir de femmes, il est enragé pour...

Après avoir laissé échapper un sourire d'incrédulité, Pillerault alla déchirer d'un livret un petit papier, écrivit la somme, et signa.

— Tiens, voilà sur la Banque un bon de cent mille francs pour Ragon et pour moi. Ces pauvres gens ont pourtant vendu à ton mauvais drôle de du Tillet leurs quinze actions dans les mines de Wortschin pour compléter la somme. De braves gens dans la peine, cela serre le cœur. Et des gens si dignes, si nobles, la fleur de la vieille bourgeoisie enfin ! Leur frère Popinot le juge n'en sait rien, ils se cachent de lui pour ne pas l'empêcher de se livrer à sa bienfaisance. Des gens qui ont travaillé, comme moi, pendant trente ans !

— Dieu veuille donc que l'huile Comagène réussisse, s'écria Birotteau, j'en serai doublement heureux. Adieu, mon oncle, vous viendrez dîner dimanche avec les Ragon, Roguin et monsieur Claparon, car nous signerons tous après-demain, c'est demain vendredi, je ne veux faire d'af...

— Tu donnes donc dans ces superstitions-là ?

— Mon oncle, je ne croirai jamais que le jour où le fils de Dieu fut mis à mort par les hommes est un jour heureux. On interrompt bien toutes les affaires pour le 21 janvier [105].

— À dimanche, dit brusquement Pillerault.

— Sans ses opinions politiques, se dit Birotteau en redescendant l'escalier, je ne sais pas s'il aurait son pareil ici-bas, mon oncle. Qu'est-ce que lui fait la politique ? il serait si bien en n'y songeant pas du tout. Son entêtement prouve qu'il n'y a pas d'homme parfait.

— Déjà trois heures, dit César en rentrant chez lui.

— Monsieur, vous prenez ces valeurs-là ? lui demanda Célestin en montrant les broches du marchand de parapluies.

— Oui, à six, sans commission. — Ma femme, apprête tout pour ma toilette, je vais chez monsieur Vauquelin, tu sais pourquoi. Une cravate blanche surtout.

Birotteau donna quelques ordres à ses commis, il ne vit pas Popinot, devina que son futur associé s'habillait, et remonta promptement dans sa chambre où il trouva la Vierge de Dresde magnifiquement encadrée, selon ses ordres.

— Eh! bien, c'est gentil, dit-il à sa fille.

— Mais, papa, dis donc que c'est beau, sans quoi l'on se moquerait de toi.

— Voyez-vous cette fille qui gronde son père?... Eh! bien, pour mon goût j'aime autant Héro et Léandre. La Vierge est un sujet religieux qui peut aller dans une chapelle; mais Héro et Léandre, ah! je l'achèterai, car le flacon d'huile m'a donné des idées...

— Mais, papa, je ne te comprends pas.

— Virginie, un fiacre, cria César d'une voix retentissante quand il eut fait sa barbe et que le timide Popinot parut en traînant le pied à cause de Césarine.

L'amoureux ne s'était pas encore aperçu que son infirmité n'existait plus pour sa maîtresse. Délicieuse preuve d'amour que les gens à qui le hasard inflige un vice corporel quelconque peuvent seuls recueillir.

— Monsieur, dit-il, la presse pourra manœuvrer demain.

— Eh! bien, qu'as-tu, Popinot? demanda César en voyant rougir Anselme.

— Monsieur, c'est le bonheur d'avoir trouvé une boutique, arrière-boutique, cuisine et des chambres audessus et des magasins pour douze cents francs par an, rue des Cinq-Diamants [106].

— Il faut obtenir un bail de dix-huit ans, dit Birotteau. Mais allons chez monsieur Vauquelin, nous causerons en route.

César et Popinot montèrent en fiacre aux yeux des commis étonnés de ces exorbitantes toilettes et d'une voiture anormale [107], ignorants qu'ils étaient des grandes choses méditées par le maître de la Reine des Roses.

— Nous allons donc savoir la vérité sur les noisettes, se dit le parfumeur.

— Des noisettes ? dit Popinot.

— Tu as mon secret, Popinot, dit le parfumeur, j'ai lâché le mot *noisette*, tout est là. L'huile de noisette est la seule qui ait de l'action sur les cheveux, aucune maison de parfumerie n'y a pensé. En voyant la gravure d'Héro et de Léandre, je me suis dit : Si les anciens usaient tant d'huile pour leurs cheveux, ils avaient une raison quelconque, car les anciens sont les anciens ! malgré les prétentions modernes, je suis de l'avis de Boileau sur les anciens. Je suis parti de là pour arriver à l'huile de noisette, grâce au petit Bianchon, l'élève en médecine, ton parent ; il m'a dit qu'à l'École ses camarades employaient l'huile de noisette pour activer la croissance de leurs moustaches et favoris. Il ne nous manque plus que la sanction de l'illustre monsieur Vauquelin. Éclairés par lui, nous ne tromperons pas le public. Tout-à-l'heure j'étais à la Halle, chez une marchande de noisettes, pour avoir la matière première, dans un instant, je serai chez l'un des plus grands savants de France pour en tirer la quintessence. Les proverbes ne sont pas sots, les extrêmes se touchent. Vois, mon garçon ! le commerce est l'intermédiaire des productions végétales et de la science. Angélique Madou récolte, monsieur Vauquelin extrait, et nous vendons une essence. Les noisettes valent cinq sous la livre, monsieur Vauquelin va centupler leur valeur, et nous rendrons service peut-être à l'humanité, car si la vanité cause de grands tourments à l'homme, un bon cosmétique est alors un bienfait.

La religieuse admiration avec laquelle Popinot écoutait le père de sa Césarine stimula l'éloquence de Birotteau, qui se permit les phrases les plus sauvages qu'un bourgeois puisse inventer.

— Sois respectueux, Anselme, dit-il en entrant dans la rue où demeurait Vauquelin, nous allons pénétrer dans le sanctuaire de la science. Mets la Vierge en évidence, sans affectation, dans la salle à manger, sur une chaise. Pourvu que je ne m'entortille pas dans ce que je veux dire, s'écria naïvement Birotteau. Popinot, cet homme me fait une impression chimique, sa voix me chauffe les entrailles et me cause même une légère colique. Il est mon bienfaiteur, et dans quelques instants, Anselme, il sera le tien.

Ces paroles donnèrent froid à Popinot, qui posa ses pieds comme s'il eût marché sur des œufs, et regarda d'un air inquiet les murailles. Monsieur Vauquelin était dans son cabinet, on lui annonça Birotteau. L'académicien savait le parfumeur adjoint au maire et très en faveur, il le reçut.

— Vous ne m'oubliez donc pas dans vos grandeurs, dit le savant, mais de chimiste à parfumeur il n'y a que la main.

— Hélas! monsieur, de votre génie à la simplicité d'un bon homme comme moi, il y a l'immensité. Je vous dois ce que vous appelez mes grandeurs, et ne l'oublierai ni dans ce monde, ni dans l'autre.

— Oh! dans l'autre, dit-on, nous serons tous égaux, les rois et les savetiers.

— C'est-à-dire les rois et les savetiers qui se seront saintement conduits, dit Birotteau.

— C'est votre fils, dit Vauquelin en regardant le petit Popinot hébété de ne rien voir d'extraordinaire dans le cabinet où il croyait trouver des monstruosités, de gigantesques machines, des métaux volants, des substances animées.

— Non, monsieur, mais un jeune homme que j'aime et qui vient implorer une bonté égale à votre talent; n'est-elle pas infinie, dit-il d'un air fin. Nous venons vous consulter une seconde fois, à seize ans de distance, sur une matière importante, et sur laquelle je suis ignorant comme un parfumeur.

— Voyons, qu'est-ce?

— Je sais que les cheveux occupent vos veilles, et que vous vous livrez à leur analyse! pendant que vous y pensiez pour la gloire, j'y pensais pour le commerce.

— Cher monsieur Birotteau, que voulez-vous de

moi? l'analyse des cheveux? Il prit un petit papier. Je vais lire à l'Académie des Sciences un mémoire sur ce sujet. Les cheveux sont formés d'une quantité assez grande de mucus, d'une petite quantité d'huile blanche, de beaucoup d'huile noir-verdâtre, de fer, de quelques atomes d'oxyde de manganèse, de phosphate de chaux, d'une très petite quantité de carbonate de chaux, de silice et de beaucoup de soufre. Les différentes proportions de ces matières font les différentes couleurs des cheveux. Ainsi les rouges ont beaucoup plus d'huile noir-verdâtre que les autres.

César et Popinot ouvraient des yeux d'une grandeur risible.

— Neuf choses, s'écria Birotteau. Comment! il se trouve dans un cheveu des métaux et des huiles? il faut que ce soit vous, un homme que je vénère, qui me le dise pour que je le croie. Est-ce extraordinaire! Dieu est grand, monsieur Vauquelin.

— Le cheveu est produit par un organe folliculaire, reprit le grand chimiste, une espèce de poche ouverte à ses deux extrémités; par l'une elle tient à des nerfs et à des vaisseaux, par l'autre sort le cheveu. Selon quelques-uns de nos savants confrères, et parmi eux monsieur de Blainville [108], le cheveu serait une partie morte expulsée de cette poche ou crypte que remplit une matière pulpeuse.

— C'est comme qui dirait de la sueur en bâton, s'écria Popinot à qui le parfumeur donna un petit coup de pied dans le talon.

Vauquelin sourit à l'idée de Popinot.

— Il a des moyens, n'est-ce pas? dit alors César en regardant Popinot. Mais, monsieur, si les cheveux sont mort-nés, il est impossible de les faire vivre, nous sommes perdus! le prospectus est absurde; vous ne savez pas comme le public est drôle, on ne peut pas venir lui dire...

— Qu'il a un fumier sur la tête, dit Popinot voulant encore faire rire Vauquelin.

— Des catacombes aériennes, lui répondit le chimiste en continuant la plaisanterie.

— Et mes noisettes qui sont achetées, s'écria Birotteau sensible à la perte commerciale. Mais pourquoi vend-on des... ?

— Rassurez-vous, dit Vauquelin en souriant, je vois qu'il s'agit de quelque secret, pour empêcher les cheveux de tomber ou de blanchir. Écoutez, voilà mon opinion sur la matière après tous mes travaux. (Ici, Popinot dressa les oreilles comme un lièvre effrayé.) — La décoloration de cette substance morte ou vive est, selon moi, produite par l'interruption de la sécrétion des matières colorantes, ce qui expliquerait comment dans les climats froids le poil des animaux à belles fourrures pâlit et blanchit pendant l'hiver.

— Hem ? Popinot.

— Il est évident, reprit Vauquelin, que l'altération des chevelures est due à des changements subits dans la température ambiante...

— Ambiante, Popinot ! retiens, retiens, cria César.

— Oui, dit Vauquelin, au froid et au chaud alternatifs, ou à des phénomènes intérieurs qui produisent le même effet. Ainsi probablement les migraines et les affections céphalalgiques absorbent, dissipent ou déplacent les fluides générateurs. L'intérieur regarde les médecins. Quant à l'extérieur, arrivent vos cosmétiques.

— Eh ! bien, monsieur, dit Birotteau, vous me rendez la vie. J'ai songé à vendre de l'huile de noisette, en pensant que les anciens faisaient usage d'huile pour leurs cheveux, et les anciens sont les anciens, je suis de l'avis de Boileau. Pourquoi les athlètes oignaient-ils...

— L'huile d'olive vaut l'huile de noisette, dit Vauquelin qui n'écoutait pas Birotteau. Toute huile est bonne pour préserver le bulbe des impressions nuisibles aux substances qu'il contient en travail, nous dirions en dissolution, s'il s'agissait de chimie. Peut-être avez-vous raison ? l'huile de noisette possède, m'a dit Dupuytren [109], un stimulant. Je chercherai à connaître les différences qui existent entre les huiles de faine, de colza, d'olive, de noix, etc.

— Je ne me suis donc pas trompé, dit Birotteau triomphalement, je me suis rencontré avec un grand homme. Macassar est enfoncé ! Macassar, monsieur, est un cosmétique donné, c'est-à-dire vendu et vendu cher, pour faire pousser les cheveux.

— Cher monsieur Birotteau, dit Vauquelin, il n'est pas venu deux onces d'huile de Macassar en Europe. L'huile de Macassar n'a pas la moindre action sur les cheveux, mais les Malaises l'achètent au poids de l'or à cause de son influence conservatrice sur les cheveux, sans savoir que l'huile de baleine est tout aussi bonne. Aucune puissance ni chimique ni divine...

— Oh ! divine... ne dites pas cela, monsieur Vauquelin.

— Mais, cher monsieur, la première loi que Dieu suive est d'être conséquent avec lui-même : sans unité, pas de puissance...

— Ah, vu comme ça...

— Aucune puissance ne peut donc faire pousser de cheveux à des chauves, de même que vous ne teindrez jamais sans danger les cheveux rouges ou blancs ; mais en vantant l'emploi de l'huile, vous ne commettrez aucune erreur, aucun mensonge, et je pense que ceux qui s'en serviront pourront conserver leurs cheveux.

— Croyez-vous que l'Académie royale des Sciences voudrait approuver...

— Oh ! il n'y a pas là la moindre découverte, dit Vauquelin. D'ailleurs, les charlatans ont tant abusé du nom de l'Académie que vous n'en seriez pas plus avancé. Ma conscience se refuse à regarder l'huile de noisette comme un prodige.

— Quelle serait la meilleure manière de l'extraire ? par la décoction ou par la pression ? dit Birotteau.

— Par la pression entre deux plaques chaudes, l'huile sera plus abondante ; mais obtenue par la pression entre deux plaques froides, elle sera de meilleure qualité. Il faut l'appliquer, dit Vauquelin avec bonté, sur la peau même et non s'en frotter les cheveux, autrement l'effet serait manqué.

— Retiens bien ceci, Popinot, dit Birotteau dans un enthousiasme qui lui enflammait le visage. Vous voyez, monsieur, un jeune homme qui comptera ce jour parmi les plus beaux de sa vie. Il vous connaissait, vous vénérait, sans vous avoir vu. Ah! il est souvent question de vous chez moi, le nom qui est toujours dans les cœurs arrive souvent sur les lèvres. Nous prions, ma femme, ma fille et moi, pour vous, tous les jours, comme on le doit pour son bienfaiteur.

— C'est trop pour si peu, dit Vauquelin gêné par la verbeuse reconnaissance du parfumeur.

— Ta, ta, ta! fit Birotteau, vous ne pouvez pas nous empêcher de vous aimer, vous qui n'acceptez rien de moi. Vous êtes comme le soleil, vous jetez la lumière, et ceux que vous éclairez ne peuvent rien vous rendre.

Le savant sourit et se leva, le parfumeur et Popinot se levèrent aussi.

— Regarde, Anselme, regarde bien ce cabinet. Vous permettez, monsieur? Vos moments sont si précieux, il ne reviendra peut-être plus ici.

— Eh! bien, êtes-vous content des affaires! dit Vauquelin à Birotteau, car enfin nous sommes deux gens de commerce [110]...

— Assez bien, monsieur, dit Birotteau se retirant vers la salle à manger où le suivit Vauquelin. Mais pour lancer cette huile sous le nom d'Essence Comagène, il faut de grands fonds...

— Essence et Comagène sont deux mots qui hurlent. Appelez votre cosmétique Huile de Birotteau. Si vous ne voulez pas mettre votre nom en évidence, prenez-en un autre. Mais voilà la Vierge de Dresde. Ah! monsieur Birotteau, vous voulez que nous nous quittions brouillés.

— Monsieur Vauquelin, dit le parfumeur en prenant les mains du chimiste, cette rareté n'a de prix que par la persistance que j'ai mise à la chercher, il a fallu faire fouiller toute l'Allemagne pour la trouver sur papier de Chine et avant la lettre, je savais que vous la désiriez, vos occupations ne vous permettaient pas de vous la procurer, je me suis fait votre commis-voyageur. Agréez donc, non une méchante gravure, mais des soins, une sollicitude, des pas et des démarches qui prouvent un dévouement absolu. J'aurais voulu que vous souhaitassiez quelques substances qu'il fallût aller chercher au fond des précipices, et venir vous dire : Les voilà ! Ne me refusez pas. Nous avons tant de chances pour être oubliés, laissez-moi me mettre moi, ma femme, ma fille et le gendre que j'aurai, tous sous vos yeux. Vous vous direz en voyant la Vierge : Il y a de bonnes gens qui pensent à moi.

— J'accepte, dit Vauquelin.

Popinot et Birotteau s'essuyèrent les yeux, tant ils furent émus de l'accent de bonté que mit l'académicien à ce mot.

— Voulez-vous combler votre bonté ? dit le parfumeur.

— Qu'est-ce ? fit Vauquelin.

— Je réunis quelques amis... Il se souleva sur les talons, en prenant néanmoins un air humble... Autant pour célébrer la délivrance du territoire, que pour fêter ma nomination dans l'ordre de la Légion-d'Honneur...

— Ah ! dit Vauquelin étonné.

— Peut-être me suis-je rendu digne de cette insigne et royale faveur en siégeant au tribunal consulaire et en combattant pour les Bourbons sur les marches de Saint-Roch au 13 vendémiaire, où je fus blessé par Napoléon. Ma femme donne un bal dimanche dans vingt jours, venez-y, monsieur ? Faites-nous l'honneur de dîner avec nous ce jour-là. Pour moi, ce sera recevoir deux fois la croix. Je vous écrirai bien à l'avance.

— Eh ! bien, oui, dit Vauquelin.

— Mon cœur se gonfle de plaisir, s'écria le parfumeur dans la rue. Il viendra chez moi. J'ai peur d'avoir oublié ce qu'il a dit sur les cheveux, tu t'en souviens, Popinot ?

— Oui, monsieur, et dans vingt ans je m'en souviendrais encore.

— Ce grand homme ! quel regard et quelle pénétration! dit Birotteau. Ah! il n'en a fait ni une ni deux, du premier coup, il a deviné nos pensées, et nous a donné les moyens d'abattre l'huile de Macassar. Ah! rien ne peut faire pousser les cheveux, Macassar, tu mens! Popinot, nous tenons une fortune. Ainsi, demain, à sept heures, soyons à la fabrique, les noisettes viendront et nous ferons de l'huile, car il a beau dire que toute huile est bonne, nous serions perdus si le public le savait. S'il n'entrait pas dans notre huile un peu de noisette et de parfum, sous quel prétexte pourrions-nous la vendre trois ou quatre francs les quatre onces!

— Vous allez être décoré, monsieur, dit Popinot. Quelle gloire pour...

— Pour le commerce, n'est-ce pas mon enfant?

L'air triomphant de César Birotteau, sûr d'une fortune, fut remarqué par ses commis qui se firent des signes entre eux, car la course en fiacre, la tenue du caissier et du patron les avaient jetés dans les romans les plus bizarres. Le contentement mutuel de César et d'Anselme trahi par des regards diplomatiquement échangés, le coup d'œil plein d'espérance que Popinot jeta par deux fois à Césarine annonçaient quelque événement grave et confirmaient les conjectures des commis. Dans cette vie occupée et quasi claustrale, les plus petits accidents prenaient l'intérêt que donne un prisonnier à ceux de sa prison. L'attitude de madame César, qui répondait aux regards olympiens de son mari par des airs de doute, accusait une nouvelle entreprise, car en temps ordinaire madame César aurait été contente, elle que les succès du détail rendaient joyeuse. Par extraordinaire, la recette de la journée se montait à six mille francs : on était venu payer quelques mémoires arriérés.

La salle à manger et la cuisine éclairée par une petite cour, et séparée de la salle à manger par un couloir où débouchait l'escalier pratiqué dans un coin de l'arrière-boutique, se trouvaient à l'entresol, où jadis était l'appartement de César et de Constance; aussi la salle à manger où s'était écoulée la lune de miel avait-elle l'air d'un petit salon. Durant le dîner, Raguet, le garçon de confiance, gardait le magasin; mais au dessert les commis redescendaient au magasin, et laissaient César, sa femme et sa fille achever leur dîner au coin du feu. Cette habitude venait des Ragon, chez qui les anciens us et coutumes du commerce, toujours en vigueur, maintenaient entre eux et les commis l'énorme distance qui jadis existait entre les *maîtres* et les *apprentis*. Césarine ou Constance apprêtait alors au parfumeur sa tasse de café qu'il prenait assis dans une bergère au coin du feu. Pendant cette heure César mettait sa femme au fait des petits événements de la journée, il racontait ce qu'il avait vu dans Paris, ce qui se passait au faubourg du Temple, les difficultés de sa fabrication.

— Ma femme, dit-il quand les commis furent descendus, voilà certes une des plus importantes journées de notre vie! Les noisettes achetées, la presse hydraulique prête à manœuvrer demain, l'affaire des terrains conclue. Tiens, serre donc ce bon sur la Banque, dit-il en lui remettant le mandat de Pillerault. La restauration de l'appartement décidée, notre appartement augmenté. Mon Dieu! j'ai vu, Cour Batave, un homme bien singulier! Et il raconta monsieur Molineux.

— Je vois, lui répondit sa femme en l'interrompant au milieu d'une tirade, que tu t'es endetté de deux cent mille francs?

— C'est vrai, ma femme, dit le parfumeur avec une fausse humilité. Comment paierons-nous cela, bon Dieu? car il faut compter pour rien les terrains de la Madeleine destinés à devenir un jour le plus beau quartier de Paris.

— Un jour, César.

— Hélas! dit-il en continuant sa plaisanterie, mes trois huitièmes ne me vaudront un million que dans six ans. Et comment payer deux cent mille francs? reprit César en faisant un geste d'effroi. Eh! bien, nous les paierons cependant avec cela, dit-il en tirant de sa poche une noisette prise chez madame Madou, et précieusement gardée.

Il montra la noisette entre ses deux doigts à Césarine et à Constance. Sa femme ne dit rien, mais Césarine intriguée dit à son père en lui servant le café : — Ah! çà, papa, tu ris ?

Le parfumeur, aussi bien que ses commis, avait surpris pendant le dîner les regards jetés par Popinot à Césarine, il voulut éclaircir ses soupçons.

— Eh! bien, fifille, cette noisette est cause d'une révolution au logis. Il y aura, dès ce soir, quelqu'un de moins sous notre toit.

Césarine regarda son père en ayant l'air de dire : *Que m'importe!*

— Popinot s'en va.

Quoique César fût un pauvre observateur et qu'il eût préparé sa dernière phrase autant pour tendre un piège à sa fille que pour arriver à sa création de la maison A. POPINOT et COMPAGNIE, sa tendresse paternelle lui fit deviner les sentiments confus qui sortirent du cœur de sa fille, fleurirent en roses rouges sur ses joues, sur son front, et colorèrent ses yeux qu'elle baissa. César crut alors à quelques paroles échangées entre Césarine et Popinot. Il n'en était rien : ces deux enfants s'entendaient, comme tous les amants timides, sans s'être dit un mot.

Quelques moralistes pensent que l'amour est la passion la plus involontaire, la plus désintéressée, la moins calculatrice de toutes, excepté toutefois l'amour maternel. Cette opinion comporte une erreur grossière. Si la plupart des hommes ignorent les raisons qui font aimer, toute sympathie physique ou morale n'en est pas moins basée sur des calculs faits par l'esprit, le sentiment ou la brutalité. L'amour est une passion essentiellement égoïste. Qui dit égoïsme, dit profond calcul. Ainsi, pour tout esprit frappé seulement des résultats, il peut sembler, au premier abord, invraisemblable ou singulier de voir une belle fille comme Césarine éprise d'un pauvre enfant boiteux et à cheveux rouges. Néanmoins, ce phénomène est en harmonie avec l'arithmétique des sentiments bourgeois. L'expliquer sera rendre compte des mariages toujours observés avec une constante surprise et qui se font entre de grandes, de belles femmes et de petits hommes, entre de petites, de laides créatures et de beaux garçons. Tout homme atteint d'un défaut de conformation quelconque, les pieds-bots, la claudication, les diverses gibbosités, l'excessive laideur, les taches de vin répandues sur les joues, les feuilles de vigne, l'infirmité de Roguin et autres monstruosités indépendantes de la volonté des fondateurs, n'a que deux partis à prendre : ou se rendre redoutable ou devenir d'une exquise bonté ; il ne lui est pas permis de flotter entre les moyens termes habituels à la plupart des hommes. Dans le premier cas, il y a talent, génie ou force : un homme n'inspire la terreur que par la puissance du mal, le respect que par le génie, la peur que par beaucoup d'esprit. Dans le second cas, il se fait adorer, il se prête admirablement aux tyrannies féminines, et sait mieux aimer que n'aiment les gens d'une irréprochable corporence [111]. Élevé par des gens vertueux, par les Ragon, modèles de la plus honorable bourgeoisie, et par son oncle le juge Popinot, Anselme avait été conduit, et par sa candeur et par ses sentiments religieux, à racheter son léger vice corporel par la perfection de son caractère. Frappés de cette tendance qui rend la jeunesse si attrayante, Constance et César avaient souvent fait l'éloge d'Anselme devant Césarine. Mesquins d'ailleurs, les deux boutiquiers étaient grands par l'âme et comprenaient bien les choses du cœur. Ces éloges trouvèrent de l'écho chez une jeune fille qui, malgré son innocence, lut dans les yeux si purs d'Anselme un sentiment violent, toujours flatteur, quels que soient l'âge, le rang et la tournure de l'amant. Le petit Popinot devait avoir beaucoup plus de raison qu'un bel homme d'aimer une femme. Si la femme était belle, il en serait fou jusqu'à son dernier jour, son amour lui donnerait de l'ambition, il se tuerait pour rendre sa femme heureuse, il la laisserait maîtresse au logis, il irait au-devant de la domination. Ainsi pensait Césarine involontairement et pas si cruement peut-être, elle entrevoyait à vol d'oiseau les moissons de l'amour et raisonnait par comparaison : le bonheur de sa mère était devant ses yeux, elle ne souhaitait pas d'autre vie, son instinct lui montrait dans Anselme un autre César perfectionné par l'éducation, comme elle l'était par la sienne. Elle rêvait Popinot maire d'un arrondissement, et se plaisait à se peindre quêtant un jour à sa paroisse comme sa mère à Saint-Roch. Elle avait fini par ne plus s'apercevoir de la différence qui distinguait la jambe gauche de la jambe droite chez Popinot, elle eût été capable de dire : Mais boite-t-il ? Elle aimait cette prunelle si limpide, et s'était plu à voir l'effet que produisait son regard sur ces yeux qui brillaient aussitôt d'un feu pudique et se baissaient mélancoliquement. Le premier clerc de Roguin, doué de cette précoce expérience due à l'habitude des affaires, Alexandre Crottat, avait un air moitié cynique, moitié bonasse qui révoltait Césarine, déjà révoltée par les lieux communs de sa conversation. Le silence de Popinot trahissait un esprit doux, elle aimait le sourire à demi mélancolique que lui inspiraient d'insignifiantes vulgarités ; les niaiseries qui le faisaient sourire excitaient toujours quelque répulsion chez elle, ils souriaient ou se contristaient ensemble. Cette supériorité n'empêchait pas Anselme de se précipiter à l'ouvrage, et son infatigable ardeur plaisait à Césarine, car elle devinait que si les autres commis disaient : Césarine épousera le premier clerc de monsieur Roguin, Anselme pauvre, boiteux et à cheveux roux, ne désespérait pas d'obtenir sa main. Une grande espérance prouve un grand amour.

— Où va-t-il ? demanda Césarine à son père en essayant de prendre un air indifférent.

— Il s'établit rue des Cinq-Diamants, et ma foi ! à la grâce de Dieu, dit Birotteau dont l'exclamation ne fut comprise ni par sa femme, ni par sa fille.

Quand Birotteau rencontrait une difficulté morale, il faisait comme les insectes devant un obstacle, il se jetait à gauche ou à droite ; il changea donc de conversation en se promettant de causer de Césarine avec sa femme.

— J'ai raconté tes craintes et tes idées sur Roguin à ton oncle, il s'est mis à rire, dit-il à Constance.

— Tu ne dois jamais révéler ce que nous nous disons entre nous, s'écria Constance. Ce pauvre Roguin est peut-être le plus honnête homme du monde, il a cinquante-huit ans et ne pense plus sans doute...

Elle s'arrêta court en voyant Césarine attentive, et la montra par un coup d'œil à César.

— J'ai donc bien fait de conclure, dit Birotteau.

— Mais tu es le maître, répondit-elle.

César prit sa femme par les mains et la baisa au front. Cette réponse était toujours chez elle un consentement tacite aux projets de son mari.

— Allons, s'écria le parfumeur en descendant à son magasin et parlant à ses commis, la boutique se fermera à dix heures. Messieurs, un coup de main! Il s'agit de transporter pendant la nuit tous les meubles du premier au second! Il faut mettre, comme on dit, les petits pots dans les grands, afin de laisser demain à mon architecte les coudées franches.

— Popinot est sorti sans permission, dit César en ne le voyant pas. Eh! mais, il ne couche pas ici, je l'oubliais. Il est allé, pensa-t-il, ou rédiger les idées de monsieur Vauquelin, ou louer une boutique.

— Nous connaissons la cause de ce déménagement, dit Célestin en parlant au nom des deux autres commis et de Raguet, groupés derrière lui. Nous sera-t-il permis de féliciter monsieur sur un honneur qui rejaillit sur toute la boutique... Popinot nous a dit que monsieur...

— Hé! bien, mes enfants, que voulez-vous! on m'a décoré. Aussi non seulement à cause de la délivrance du territoire, mais encore pour fêter ma promotion dans la Légion-d'Honneur, réunissons-nous nos amis. Je me suis peut-être rendu digne de cette insigne et royale faveur en siégeant au tribunal consulaire et en combattant pour la cause royale que j'ai défendue... à votre âge, sur les marches de Saint-Roch, au 13 vendémiaire; et, ma foi, Napoléon, dit l'empereur, m'a blessé! J'ai été blessé à la cuisse encore, et madame Ragon m'a pansé. Ayez du courage, vous serez récompensés! Voilà, mes enfants, comme un malheur n'est jamais perdu.

— On ne se battra plus dans les rues, dit Célestin.

— Il faut l'espérer, dit César, qui partit de là pour faire une mercuriale à ses commis, et il la termina par une invitation.

La perspective d'un bal anima les trois commis, Raguet et Virginie d'une ardeur qui leur donna la dextérité des équilibristes. Tous allaient et venaient chargés par les escaliers sans rien casser ni rien renverser. À deux heures du matin, le déménagement était opéré. César et sa femme couchèrent au second étage. La chambre de Popinot devint celle de Célestin et du second commis. Le troisième étage fut un garde-meuble provisoire.

CHAPITRE VI

LES DEUX ASTRES

Possédé de cette magnétique ardeur que produit l'affluence du fluide nerveux et qui fait du diaphragme un brasier chez les gens ambitieux ou amoureux agités par des grands desseins, Popinot si doux et si tranquille avait piaffé comme un cheval de race avant la course, dans la boutique, au sortir de table.

— Qu'as-tu donc ? lui dit Célestin.

— Quelle journée ! mon cher, je m'établis, lui dit-il à l'oreille, et monsieur César est décoré.

— Vous êtes bien heureux, le patron vous aide, s'écria Célestin.

Popinot ne répondit pas, il disparut poussé comme par un vent furieux, le vent du succès !

— Oh ! heureux, dit à son voisin qui vérifiait des étiquettes un commis occupé à mettre des gants par douzaines, le patron s'est aperçu des yeux que Popinot fait à mademoiselle Césarine, et comme il est très fin, le patron, il se débarrasse d'Anselme ; il serait difficile de le refuser, rapport à ses parents. Célestin prend cette rouerie pour de la générosité.

Anselme Popinot descendait la rue Saint-Honoré et courait rue des Deux-Écus [112], pour s'emparer d'un jeune homme que sa *seconde vue* commerciale lui désignait comme le principal instrument de sa fortune. Le juge Popinot avait rendu service au plus habile commis-voyageur de Paris, à celui que sa triomphante loquèle [113] et son activité firent plus tard surnommer l'*illustre*. Voué spécialement à la Chapellerie et à l'*Article Paris*, ce roi des voyageurs se nommait encore purement et simplement Gaudissart[114]. À vingt-deux ans, il se signalait déjà par la puissance de son magnétisme commercial. Alors fluet, l'œil joyeux, le visage expressif, une mémoire infatigable, le coup d'œil habile à saisir les goûts de chacun, il méritait d'être ce qu'il fut depuis, le roi des commis-voyageurs, le *Français* par excellence. Quelques jours auparavant, Popinot avait rencontré Gaudissart qui s'était dit sur le point de partir ; l'espoir de le trouver encore à Paris venait donc de lancer l'amoureux sur la rue des Deux-Écus, où il apprit que le voyageur avait retenu sa place aux Messageries. Pour faire ses adieux à sa chère capitale, Gaudissart était allé voir une pièce nouvelle au Vaudeville : Popinot résolut de l'attendre. Confier le placement de l'huile de noisette à ce précieux metteur en œuvre des inventions marchandes, déjà choyé par les plus riches maisons, n'était-ce pas tirer une lettre de change sur la fortune. Popinot possédait Gaudissart. Le commis-voyageur, si savant dans l'art d'entortiller les gens les plus rebelles, les petits marchands de province, s'était laissé entortiller dans la première conspiration tramée contre les Bourbons après les Cent-Jours[115]. Gaudissart, à qui le grand air était indispensable, se vit en prison sous le poids d'une accusation capitale. Le juge Popinot, chargé de l'instruction, avait mis Gaudissart hors de cause en reconnaissant que son imprudente sottise l'avait seule compromis dans cette affaire. Avec un juge désireux de plaire au pouvoir ou d'un royalisme exalté, le malheureux commis allait à l'échafaud. Gaudissart, qui croyait devoir la vie au juge d'instruction, nourrissait un profond désespoir de ne pouvoir porter à son sauveur qu'une stérile reconnaissance. Ne devant pas remercier un juge d'avoir rendu la justice, il était allé chez les Ragon se déclarer homme-lige des Popinot. En attendant, Popinot alla naturellement revoir sa boutique de la rue des Cinq-Diamants, demander l'adresse du propriétaire, afin de traiter du bail. En errant dans le dédale obscur de la grande Halle, en pensant aux moyens d'organiser un rapide succès, Popinot saisit, rue Aubry-le-Boucher [116], une occasion unique et de bon augure avec laquelle il comptait régaler César le lendemain. En faction à la porte de l'*Hôtel du Commerce*, au bout de la rue des Deux-Écus, vers minuit, Popinot entendit dans le lointain de la rue de Grenelle [117], un vaudeville final chanté par Gaudissart, avec accompagnement de canne significativement traînée sur les pavés.

— Monsieur, dit Anselme en débouchant de la porte et se montrant soudain, deux mots ?

— Onze, si vous voulez, dit le commis-voyageur en levant sa canne plombée sur l'agresseur.

— Je suis Popinot, dit le pauvre Anselme.

— Suffit, dit Gaudissart en le reconnaissant. Que vous faut-il ? de l'argent ? absent par congé, mais on en trouvera. Mon bras pour un duel ? tout à vous, des pieds à l'occiput. Et il chanta :

Voilà, voilà
Le vrai soldat français !

— Venez causer avec moi dix minutes, non pas dans votre chambre, on pourrait nous écouter, mais sur le quai de l'Horloge, à cette heure il n'y a personne, dit Popinot, il s'agit de quelque chose de plus important.

— Ça chauffe donc, marchons !

En dix minutes, Gaudissart, maître des secrets de Popinot, en avait reconnu l'importance.

Paraissez, parfumeurs, coiffeurs et débitants !

s'écria Gaudissart en singeant Lafon dans le rôle du Cid [118]. Je vais empaumer tous les boutiquiers de France et de Navarre. Oh ! une idée ! J'allais partir, je reste, et vais prendre les commissions de la parfumerie parisienne.

— Et pourquoi ?

— Pour étrangler vos rivaux, innocent ! En ayant

leurs commissions, je puis faire boire de l'huile à leurs perfides cosmétiques, en ne parlant et ne m'occupant que de la vôtre. Un fameux tour de voyageur! Ah! ah! nous sommes les diplomates du commerce. Fameux! Quant à votre prospectus, je m'en charge. J'ai pour ami d'enfance Andoche Finot, le fils du chapelier de la rue du Coq [119], le vieux qui m'a lancé dans le voyage pour la Chapellerie. Andoche, qui a beaucoup d'esprit, il a pris celui de toutes les têtes que coiffait son père, il est dans la littérature, il fait les petits théâtres au *Courrier des Spectacles*. Son père, vieux chien plein de raisons pour ne pas aimer l'esprit, ne croit pas à l'esprit : impossible de lui prouver que l'esprit se vend, qu'on fait fortune dans l'esprit. En fait d'esprit, il ne connaît que le trois-six [120]. Le vieux Finot prend le petit Finot par famine. Andoche, homme capable, mon ami d'ailleurs, et je ne fraye avec les sots que commercialement, Finot fait des devises pour le Fidèle Berger [121] qui paie, tandis que les journaux où il se donne un mal de galérien le nourrissent de couleuvres. Sont-ils jaloux dans cette partie-là! C'est comme dans l'*Article Paris*. Finot avait une superbe comédie en un acte pour mademoiselle Mars, la plus fameuse des fameuses, ah! en voilà une que j'aime! Eh! bien, pour se voir jouer, il a été forcé de la porter à la Gaîté. Andoche connaît le Prospectus, il entre dans les idées du marchand, il n'est pas fier, il limousinera [122] notre prospectus *gratis*. Mon Dieu, avec un bol de punch et des gâteaux on les régalera, car, Popinot, pas de farces : je voyagerai sans commission ni frais, vos concurrents paieront, je les dindonnerai. Entendons-nous bien. Pour moi, ce succès est une affaire d'honneur. Ma récompense est d'être garçon de noces à votre mariage! J'irai en Italie, en Allemagne, en Angleterre! J'emporte avec moi des affiches en toutes les langues, les fais apposer partout, dans les villages, à la porte des églises, à tous les bons endroits que je connais dans les villes de province! Elle brillera, elle s'allumera, cette huile, elle sera sur toutes les têtes. Ah! votre mariage ne sera pas un mariage en détrempe, mais un mariage à la barigoule [123] ! Vous aurez votre Césarine ou je ne m'appellerai pas l'ILLUSTRE ! nom que m'a donné le père Finot, pour avoir fait réussir ses chapeaux gris. En vendant votre huile, je reste dans ma partie, la tête humaine ; l'huile et le chapeau sont connus pour conserver la chevelure publique.

Popinot revint chez sa tante, où il devait aller coucher, dans une telle fièvre, causée par sa prévision du succès, que les rues lui semblaient être des ruisseaux d'huile. Il dormit peu, rêva que ses cheveux poussaient follement, et vit deux anges qui lui déroulaient, comme dans les mélodrames, une rubrique où était écrit : *Huile Césarienne.* Il se réveilla, se souvenant de ce rêve, et résolut de nommer ainsi l'huile de noisette, en considérant cette fantaisie du sommeil comme un ordre céleste.

César et Popinot furent dans leur atelier au faubourg du Temple, bien avant l'arrivée des noisettes ; en attendant les porteurs de madame Madou, Popinot raconta triomphalement son traité d'alliance avec Gaudissart.

— Nous avons l'illustre Gaudissart, nous sommes millionnaires, s'écria le parfumeur en tendant la main à son caissier de l'air que dut prendre Louis XIV en accueillant le maréchal de Villars au retour de Denain.

— Nous avons bien autre chose encore, dit l'heureux commis en sortant de sa poche une bouteille à forme écrasée en façon de citrouille et à côtes ; j'ai trouvé dix mille flacons semblables à ce modèle, tout fabriqués, tout prêts, à quatre sous et six mois de terme.

— Anselme, dit Birotteau contemplant la forme mirifique du flacon, hier (il prit un ton grave), dans les Tuileries, oui, pas plus tard qu'hier, tu disais : Je réussirai. Moi, je dis aujourd'hui : Tu réussiras ! Quatre sous ! six mois de terme ! une forme originale ! Macassar branle dans le manche, quelle botte portée à l'huile de Macassar ! Ai-je bien fait de m'emparer des seules noisettes qui soient à Paris ! où donc as-tu trouvé ces flacons ?

— J'attendais l'heure de parler à Gaudissart et je flânais...

— Comme moi jadis, s'écria Birotteau.

— En descendant la rue Aubry-le-Boucher j'aperçois chez un verrier en gros, un marchand de verres bombés et de cages, qui a des magasins immenses, j'aperçois ce flacon... Ah! il m'a crevé les yeux comme une lumière subite, une voix m'a crié: Voilà ton affaire!

— Né commerçant, il aura ma fille, dit César en grommelant.

— J'entre, et je vois des milliers de ces flacons dans des caisses.

— Tu t'en informes?

— Vous ne me croyez pas si *gniolle* [124], s'écria douloureusement Anselme.

— Né commerçant, répéta Birotteau.

— Je demande des cages à mettre des petits Jésus de cire. Tout en marchandant les cages, je blâme la forme de ces flacons. Conduit à une confession générale, mon marchand avoue de fil en aiguille que Faille et Bouchot, qui ont manqué dernièrement, allaient entreprendre un cosmétique et voulaient des flacons de forme étrange; il se méfiait d'eux, il exige moitié comptant; Faille et Bouchot dans l'espoir de réussir lâchent l'argent, la faillite éclate pendant la fabrication; les syndics, sommés de payer, venaient de transiger avec lui en laissant les flacons et l'argent touché, comme indemnité d'une fabrication prétendue ridicule et sans placement possible. Les flacons coûtent huit sous, il serait heureux de les donner à quatre, Dieu sait combien de temps il aurait en magasin une forme qui n'est pas de vente. — Voulez-vous vous engager à en fournir par dix mille à quatre sous? je puis vous débarrasser de vos flacons, je suis commis chez monsieur Birotteau. Et je l'entame, et je le mène, et je domine mon homme, et je le chauffe, et il est à nous.

— Quatre sous, dit Birotteau. Sais-tu que nous pouvons mettre l'huile à trois francs et gagner trente sous en en laissant vingt à nos détaillants?

— L'huile Césarienne, cria Popinot.

— L'huile Césarienne?... ah! monsieur l'amoureux, vous voulez flatter le père et la fille. Eh! bien soit, va pour l'huile Césarienne! les Césars avaient le monde, ils devaient avoir de fameux cheveux.

— César était chauve, dit Popinot.

— Parce qu'il ne s'est pas servi de notre huile, on le dira! À trois francs l'huile Césarienne, l'huile de Macassar coûte le double. Gaudissart est là, nous aurons cent mille francs dans l'année, car nous imposons toutes les têtes qui se respectent de douze flacons par an, dix-huit francs! Soit dix mille têtes? cent quatre-vingt mille francs. Nous sommes millionnaires.

Les noisettes livrées, Raguet, les ouvriers, Popinot, César en épluchèrent une quantité suffisante, et il y eut avant quatre heures quelques livres d'huile. Popinot alla présenter le produit à Vauquelin, qui fit présent à Popinot d'une formule pour mêler l'essence de noisette à des corps oléagineux moins chers et la parfumer. Popinot se mit aussitôt en instance pour obtenir un brevet d'invention et de perfectionnement. Le dévoué Gaudissart prêta l'argent pour le droit fiscal à Popinot qui avait l'ambition de payer sa moitié dans les frais d'établissement.

La prospérité porte avec elle une ivresse à laquelle les hommes inférieurs ne résistent jamais. Cette exaltation eut un résultat facile à prévoir. Grindot vint, il présenta le croquis colorié d'une délicieuse vue intérieure du futur appartement orné de ses meubles. Birotteau séduit consentit à tout. Aussitôt les maçons donnèrent les coups de pic qui firent gémir la maison et Constance. Son peintre en bâtiments, monsieur Lourdois, un fort riche entrepreneur qui s'engageait à ne rien négliger, parlait de dorures pour le salon. En entendant ce mot, Constance intervint.

— Monsieur Lourdois, dit-elle, vous avez trente mille livres de rente, vous habitez une maison à vous, vous pouvez y faire ce que vous voulez; mais nous autres...

— Madame, le commerce doit briller et ne pas se laisser écraser par l'aristocratie. Voilà d'ailleurs monsieur Birotteau dans le gouvernement, il est en évidence...

— Oui, mais il est encore en boutique, dit Constance devant ses commis et les cinq personnes qui l'écoutaient; ni moi, ni lui, ni ses amis, ni ses ennemis ne l'oublieront.

Birotteau se souleva sur la pointe des pieds en retombant sur ses talons à plusieurs reprises, les mains croisées derrière lui.

— Ma femme a raison, dit-il. Nous serons modestes dans la prospérité. D'ailleurs, tant qu'un homme est dans le commerce, il doit être sage en ses dépenses, réservé dans son luxe, la loi lui en fait une obligation, il ne doit pas se livrer *à des dépenses excessives*. Si l'agrandissement de mon local et sa décoration dépassaient les bornes, il serait imprudent à moi de les excéder, vous-même vous me blâmeriez, Lourdois. Le quartier a les yeux sur moi, les gens qui réussissent ont des jaloux, des envieux! Ah! vous saurez cela bientôt, jeune homme, dit-il à Grindot; s'ils nous calomnient, ne leur donnez pas au moins lieu de médire.

— Ni la calomnie, ni la médisance ne peuvent vous atteindre, dit Lourdois, vous êtes dans une position hors ligne et vous avez une si grande habitude du commerce que vous savez raisonner vos entreprises, vous êtes *un malin*.

— C'est vrai, j'ai quelque expérience des affaires; vous savez pourquoi notre agrandissement? Si je mets un fort dédit relativement à l'exactitude, c'est que...

— Non.

— Hé! bien, ma femme et moi nous réunissons quelques amis autant pour célébrer la délivrance du territoire que pour fêter ma promotion dans l'ordre de la Légion-d'Honneur.

— Comment, comment! dit Lourdois, ils vous ont donné la croix?

— Oui; peut-être me suis-je rendu digne de cette

insigne et royale faveur en siégeant au tribunal consulaire, et en combattant pour la cause royale au treize vendémiaire, à Saint-Roch, où je fus blessé par Napoléon. Venez avec votre femme et votre demoiselle...

— Enchanté de l'honneur que vous daignez me faire, dit le libéral Lourdois. Mais vous êtes un farceur, papa Birotteau ; vous voulez être sûr que je ne vous manquerai pas de parole, et voilà pourquoi vous m'invitez. Eh ! bien, je prendrai mes plus habiles ouvriers, nous ferons un feu d'enfer pour sécher les peintures ; nous avons des procédés dessiccatifs, car il ne faut pas danser dans un brouillard exhalé par le plâtre. On vernira pour ôter toute odeur.

Trois jours après, le commerce du quartier était en émoi par l'annonce du bal que préparait Birotteau. Chacun pouvait d'ailleurs voir les étais extérieurs nécessités par le changement rapide de l'escalier, les tuyaux carrés en bois où tombaient les décombres dans des tombereaux qui stationnaient. Les ouvriers pressés qui travaillaient aux flambeaux, car il y eut des ouvriers de jour et des ouvriers de nuit, faisaient arrêter les oisifs, les curieux dans la rue, et les commérages s'appuyaient sur ces préparatifs pour annoncer d'énormes somptuosités.

Le dimanche indiqué pour la conclusion de l'affaire, monsieur et madame Ragon, l'oncle Pillerault vinrent sur les quatre heures, après vêpres. Vu les démolitions, disait César, il ne put inviter ce jour-là que Charles Claparon, Crottat et Roguin. Le notaire apporta le Journal des Débats, où monsieur de La Billardière avait fait insérer l'article suivant :

« Nous apprenons que la délivrance du territoire sera
« fêtée avec enthousiasme dans toute la France, mais à
« Paris les membres du corps municipal ont senti que le
« moment était venu de rendre à la capitale cette splen-
« deur qui, par un sentiment de convenance, avait cessé
« pendant l'occupation étrangère. Chacun des maires et
« des adjoints se propose de donner un bal : l'hiver pro-
« met donc d'être très brillant ; ce mouvement national

« sera suivi. Parmi toutes les fêtes qui se préparent, il « est beaucoup question du bal de monsieur Birotteau, « nommé chevalier de la Légion-d'Honneur, et si « connu par son dévouement à la cause royale. Mon- « sieur Birotteau, blessé à l'affaire de Saint-Roch, au « treize vendémiaire, et l'un des juges consulaires les « plus estimés, a doublement mérité cette faveur. »

— Comme on écrit bien aujourd'hui, s'écria César. L'on parle de nous dans le journal, dit-il à Pillerault.

— Eh! bien, après, lui répondit son oncle à qui le Journal des Débats était particulièrement antipathique [125].

— Cet article nous fera peut-être vendre de la Pâte des Sultanes et de l'Eau Carminative, dit tout bas madame César à madame Ragon sans partager l'ivresse de son mari.

Madame Ragon, grande femme sèche et ridée, au nez pincé, aux lèvres minces, avait un faux air d'une marquise de l'ancienne cour. Le tour de ses yeux était attendri sur une assez grande circonférence, comme ceux des vieilles femmes qui ont éprouvé des chagrins. Sa contenance sévère et digne, quoique affable, imprimait le respect. Elle avait d'ailleurs en elle ce je ne sais quoi d'étrange qui saisit sans exciter le rire, et que sa mise, ses façons expliquaient : elle portait des mitaines, elle marchait en tout temps avec une ombrelle à canne, semblable à celle dont se servait la reine Marie-Antoinette à Trianon, sa robe, dont la couleur favorite était ce brun pâle nommé feuille-morte, s'étalait aux hanches par des plis inimitables, et dont les douairières d'autrefois ont emporté le secret. Elle conservait la mantille noire garnie de dentelles noires à grandes mailles carrées; ses bonnets, de forme antique, avaient des agréments qui rappelaient les déchiquetures des vieux cadres sculptés à jour. Elle prenait du tabac avec cette exquise propreté et en faisant ces gestes dont peuvent se souvenir les jeunes gens qui ont eu le bonheur de voir leurs grand'tantes et leurs grand'mères remettre solennellement des boîtes d'or auprès d'elles sur une table, en secouant les grains de tabac égarés sur leur fichu.

Le sieur Ragon était un petit homme de cinq pieds au plus, à figure de casse-noisette, où l'on ne voyait que des yeux, deux pommettes aiguës, un nez et un menton ; sans dents, mangeant la moitié de ses mots, d'une conversation pluviale, galant, prétentieux et souriant toujours du sourire qu'il prenait pour recevoir les belles dames que différents hasards amenaient jadis à la porte de sa boutique. La poudre dessinait sur son crâne une neigeuse demi-lune bien ratissée, flanquée de deux ailerons, que séparait une petite queue serrée par un ruban. Il portait l'habit bleu-barbeau, le gilet blanc, la culotte et les bas de soie, des souliers à boucles d'or, des gants de soie noire. Le trait le plus saillant de son caractère était d'aller par les rues tenant son chapeau à la main. Il avait l'air d'un messager de la Chambre des Pairs, d'un huissier du cabinet du Roi, d'un de ces gens qui sont placés auprès d'un pouvoir quelconque de manière à recevoir son reflet tout en restant fort peu de chose.

— Eh ! bien, Birotteau, dit-il d'un air magistral, te repens-tu, mon garçon, de nous avoir écoutés dans ce temps-là ? Avons-nous jamais douté de la reconnaissance de nos bien-aimés souverains ?

— Vous devez être bien heureuse, ma chère petite, dit madame Ragon à madame Birotteau.

— Mais oui, répondit la belle parfumeuse toujours sous le charme de cette ombrelle à canne, de ces bonnets à papillon, des manches justes et du grand fichu *à la Julie* [126] que portait madame Ragon.

— Césarine est charmante. Venez ici, la belle enfant, dit madame Ragon de sa voix de tête et d'un air protecteur.

— Ferons-nous les affaires avant le dîner ? dit l'oncle Pillerault.

— Nous attendons monsieur Claparon, dit Roguin, je l'ai laissé s'habillant.

— Monsieur Roguin, dit César, vous l'avez bien

prévenu que nous dînions dans un *méchant* petit entresol...

— Il le trouvait superbe il y a seize ans, dit Constance en murmurant.

— Au milieu des décombres et parmi les ouvriers.

— Bah! vous allez voir un bon enfant qui n'est pas difficile, dit Roguin.

— J'ai mis Raguet en faction dans la boutique, on ne passe plus par notre porte; vous avez vu tout démoli, dit César au notaire.

— Pourquoi n'avez-vous pas amené votre neveu? dit Pillerault à madame Ragon.

— Le verrons-nous? demanda Césarine.

— Non, mon cœur, dit madame Ragon. Anselme travaille, le cher enfant, à se tuer. Cette rue sans air et sans soleil, cette puante rue des Cinq-Diamants m'effraie; le ruisseau est toujours bleu, vert ou noir. J'ai peur qu'il y périsse. Mais quand les jeunes gens ont quelque chose en tête! dit-elle à Césarine en faisant un geste qui expliquait le mot *tête* par le mot *cœur*.

— Il a donc passé son bail, demanda César.

— D'hier et par-devant notaire, reprit Ragon. Il a obtenu dix-huit ans, mais on exige six mois d'avance.

— Eh! bien, monsieur Ragon, êtes-vous content de moi? fit le parfumeur. Je lui ai donné là le secret d'une découverte... enfin!

— Nous vous savons par cœur, César, dit le petit Ragon en prenant les mains de César et les lui pressant avec une religieuse amitié.

Roguin n'était pas sans inquiétude sur l'entrée en scène de Claparon, dont les mœurs et le ton pouvaient effrayer de vertueux bourgeois : il jugea donc nécessaire de préparer les esprits.

— Vous allez voir, dit-il à Ragon, à Pillerault et aux dames, un original qui cache ses moyens sous un mauvais ton effrayant; car, d'une position très inférieure, il s'est fait jour par ses idées. Il prendra sans doute les belles manières à force de voir les banquiers. Vous le rencontrerez peut-être sur le boulevard ou dans un café, godaillant [127], débraillé, jouant au billard : il a l'air du plus grand flandrin... Eh ! bien, non ; il étudie, et pense alors à remuer l'industrie par de nouvelles conceptions.

— Je comprends cela, dit Birotteau ; j'ai trouvé mes meilleures idées en flânant, n'est-ce pas, ma biche ?

— Claparon, reprit Roguin, regagne alors pendant la nuit le temps employé à chercher, à combiner des affaires pendant le jour. Tous ces gens à grand talent ont une vie bizarre, inexplicable. Eh ! bien, à travers ce décousu, j'en suis témoin, il arrive à son but : il a fini par faire céder tous nos propriétaires, ils ne voulaient pas, ils se doutaient de quelque chose, il les a mystifiés, il les a lassés, il est allé les voir tous les jours, et nous sommes, pour le coup, les maîtres du terrain.

Un singulier broum ! broum ! particulier aux buveurs de petits verres d'eau-de-vie et de liqueurs fortes annonça le personnage le plus bizarre de cette histoire, et l'arbitre visible des destinées futures de César. Le parfumeur se précipita dans le petit escalier obscur, autant pour dire à Raguet de fermer la boutique que pour faire à Claparon ses excuses de le recevoir dans la salle à manger.

— Comment donc ! mais on est très bien là pour *chiquer les lég* [128]... pour chiffrer, veux-je dire, les affaires.

Malgré les habiles préparations de Roguin, monsieur et madame Ragon, ces bourgeois de bon ton, l'observateur Pillerault, Césarine et sa mère furent d'abord assez désagréablement affectés par ce prétendu banquier de la haute volée.

À l'âge de vingt-huit ans environ, cet ancien commis-voyageur ne possédait pas un cheveu sur la tête, et portait une perruque frisée en tire-bouchons. Cette coiffure exige une fraîcheur de vierge, une transparence lactée, les plus charmantes grâces féminines ; elle faisait donc ressortir ignoblement un visage bourgeonné, brun-rouge, échauffé comme celui d'un conducteur de diligence, et dont les rides prématurées exprimaient par les grimaces de leurs plis profonds et plaqués une vie libertine dont les malheurs étaient encore attestés par le mauvais état des dents et les points noirs semés dans une peau rugueuse. Claparon avait l'air d'un comédien de province qui sait tous les rôles, fait la parade, sur la joue duquel le rouge ne tient plus, éreinté par ses fatigues, les lèvres pâteuses, la langue toujours alerte, même pendant l'ivresse, le regard sans pudeur, enfin compromettant par ses gestes. Cette figure, allumée par la joyeuse flamberie du punch, démentait la gravité des affaires. Aussi fallut-il à Claparon de longues études mimiques avant de parvenir à se composer un maintien en harmonie avec son importance postiche. Du Tillet avait assisté à la toilette de Claparon, comme un directeur de spectacle inquiet du début de son principal acteur, car il tremblait que les habitudes grossières de cette vie insoucieuse ne vinssent à éclater à la surface du banquier. — Parle le moins possible, lui avait-il dit. Jamais un banquier ne bavarde : il agit, pense, médite, écoute et pèse. Ainsi, pour avoir bien l'air d'un banquier, ne dis rien, ou dis des choses insignifiantes. Éteins ton œil égrillard et rends-le grave, au risque de le rendre bête. En politique, sois pour le gouvernement, et jette-toi dans les généralités, comme : *Le budget est lourd. Il n'y a pas de transactions possibles entre les partis. Les libéraux sont dangereux. Les Bourbons doivent éviter tout conflit. Le libéralisme est le manteau d'intérêts coalisés. Les Bourbons nous ménagent une ère de prospérité, soutenons-les, si nous ne les aimons pas. La France a fait assez d'expériences politiques*, etc. Ne te vautre pas sur toutes les tables, songe que tu as à conserver la dignité d'un millionnaire. Ne renifle pas ton tabac comme fait un invalide ; joue avec ta tabatière, regarde souvent à tes pieds ou au plafond avant de répondre, enfin donne-toi l'air profond. Surtout défais-toi de ta malheureuse habitude de toucher à tout. Dans le monde, un banquier doit paraître las de toucher. Ah ! çà, tu passes les nuits, les chiffres te rendent brute, il faut rassembler tant d'éléments pour lancer une affaire! tant d'études! Surtout dis beaucoup de mal des affaires. Les affaires sont lourdes, pesantes, difficiles, épineuses. Ne sors pas de là et ne spécifie rien. Ne va pas à table chanter tes farces de Béranger, et ne bois pas trop. Si tu te grises, tu perds ton avenir. Roguin te surveillera; tu vas te trouver avec des gens moraux, des bourgeois vertueux, ne les effraie pas en lâchant quelques-uns de tes principes d'estaminet.

Cette mercuriale avait produit sur l'esprit de Charles Claparon un effet pareil à celui que produisaient sur sa personne ses habits neufs. Ce joyeux sans-souci, l'ami de tout le monde, habitué à des vêtements débraillés, commodes, et dans lesquels son corps n'était pas plus gêné que son esprit dans son langage, maintenu dans des habits neufs que le tailleur avait fait attendre et qu'il essayait, roide comme un piquet, inquiet de ses mouvements comme de ses phrases, retirant sa main imprudemment avancée sur un flacon ou sur une boîte, de même qu'il s'arrêtait au milieu d'une phrase, se signala donc par un désaccord risible à l'observation de Pillerault. Sa figure rouge, sa perruque à tire-bouchons égrillards démentaient sa tenue, comme ses pensées combattaient ses dires. Mais les bons bourgeois finirent par prendre ces continuelles dissonances pour de la préoccupation.

— Il a tant d'affaires, disait Roguin.

— Les affaires lui donnent peu d'éducation, dit madame Ragon à Césarine.

Monsieur Roguin entendit le mot et se mit un doigt sur les lèvres.

— Il est riche, habile et d'une excessive probité, dit-il en se baissant vers madame Ragon.

— On peut lui passer quelque chose en faveur de ces qualités-là, dit Pillerault à Ragon.

— Lisons les actes avant le dîner, dit Roguin, nous sommes seuls.

Madame Ragon, Césarine et Constance laissèrent les contractants, Pillerault, Ragon, César, Roguin et Claparon, écouter la lecture que fit Alexandre Crottat. César signa au profit d'un client de Roguin, une obligation de quarante mille francs, hypothéqués sur les terrains et les fabriques situés dans le faubourg du Temple; il remit à Roguin le bon de Pillerault sur la Banque, donna sans reçu les vingt mille francs d'effets de son portefeuille et les cent quarante mille francs de billets à l'ordre de Claparon.

— Je n'ai point de reçu à vous donner, dit Claparon, vous agissez de votre côté chez monsieur Roguin comme nous du nôtre. Nos vendeurs recevront chez lui leur prix en argent, je ne m'engage pas à autre chose qu'à vous faire trouver le complément de votre part avec vos cent quarante mille francs d'effets.

— C'est juste, dit Pillerault.

— Eh bien, messieurs, rappelons les dames, car il fait froid sans elles, dit Claparon en regardant Roguin comme pour savoir si la plaisanterie n'était pas trop forte.

— Mesdames! Oh! mademoiselle est sans doute votre demoiselle, dit Claparon en se tenant droit et regardant Birotteau, eh! bien, vous n'êtes pas maladroit. Aucune des roses que vous avez distillées ne peut lui être comparée, et peut-être est-ce parce que vous avez distillé des roses que...

— Ma foi, dit Roguin en interrompant, j'avoue ma faim.

— Eh! bien, dînons, dit Birotteau.

— Nous allons dîner par-devant notaire, dit Claparon en se rengorgeant.

— Vous faites beaucoup d'affaires, dit Pillerault en se mettant à table auprès de Claparon avec intention.

— Excessivement, par grosses, répondit le banquier; mais elles sont lourdes, épineuses, il y a les canaux. Oh! les canaux! Vous ne vous figurez pas combien les canaux nous occupent! et cela se comprend. Le gouvernement veut des canaux. Le canal est un besoin qui se fait généralement sentir dans les départements et qui concerne tous les commerces, vous savez ! Les fleuves, a dit Pascal, sont des chemins qui marchent [129]. Il faut donc des marchés. Les marchés dépendent de la terrasse, car il y a d'effroyables terrassements, le terrassement regarde la classe pauvre, de là les emprunts qui en définitive sont rendus aux pauvres ! Voltaire a dit : *Canaux, canards, canaille !* Mais le gouvernement a ses ingénieurs qui l'éclairent ; il est difficile de le mettre dedans, à moins de s'entendre avec eux, car la Chambre !... Oh ! monsieur, la Chambre nous donne un mal ! elle ne veut pas comprendre la question politique cachée sous la question financière. Il y a mauvaise foi de part et d'autre. Croirez-vous une chose ? Les Keller, eh ! bien, François Keller est un orateur, il attaque le gouvernement à propos de fonds, à propos de canaux. Rentré chez lui, mon gaillard nous trouve avec nos propositions, elles sont favorables, il faut s'arranger avec ce gouvernement *dito*, tout à l'heure insolemment attaqué. L'intérêt de l'orateur et celui du banquier se choquent, nous sommes entre deux feux ! Vous comprenez maintenant comment les affaires deviennent épineuses, il faut satisfaire tant de monde : les commis, les chambres, les antichambres, les ministres...

— Les ministres ? dit Pillerault qui voulait absolument pénétrer ce coassocié.

— Oui, monsieur, les ministres.

— Eh ! bien, les journaux ont donc raison, dit Pillerault.

— Voilà mon oncle dans la politique, dit Birotteau, monsieur Claparon lui fait bouillir du lait [130].

— Encore de satanés farceurs, dit Claparon, que ces journaux. Monsieur, les journaux nous embrouillent tout : ils nous servent bien quelquefois, mais ils me font passer de cruelles nuits ; j'aimerais mieux les passer autrement ; enfin j'ai les yeux perdus à force de lire et de calculer.

— Revenons aux ministres, dit Pillerault espérant des révélations.

— Les ministres ont des exigences purement gouvernementales. Mais qu'est-ce que je mange là, de l'ambroisie? dit Claparon en s'interrompant. Voilà de ces sauces qu'on ne mange que dans les maisons bourgeoises, jamais les gargotiers...

À ce mot, les fleurs du bonnet de madame Ragon sautèrent comme des béliers. Claparon comprit que le mot était ignoble, et voulut se rattraper.

— Dans la haute Banque, dit-il, on appelle gargotiers les chefs de cabarets élégants, Véry, les Frères Provençaux [131]. Eh! bien, ni ces infâmes gargotiers ni nos savants cuisiniers ne nous donnent de sauces moelleuses; les uns font de l'eau claire acidulée par le citron, les autres font de la chimie.

Le dîner se passa tout entier en attaques de Pillerault qui cherchait à sonder cet homme et qui ne rencontrait que le vide, il le regarda comme un homme dangereux.

— Tout va bien, dit Roguin à l'oreille de Charles Claparon.

— Ah! je me déshabillerai sans doute ce soir, répondit Claparon qui étouffait.

— Monsieur, lui dit Birotteau, si nous sommes obligés de faire de la salle à manger le salon, c'est que nous réunissons dans dix-huit jours quelques amis autant pour célébrer la délivrance du territoire...

— Bien, monsieur; moi, je suis aussi l'homme du gouvernement. J'appartiens, par mes opinions, au *statu quo* du grand homme qui dirige les destinées de la maison d'Autriche, un fameux gaillard! Conserver pour acquérir, et surtout acquérir pour conserver... Voilà le fond de mes opinions, qui ont l'honneur d'être celles du prince de Metternich.

— Que pour fêter ma promotion dans l'ordre de la Légion-d'Honneur, reprit César.

— Mais, oui, je sais. Qui donc m'a parlé de cela? les Keller ou Nucingen?

Roguin, surpris de tant d'aplomb, fit un geste admiratif.

— Eh! non, c'est à la Chambre.

— À la Chambre, par monsieur de La Billardière, demanda César.

— Précisément.

— Il est charmant, dit César à son oncle.

— Il lâche des phrases, des phrases, dit Pillerault, des phrases où l'on se noie.

— Peut-être me suis-je rendu digne de cette faveur..., reprit Birotteau.

— Par vos travaux en parfumerie, les Bourbons savent récompenser tous les mérites. Ah! tenons-nous-en à ces généreux princes légitimes, à qui nous allons devoir des prospérités inouïes... Car, croyez-le bien, la Restauration sent qu'elle doit jouter avec l'Empire; elle fera des conquêtes en pleine paix, vous verrez des conquêtes!...

— Monsieur nous fera sans doute l'honneur d'assister à notre bal? dit madame César.

— Pour passer une soirée avec vous, madame, je manquerais à gagner des millions.

— Il est décidément bien bavard, dit César à son oncle.

Tandis que la gloire de la parfumerie, à son déclin, allait jeter ses derniers feux, un astre se levait faiblement à l'horizon commercial. Le petit Popinot posait à cette heure même les fondements de sa fortune, rue des Cinq-Diamants. La rue des Cinq-Diamants, petite rue étroite où les voitures chargées passent à grand'peine, donne rue des Lombards d'un bout, et de l'autre rue Aubry-le-Boucher, en face la rue Quincampoix, rue illustre du vieux Paris où l'histoire de France en a tant illustré. Malgré ce désavantage, la réunion des marchands de drogueries rend cette rue favorable, et, sous ce rapport, Popinot n'avait pas mal choisi. La maison, la seconde du côté de la rue des Lombards, était si sombre que, par certaines journées, il y fallait de la lumière en plein jour. Le débutant avait pris possession, la veille au soir, des lieux les plus noirs et les plus dégoûtants. Son prédécesseur, marchand de mélasse et de sucre brut, avait laissé les stigmates de son commerce sur les murs, dans la cour et dans les magasins. Figurez-vous une grande et spacieuse boutique à grosses portes ferrées, peintes en vert-dragon, à longues bandes de fer apparentes, ornées de clous dont les têtes ressemblaient à des champignons, garnie de grilles treillissées en fil de fer renflées par en bas comme celles des anciens boulangers, enfin dallée en grandes pierres blanches, la plupart cassées, les murs jaunes et nus comme ceux d'un corps de garde. Après venaient une arrière-boutique et une cuisine, éclairées sur la cour; enfin, un second magasin en retour qui jadis devait avoir été une écurie. On montait, par un escalier intérieur pratiqué dans l'arrière-boutique, à deux chambres éclairées sur la rue, où Popinot comptait mettre sa caisse, son cabinet et ses livres. Au-dessus des magasins étaient trois chambres étroites adossées au mur mitoyen, ayant vue sur la cour, et où il se proposait de demeurer. Trois chambres délabrées, qui n'avaient d'autre aspect que celui de la cour irrégulière, sombre, entourée de murailles, où l'humidité, par le temps le plus sec, leur donnait l'air d'être fraîchement badigeonnées; une cour, entre les pavés de laquelle il se trouvait une crasse noire et puante laissée par le séjour des mélasses et des sucres bruts. Une seule de ces chambres avait une cheminée, toutes étaient sans papier et carrelées en carreaux. Depuis le matin, Gaudissart et Popinot, aidés par un ouvrier colleur que le commis-voyageur avait déniché, tendaient eux-mêmes un papier à quinze sous dans cette horrible chambre, peinte à la colle par l'ouvrier. Un lit de collégien à couchette de bois rouge, une mauvaise table de nuit, une commode antique, une table, deux fauteuils et six chaises, donnés par le juge Popinot à son neveu, composaient l'ameublement. Gaudissart avait mis sur la cheminée un trumeau garni d'une méchante glace, achetée d'occasion. Vers huit heures du soir, assis devant la cheminée où brillait une falourde [132] allumée, les deux amis allaient entamer le reste de leur déjeuner.

— Arrière le gigot froid! ceci ne convient pas à une pendaison de crémaillère, cria Gaudissart.

— Mais, dit Popinot en montrant l'unique pièce de vingt francs qu'il gardait pour payer le prospectus, je...

— Je... dit Gaudissart en se mettant une pièce de quarante francs sur l'œil.

Un coup de marteau retentit alors dans la cour naturellement solitaire et sonore du dimanche, jour où les industriels se dissipent et abandonnent leurs laboratoires.

— Voilà le fidèle de la rue de la Poterie [133]. Moi, reprit l'illustre Gaudissart, *j'ai!* et non pas *je!*

En effet, un garçon suivi de deux marmitons apporta dans trois mannes un dîner orné de six bouteilles de vin choisies avec discernement.

— Mais comment ferons-nous pour manger tant de choses ? dit Popinot.

— Et l'homme de lettres, s'écria Gaudissart. Finot connaît les *pompes* et les vanités, il va venir, enfant naïf ! muni d'un prospectus ébouriffant. Le mot est joli, hein ? Les prospectus ont toujours soif. Il faut arroser les graines si l'on veut des fleurs. Allez, esclaves, dit-il aux marmitons en se drapant, voilà de l'or.

Il leur donna dix sous par un geste digne de Napoléon, son idole.

— Merci, monsieur Gaudissart, répondirent les marmitons plus heureux de la plaisanterie que de l'argent.

— Toi, mon fils, dit-il au garçon qui restait pour servir, il est une portière, elle gît dans les profondeurs d'un antre où parfois elle cuisine, comme jadis Nausicaa faisait la lessive, par pur délassement. Rends-toi près d'elle, implore sa candeur, intéresse-la, jeune homme, à la chaleur de ces plats. Dis-lui qu'elle sera bénie, et surtout respectée, très respectée par Félix Gaudissart, fils de Jean-François Gaudissart, petit-fils des Gaudissart, vils prolétaires fort anciens, ses aïeux. Marche et fais que tout soit bon, sinon je te flanque un Ut majeur dans ton Saint-Luc !

Un autre coup de marteau retentit.

— Voilà le spirituel Andoche, dit Gaudissart.

Un gros garçon assez joufflu, de taille moyenne et qui, des pieds à la tête, ressemblait au fils d'un chapelier, à traits ronds où la finesse était ensevelie sous un air gourmé, se montra soudain. Sa figure, attristée comme celle d'un homme ennuyé de misère, prit une expression d'hilarité quand il vit la table mise et les bouteilles à coiffes significatives. Au cri de Gaudissart, son pâle œil bleu pétilla, sa grosse tête creusée par sa figure kalmouque alla de droite à gauche, et il salua Popinot d'une manière étrange, sans servilité ni respect, comme un homme qui ne se sent pas à sa place et ne fait aucune concession. Il commençait alors à reconnaître en lui-même qu'il ne possédait aucun talent littéraire; il pensait à rester dans la littérature en exploiteur, à y monter sur l'épaule des gens spirituels, à y faire des affaires au lieu d'y faire des œuvres mal payées. En ce moment, après avoir épuisé l'humilité des démarches et l'humiliation des tentatives, il allait, comme les gens de haute portée financière, se retourner et devenir impertinent par parti pris. Mais il lui fallait une première mise de fonds, Gaudissart la lui avait montrée à toucher dans la mise en scène de l'huile Popinot.

— Vous traiterez pour son compte avec les journaux, mais ne le rouez pas, autrement nous aurions un duel à mort; donnez-lui-en pour son argent!

Popinot regarda l'*auteur* d'un air inquiet. Les gens vraiment commerciaux considèrent un auteur avec un sentiment où il entre de la terreur, de la compassion et de la curiosité. Quoique Popinot eût été bien élevé, les habitudes de ses parents, leurs idées, les soins bêtifiants d'une boutique et d'une caisse avaient modifié son intelligence en la pliant aux us et coutumes de sa profession, phénomène que l'on peut observer en remarquant les métamorphoses subies à dix ans de distance par cent camarades sortis à peu près semblables du collège ou de la pension. Andoche accepta ce saisissement comme une profonde admiration.

— Eh! bien, avant le dîner, coulons à fond le prospectus, nous pourrons boire sans arrière-pensée, dit Gaudissart. Après le dîner, on lit mal. La langue aussi digère.

— Monsieur, dit Popinot, un prospectus est souvent toute une fortune.

— Et pour les roturiers comme moi, dit Andoche, la fortune n'est qu'un prospectus.

— Ah ! très joli, dit Gaudissart. Ce farceur d'Andoche a de l'esprit comme les quarante.

— Comme cent, dit Popinot stupéfait de cette idée.

L'impatient Gaudissart prit le manuscrit et lut à haute voix et avec emphase : HUILE CÉPHALIQUE !

— J'aimerais mieux *Huile Césarienne*, dit Popinot.

— Mon ami, dit Gaudissart, tu ne connais pas les gens de province : il y a une opération chirurgicale qui porte ce nom-là, et ils sont si bêtes qu'ils croiraient ton huile propre à faciliter les accouchements ; de là pour les ramener aux cheveux, il y aurait trop de tirage.

— Sans vouloir défendre mon mot, dit l'auteur, je vous ferai observer que *Huile Céphalique* veut dire huile pour la tête, et résume vos idées.

— Voyons ? dit Popinot impatient.

Voici le prospectus tel que le commerce le reçoit par milliers encore aujourd'hui. *(Autre pièce justificative.)*

MÉDAILLE D'OR A L'EXPOSITION DE 1824.

HUILE

CÉPHALIQUE

BREVETS D'INVENTION ET DE PERFECTIONNEMENT.

Nul cosmétique ne peut faire croître les cheveux, de même que nulle préparation chimique ne les teint sans danger pour le siège de l'intelligence. La science a déclaré récemment que les cheveux étaient une substance morte, et que nul agent ne peut les empêcher de tomber ni de blanchir. Pour prévenir la Xérasie[134] *et la Calvitie, il suffit de préserver le bulbe d'où ils sortent de toute influence extérieure atmosphérique, et de maintenir à la tête la chaleur qui lui est propre.* L'HUILE CÉPHALIQUE, *basée sur ces principes établis par l'Académie des Sciences, produit cet important résultat, auquel se tenaient les anciens, les Romains, les Grecs et les nations du Nord auxquelles la chevelure était précieuse. Des recherches savantes ont démontré que les nobles, qui se distinguaient autrefois à la longueur de leurs cheveux, n'employaient pas d'autre moyen; seulement leur procédé, habilement retrouvé par A. Popinot, inventeur de* L'HUILE CÉPHALIQUE, *avait été perdu.*

Conserver au lieu de chercher à provoquer une stimulation impossible ou nuisible sur le derme qui contient les bulbes, telle est donc la destination de L'HUILE CÉPHALIQUE. *En effet, cette huile qui s'oppose à l'exfoliation des pellicules, qui exhale une odeur suave, et qui, par les substances dont elle est composée, dans lesquelles entre comme principal élément l'essence de noisette, empêche toute action de l'air extérieur sur les têtes, prévient ainsi les rhumes, le coryza, et toutes les affections douloureuses de l'encéphale en lui laissant sa température intérieure. De cette manière, les bulbes qui contiennent les liqueurs génératrices des cheveux ne sont jamais saisies ni par le froid, ni par le chaud. La chevelure, ce produit magnifique, à laquelle hommes et femmes attachent tant de prix, conserve alors, jusque dans l'âge avancé de la personne qui se sert de* L'HUILE CÉPHALIQUE, *ce brillant, cette finesse, ce lustre qui rendent si charmantes les têtes des enfants.*

LA MANIÈRE DE S'EN SERVIR *est jointe à chaque flacon et lui sert d'enveloppe.*

MANIÈRE DE SE SERVIR DE L'HUILE CÉPHALIQUE.

Il est tout à fait inutile d'oindre les cheveux; ce n'est pas seulement un préjugé ridicule, mais encore une habitude gênante, en ce sens que le cosmétique laisse partout sa trace. Il suffit tous les matins de tremper une petite éponge fine dans l'huile, de se faire écarter les cheveux avec le peigne, d'imbiber les cheveux à leur racine de raie en raie, de manière à ce que la peau reçoive une légère couche, après avoir préalablement nettoyé la tête avec la brosse et le peigne.

Cette huile se vend par flacon, portant la signature de l'inventeur pour empêcher toute contrefaçon, et du prix de TROIS FRANCS, *chez* A. POPINOT, *rue des Cinq-Diamants, quartier des Lombards, à Paris.*

ON EST PRIÉ D'ÉCRIRE FRANCO.

Nota. La maison A. Popinot tient également les huiles de la droguerie, comme néroli, huile d'aspic [135], huile d'amande douce, huile de cacao, huile de café, de ricin et autres.

— Mon cher ami, dit l'illustre Gaudissart à Finot, c'est parfaitement écrit. Saquerlotte, comme nous abordons la haute science! nous ne tortillons pas, nous allons droit au fait. Ah! je vous fais mes sincères compliments, voilà de la littérature utile.

— Le beau prospectus , dit Popinot enthousiasmé.

— Un prospectus dont le premier mot tue Macassar, dit Gaudissart en se levant d'un air magistral pour prononcer les paroles suivantes qu'il scanda par des gestes parlementaires : On — ne — fait pas — pousser les cheveux! On — ne les — teint pas — sans danger! Ah! ah! là est le succès. La science moderne est d'accord avec les habitudes des anciens. On peut s'entendre avec les vieux et avec les jeunes. Vous avez affaire à un vieillard : « Ah! ah! monsieur, les anciens, les Grecs, les Romains avaient raison et ne sont pas aussi bêtes qu'on veut le faire croire! » Vous traitez avec un jeune homme : « Mon cher garçon, encore une découverte due aux progrès des lumières, nous progressons. Que ne doit-on pas attendre de la vapeur, des télégraphes et autres! Cette huile est le résultat d'un rapport de monsieur Vauquelin! » Si nous imprimions un passage du mémoire de monsieur Vauquelin à l'Académie des Sciences, confirmant nos assertions, hein! Fameux! Allons, Finot, à table! Chiquons les légumes! Sablons le champagne au succès de notre jeune ami!

— J'ai pensé, dit l'auteur modestement, que l'époque du prospectus léger et badin était passée; nous entrons dans la période de la science, il faut un air doctoral, un ton d'autorité pour s'imposer au public.

— Nous chaufferons cette huile-là, les pieds me démangent et la langue aussi. J'ai les commissions de tous ceux qui font dans les cheveux, aucun ne donne plus de trente pour cent; il faut lâcher quarante pour cent de remise, je réponds de cent mille bouteilles en six mois. J'attaquerai les pharmaciens, les épiciers, les coiffeurs! et en leur donnant quarante pour cent, tous enfarineront leur public.

Les trois jeunes gens mangeaient comme des lions, buvaient comme des Suisses, et se grisaient du futur succès de l'*Huile Céphalique.*

— Cette huile porte à la tête, dit Finot en souriant.

Gaudissart épuisa les différentes séries de calembours sur les mots huile, cheveux, tête, etc. Au milieu des rires homériques des trois amis, au dessert, malgré les toasts et les souhaits de bonheur réciproques, un coup de marteau retentit et fut entendu.

— C'est mon oncle! Il est capable de venir me voir, s'écria Popinot.

— Un oncle? dit Finot, et nous n'avons pas de verre!

— L'oncle de mon ami Popinot est un juge d'instruction, dit Gaudissart à Finot, il ne s'agit pas de le mystifier, il m'a sauvé la vie. Ah! quand on s'est trouvé dans la passe où j'étais, en face de l'échafaud, où: « Kouik, et adieu les cheveux! » fit-il en imitant le fatal couteau par un geste, on se souvient du vertueux magistrat à qui l'on doit d'avoir conservé la rigole par où passe le vin de Champagne! On s'en souvient ivre mort. Vous ne savez pas, Finot, si vous n'aurez pas besoin de monsieur Popinot. Saquerlotte! il faut des saluts, et des six à la livre encore.

Le vertueux juge d'instruction demandait en effet son neveu à la portière. En reconnaissant la voix, Anselme descendit un chandelier à la main pour éclairer.

— Je vous salue, messieurs, dit le magistrat.

L'illustre Gaudissart s'inclina profondément. Finot examina le juge d'un œil ivre, et le trouva passablement ganache [136].

— Il n'y a pas de luxe, dit gravement le juge en regardant la chambre ; mais, mon enfant, pour être quelque chose de grand il faut savoir commencer par n'être rien.

— Quel homme profond, dit Gaudissart à Finot.

— Une pensée d'article, dit le journaliste.

— Ah ! vous voilà, monsieur, dit le juge en reconnaissant le commis-voyageur. Et que faites-vous ici ?

— Monsieur, je veux contribuer de tous mes petits moyens à la fortune de votre cher neveu. Nous venons de méditer sur le prospectus de son huile, et vous voyez en monsieur l'auteur de ce prospectus, qui nous paraît un des plus beaux morceaux de cette littérature de perruques. Le juge regarda Finot. — Monsieur, dit Gaudissart, est monsieur Andoche Finot, un des jeunes hommes les plus distingués de la littérature, qui fait dans les journaux du gouvernement la haute politique et les petits théâtres, un ministre en chemin d'être auteur.

Finot tirait Gaudissart par le pan de sa redingote.

— Bien, mes enfants, dit le juge à qui ces paroles expliquèrent l'aspect de la table où se voyaient les restes d'un régal bien excusable. — Mon ami, dit le juge à Popinot, habille-toi, nous irons ce soir chez monsieur Birotteau à qui je dois une visite. Vous signerez votre acte de société, que j'ai soigneusement examiné. Comme vous aurez la fabrique de votre huile dans les terrains du faubourg du Temple, je pense qu'il doit te faire bail de l'atelier, il peut avoir des représentants, les choses bien en règle évitent des discussions. Ces murs me paraissent humides, Anselme, élève des nattes de paille à l'endroit de ton lit.

— Permettez, monsieur le juge d'instruction, dit Gaudissart avec la patelinerie d'un courtisan, nous avons collé nous-mêmes les papiers aujourd'hui, et... ils... ne sont pas... secs.

— De l'économie ! bien, dit le juge.

— Écoutez, dit Gaudissart à l'oreille de Finot, mon

ami Popinot est un jeune homme vertueux, il va chez son oncle, allons achever la soirée chez nos cousines...

Le journaliste montra la doublure de la poche de son gilet. Popinot vit le geste, il glissa vingt francs à l'auteur de son prospectus. Le juge avait un fiacre au bout de la rue, il emmena son neveu chez Birotteau. Pillerault, monsieur et madame Ragon, Roguin faisaient un boston, et Césarine brodait un fichu, quand le juge Popinot et Anselme se montrèrent. Roguin, le vis-à-vis de madame Ragon, auprès de laquelle se tenait Césarine, remarqua le plaisir de la jeune fille quand elle vit entrer Anselme; et par un signe il la montra rouge comme une grenade à son premier clerc.

— Ce sera donc la journée aux actes? dit le parfumeur quand après les salutations le juge lui eut dit le motif de sa visite.

César, Anselme et le juge allèrent au second, dans la chambre provisoire du parfumeur, discuter le bail et l'acte de société dressé par le magistrat. Le bail fut consenti pour dix-huit années afin de le faire concorder à celui de la rue des Cinq-Diamants, circonstance minime en apparence, mais qui plus tard servit les intérêts de Birotteau. Quand César et le juge revinrent à l'entresol, le magistrat, étonné du bouleversement général et de la présence des ouvriers un dimanche chez un homme aussi religieux que le parfumeur, en demanda la cause, et le parfumeur l'attendait là.

— Quoique vous ne soyez pas mondain, monsieur, vous ne trouverez pas mauvais que nous célébrions la délivrance du territoire. Ce n'est pas tout. Si je réunis quelques amis, c'est aussi pour fêter ma promotion dans l'ordre de la Légion-d'Honneur.

— Ah! fit le juge qui n'était pas décoré.

— Peut-être me suis-je rendu digne de cette insigne et royale faveur en siégeant au tribunal... Oh! consulaire. Et en combattant pour les Bourbons sur les marches...

— Oui, dit le juge.

— De Saint-Roch, au treize vendémiaire, où je fus blessé par Napoléon.

— Volontiers, dit le juge. Si ma femme n'est pas souffrante, je l'amènerai.

— Xandrot, dit Roguin sur le pas de la porte à son clerc, ne pense en aucune manière à épouser Césarine, et dans six semaines tu verras que je t'ai donné un bon conseil.

— Pourquoi ? dit Crottat.

— Birotteau, mon cher, va dépenser cent mille francs pour son bal, il engage sa fortune dans cette affaire des terrains malgré mes conseils. Dans six semaines ces gens-là n'auront pas de pain. Épouse mademoiselle Lourdois, la fille du peintre en bâtiments, elle a trois cent mille francs de dot, je t'ai ménagé ce pis-aller ! Si tu me comptes seulement cent mille francs en achetant ma charge, tu peux l'avoir demain.

CHAPITRE VII

LE BAL

Les magnificences du bal que préparait le parfumeur, annoncées par les journaux à l'Europe, étaient bien autrement annoncées dans le commerce par les rumeurs auxquelles donnaient lieu les travaux de jour et de nuit. Ici l'on disait que César avait loué trois maisons, là il faisait dorer ses salons, plus loin le repas devait offrir des plats inventés pour la circonstance; par là, les négociants, disait-on, n'y seraient pas invités, la fête était donnée pour les gens du gouvernement; par ici, le parfumeur était sévèrement blâmé de son ambition, et l'on se moquait de ses prétentions politiques, on niait sa blessure! Le bal engendrait plus d'une intrigue dans le deuxième arrondissement; les amis étaient tranquilles, mais les exigences des simples connaissances étaient énormes. Toute faveur amène des courtisans. Il y eut bon nombre de gens à qui leur invitation coûta plus d'une démarche. Les Birotteau furent effrayés par le nombre des amis qu'ils ne se connaissaient point. Cet empressement effrayait madame Birotteau, son air devenait chaque jour de plus en plus sombre à l'approche de cette solennité. D'abord, elle avouait à César qu'elle ne saurait jamais quelle contenance tenir, elle s'épouvantait des innombrables détails d'une pareille fête : où trouver l'argenterie, la verrerie, les rafraîchissements, la vaisselle, le service? Et qui donc surveillerait tout? Elle priait Birotteau de se mettre à la porte des appartements et de ne laisser entrer que les invités, elle avait entendu raconter d'étranges choses sur les gens qui venaient à des bals bourgeois en se réclamant d'amis qu'ils ne pouvaient nommer. Quand, dix jours auparavant, Braschon, Grindot, Lourdois et Chaffaroux, l'entrepreneur en bâtiment, eurent affirmé que l'appartement serait prêt pour le fameux dimanche du dix-sept décembre, il y eut une conférence risible le soir, après dîner, dans le modeste petit salon de l'entresol, entre César, sa femme et sa fille, pour composer la liste des invités et faire les invitations, que le matin un imprimeur avait envoyées imprimées en belle anglaise, sur papier rose, et suivant la formule du code de la civilité puérile et honnête.

— Ah! ça, n'oublions personne, dit Birotteau.

— Si nous oublions quelqu'un, dit Constance, il ne s'oubliera pas. Madame Derville, qui ne nous avait jamais fait de visite, est débarquée hier au soir en quatre bateaux[137].

— Elle était bien jolie, dit Césarine, elle m'a plu.

— Cependant avant son mariage elle était encore moins que moi, dit Constance, elle travaillait en linge, rue Montmartre, elle a fait des chemises à ton père.

— Eh! bien, commençons la liste, dit Birotteau, par les gens les plus huppés. Écris, Césarine : Monsieur le duc et madame la duchesse de Lenoncourt...

— Mon Dieu! César, dit Constance, n'envoie donc pas une seule invitation aux personnes que tu ne connais qu'en qualité de fournisseur. Iras-tu inviter la princesse de Blamont-Chauvry, encore plus parente à feu ta marraine, la marquise d'Uxelles, que le duc de Lenoncourt? Inviterais-tu les deux messieurs de Vandenesse, monsieur de Marsay, monsieur de Ronquerolles, monsieur d'Aiglemont, enfin tes pratiques? Tu es fou, les grandeurs te tournent la tête.

— Oui, mais monsieur le comte de Fontaine et sa famille. Hein! celui-là venait sous son nom de GRAND-JACQUES, avec LE GARS, qui était monsieur le marquis de Montauran, et monsieur de La Billardière, qui s'appelait LE NANTAIS, à la Reine des Roses, avant la grande affaire du treize vendémiaire. C'était alors des poignées de main! Mon cher Birotteau, du courage! faites-vous tuer comme nous pour la bonne cause! Nous sommes d'anciens camarades de conspirations.

— Mets-le, dit Constance. Si monsieur de La Billardière et son fils viennent, il faut qu'ils trouvent à qui parler.

— Écris, Césarine, dit Birotteau. *Primo*, monsieur le préfet de la Seine : il viendra ou ne viendra pas, mais il commande le corps municipal : *à tout seigneur tout honneur!* — Monsieur de La Billardière et son fils, Maire. Mets le chiffre des invités au bout. — Mon collègue monsieur Granet, l'adjoint, et sa femme. Elle est bien laide, mais c'est égal, on ne peut pas s'en dispenser! — Monsieur Curel, l'orfèvre, colonel de la garde nationale, sa femme et ses deux filles. Voilà ce que je nomme les autorités. Viennent les gros bonnets! — Monsieur le comte et madame la comtesse de Fontaine, et leur fille mademoiselle Émilie de Fontaine.

— Une impertinente qui me fait sortir de ma boutique pour lui parler à la portière de sa voiture, quel que soit le temps, dit madame César. Si elle vient, ce sera pour se moquer de nous.

— Alors elle viendra peut-être, dit César qui voulait absolument du monde. Continue, Césarine. — Monsieur le comte et madame la comtesse de Granville, mon propriétaire, la plus fameuse caboche de la Cour royale, dit Derville. — Ha! çà, monsieur de La Billardière me fait recevoir chevalier demain par monsieur le comte de Lacépède lui-même [138]. Il est convenable que je coule une invitation pour bal et dîner au Grand-Chancelier. — Monsieur Vauquelin. Mets bal et dîner, Césarine. Et, pour ne pas les oublier, tous les Chiffreville et les Protez. — Monsieur et madame Popinot, juge au Tribunal de la Seine. — Monsieur et madame Thirion, huissier du cabinet du Roi, les amis des Ragon, et leur fille qui va, dit-on, épouser l'un des fils du premier lit de monsieur Camusot.

— César, n'oublie pas le petit Horace Bianchon, le neveu de monsieur Popinot et cousin d'Anselme, dit Constance.

— Ah bouiche! Césarine a bien mis un quatre au bout des Popinot. — Monsieur et madame Rabourdin, un des chefs de bureau dans la Division de monsieur de La Billardière. — Monsieur Cochin, du même Ministère, sa femme et leur fils, les commanditaires des Matifat, et monsieur, madame et mademoiselle Matifat, puisque nous y sommes.

— Les Matifat, dit Césarine, ont fait des démarches pour monsieur et madame Colleville, monsieur et madame Thuillier, leurs amis, et les Saillard.

— Nous verrons, dit César. Notre agent de change, monsieur et madame Jules Desmarets.

— Ce sera la plus belle du bal, celle-là! dit Césarine; elle me plaît, oh! mais, plus que toute autre.

— Derville et sa femme.

— Mets donc monsieur et madame Coquelin, les successeurs de mon oncle Pillerault, dit Constance. Ils comptent si bien en être que la pauvre petite femme fait faire par ma couturière une superbe robe de bal : par-dessous de satin blanc, robe de tulle brodée en fleurs de chicorée. Encore un peu, elle aurait pris une robe lamée comme pour aller à la Cour. Si nous manquions à cela, nous aurions en eux des ennemis acharnés.

— Mets, Césarine; nous devons honorer le commerce, nous en sommes. — Monsieur et madame Roguin.

— Maman, madame Roguin mettra sa rivière, tous ses diamants et sa robe de Malines.

— Monsieur et madame Lebas, dit César. Puis monsieur le Président du Tribunal de Commerce, sa femme et ses deux filles. Je les oubliais dans les autorités. — Monsieur et madame Lourdois et leur fille. Monsieur Claparon, banquier, monsieur du Tillet, monsieur Grindot, monsieur Molineux, Pillerault et son propriétaire, monsieur et madame Camusot, les riches marchands de soie, avec tous leurs enfants, celui de l'École Polytechnique et l'avocat.

— Il va être nommé juge à cause de son mariage avec mademoiselle Thirion, mais en province, dit Césarine.

— Monsieur Cardot, le beau-père de Camusot et tous les enfants Cardot. Tiens ! et les Guillaume, rue du Colombier, le beau-père de Lebas, deux vieilles gens qui feront tapisserie ; — Alexandre Crottat, — Célestin...

— Papa, n'oubliez pas monsieur Andoche Finot et monsieur Gaudissart, deux jeunes gens qui sont très utiles à monsieur Anselme.

— Gaudissart ? il a été *pris de justice*. Mais c'est égal ; il part dans quelques jours et va voyager pour notre huile, mets ! Quant au sieur Andoche Finot, que nous est-il ?

— Monsieur Anselme dit qu'il deviendra un personnage, il a de l'esprit comme Voltaire.

— Un auteur ? tous athées.

— Mettez-le, papa ; il n'y a pas déjà tant de danseurs. D'ailleurs le beau prospectus de votre huile est de lui.

— Il croit à notre huile, dit César, mets-le, chère enfant.

— Je mets aussi mes protégés, dit Césarine.

— Mets monsieur Mitral, mon huissier ; monsieur Haudry, notre médecin, pour la forme, il ne viendra pas.

— Il viendra faire sa partie, dit Césarine.

— Ha ! çà, j'espère, César, que tu inviteras au dîner monsieur l'abbé Loraux ?

— Je lui ai déjà écrit, dit César.

— Oh ! n'oublions pas la belle-sœur de Lebas, madame Augustine de Sommervieux, dit Césarine. Pauvre petite femme ! elle est bien souffrante, elle se meurt de chagrin, nous a dit Lebas.

— Voilà ce que c'est que d'épouser des artistes, s'écria le parfumeur. Regarde donc ta mère qui s'endort, dit-il tout bas à sa fille. Là, là, bien le bonsoir, madame César.

— Hé! bien, dit César à Césarine, et la robe de ta mère?

— Oui, papa, tout sera prêt. Maman croit n'avoir qu'une robe de crêpe de Chine, comme la mienne; la couturière est sûre de ne pas avoir besoin de l'essayer.

— Combien de personnes? dit César à haute voix en voyant sa femme rouvrir ses paupières.

— Cent neuf avec les commis, dit Césarine.

— Où mettrons-nous tout ce monde-là? dit madame Birotteau. Mais enfin, après ce dimanche-là, reprit-elle naïvement, il y aura un lundi.

Rien ne peut se faire simplement chez les gens qui montent d'un étage social à un autre. Ni madame Birotteau, ni César, ni personne ne pouvait s'introduire sous aucun prétexte au premier étage. César avait promis à Raguet, son garçon de magasin, un habillement neuf pour le jour du bal, s'il faisait bonne garde et s'il exécutait bien sa consigne. Birotteau, comme l'empereur Napoléon à Compiègne lors de la restauration du château pour son mariage avec Marie-Louise d'Autriche, voulait ne rien voir partiellement, il voulait jouir *de la surprise*. Ces deux anciens adversaires se rencontrèrent encore une fois, à leur insu, non sur un champ de bataille, mais sur le terrain de la vanité bourgeoise. Monsieur Grindot devait donc prendre César par la main et lui montrer l'appartement, comme un cicerone montre une galerie à un curieux. Chacun dans la maison avait d'ailleurs inventé *sa surprise*. Césarine, la chère enfant, avait employé tout son petit trésor, cent louis, à acheter des livres à son père. Monsieur Grindot lui avait un matin confié qu'il y aurait deux corps de bibliothèque dans la chambre de son père, laquelle formait cabinet, une surprise d'architecte. Césarine avait jeté toutes ses économies de jeune fille dans le comptoir d'un libraire, pour offrir à son père : Bossuet, Racine, Voltaire, Jean-Jacques Rousseau, Montesquieu, Molière, Buffon, Fénelon, Delille, Bernardin de Saint-

Pierre, La Fontaine, Corneille, Pascal, La Harpe, enfin cette bibliothèque vulgaire qui se trouve partout et que son père ne lirait jamais. Il devait y avoir un terrible mémoire de reliure. L'inexact et célèbre relieur Thouvenin [139], un artiste, avait promis de livrer les volumes le seize à midi. Césarine avait confié son embarras à son oncle Pillerault, et l'oncle s'était chargé du mémoire. La surprise de César à sa femme était une robe de velours cerise garnie de dentelles, dont il venait de parler à sa fille, sa complice. La surprise de madame Birotteau pour le nouveau chevalier consistait en une paire de boucles d'or et un solitaire en épingle. Enfin il y avait pour toute la famille la surprise de l'appartement, laquelle devait être suivie dans la quinzaine de la grande surprise des mémoires à payer.

César pesa mûrement quelles invitations devaient être faites en personne et quelles portées par Raguet, le soir. Il prit un fiacre, y mit sa femme enlaidie d'un chapeau à plumes et du dernier châle donné, le cachemire qu'elle avait désiré pendant quinze ans. Les parfumeurs en grande tenue s'acquittèrent de vingt-deux visites dans une matinée.

César avait fait grâce à sa femme des difficultés que présentait au logis la confection bourgeoise des différents comestibles exigés par la splendeur de la fête. Un traité diplomatique avait eu lieu entre l'illustre Chevet et Birotteau. Chevet fournissait une superbe argenterie, qui rapporte autant qu'une terre par sa location; il fournissait le dîner, les vins, les gens de service commandés par un maître d'hôtel d'aspect convenable, tous responsables de leurs faits et gestes. Chevet demandait la cuisine et la salle à manger de l'entresol pour y établir son quartier général, il devait ne pas désemparer pour servir un dîner de vingt personnes à six heures, et à une heure du matin un magnifique ambigu. Birotteau s'était entendu avec le Café de Foy pour les glaces frappées en fruit, servies sur de jolies tasses, cuillers en vermeil, plateaux d'argent. Tanrade, autre illustration, fournissait les rafraîchissements [140].

— Sois tranquille, dit César à sa femme en la voyant un peu trop inquiète l'avant-veille, Chevet, Tanrade et le Café de Foy occuperont l'entresol, Virginie gardera le second, la boutique sera bien fermée. Nous n'aurons plus qu'à nous carrer au premier.

Le seize à deux heures, monsieur de La Billardière vint prendre César pour le mener à la Chancellerie de la Légion-d'Honneur, où il devait être reçu chevalier par monsieur le comte de Lacépède avec une dizaine d'autres chevaliers. Le maire trouva le parfumeur les larmes aux yeux : Constance venait de lui faire la surprise des boucles d'or et du solitaire.

— Il est bien doux d'être aimé ainsi, dit-il en montant en fiacre en présence de ses commis attroupés, de Césarine et de Constance. Tous, ils regardaient César en culotte de soie noire, en bas de soie, et le nouvel habit bleu barbeau sur lequel allait briller le ruban qui, selon Molineux, était trempé dans le sang. Quand César rentra pour dîner, il était pâle de joie, il regardait sa croix dans toutes les glaces, car dans sa première ivresse il ne se contenta pas du ruban, il fut glorieux sans fausse modestie.

— Ma femme, dit-il, monsieur le Grand-Chancelier est un homme charmant; il a, sur un mot de La Billardière, accepté mon invitation. Il vient avec monsieur Vauquelin. Monsieur de Lacépède est un grand homme, oui, autant que monsieur Vauquelin; il a fait quarante volumes! Mais aussi est-ce un auteur pair de France. N'oublions pas de lui dire : Votre Seigneurie, ou monsieur le comte.

— Mais mange donc, lui dit sa femme. Il est pire qu'un enfant, ton père, dit Constance à Césarine.

— Comme cela fait bien à ta boutonnière, dit Césarine. On te portera les armes, nous sortirons ensemble.

— On me portera les armes partout où il y aura des factionnaires.

En ce moment, Grindot descendit avec Braschon. Après dîner, monsieur, madame et mademoiselle pouvaient jouir du coup d'œil des appartements, le premier garçon de Braschon achevait d'y clouer quelques patères, et trois hommes allumaient les bougies.

— Il faut cent vingt bougies, dit Braschon.

— Un mémoire de deux cents francs chez Trudon, dit madame César dont les plaintes furent arrêtées par un regard du chevalier Birotteau.

— Votre fête sera magnifique, monsieur le chevalier, dit Braschon.

Birotteau se dit en lui-même : Déjà les flatteurs ! L'abbé Loraux m'a bien engagé à ne pas donner dans leurs pièges et à rester modeste. Je me souviendrai de mon origine.

César ne comprit pas ce que voulait dire le riche tapissier de la rue Saint-Antoine. Braschon fit onze tentatives inutiles pour être invité, lui, sa femme, sa fille, sa belle-mère et sa tante. Braschon devint l'ennemi de Birotteau. Sur le pas de la porte, il ne l'appelait plus monsieur le chevalier.

La répétition générale commença. César, sa femme et Césarine sortirent de la boutique et entrèrent chez eux par la rue. La porte de la maison avait été refaite dans un grand style, à deux vantaux, divisés en panneaux égaux et carrés, au milieu desquels se trouvait un ornement architectural de fonte coulée et peinte. Cette porte, devenue si commune à Paris, était alors dans toute sa nouveauté. Au fond du vestibule, se voyait l'escalier divisé en deux rampes droites entre lesquelles se trouvait ce socle dont s'inquiétait Birotteau, et qui formait une espèce de boîte où l'on pouvait loger une vieille femme. Ce vestibule dallé en marbre blanc et noir, peint en marbre, était éclairé par une lampe antique à quatre becs. L'architecte avait uni la richesse à la simplicité. Un étroit tapis rouge relevait la blancheur des marbres de l'escalier en liais poli à la pierre ponce. Un premier palier donnait une entrée à l'entresol. La porte des appartements était dans le genre de celle sur la rue, mais en menuiserie.

— Quelle grâce ! dit Césarine. Et cependant il n'y a rien qui saisisse l'œil.

— Précisément, mademoiselle, la grâce vient des proportions exactes entre les stylobates, les plinthes, les corniches et les ornements; puis je n'ai rien doré, les couleurs sont sobres et n'offrent point de tons éclatants.

— C'est une science, dit Césarine.

Tous entrèrent alors dans une antichambre de bon goût, parquetée, spacieuse, simplement décorée. Puis venait un salon à trois croisées sur la rue, blanc et rouge, à corniches élégamment profilées, à peintures fines, où rien ne papillotait [141]. Sur une cheminée en marbre blanc à colonnes était une garniture choisie avec goût, elle n'offrait rien de ridicule, et concordait aux autres détails. Là régnait enfin cette suave harmonie que les artistes seuls savent établir en poursuivant un système de décoration jusque dans les plus petits accessoires, et que les bourgeois ignorent, mais qui les surprend. Un lustre à vingt-quatre bougies faisait resplendir les draperies de soie rouge, le parquet avait un air agaçant qui provoqua Césarine à danser. Un boudoir vert et blanc donnait passage dans le cabinet de César.

— J'ai mis là un lit, dit Grindot en dépliant les portes d'une alcôve habilement cachée entre les deux bibliothèques. Vous ou madame vous pouvez être malade, et alors chacun a sa chambre.

— Mais cette bibliothèque garnie de livres reliés. Oh! ma femme! ma femme! dit César.

— Non, ceci est la surprise de Césarine.

— Pardonnez à l'émotion d'un père, dit-il à l'architecte en embrassant sa fille.

— Mais faites, faites donc, monsieur, dit Grindot. Vous êtes chez vous.

Dans ce cabinet dominaient les couleurs brunes, relevées par des agréments verts, car les plus habiles transitions de l'harmonie liaient toutes les pièces de l'appartement l'une à l'autre. Ainsi la couleur qui faisait le fond d'une pièce servait à l'agrément de l'autre, et *vice versa*. La gravure d'Héro et Léandre brillait sur un panneau dans le cabinet de César.

— Toi, tu paieras tout cela, dit gaiement Birotteau.

— Cette belle estampe vous est donnée par monsieur Anselme, dit Césarine.

Anselme aussi s'était permis une surprise.

— Pauvre enfant, il a fait comme moi pour monsieur Vauquelin.

La chambre de madame Birotteau venait ensuite. L'architecte y avait déployé des magnificences de nature à plaire aux braves gens qu'il voulait empaumer, car il avait tenu parole en étudiant cette *restauration*. La chambre était tendue en soie bleue, avec des ornements blancs, le meuble était en casimir blanc avec des agréments bleus. Sur la cheminée en marbre blanc, la pendule représentait la Vénus accroupie sur un beau bloc de marbre ; un joli tapis en moquette, et d'un dessin turc, unissait cette pièce à la chambre de Césarine, tendue en perse et fort coquette : un piano, une jolie armoire à glace, un petit lit chaste à rideaux simples, et tous les petits meubles qu'aiment les jeunes personnes. La salle à manger était derrière la chambre de Birotteau et celle de sa femme, on y entrait par l'escalier, elle avait été traitée dans le genre dit Louis XIV, avec la pendule de Boulle, les buffets de cuivre et d'écaille, les murs tendus en étoffe à clous dorés. La joie de ces trois personnes ne saurait se décrire, surtout quand, en revenant dans sa chambre, madame Birotteau trouva sur son lit sa robe de velours cerise garnie en dentelles que lui offrait son mari, et que Virginie y avait apportée en revenant sur la pointe des pieds.

— Monsieur, cet appartement vous fera beaucoup d'honneur, dit Constance à Grindot. Nous aurons cent et quelques personnes demain soir, et vous recueillerez les éloges de tout le monde.

— Je vous recommanderai, dit César. Vous verrez *la tête* du commerce, et vous serez connu dans une seule soirée plus que si vous aviez bâti cent maisons.

Constance émue ne pensait plus à la dépense ni à critiquer son mari. Voici pourquoi. Le matin, en apportant Héro et Léandre, Anselme Popinot, à qui

Constance accordait une haute intelligence et de grands moyens, lui avait affirmé le succès de l'Huile Céphalique auquel il travaillait avec un acharnement sans exemple. L'amoureux avait promis que, malgré la rondeur du chiffre auquel s'élèveraient les folies de Birotteau, dans six mois ces dépenses seraient couvertes par sa part dans les bénéfices donnés par l'huile. Après avoir tremblé pendant dix-neuf ans, il était si doux de se livrer un seul jour à la joie, que Constance promit à sa fille de n'empoisonner le bonheur de son mari par aucune réflexion, et de s'y laisser aller tout entière. Quand, vers onze heures, monsieur Grindot les quitta, elle se jeta donc au cou de son mari et versa quelques pleurs de contentement en disant : — César ! ah ! tu me rends bien folle et bien heureuse.

— Pourvu que cela dure, n'est-ce pas ? dit en souriant César.

— Cela durera, je n'ai plus de crainte, dit madame Birotteau.

— À la bonne heure, dit le parfumeur, tu m'apprécies enfin.

Les gens assez grands pour reconnaître leurs faiblesses avoueront qu'une pauvre orpheline qui, dix-huit ans auparavant, était première demoiselle au Petit-Matelot, île Saint-Louis, qu'un pauvre paysan venu de Touraine à Paris avec un bâton à la main, à pied, en souliers ferrés, devaient être flattés, heureux, de donner une pareille fête pour de si louables motifs.

— Mon Dieu, je perdrais bien cent francs, dit César, pour qu'il nous vînt une visite.

— Voilà monsieur l'abbé Loraux, dit Virginie.

L'abbé Loraux se montra. Ce prêtre était alors vicaire de Saint-Sulpice. Jamais la puissance de l'âme ne se révéla mieux qu'en ce saint prêtre, dont le commerce laissa de profondes empreintes dans la mémoire de tous ceux qui le connurent. Son visage rechigné, laid jusqu'à repousser la confiance, avait été rendu sublime par l'exercice des vertus catholiques : il y brillait par avance une splendeur céleste. Une candeur infusée dans le sang reliait ses traits disgracieux, et le feu de la charité purifiait les lignes incorrectes par un phénomène contraire à celui qui, chez Claparon, avait tout animalisé, dégradé. Dans ses rides se jouaient les grâces des trois belles vertus humaines, l'Espérance, la Foi, la Charité. Sa parole était douce, lente et pénétrante. Son costume était celui des prêtres de Paris, il se permettait la redingote d'un brun marron [142]. Aucune ambition ne s'était glissée en ce cœur pur, que les anges durent apporter à Dieu dans sa primitive innocence. Il fallut la douce violence de la fille de Louis XVI pour faire accepter une cure de Paris, encore une des plus modestes, à l'abbé Loraux. Il regarda d'un œil inquiet toutes ces magnificences, sourit à ces trois commerçants enchantés et hocha sa tête blanchie.

— Mes enfants, leur dit-il, mon rôle n'est pas d'assister à des fêtes, mais de consoler les affligés. Je viens remercier monsieur César, vous féliciter. Je ne veux venir ici que pour une seule fête, pour le mariage de cette belle enfant.

Après un quart d'heure, l'abbé se retira, sans que le parfumeur ni sa femme osassent lui montrer les appartements. Cette apparition grave jeta quelques gouttes froides dans la joie bouillante de César. Chacun se coucha dans son luxe, en prenant possession des bons jolis petits meubles qu'il avait souhaités. Césarine déshabilla sa mère devant une toilette à glace en marbre blanc. César s'était donné quelques superfluités dont il voulut user aussitôt. Tous s'endormirent en se représentant par avance les joies du lendemain. Après être allées à la messe et avoir lu leurs vêpres, Césarine et sa mère s'habillèrent sur les quatre heures, après avoir livré l'entresol au bras séculier des gens de Chevet. Jamais toilette n'alla mieux à madame César que cette robe de velours cerise, garnie en dentelles, à manches courtes ornées de jockeis [143] : ses beaux bras, encore frais et jeunes, sa poitrine étincelante de blancheur, son col, ses épaules d'un si joli dessin, étaient rehaussés par cette riche étoffe et par cette magnifique couleur. Le naïf contentement que toute femme éprouve à se voir dans toute sa puissance donna je ne sais quelle suavité au profil grec de la parfumeuse, dont la beauté parut dans toute sa finesse de camée. Césarine, habillée en crêpe blanc, avait une couronne de roses blanches sur la tête, une rose à son côté; une écharpe lui couvrait chastement les épaules et le corsage; elle rendit Popinot fou.

— Ces gens-là nous écrasent, dit madame Roguin à son mari en parcourant l'appartement.

La notairesse était furieuse de ne pas être aussi belle que madame César, car toute femme sait toujours en elle-même à quoi s'en tenir sur la supériorité ou l'infériorité d'une rivale.

— Bah! ça ne durera pas longtemps, et bientôt tu éclabousseras la pauvre femme en la rencontrant à pied dans les rues, et ruinée! dit Roguin bas à sa femme.

Vauquelin fut d'une grâce parfaite, il vint avec monsieur de Lacépède, son collègue à l'Institut, qui l'était allé prendre en voiture. En voyant la resplendissante parfumeuse, les deux savants tombèrent dans le compliment scientifique.

— Vous avez, madame, un secret que la science ignore, pour rester ainsi jeune et belle, dit le chimiste.

— Vous êtes ici un peu chez vous, monsieur l'académicien, dit Birotteau. Oui, monsieur le comte, reprit-il en se tournant vers le grand-chancelier de la Légion-d'Honneur, je dois ma fortune à monsieur Vauquelin. J'ai l'honneur de présenter à Votre Seigneurie monsieur le Président du Tribunal de Commerce. C'est monsieur le comte de Lacépède, pair de France, un des grands hommes de la France; il a écrit quarante volumes, dit-il à Joseph Lebas qui accompagnait le Président du Tribunal.

Les convives furent exacts. Le dîner fut ce que sont les dîners de commerçants, extrêmement gai, plein de bonhomie, historié par de grosses plaisanteries qui font toujours rire. L'excellence des mets, la bonté des vins furent bien appréciées. Quand la société rentra dans les salons pour prendre le café, il était neuf heures et demie. Quelques fiacres avaient amené d'impatientes danseuses. Une heure après, le salon fut plein, et le bal prit un air de raout. Monsieur de Lacépède et monsieur Vauquelin s'en allèrent, au grand désespoir de Birotteau, qui les suivit jusque sur l'escalier en les suppliant de rester, mais en vain. Il réussit à maintenir monsieur Popinot le juge et monsieur de La Billardière. À l'exception de trois femmes qui représentaient l'Aristocratie, la Finance et l'Administration : mademoiselle de Fontaine, madame Jules, madame Rabourdin, et dont l'éclatante beauté, la mise et les manières tranchaient au milieu de cette réunion, les autres femmes offraient à l'œil des toilettes lourdes, solides, ce je ne sais quoi de cossu qui donne aux masses bourgeoises un aspect commun, que la légèreté, la grâce de ces trois femmes faisaient cruellement ressortir.

La bourgeoisie de la rue Saint-Denis s'étalait majestueusement en se montrant dans toute la plénitude de ses droits de bouffonne sottise. C'était bien cette bourgeoisie qui habille ses enfants en lancier ou en garde national, qui achète Victoires et Conquêtes, le Soldat laboureur, admire le Convoi du pauvre [144], se réjouit le jour de garde, va le dimanche dans une maison de campagne à soi, s'inquiète d'avoir l'air distingué, rêve aux honneurs municipaux; cette bourgeoisie jalouse de tout, et néanmoins bonne, serviable, dévouée, sensible, compatissante, souscrivant pour les enfants du général Foy, pour les Grecs dont les pirateries lui sont inconnues, pour le Champ-d'Asile [145] au moment où il n'existe plus, dupe de ses vertus et bafouée pour ses défauts par une société qui ne la vaut pas, car elle a du cœur précisément parce qu'elle ignore les convenances; cette vertueuse bourgeoisie qui élève des filles candides rompues au travail, pleines de qualités que le contact des classes supérieures diminue aussitôt qu'elle les y lance, ces filles sans esprit parmi lesquelles le bonhomme Chrysale aurait pris sa femme; enfin, une bourgeoisie admirablement représentée par les Matifat, les droguistes de la rue des Lombards, dont la maison fournissait la Reine des Roses depuis soixante ans.

Madame Matifat, qui avait voulu se donner un air digne, dansait coiffée d'un turban et vêtue d'une lourde robe ponceau lamée d'or, toilette en harmonie avec un air fier, un nez romain et les splendeurs d'un teint cramoisi. Monsieur Matifat, si superbe à une revue de garde nationale, où l'on apercevait à cinquante pas son ventre rondelet sur lequel brillaient sa chaîne et son paquet de breloques, était dominé par cette Catherine II de comptoir. Gros et court, harnaché de besicles, maintenant le col de sa chemise à la hauteur du cervelet, il se faisait remarquer par sa voix de basse-taille et par la richesse de son vocabulaire. Jamais il ne disait Corneille, mais le sublime Corneille! Racine était le doux Racine. Voltaire! oh! Voltaire, le second dans tous les genres, plus d'esprit que de génie, mais néanmoins homme de génie! Rousseau, esprit ombrageux, homme doué d'orgueil et qui a fini par se pendre. Il contait lourdement les anecdotes vulgaires sur Piron, qui passe pour un homme prodigieux dans la bourgeoisie. Matifat, passionné pour les acteurs, avait une légère tendance à l'obscénité; car, à l'imitation du bonhomme Cardot, prédécesseur de Camusot, et du riche Camusot il entretenait une maîtresse. Parfois madame Matifat, en le voyant prêt à conter une anecdote, lui disait : « Mon gros, fais attention à ce que tu vas nous dire. » Elle le nommait familièrement son gros. Cette volumineuse reine des drogues fit perdre à mademoiselle de Fontaine sa contenance aristocratique, l'orgueilleuse fille ne put s'empêcher de sourire en lui entendant dire à Matifat : — Ne te jette pas sur les glaces, mon gros! c'est mauvais genre.

Il est plus difficile d'expliquer la différence qui distingue le grand monde de la bourgeoisie qu'il ne l'est à la bourgeoisie de l'effacer. Ces femmes, gênées dans leurs toilettes, se savaient endimanchées et laissaient voir naïvement une joie qui prouvait que le bal était une rareté dans leur vie occupée; tandis que les trois femmes qui exprimaient chacune une sphère du monde étaient alors comme elles devaient être le lendemain, elles n'avaient pas l'air de s'être habillées exprès, elles ne se contemplaient pas dans les merveilles inaccoutumées de leurs parures, ne s'inquiétaient pas de leur effet, tout avait été accompli quand devant leur glace elles avaient mis la dernière main à l'œuvre de leur toilette de bal; leurs figures ne révélaient rien d'excessif, elles dansaient avec la grâce et le laissez-aller que des génies inconnus ont donnés à quelques statues antiques. Les autres, au contraire, marquées au sceau du travail, gardaient leurs poses vulgaires et s'amusaient trop; leurs regards étaient inconsidérément curieux, leurs voix ne conservaient point ce léger murmure qui donne aux conversations du bal un piquant inimitable; elles n'avaient pas surtout le sérieux impertinent qui contient l'épigramme en germe, ni cette tranquille attitude à laquelle se reconnaissent les gens habitués à conserver un grand empire sur eux-mêmes. Aussi madame Rabourdin, madame Jules et mademoiselle de Fontaine, qui s'étaient promis une joie infinie de ce bal de parfumeur, se dessinaient-elles sur toute la bourgeoisie par leurs grâces molles, par le goût exquis de leurs toilettes et par leur jeu, comme trois premiers sujets de l'Opéra se détachent sur la lourde cavalerie des comparses. Elles étaient observées d'un œil hébété, jaloux. Madame Roguin, Constance et Césarine formaient comme un lien qui rattachait les figures commerciales à ces trois types d'aristocratie féminine. Comme dans tous les bals, il vint un moment d'animation où les torrents de lumière, la joie, la musique et l'entrain de la danse causèrent une ivresse qui fit disparaître ces nuances dans le *crescendo* du *tutti*. Le bal allait devenir bruyant, mademoiselle de Fontaine voulut se retirer; mais quand elle chercha le bras du vénérable Vendéen [146], Birotteau, sa femme et sa fille accoururent pour empêcher la désertion de toute l'aristocratie de leur assemblée.

— Il y a dans cet appartement un parfum de bon goût qui vraiment m'étonne, dit l'impertinente fille au parfumeur, et je vous en fais mon compliment.

Birotteau était si bien enivré par les félicitations publiques qu'il ne comprit pas; mais sa femme rougit et ne sut que répondre.

— Voilà une fête nationale qui vous honore, lui disait Camusot.

— J'ai vu rarement un si beau bal, disait monsieur de La Billardière à qui un mensonge officieux ne coûtait rien.

Birotteau prenait tous les compliments au sérieux.

— Quel ravissant coup d'œil! et le bon orchestre! Nous donnerez-vous souvent des bals? lui disait madame Lebas.

— Quel charmant appartement! c'est de votre goût? lui disait madame Desmarets.

Birotteau osa mentir en lui laissant croire qu'il en était l'ordonnateur. Césarine, qui devait être invitée pour toutes les contredanses, connut combien il y avait de délicatesse chez Anselme.

— Si je n'écoutais que mon désir, lui dit-il à l'oreille en sortant de table, je vous prierais de me faire la faveur d'une contredanse; mais mon bonheur coûterait trop cher à notre mutuel amour-propre.

Césarine, qui trouvait que les hommes marchaient sans grâce quand ils étaient droits sur leurs jambes, voulut ouvrir le bal avec Popinot. Popinot, enhardi par sa tante, qui lui avait dit d'oser, osa parler de son amour à cette charmante fille pendant la contredanse, mais en se servant de détours que prennent les amants timides.

— Ma fortune dépend de vous, mademoiselle.

— Et comment?

— Il n'y a qu'un espoir qui puisse me la faire faire.

— Espérez.

— Savez-vous bien tout ce que vous venez de dire en un seul mot? reprit Popinot.

— Espérez la fortune, dit Césarine avec un sourire malicieux.

— Gaudissart! Gaudissart! dit après la contredanse Anselme à son ami en lui pressant le bras avec une force herculéenne, réussis, ou je me brûle la cervelle. Réussir, c'est épouser Césarine, elle me l'a dit, et vois comme elle est belle !

— Oui, elle est joliment ficelée, dit Gaudissart, et riche. Nous allons la frire dans l'huile.

La bonne intelligence de mademoiselle Lourdois et d'Alexandre Crottat, successeur désigné de Roguin, fut remarquée par madame Birotteau, qui ne renonça pas sans de vives peines à faire de sa fille la femme d'un notaire de Paris. L'oncle Pillerault, qui avait échangé un salut avec le petit Molineux, alla s'établir dans un fauteuil auprès de la bibliothèque : il regarda les joueurs, écouta les conversations, et vint de temps en temps voir à la porte les corbeilles de fleurs agitées que formaient les têtes des danseuses au moulinet. Sa contenance était celle d'un vrai philosophe. Les hommes étaient affreux, à l'exception de du Tillet, qui avait déjà les manières du monde ; du jeune La Billardière, petit fashionable en herbe ; de monsieur Jules Desmarets et des personnages officiels. Mais parmi toutes les figures plus ou moins comiques auxquelles cette assemblée devait son caractère, il s'en trouvait une particulièrement effacée comme une pièce de cent sous républicaine, mais que le vêtement rendait curieuse. On a deviné le tyranneau de la Cour Batave, paré de linge fin jauni dans l'armoire, exhibant aux regards un jabot à dentelle de succession attaché par un camée bleuâtre en épingle, portant une culotte courte en soie noire qui trahissait les fuseaux sur lesquels il avait la hardiesse de se reposer. César lui montra triomphalement les quatre pièces créées par l'architecte au premier de sa maison.

— Hé, hé ! c'est affaire à vous, monsieur, lui dit Molineux. Mon premier ainsi garni vaudra plus de mille écus.

Birotteau répondit par une plaisanterie, mais il fut atteint comme d'un coup d'épingle par l'accent avec lequel le petit vieillard avait prononcé cette phrase.

— Je rentrerai bientôt dans mon premier, cet

homme se ruine! tel était le sens du mot *vaudra* que lança Molineux comme un coup de griffe.

La figure pâlotte, l'œil assassin du propriétaire frappèrent du Tillet, dont l'attention avait été d'abord excitée par une chaîne de montre qui soutenait une livre de diverses breloques sonnantes, et par un habit vert mélangé de blanc, à collet bizarrement retroussé, qui donnaient au vieillard l'air d'un serpent à sonnettes. Le banquier vint donc interroger ce petit usurier pour savoir par quel hasard il se gaudissait.

— Là, monsieur, dit Molineux en mettant un pied dans le boudoir, je suis dans la propriété de monsieur le comte de Granville; mais ici, dit-il en montrant l'autre, je suis dans la mienne; car je suis le propriétaire de cette maison.

Molineux se prêtait si complaisamment à qui l'écoutait que, charmé de l'air attentif de du Tillet, il se dessina, raconta ses habitudes, les insolences du sieur Gendrin, et ses arrangements avec le parfumeur, sans lesquels le bal n'aurait pas eu lieu.

— Ah! monsieur César vous a réglé ses loyers, dit du Tillet, rien n'est plus contraire à ses habitudes.

— Oh! je l'ai demandé, je suis si bon pour mes locataires!

— Si le père Birotteau fait faillite, se dit du Tillet, ce petit drôle sera certes un excellent syndic. Sa pointillerie est précieuse; il doit, comme Domitien, s'amuser à tuer les mouches quand il est seul chez lui [147].

Du Tillet alla se mettre au jeu, où Claparon était déjà par son ordre : il avait pensé que, sous le garde-vue d'un flambeau de bouillotte, son semblant de banquier échapperait à tout examen. Leur contenance en face l'un de l'autre fut si bien celle de deux étrangers, que l'homme le plus soupçonneux n'aurait rien pu découvrir qui décelât leur intelligence. Gaudissart, qui savait la fortune de Claparon, n'osa point l'aborder en recevant du riche commis-voyageur le regard solennellement froid d'un parvenu qui ne veut pas être salué par un camarade. Ce bal, comme une fusée brillante, s'éteignit à cinq heures du matin. Vers cette heure, des cent et quelques fiacres qui remplissaient la rue Saint-Honoré, il en restait environ quarante. À cette heure, on dansait la boulangère [148] et les cotillons, qui plus tard furent détrônés par le galop anglais. Du Tillet, Roguin, Cardot fils, le comte de Granville, Jules Desmarets jouaient à la bouillotte. Du Tillet gagnait trois mille francs. Les lueurs du jour arrivèrent, firent pâlir les bougies et les joueurs assistèrent à la dernière contredanse. Dans ces maisons bourgeoises, cette joie suprême ne s'accomplit pas sans quelques énormités. Les personnages imposants sont partis ; l'ivresse du mouvement, la chaleur communicative de l'air, les esprits cachés dans les boissons les plus innocentes ont amolli les callosités des vieilles femmes qui, par complaisance, entrent dans les quadrilles et se prêtent à la folie d'un moment ; les hommes sont échauffés, les cheveux défrisés s'allongent sur les visages, et leur donnent de grotesques expressions qui provoquent le rire ; les jeunes femmes deviennent légères, quelques fleurs sont tombées de leurs coiffures. Le Momus [149] bourgeois apparaît suivi de ses farces ! Les rires éclatent, chacun se livre à la plaisanterie en pensant que le lendemain le travail reprendra ses droits. Matifat dansait avec un chapeau de femme sur la tête : Célestin se livrait à des charges. Quelques dames frappaient dans leurs mains avec exagération quand l'ordonnait la figure de cette interminable contredanse.

— Comme ils s'amusent ! disait l'heureux Birotteau.

— Pourvu qu'ils ne cassent rien, dit Constance à son oncle.

— Vous avez donné le plus magnifique bal que j'aie vu, et j'en ai vu beaucoup, dit du Tillet à son ancien patron en le saluant.

Dans l'œuvre des huit symphonies de Beethoven [150], il est une fantaisie, grande comme un poème, qui domine le finale de la symphonie en ut mineur. Quand, après les lentes préparations du sublime magicien si bien compris par Habeneck [151], un geste du chef d'orchestre enthousiaste lève la riche toile de cette décoration, en appelant de son archet l'éblouissant motif vers lequel toutes les puissances musicales ont convergé, les poètes dont le cœur palpite alors comprendront que le bal de Birotteau produisait dans sa vie l'effet que produit sur leurs âmes ce fécond motif, auquel la symphonie en ut doit peut-être sa suprématie sur ses brillantes sœurs [152]. Une fée radieuse s'élance en levant sa baguette. On entend le bruissement des rideaux de soie pourpre que des anges relèvent. Des portes d'or sculptées comme celles du baptistère florentin tournent sur leurs gonds de diamant. L'œil s'abîme en des vues splendides, il embrasse une enfilade de palais merveilleux d'où glissent des êtres d'une nature supérieure. L'encens des prospérités fume, l'autel du bonheur flambe, un air parfumé circule ! Des êtres au sourire divin, vêtus de tuniques blanches bordées de bleu, passent légèrement sous vos yeux en vous montrant des figures surhumaines de beauté, des formes d'une délicatesse infinie. Les amours voltigent en répandant les flammes de leurs torches ! Vous vous sentez aimé, vous êtes heureux d'un bonheur que vous aspirez sans le comprendre en vous baignant dans les flots de cette harmonie qui ruisselle et verse à chacun l'ambroisie qu'il s'est choisie. Vous êtes atteint au cœur dans vos secrètes espérances qui se réalisent pour un moment. Après vous avoir promené dans les cieux, l'enchanteur, par la profonde et mystérieuse transition des basses, vous replonge dans le marais des réalités froides, pour vous en sortir quand il vous a donné soif de ses divines mélodies, et que votre âme crie : Encore ! L'histoire psychique du point le plus brillant de ce beau finale est celle des émotions prodiguées par cette fête à Constance et à César. Collinet [153] avait composé de son galoubet le finale de leur symphonie commerciale.

Fatigués, mais heureux, les trois Birotteau s'endormirent au matin dans les bruissements de cette fête, qui, en constructions, réparations, ameublements, consommations, toilettes et bibliothèque remboursée à Césarine, allait, sans que César s'en doutât, à soixante mille francs. Voilà ce que coûtait le fatal ruban rouge mis par le Roi à la boutonnière d'un parfumeur. S'il arrivait un malheur à César Birotteau, cette dépense folle suffisait pour le rendre justiciable de la Police Correctionnelle. Un négociant est dans le cas de la banqueroute simple s'il fait des dépenses jugées excessives. Il est peut-être plus horrible d'aller à la Sixième Chambre pour de niaises bagatelles ou des maladresses, qu'en cour d'Assises pour une immense fraude. Aux yeux de certaines gens, il vaut mieux être criminel que sot.

II

CÉSAR AUX PRISES AVEC LE MALHEUR

CHAPITRE VIII

QUELQUES ÉCLAIRS

Huit jours après cette fête, dernière flammèche du feu de paille d'une prospérité de dix-huit années près de s'éteindre, César regardait les passants, à travers les glaces de sa boutique, en songeant à l'étendue de ses affaires qu'il trouvait lourdes ! Jusqu'alors tout avait été simple dans sa vie : il fabriquait et vendait, ou achetait pour revendre. Aujourd'hui l'affaire des terrains, son intérêt dans la maison A. POPINOT ET COMPAGNIE, le remboursement de cent soixante mille francs jetés sur la place, et qui allaient nécessiter ou des trafics d'effets qui déplairaient à sa femme, ou des succès inouïs chez Popinot, effrayaient ce pauvre homme par la multiplicité des idées, il se sentait dans la main plus de pelotons de fil qu'il n'en pouvait tenir. Comment Anselme gouvernerait-il sa barque ? Birotteau traitait Popinot comme un professeur de rhétorique traite un élève, il se défiait de ses moyens, et regrettait de n'être pas derrière lui. Le coup de pied qu'il lui avait allongé pour le faire taire chez Vauquelin explique les craintes que le jeune négociant inspirait au parfumeur. Birotteau se gardait bien de se laisser deviner par sa femme, par sa fille ou par son commis ; mais il était alors comme un simple canotier de la Seine à qui, par hasard, un ministre aurait donné le commandement d'une frégate. Ces pensées formaient comme un brouillard dans son intelligence peu propre à la méditation, et il restait debout, cherchant à y voir clair. En ce moment apparut dans la rue une figure pour laquelle il éprouvait une violente antipathie, et qui était celle de son deuxième propriétaire, le petit Molineux. Tout le monde a fait de ces rêves pleins d'événements qui représentent une vie entière, et où revient souvent un être fantastique chargé de mauvaises commissions, le traître de la pièce. Molineux semblait à Birotteau chargé par le hasard d'un rôle analogue dans sa vie. Cette figure avait grimacé diaboliquement au milieu de la fête, en en regardant les somptuosités d'un œil haineux. En le revoyant, César se souvint d'autant plus des impressions que lui avait causées ce petit *pingre* (un mot de son vocabulaire) que Molineux lui fit éprouver une nouvelle répulsion en se montrant soudain au milieu de sa rêverie.

— Monsieur, dit le petit homme de sa voix atrocement anodine, nous avons bâclé si lestement les choses que vous avez oublié d'approuver l'écriture sur notre petit sous-seing.

Birotteau prit le bail pour réparer l'oubli. L'architecte entra, salua le parfumeur et tourna d'un air diplomatique autour de lui.

— Monsieur, lui dit-il enfin à l'oreille, vous savez combien les commencements d'un métier sont difficiles ; vous êtes content de moi, vous m'obligeriez beaucoup en me comptant mes honoraires.

Birotteau, qui s'était dégarni en donnant son portefeuille et son argent comptant, dit à Célestin de faire un effet de deux mille francs à trois mois d'échéance, et de préparer une quittance.

— J'ai été bien heureux que vous prissiez à votre compte le terme du voisin, dit Molineux d'un air sournoisement goguenard. Mon portier est venu me prévenir ce matin que le juge de paix apposait les scellés par suite de la disparition du sieur Cayron.

— Pourvu que je ne sois pas pincé de cinq mille francs, pensa Birotteau.

— Il passait pour très bien faire ses affaires, dit Lourdois qui venait d'entrer pour remettre son mémoire au parfumeur.

— Un commerçant n'est à l'abri des revers que quand il est retiré, dit le petit Molineux en pliant son acte avec une minutieuse régularité.

L'architecte examina ce petit vieux avec le plaisir que tout artiste éprouve en voyant une caricature qui confirme ses opinions sur les bourgeois.

— Quand on a la tête sous un parapluie, on pense généralement qu'elle est à couvert, s'il pleut, dit l'architecte.

Molineux étudia beaucoup plus les moustaches et la royale que la figure de l'architecte en le regardant, et il le méprisa tout autant que monsieur Grindot le méprisait. Puis il resta pour lui donner un coup de griffe en sortant. À force de vivre avec ses chats, Molineux avait dans sa manière comme dans ses yeux quelque chose de la race féline.

En ce moment Ragon et Pillerault entrèrent.

— Nous avons parlé de notre affaire au juge, dit Ragon à l'oreille de César : il prétend que, dans une spéculation de ce genre, il nous faudrait une quittance des vendeurs et réaliser les actes, afin d'être tous réellement propriétaires indivis...

— Ah ! vous faite l'affaire de la Madeleine, dit Lourdois, on en parle, il y aura des maisons à construire !

Le peintre qui venait se faire promptement régler trouva son intérêt à ne pas presser le parfumeur.

— Je vous ai remis mon mémoire à cause de la fin de l'année, dit-il à l'oreille de César, je n'ai besoin de rien.

— Eh ! bien, qu'as-tu, César ? dit Pillerault en remarquant la surprise de son neveu qui, stupéfait par la vue du mémoire, ne répondait ni à Ragon ni à Lourdois.

— Ah ! une vétille, j'ai pris cinq mille francs d'effets au marchand de parapluies mon voisin, qui fait faillite. S'il m'avait donné des valeurs mauvaises, je serais gobé comme un niais.

— Il y a pourtant longtemps que je vous l'ai dit, s'écria Ragon : celui qui se noie s'accrocherait à la jambe de son père pour se sauver, et il le noie avec lui.

J'en ai tant observé, de faillites ! on n'est pas précisément fripon au commencement du désastre, mais on le devient par nécessité.

— C'est vrai, dit Pillerault.

— Ah ! si j'arrive jamais à la Chambre des Députés, ou si j'ai quelque influence dans le gouvernement... dit Birotteau se dressant sur ses pointes et retombant sur ses talons.

— Que feriez-vous ? dit Lourdois, car vous êtes un sage.

Molineux, que toute discussion sur le Droit intéressait, resta dans la boutique ; et comme l'attention des autres rend attentif, Pillerault et Ragon, qui connaissaient les opinions de César, l'écoutèrent néanmoins aussi gravement que les trois étrangers.

— Je voudrais, dit le parfumeur, un tribunal de juges inamovibles avec un Ministère Public jugeant au criminel. Après une instruction, pendant laquelle le juge remplirait immédiatement les fonctions actuelles des Agents, Syndics et Juge-commissaire, le négociant serait déclaré *failli réhabilitable* ou *banqueroutier*. Failli réhabilitable, il serait tenu de tout payer ; il serait alors le gardien de ses biens, de ceux de sa femme ; car ses droits, ses héritages tout appartiendrait à ses créanciers ; il gérerait pour leur compte et sous une surveillance ; enfin, il continuerait les affaires en signant toutefois : *un tel, failli*, jusqu'au parfait remboursement. Banqueroutier, il serait condamné comme autrefois, au pilori dans la salle de la Bourse, exposé pendant deux heures, coiffé du bonnet vert. Ses biens, ceux de sa femme et ses droits seraient acquis aux créanciers, et il serait banni du royaume.

— Le commerce serait un peu plus sûr, dit Lourdois, et l'on regarderait à deux fois avant de faire des opérations.

— La loi actuelle n'est point suivie, dit César exaspéré. Sur cent négociants, il y en a plus de cinquante qui sont de soixante-quinze pour cent au-dessous de leurs affaires, ou qui vendent leurs marchandises à vingt-cinq pour cent au-dessous du prix d'inventaire, et qui ruinent ainsi le commerce.

— Monsieur est dans le vrai, dit Molineux, la loi actuelle laisse trop de latitude. Il faut ou l'abandon total ou l'infamie.

— Eh! diantre, dit César, un négociant, au train dont vont les choses, va devenir un voleur patenté. Avec sa signature, il peut puiser dans la caisse de tout le monde.

— Vous n'êtes pas tendre, monsieur Birotteau, dit Lourdois.

— Il a raison, dit le vieux Ragon.

— Tous les faillis sont suspects, dit César exaspéré par cette petite perte qui lui sonnait aux oreilles comme le premier cri de l'*halali* à celles d'un cerf.

En ce moment le maître d'hôtel apporta la facture de Chevet. Puis un patronnet [154] de Félix, un garçon du Café de Foy, la clarinette [155] de Collinet arrivèrent avec les mémoires de leurs maisons.

— Le quart d'heure de Rabelais, dit Ragon en souriant.

— Ma foi, vous avez donné une belle fête, dit Lourdois.

— Je suis occupé, dit César à tous les garçons qui laissèrent les factures.

— Monsieur Grindot, dit Lourdois en voyant l'architecte pliant un effet que signa Birotteau, vous vérifierez et réglerez mon mémoire, il n'y a qu'à toiser, tous les prix sont convenus par vous au nom de monsieur Birotteau.

Pillerault regarda Lourdois et Grindot.

— Des prix convenus d'architecte à entrepreneur, dit l'oncle à l'oreille du neveu, tu es volé.

Grindot sortit, Molineux le suivit et l'aborda d'un air mystérieux.

— Monsieur, lui dit-il, vous m'avez écouté, mais vous ne m'avez pas entendu : je vous souhaite un parapluie.

La peur saisit Grindot. Plus un bénéfice est illégal,

plus l'homme y tient. Le cœur humain est ainsi fait. L'artiste avait en effet étudié l'appartement avec amour, il y avait mis toute sa science et son temps, il s'y était donné du mal pour dix mille francs et se trouvait la dupe de son amour-propre, les entrepreneurs eurent peu de peine à le séduire. L'argument irrésistible et la menace bien comprise de le desservir en le calomniant furent moins puissants encore que l'observation faite par Lourdois sur l'affaire des terrains de la Madeleine : Birotteau ne comptait pas y bâtir une seule maison, il spéculait seulement sur le prix des terrains. Les architectes et les entrepreneurs sont entre eux comme un auteur avec les acteurs, ils dépendent les uns des autres. Grindot, chargé par Birotteau de stipuler les prix, fut pour les gens du métier contre les bourgeois. Aussi trois gros entrepreneurs, Lourdois, Chaffaroux et Thorein le charpentier le proclamèrent-ils *un de ces bons enfants avec lesquels il y a du plaisir à travailler.* Grindot devina que les mémoires sur lesquels il avait une part seraient payés, comme ses honoraires, en effets, et le petit vieillard venait de lui donner des doutes sur leur paiement. Grindot allait être impitoyable, à la manière des artistes, les gens les plus cruels à l'encontre des bourgeois. Vers la fin de décembre, César eut pour soixante mille francs de mémoires. Félix, le Café de Foy, Tanrade et les petits créanciers qu'on doit payer comptant, avaient envoyé trois fois chez le parfumeur. Dans le commerce, ces niaiseries nuisent plus qu'un malheur, elles l'annoncent. Les pertes connues sont définies; mais la panique ne connaît pas de bornes. Birotteau vit sa caisse dégarnie. La peur saisit alors le parfumeur, à qui jamais pareille chose n'était arrivée durant sa vie commerciale. Comme tous les gens qui n'ont jamais eu à lutter pendant longtemps contre la misère et qui sont faibles, cette circonstance vulgaire dans la vie de la plupart des petits marchands de Paris porta le trouble dans la cervelle de César.

Le parfumeur donna l'ordre à Célestin d'envoyer les

factures chez ses pratiques ; mais avant de le mettre à exécution, le premier commis se fit répéter cet ordre inouï. Les clients, noble terme alors appliqué par les détaillants à leurs pratiques et dont César se servait malgré sa femme, qui avait fini par lui dire : Nomme-les comme tu voudras, pourvu qu'ils paient ! ses clients donc étaient des personnes riches avec lesquelles il n'y avait jamais de pertes à essuyer, qui payaient à leur fantaisie, et chez lesquelles César avait souvent cinquante ou soixante mille francs. Le second commis prit le livre des factures et se mit à copier les plus fortes. César redoutait sa femme. Pour ne pas lui laisser voir l'abattement que lui causait le *simoon* du malheur, il voulut sortir.

— Bonjour, monsieur, dit Grindot en entrant avec cet air dégagé que prennent les artistes pour parler des intérêts auxquels ils se prétendent absolument étrangers. Je ne puis trouver aucune espèce de monnaie avec votre papier, je suis obligé de vous prier de me l'échanger contre des écus, je suis l'homme le plus malheureux de cette démarche, mais je ne sais pas parler aux usuriers, je ne voudrais pas colporter votre signature, je sais assez de commerce pour comprendre que ce serait l'avilir ; il est donc dans votre intérêt de...

— Monsieur, dit Birotteau stupéfait, plus bas, s'il vous plaît, vous me surprenez étrangement.

Lourdois entra.

— Lourdois, dit Birotteau souriant, comprenez-vous ?...

Birotteau s'arrêta. Le pauvre homme allait prier Lourdois de prendre l'effet de Grindot en se moquant de l'architecte avec la bonne foi du négociant sûr de lui-même ; mais il aperçut un nuage sur le front de Lourdois, et il frémit de son imprudence. Cette innocente raillerie était la mort d'un crédit soupçonné. En pareil cas, un riche négociant reprend son billet, et il ne l'offre pas. Birotteau se sentait la tête agitée comme s'il eût regardé le fond d'un abîme taillé à pic.

— Mon cher monsieur Birotteau, dit Lourdois en

l'emmenant au fond du magasin, mon mémoire est toisé, réglé, vérifié, je vous prie de me tenir l'argent prêt demain. Je marie ma fille au petit Crottat, il lui faut de l'argent, les notaires ne négocient point, d'ailleurs on n'a jamais vu ma signature.

— Envoyez après-demain, dit fièrement Birotteau qui compta sur les paiements de ses mémoires. Et vous aussi, monsieur, dit-il à l'architecte.

— Et pourquoi pas tout de suite ? dit l'architecte.

— J'ai la paie de mes ouvriers au faubourg, dit César qui n'avait jamais menti.

Il prit son chapeau pour sortir avec eux. Mais le maçon, Thorein et Chaffaroux l'arrêtèrent au moment où il fermait la porte.

— Monsieur, lui dit Chaffaroux, nous avons bien besoin d'argent.

— Eh ! je n'ai pas les mines du Pérou, dit César impatienté qui s'en alla vivement à cent pas d'eux. — Il y a quelque chose là-dessous. Maudit bal ! tout le monde vous croit des millions. Néanmoins l'air de Lourdois n'était pas naturel, pensa-t-il, il y a quelque anguille sous roche.

Il marchait dans la rue Saint-Honoré sans direction, en se sentant comme dissous.

CHAPITRE IX

LE COUP DE FOUDRE

Alexandre et César se heurtèrent l'un contre l'autre au coin d'une rue, comme un bélier ou comme un mathématicien absorbé par la solution d'un problème en aurait heurté un autre.

— Ah! monsieur, dit le futur notaire, une question! Roguin a-t-il donné vos quatre cent mille francs à monsieur Claparon?

— L'affaire s'est faite devant vous, monsieur Claparon ne m'en a fait aucun reçu... mes valeurs étaient à... négocier... Roguin a dû lui remettre... mes deux cent quarante mille francs d'écus... il a été dit qu'on réaliserait définitivement les actes de vente... Monsieur Popinot le juge prétend... La quittance... Mais... Pourquoi cette question?

— Pourquoi puis-je vous faire une semblable question? Pour savoir si vos deux cent quarante mille francs sont chez Claparon ou chez Roguin. Roguin était lié depuis si longtemps avec vous, il aurait pu par délicatesse les avoir remis à Claparon, et vous l'échapperiez belle! Mais suis-je bête?... il les emporte avec l'argent de monsieur Claparon, qui heureusement n'avait encore envoyé que cent mille francs. Roguin est en fuite, il a reçu de moi cent mille francs sur sa Charge, dont je n'ai pas la quittance, je les lui ai donnés comme je vous confierais ma bourse. Vos vendeurs n'ont pas reçu un liard, ils sortent de chez moi. L'argent de votre emprunt sur vos terrains n'existait ni pour vous ni pour votre prêteur, Roguin l'avait dévoré comme vos cent mille francs... qu'il... n'avait plus depuis longtemps... Ainsi vos cent derniers mille francs sont pris, je me souviens d'être allé les toucher à la Banque.

Les pupilles de César se dilatèrent si démesurément qu'il ne vit plus qu'une flamme rouge.

— Vos cent mille francs sur la Banque, mes cent mille francs sur sa Charge, cent mille francs à monsieur Claparon, voilà trois cent mille francs de sifflés, sans les vols qui vont se découvrir, reprit le jeune notaire. On désespère de madame Roguin, monsieur du Tillet a passé la nuit près d'elle. Du Tillet l'a échappé belle, lui! Roguin l'a tourmenté pendant un mois pour le fourrer dans cette affaire des terrains, et heureusement il avait tous ses fonds dans une spéculation avec la maison Nucingen. Roguin a écrit à sa femme une lettre épouvantable! je viens de la lire. Il tripotait les fonds de ses clients depuis cinq ans, et pourquoi? pour une maîtresse, la belle Hollandaise; il l'a quittée quinze jours avant de faire son coup. Cette gaspilleuse était sans un liard, on a vendu ses meubles, elle avait signé des lettres de change. Afin d'échapper aux poursuites, elle s'était réfugiée dans une maison du Palais-Royal où elle a été assassinée hier au soir par un capitaine. Elle a été bientôt punie par Dieu, elle qui certes a dévoré la fortune de Roguin. Il y a des femmes pour qui rien n'est sacré, dévorer une Charge de notaire! Madame Roguin n'aura de fortune qu'en usant de son hypothèque légale, tous les biens du gueux sont grevés au-delà de leur valeur. La Charge est vendue trois cent mille francs! Moi qui croyais faire une bonne affaire, et qui commence par payer l'Étude cent mille francs de plus, je n'ai pas de quittance, il y a des faits de Charge qui vont absorber Charge et Cautionnement, les créanciers croiront que je suis son compère si je parle de mes cent mille francs, et quand on débute, il faut prendre garde à sa réputation. Vous aurez à peine trente pour cent. À mon âge, boire un pareil bouillon! Un homme de cinquante-neuf ans payer une femme!... le vieux drôle! Il y a vingt jours qu'il m'a dit de ne pas épouser Césarine, vous deviez être bientôt sans pain, le monstre!

Alexandre aurait pu parler pendant longtemps, Birotteau était debout, pétrifié. Autant de phrases, autant de coups de massue. Il n'entendait plus qu'un bruit de cloches mortuaires, de même qu'il avait commencé par ne plus voir que le feu de son incendie. Alexandre Crottat, qui croyait le digne parfumeur fort et capable, fut épouvanté par sa pâleur et par son immobilité. Le successeur de Roguin ne savait pas que le notaire emportait plus que la fortune de César. L'idée du suicide immédiat passa par la tête de ce commerçant si profondément religieux. Le suicide est dans ce cas un moyen de fuir mille morts, il semble logique de n'en accepter qu'une. Alexandre Crottat donna le bras à César et voulut le faire marcher, ce fut impossible : ses jambes se dérobaient sous lui comme s'il eût été ivre.

— Qu'avez-vous donc? dit Crottat. Mon brave monsieur César, un peu de courage! ce n'est pas la mort d'un homme! D'ailleurs, vous retrouverez quarante mille francs, votre prêteur n'avait pas cette somme, elle ne vous a pas été délivrée, il y a lieu à plaider la rescision du contrat.

— Mon bal, ma croix, deux cent mille francs d'effets sur la place, rien en caisse. Les Ragon, Pillerault... Et ma femme qui voyait clair!

Une pluie de paroles confuses qui réveillaient des masses d'idées accablantes et des souffrances inouïes tomba comme une grêle en hachant toutes les fleurs du parterre de la Reine des Roses.

— Je voudrais qu'on me coupât la tête, dit enfin Birotteau, elle me gêne par sa masse, elle ne me sert à rien...

— Pauvre père Birotteau, dit Alexandre, mais vous êtes donc en péril?

— Péril!

— Eh! bien, du courage, luttez.

— Luttez ! répéta le parfumeur.

— Du Tillet a été votre commis, il a une fière tête, il vous aidera.

— Du Tillet ?

— Allons, venez !

— Mon Dieu ! je ne voudrais pas rentrer chez moi comme je suis, dit Birotteau. Vous qui êtes mon ami, s'il y a des amis, vous qui m'avez inspiré de l'intérêt et qui dîniez chez moi, au nom de ma femme, promenez-moi en fiacre, Xandrot, accompagnez-moi ? Le notaire désigné mit avec beaucoup de peine dans un fiacre la machine inerte qui avait nom César. — Xandrot, dit le parfumeur d'une voix troublée par les larmes, car en ce moment les larmes tombèrent de ses yeux et desserrèrent un peu le bandeau de fer qui lui cerclait le crâne, passons chez moi, parlez pour moi à Célestin. Mon ami, dites-lui qu'il y va de ma vie et de celle de ma femme. Que sous aucun prétexte personne ne jase de la disparition de Roguin. Faites descendre Césarine et priez-la d'empêcher qu'on ne parle de cette affaire à sa mère. On doit se défier de nos meilleurs amis, Pillerault, les Ragon, tout le monde.

Le changement de la voix de Birotteau frappa vivement Crottat qui comprit l'importance de cette recommandation. La rue Saint-Honoré menait chez le magistrat ; il remplit donc les intentions du parfumeur, que Célestin et Césarine virent avec effroi sans voix, pâle et comme hébété au fond du fiacre.

— Gardez-moi le secret sur cette affaire, dit le parfumeur.

— Ah ! se dit Xandrot, il revient ! je le croyais perdu.

La conférence d'Alexandre Crottat et du magistrat dura longtemps : on envoya chercher le Président de la Chambre des Notaires ; on transporta partout César comme un paquet, il ne bougeait pas et ne disait mot. Vers sept heures du soir, Alexandre Crottat ramena le parfumeur chez lui. L'idée de comparaître devant Constance rendit du ton à César. Le jeune notaire eut la charité de le précéder pour prévenir madame Birotteau que son mari venait d'avoir une espèce de coup de sang.

— Il a les idées troubles, dit-il en faisant un geste employé pour peindre l'embrouillement du cerveau, il faudrait peut-être le saigner ou lui mettre les sangsues.

— Cela devait arriver, dit Constance à mille lieues d'un désastre, il n'a pas pris sa médecine de précaution à l'entrée de l'hiver, et il se donne, depuis deux mois, un mal de galérien, comme s'il n'avait pas son pain gagné.

César fut supplié par sa femme et par sa fille de se mettre au lit, et l'on envoya chercher le vieux docteur Haudry, médecin de Birotteau. Le vieux Haudry était un médecin de l'école de Molière, grand praticien et ami des anciennes formules de l'apothicairerie, droguant ses malades ni plus ni moins qu'un médicastre, tout consultant qu'il était. Il vint, étudia le *facies* [156] de César, ordonna l'application immédiate de sinapismes à la plante des pieds : il voyait les symptômes d'une congestion cérébrale.

— Qui a pu lui causer cela, dit Constance.

— Le temps humide, répondit le docteur à qui Césarine vint dire un mot.

Il y a souvent obligation pour les médecins de lâcher sciemment des niaiseries afin de sauver l'honneur ou la vie des gens bien portants qui sont autour du malade. Le vieux docteur avait vu tant de choses, qu'il comprit à demi-mot. Césarine le suivit sur l'escalier en lui demandant une règle de conduite.

— Du calme et du silence, puis nous risquerons des fortifiants quand la tête sera dégagée.

Madame César passa deux jours au chevet du lit de son mari, qui lui parut souvent avoir le délire. Mis dans la belle chambre bleue de sa femme, il disait des choses incompréhensibles pour Constance, à l'aspect des draperies, des meubles et de ses coûteuses magnificences.

— Il est fou, disait-elle à Césarine en un moment où César s'était dressé sur son séant et citait d'une voix solennelle les articles du Code de commerce par bribes.

— Si les dépenses sont jugées excessives!... — Ôtez les draperies!

Après trois terribles jours, pendant lesquels la raison de César fut en danger, la nature forte du paysan tourangeau triompha; sa tête fut dégagée; monsieur Haudry lui fit prendre des cordiaux, une nourriture énergique, et, après une tasse de café donnée à temps, le négociant fut sur ses pieds. Constance fatiguée prit la place de son mari.

— Pauvre femme, dit César quand il la vit endormie.

— Allons, papa, du courage! Vous êtes un homme si supérieur que vous triompherez. Ce ne sera rien. Monsieur Anselme vous aidera.

Césarine dit d'une voix douce ces vagues paroles que la tendresse adoucit encore, et qui rendent le courage aux plus abattus, comme les chants d'une mère endorment les douleurs d'un enfant tourmenté par la dentition.

— Oui, mon enfant, je vais lutter; mais pas un mot à qui que ce soit au monde, ni à Popinot qui nous aime, ni à ton oncle Pillerault. Je vais d'abord écrire à mon frère : il est, je crois, chanoine, vicaire d'une cathédrale; il ne dépense rien, il doit avoir de l'argent. À mille écus d'économie par an, depuis vingt ans, il doit avoir cent mille francs. En province, les prêtres ont du crédit.

Césarine, empressée d'apporter à son père une petite table et tout ce qu'il fallait pour écrire, lui donna le reste des invitations imprimées sur papier rose pour le bal.

— Brûle tout ça! cria le négociant. Le diable seul a pu m'inspirer de donner ce bal. Si je succombe, j'aurai l'air d'un fripon. Allons, pas de phrases.

LETTRE DE CÉSAR À FRANÇOIS BIROTTEAU.

MON CHER FRÈRE,

« Je me trouve dans une crise commerciale si difficile,
« que je te supplie de m'envoyer tout l'argent dont tu
« pourras disposer, fallût-il même en emprunter.
« Tout à toi,

CÉSAR.

« Ta nièce Césarine, qui me voit écrire cette lettre
« pendant que ma pauvre femme dort, se recommande
« à toi et t'envoie ses tendresses. »

Ce Post-scriptum fut ajouté à la prière de Césarine qui porta la lettre à Raguet.

— Mon père, dit-elle en remontant, voici monsieur Lebas qui veut vous parler.

— Monsieur Lebas, s'écria César effrayé comme si son désastre le rendait criminel, un juge !

— Mon cher monsieur Birotteau, je prends trop d'intérêt à vous, dit le gros marchand drapier en entrant, nous nous connaissons depuis trop longtemps, nous avons été élus tous deux juges la première fois ensemble, pour ne pas vous dire qu'un nommé Bidault, dit Gigonnet, un usurier, a des effets de vous passés à son ordre, *sans garantie*, par la maison Claparon. Ces deux mots sont non seulement un affront, mais encore la mort de votre crédit.

— Monsieur Claparon désire vous parler, dit Célestin en se montrant, dois-je le faire monter ?

— Nous allons savoir la cause de cette insulte, dit Lebas.

— Monsieur, dit le parfumeur à Claparon en le voyant entrer, voici monsieur Lebas, juge au Tribunal de Commerce et mon ami...

— Ah ! monsieur est monsieur Lebas, dit Claparon en interrompant, je suis enchanté de la circonstance, monsieur Lebas du tribunal, il y a tant de Lebas, sans compter les *hauts et les bas*...

— Il a vu, reprit Birotteau en interrompant le bavard, les effets que je vous ai remis, et qui, disiez-vous, ne circuleraient pas. Il les a vus avec ces mots : *sans garantie*.

— Eh ! bien, dit Claparon, ils ne circuleront pas en effet, ils sont entre les mains d'un homme avec qui je fais beaucoup d'affaires, le père Bidault. Voilà pourquoi j'ai mis sans garantie. Si les effets avaient dû circuler, vous les auriez faits à son ordre directement. Monsieur le juge va comprendre ma situation. Que représentent ces effets ? un prix d'immeuble, payé par qui ? par Birotteau. Pourquoi voulez-vous que je garantisse Birotteau par ma signature ? Nous devons payer, chacun de notre côté, notre part dans cedit prix. Or, n'est-ce pas assez d'être solidaire vis-à-vis de nos vendeurs ? Chez moi, la règle commerciale est inflexible : je ne donne pas plus inutilement ma garantie que je ne donne quittance d'une somme à recevoir. Je suppose tout. Qui signe, paie. Je ne veux pas être exposé à payer trois fois.

— Trois fois ! dit César.

— Oui, monsieur, reprit Claparon. Déjà j'ai garanti Birotteau à nos vendeurs, pourquoi le garantirais-je encore au banquier ? Les circonstances où nous sommes sont dures, Roguin m'emporte cent mille francs. Ainsi, déjà ma moitié de terrains me coûte cinq cent mille au lieu de quatre cent mille francs. Roguin emporte deux cent quarante mille francs à Birotteau. Que feriez-vous à ma place, monsieur Lebas ? mettez-vous dans ma peau. Je n'ai pas l'honneur d'être connu de vous, plus que je ne connais monsieur Birotteau. Suivez bien. Nous faisons une affaire ensemble par moitié, vous apportez tout l'argent de votre part, moi je règle la mienne en mes valeurs ; je vous les offre, vous vous chargez, par une excessive complaisance, de les convertir en argent. Vous apprenez que Claparon, banquier, riche, considéré, j'accepte toutes les vertus du monde, que le vertueux Claparon se trouve dans une fallite pour six millions à rembourser ; irez-vous, en ce moment-là même, mettre votre signature pour garantir la mienne ? Vous seriez fou ! Eh ! bien, monsieur Lebas, Birotteau est dans le cas où je suppose Claparon. Ne voyez-vous pas que je puis alors payer aux acquéreurs comme solidaire, être tenu de rembourser encore la part de Birotteau jusqu'à concurrence de ses effets, si je les garantissais, et sans avoir...

— À qui ? demanda le parfumeur en interrompant.

— Et sans avoir sa moitié de terrains, dit Claparon sans tenir compte de l'interruption, car je n'aurais aucun privilège ; il faudrait donc encore l'acheter ! Donc je puis payer trois fois.

— Rembourser à qui ? demandait toujours Birotteau.

— Mais au tiers-porteur, si j'endossais et qu'il vous arrivât un malheur.

— Je ne manquerai pas, monsieur, dit Birotteau.

— Bien, dit Claparon. Vous avez été juge, vous êtes habile commerçant, vous savez que l'on doit tout prévoir, ne vous étonnez donc pas que je fasse mon métier.

— Monsieur Claparon a raison, dit Joseph Lebas.

— J'ai raison, reprit Claparon, raison commercialement. Mais cette affaire est territoriale. Or, que dois-je recevoir, moi ?... de l'argent, car il faudra donner de l'argent à nos vendeurs. Laissons de côté les deux cent quarante mille francs que monsieur Birotteau trouvera, j'en suis sûr, dit Claparon en regardant Lebas. Je venais vous demander la bagatelle de vingt-cinq mille francs, dit-il en regardant Birotteau.

— Vingt-cinq mille francs, s'écria César en se sentant de la glace au lieu de sang dans les veines. Mais, monsieur, à quel titre ?

— Hé ? mon cher monsieur, nous sommes obligés de réaliser les ventes par-devant notaire. Or, relativement au prix, nous pouvons nous entendre entre nous ; mais avec le Fisc, votre serviteur ! Le Fisc ne s'amuse pas à dire des paroles oiseuses, il fait crédit de la main à la poche, et nous avons à lui cracher quarante-quatre mille francs de droits cette semaine. J'étais loin de m'attendre à des reproches en venant ici, car, pensant que ces vingt-cinq mille francs pouvaient vous gêner, j'avais à vous annoncer que, par le plus grand des hasards, je vous ai sauvé...

— Quoi ? dit Birotteau en faisant entendre ce cri de détresse auquel aucun homme ne se trompe.

— Une misère ! les vingt-cinq mille francs d'*effets sur divers* que Roguin m'avait remis à négocier, je vous en ai crédité sur l'enregistrement et les frais dont je vous enverrai le compte ; il y a la petite négociation à déduire, vous me redevrez six ou sept mille francs.

— Tout cela me semble parfaitement juste, dit Lebas. À la place de monsieur, qui me paraît très bien entendre les affaires, j'agirais de même envers un inconnu.

— Monsieur Birotteau ne mourra pas de cela, dit Claparon, il faut plus d'un coup pour tuer un vieux loup ; j'ai vu des loups avec des balles dans la tête courir comme..., et, pardieu, comme des loups.

— Qui peut prévoir une scélératesse semblable à celle de Roguin ? dit Lebas autant effrayé du silence de César que d'une si énorme spéculation étrangère à la parfumerie.

— Il s'en est peu fallu que je ne donnasse quittance de quatre cent mille francs à monsieur, dit Claparon, et j'étais *fumé* [157]. J'avais remis cent mille francs à Roguin la veille. Notre confiance mutuelle m'a sauvé. Que les fonds fussent à l'Étude, ou fussent chez moi jusqu'au jour des contrats définitifs, la chose nous semblait à tous indifférente.

— Il aurait mieux valu que chacun gardât son argent à la Banque jusqu'au moment de payer, dit Lebas.

— Roguin était la Banque pour moi, dit César. Mais il est dans l'affaire, reprit-il en regardant Claparon.

— Oui, pour un quart, sur parole, répondit Claparon. Après la sottise de lui laisser emporter mon argent, il y en a une plus pommée [158], ce serait de lui en donner. S'il m'envoie mes cent mille francs, et deux cent mille autres pour sa part, alors nous verrons ! Mais il se gardera bien de me les envoyer pour une affaire qui demande cinq ans de pot-bouille [159] avant de donner un premier potage. S'il n'emporte, comme on le dit, que trois cent mille francs, il lui faut bien quinze mille livres de rente pour vivre convenablement à l'étranger.

— Le bandit !

— Eh ! mon Dieu, une passion a conduit là Roguin, dit Claparon. Quel est le vieillard qui peut répondre de ne pas se laisser dominer, emporter par sa dernière fantaisie ? Personne de nous, qui sommes sages, ne sait comment il finira. Un dernier amour, eh ! c'est le plus violent. Voyez les Cardot, les Camusot, les Matifat !... vous ont des maîtresses ! Et si *nous* sommes *gobés* [160], n'est-ce pas notre faute ? Comment ne nous sommes-nous pas défiés d'un notaire qui se mettait dans une spéculation ? Tout notaire, tout agent de change, tout courtier faisant une affaire, est suspect. La faillite est pour eux une banqueroute frauduleuse, ils iraient en cour d'Assises, ils préfèrent alors aller dans une cour étrangère. Je ne ferai plus pareille école [161]. Eh ! bien, nous sommes assez faibles pour ne pas faire condamner par contumace des gens chez qui nous sommes allés dîner, qui nous ont donné de beaux bals, des gens du monde, enfin ! Personne ne se plaint, on a tort.

— Grand tort, dit Birotteau : la loi sur les faillites et sur les déconfitures est à refaire.

— Si vous aviez besoin de moi, dit Lebas à Birotteau, je suis tout à vous.

— Monsieur n'a besoin de personne, dit l'infatigable bavard chez qui du Tillet avait lâché les écluses après y avoir mis l'eau (Claparon répétait une leçon qui lui avait été très habilement soufflée par du Tillet). Son affaire est claire : la faillite de Roguin donnera cinquante pour cent de dividende, à ce que le petit Crottat m'a dit. Outre ce dividende, monsieur Birotteau retrouve quarante mille francs que son prêteur n'avait pas ; puis il peut emprunter sur ses propriétés. Or, nous n'avons à payer deux cent mille francs à nos vendeurs que dans quatre mois. D'ici là, monsieur Birotteau paiera ses effets, car monsieur ne devait pas compter sur ce que Roguin a emporté pour les acquitter. Mais quand même monsieur Birotteau serait un peu serré... eh! bien, avec quelques circulations [162], il arrivera.

Le parfumeur avait repris courage en entendant Claparon analyser son affaire, et la résumer en lui traçant pour ainsi dire son plan de conduite. Aussi, sa contenance devint-elle ferme et décidée, et conçut-il une grande idée des moyens de cet ancien voyageur. Du Tillet avait jugé à propos de se faire croire victime de Roguin par Claparon. Il avait remis cent mille francs à Claparon pour les donner à Roguin, qui les lui avait rendus. Claparon inquiet jouait son rôle au naturel, il disait à quiconque voulait l'entendre que Roguin lui coûtait cent mille francs. Du Tillet n'avait pas jugé Claparon assez fort, il lui croyait encore trop de principes d'honneur et de délicatesse pour lui confier ses plans dans toute leur étendue; et, il le savait, d'ailleurs, incapable de le deviner.

— Si notre premier ami n'est pas notre première dupe, nous n'en trouverions pas une seconde, dit-il à Claparon le jour où recevant des reproches de son Proxénète [163] commercial il le brisa comme un instrument usé.

Monsieur Lebas et Claparon s'en allèrent ensemble.

— Je puis m'en tirer, se dit Birotteau. Mon passif en effets à payer s'élève à deux cent trente-cinq mille francs, à savoir soixante-quinze mille francs pour ma maison, et cent soixante-quinze mille francs pour les terrains. Or, pour suffire à ces paiements, j'ai le dividende Roguin qui sera peut-être de cent mille francs, je puis faire annuler l'emprunt sur mes terrains, en tout cent quarante. Il s'agit de gagner cent mille francs avec l'Huile Céphalique, et d'atteindre, avec quelques billets de service, ou par un crédit chez un banquier, le moment où j'aurai réparé la perte, et où les terrains arriveront à leur plus-value.

Une fois que dans le malheur un homme peut se

faire un roman d'espérance par une suite de raisonnements plus ou moins justes avec lesquels il bourre son oreiller pour y reposer sa tête, il est souvent sauvé. Beaucoup de gens ont pris la confiance que donne l'illusion pour de l'énergie. Peut-être l'espoir est-il la moitié du courage, aussi la religion catholique en a-t-elle fait une vertu. L'espérance n'a-t-elle pas soutenu beaucoup de faibles, en leur donnant le temps d'attendre les hasards de la vie ?

CHAPITRE X

LA HAUTE BANQUE

Résolu d'aller chez l'oncle de sa femme exposer sa situation avant de chercher des secours ailleurs, Birotteau ne descendit pas la rue Saint-Honoré jusqu'à la rue des Bourdonnais sans éprouver des angoisses ignorées et qui l'agitèrent si violemment qu'il crut sa santé dérangée. Il avait le feu dans les entrailles. En effet, les gens qui sentent par le diaphragme souffrent là, de même que les gens qui perçoivent par la tête ressentent des douleurs cérébrales. Dans les grandes crises, le physique est atteint là où le tempérament a mis pour l'individu le siège de la vie : les faibles ont la colique, Napoléon s'endort. Avant de monter à l'assaut d'une confiance en passant par-dessus toutes les barrières de la fierté, les gens d'honneur doivent avoir senti plus d'une fois au cœur l'éperon de la Nécessité, cette dure cavalière ! Aussi Birotteau s'était-il laissé éperonner pendant deux jours avant de venir chez son oncle, il ne se décida même que par des raisons de famille : en tout état de cause, il devait expliquer sa situation au sévère quincaillier. Néanmoins, en arrivant à la porte, il ressentit cette intime défaillance que tout enfant a éprouvée en entrant chez un dentiste ; mais ce défaut de cœur embrassait la vie dans son entier, au lieu d'embrasser une douleur passagère. Birotteau monta lentement. Il trouva le vieillard lisant le Constitutionnel au coin de son feu, devant la petite table ronde où était son frugal déjeuner : un petit pain, du beurre, du fromage de Brie et une tasse de café.

— Voilà le vrai sage, dit Birotteau en enviant la vie de son oncle.

— Eh! bien, lui dit Pillerault en ôtant ses besicles, j'ai su hier au Café David l'affaire de Roguin, l'assassinat de la belle Hollandaise sa maîtresse! J'espère que, prévenu par nous qui voulions être propriétaires réels, tu es allé prendre quittance de Claparon.

— Hélas! mon oncle, tout est là, vous avez mis le doigt sur la plaie. Non.

— Ah! bouffre, tu es ruiné, dit Pillerault en laissant tomber son journal que Birotteau ramassa quoique ce fût le Constitutionnel.

Pillerault fut si violemment frappé par ses réflexions que sa figure de médaille et de style sévère se bronza comme le métal sous un coup de balancier : il demeura fixe, regarda sans la voir la muraille d'en face au travers de ses vitres, en écoutant le long discours de Birotteau. Évidemment il entendait et jugeait, il pesait le pour et le contre avec l'inflexibilité d'un Minos qui avait passé le Styx du commerce en quittant le quai des Morfondus pour son petit troisième étage.

— Eh! bien, mon oncle? dit Birotteau qui attendait une réponse après avoir conclu par une prière de vendre pour soixante mille francs de rentes.

— Eh! bien, mon pauvre neveu, je ne le puis pas, tu es trop fortement compromis. Les Ragon et moi nous allons perdre chacun nos cinquante mille francs. Ces braves gens ont vendu par mon conseil leurs actions dans les mines de Wortschin : je me crois obligé, en cas de perte, non de leur rendre le capital, mais de les secourir, de secourir ma nièce et Césarine. Il vous faudra peut-être du pain à tous, vous le trouverez chez moi...

— Du pain, mon oncle?

— Eh! bien, oui, du pain. Vois donc les choses comme elles sont : *tu ne t'en tireras pas*. De cinq mille six cents francs de rente, je pourrai distraire quatre mille francs pour les partager entre vous et les Ragon. Ton malheur arrivé, je connais Constance, elle travaillera comme une perdue, elle se refusera tout, et toi aussi, César!

— Tout n'est pas désespéré, mon oncle.

— Je ne vois pas comme toi.

— Je vous prouverai le contraire.

— Rien ne me fera plus de plaisir.

Birotteau quitta Pillerault sans rien répondre. Il était venu chercher des consolations et du courage. Il recevait un second coup moins fort à la vérité que le premier; mais au lieu de porter sur la tête, il frappait au cœur : le cœur était toute la vie de ce pauvre homme. Il revint après avoir descendu quelques marches.

— Monsieur, dit-il d'une voix froide, Constance ne sait rien, gardez-moi le secret au moins. Et priez les Ragon de ne pas m'ôter chez moi la tranquillité dont j'ai besoin pour lutter contre le malheur.

Pillerault fit un signe de consentement.

— Du courage, César, ajouta-t-il, je te vois fâché contre moi, mais plus tard tu me rendras justice en pensant à ta femme et à ta fille.

Découragé par l'opinion de son oncle auquel il reconnaissait une lucidité particulière, César tomba de toute la hauteur de son espoir dans les marais fangeux de l'incertitude. Quand, dans ces horribles crises commerciales, un homme n'a pas une âme trempée comme celle de Pillerault, il devient le jouet des événements : il suit les idées d'autrui, les siennes, comme un voyageur court après des feux follets. Il se laisse emporter par le tourbillon au lieu de se coucher sans le regarder quand il passe, ou de s'élever pour en suivre la direction en y échappant. Au milieu de sa douleur, Birotteau se souvint du procès relatif à son emprunt. Il alla rue Vivienne, chez Derville, son avoué, pour commencer au plus tôt la procédure, dans le cas où l'avoué verrait quelque chance de faire annuler le contrat. Le parfumeur trouva Derville enveloppé dans sa robe de chambre en molleton blanc, au coin de son feu, calme et posé, comme tous les avoués rompus aux plus terribles confidences. Birotteau remarqua pour la première fois cette froideur nécessaire, qui glace l'homme passionné, blessé, pris par la fièvre de l'intérêt en danger, et douloureusement atteint dans sa vie, dans son honneur, dans sa femme et ses enfants, comme l'était Birotteau racontant son malheur.

— S'il est prouvé, lui dit Derville après l'avoir écouté, que le prêteur ne possédait plus chez Roguin la somme que Roguin vous faisait lui prêter [164], comme il n'y a pas eu délivrance d'espèces, il y a lieu à rescision : le prêteur aura son recours sur le cautionnement, comme vous pour vos cent mille francs. Je réponds alors du procès autant qu'on peut en répondre, il n'y a pas de procès gagné d'avance.

L'avis d'un si fort jurisconsulte rendit un peu de courage au parfumeur, qui pria Derville d'obtenir un jugement dans la quinzaine. L'avoué répondit que peut-être il aurait avant trois mois un jugement qui annulerait le contrat.

— Dans trois mois! dit le parfumeur qui croyait avoir trouvé des ressources.

— Mais, tout en obtenant une prompte mise au rôle, nous ne pouvons pas mettre votre adversaire à votre pas : il usera des délais de la Procédure, les avocats ne sont pas toujours là; qui sait si votre partie adverse ne se laissera pas condamner par défaut? On ne marche pas comme on veut, mon cher maître! dit Derville en souriant.

— Mais au Tribunal de Commerce? dit Birotteau.

— Oh! dit l'avoué, les juges consulaires et les juges de première instance sont deux sortes de juges. Vous autres, vous sabrez les affaires! Au Palais nous avons des formes. La forme est protectrice du droit. Aimeriez-vous un jugement à brûle-pourpoint qui vous ferait perdre vos quarante mille francs? Eh! bien, votre adversaire, qui va voir cette somme compromise, se défendra. Les délais sont les chevaux de frise judiciaires.

— Vous avez raison, dit Birotteau qui salua Derville et sortit la mort dans le cœur.

— Ils ont tous raison. De l'argent! de l'argent! criait le parfumeur par les rues en se parlant à lui-même, comme font tous les gens affairés de ce turbulent et bouillonnant Paris, qu'un poète moderne nomme une cuve [165]. En le voyant entrer, celui de ses commis qui allait partout présentant les mémoires lui dit que, vu l'approche du jour de l'an, chacun rendait l'acquit de la facture et la gardait.

— Il n'y a donc d'argent nulle part, dit le parfumeur à haute voix dans la boutique.

Il se mordit les lèvres, ses commis avaient tous levé la tête vers lui.

Cinq jours se passèrent ainsi, cinq jours pendant lesquels Braschon, Lourdois, Thorein, Grindot, Chaffaroux, tous les créanciers non réglés passèrent par les phases caméléonesques que subit le créancier avant d'arriver de l'état paisible où le met la Confiance aux couleurs sanguinolentes de la Bellone commerciale. À Paris, la période astringente de la défiance est aussi rapide à venir que le mouvement expansif de la confiance est lent à se décider : une fois tombé dans le système restrictif des craintes et des précautions commerciales, le créancier arrive à des lâchetés sinistres qui le mettent au-dessous du débiteur. D'une politesse doucereuse, les créanciers passèrent au rouge de l'impatience, aux pétillements sombres des importunités, aux éclats du désappointement, au froid bleu d'un parti pris, et à la noire insolence de l'assignation préparée. Braschon, ce riche tapissier du faubourg Saint-Antoine qui n'avait pas été invité au bal, sonna la charge en créancier blessé dans son amour-propre : il voulait être payé dans les vingt-quatre heures; il exigeait des garanties, non des dépôts de meubles, mais une hypothèque inscrite après les quarante mille francs sur les terrains du faubourg. Malgré la violence de leurs réclamations, ces gens laissèrent encore quelques intervalles de repos pendant lesquels Birotteau respirait. Au lieu de vaincre ces premiers tiraillements d'une position difficile par une résolution forte, César usa son intelligence à empêcher que sa femme, la seule personne qui pût le conseiller, ne les connût. Il faisait sentinelle sur le seuil de sa porte, autour de sa boutique. Il avait mis Célestin dans le secret de sa gêne momentanée, et Célestin examinait son patron d'un regard aussi curieux qu'étonné : à ses yeux, César s'amoindrissait, comme s'amoindrissent dans les désastres les hommes habitués aux succès et dont toute la force consiste dans l'acquis que donne la routine aux moyennes intelligences. Sans avoir l'énergique capacité nécessaire pour se défendre sur tant de points menacés à la fois, César eut cependant le courage d'envisager sa position. Pour la fin du mois de décembre et le quinze janvier, il lui fallait, tant pour sa maison que pour ses échéances, ses loyers et ses obligations au comptant, une somme de soixante mille francs, dont trente mille pour le trente décembre; toutes ses ressources en donnaient à peine vingt mille; il lui manquait donc dix mille francs. Pour lui, rien ne parut désespéré, car il ne voyait déjà plus que le moment présent, comme les aventuriers qui vivent au jour le jour. Avant que le bruit de sa gêne ne devînt public, il résolut donc de tenter ce qui lui paraissait un grand coup, en s'adressant au fameux François Keller, banquier, orateur et philanthrope, célèbre par sa bienfaisance et par son désir d'être utile au commerce parisien, en vue d'être toujours à la Chambre un des députés de Paris. Le banquier était libéral, Birotteau était royaliste; mais le parfumeur le jugea d'après son cœur, et trouva dans la différence des opinions un motif de plus pour obtenir un compte. Au cas où des valeurs seraient nécessaires, il ne doutait pas du dévouement de Popinot, auquel il comptait demander une trentaine de mille francs d'effets, qui aideraient à atteindre le gain de son procès, offert en garantie aux créanciers les plus altérés. Le parfumeur expansif, qui disait sur l'oreiller à sa chère Constance les moindres émotions de son existence, qui y puisait du courage, qui y cherchait les lumières de la contradiction, ne pouvait s'entretenir de sa situation ni avec son premier commis, ni avec son oncle, ni avec sa femme. Ses idées lui pesaient doublement. Mais ce généreux martyr aimait mieux souffrir que de jeter ce brasier dans l'âme de sa femme; il voulait lui raconter le danger quand il serait passé. Peut-être reculait-il devant cette horrible confidence. La peur que lui inspirait sa femme lui donnait du courage. Il allait tous les matins entendre une messe basse à Saint-Roch, et il prenait Dieu pour confident.

— Si, en rentrant de Saint-Roch chez moi, je ne trouve pas de soldat, ma demande réussira. Ce sera la réponse de Dieu, se disait-il après avoir prié Dieu de le secourir.

Et il était heureux de ne pas rencontrer de soldat. Cependant il avait le cœur trop oppressé, il lui fallut un autre cœur où il pût gémir. Césarine, à laquelle il s'était déjà confié lors de la fatale nouvelle, eut tout son secret. Il y eut entre eux des regards à la dérobée, des regards pleins de désespoir et d'espoir étouffés, des invocations lancées avec une mutuelle ardeur, des demandes et des réponses sympathiques, des lueurs d'âme à âme. Birotteau se faisait gai, jovial pour sa femme. Constance faisait-elle une question, bah! tout allait bien, Popinot, auquel César ne pensait pas, réussissait! l'Huile s'enlevait! les effets Claparon seraient payés, il n'y avait rien à craindre. Cette fausse joie était effrayante. Quand sa femme était endormie dans ce lit somptueux, Birotteau se dressait sur son séant, il tombait dans la contemplation de son malheur. Césarine arrivait parfois alors en chemise, un châle sur ses blanches épaules, pieds nus.

— Papa, je t'entends, tu pleures, disait-elle en pleurant elle-même.

Birotteau fut dans un tel état de torpeur après avoir écrit la lettre par laquelle il demandait un rendez-vous au grand François Keller que sa fille l'emmena dans Paris. Il aperçut seulement alors dans les rues d'énormes affiches rouges, et ses regards furent frappés par ces mots : HUILE CÉPHALIQUE.

Pendant les catastrophes occidentales de la Reine des Roses, la maison A. Popinot se levait radieuse dans les flammes orientales du succès. Conseillé par Gaudissart et par Finot, Anselme avait lancé son Huile avec audace. Deux mille affiches avaient été mises depuis trois jours aux endroits les plus apparents de Paris. Personne ne pouvait éviter de se trouver face à face avec l'Huile Céphalique et de lire une phrase concise, inventée par Finot, sur l'impossibilité de faire pousser les cheveux et sur le danger de les teindre, accompagnée de la citation du Mémoire lu à l'Académie des Sciences par Vauquelin; un vrai certificat de vie pour les cheveux morts promis à ceux qui useraient de l'Huile Céphalique. Tous les coiffeurs de Paris, les perruquiers, les parfumeurs avaient décoré leurs portes de cadres dorés, contenant un bel imprimé sur papier vélin, en tête duquel brillait la gravure d'Héro et de Léandre réduite, avec cette assertion en épigraphe : *Les anciens peuples de l'antiquité conservaient leurs chevelures par l'emploi de l'Huile Céphalique.*

— Il a inventé les cadres permanents, l'annonce éternelle! se dit Birotteau qui demeura stupéfait en regardant la devanture de la Cloche-d'Argent [166].

— Tu n'as donc pas vu chez toi, lui dit sa fille, un cadre que monsieur Anselme est venu lui-même apporter, en déposant à Célestin trois cents bouteilles d'huile?

— Non, dit-il.

— Célestin en a déjà vendu cinquante à des passants, et soixante à des pratiques.

— Ah! dit César.

Le parfumeur, étourdi par les mille cloches que la misère tinte aux oreilles de ses victimes, vivait dans un mouvement vertigineux; la veille, Popinot l'avait attendu pendant une heure, et s'en était allé après avoir causé avec Constance et Césarine, qui lui dirent que César était absorbé par sa grande affaire.

— Ah! oui, l'affaire des terrains.

Heureusement Popinot, qui depuis un mois n'était

pas sorti de la rue des Cinq-Diamants, passait les nuits et travaillait les dimanches à la fabrique, n'avait vu ni les Ragon, ni Pillerault, ni son oncle le juge. Il ne dormait que deux heures, le pauvre enfant ! il n'avait que deux commis, et au train dont allaient les choses il lui en faudrait bientôt quatre. En commerce, l'occasion est tout. Qui n'enfourche pas le succès en se tenant aux crins manque sa fortune. Popinot se disait qu'il serait bien reçu quand, après six mois, il dirait à sa tante et à son oncle : « Je suis sauvé, ma fortune est faite ! » bien reçu de Birotteau quand il lui apporterait trente ou quarante mille francs pour sa part, après six mois. Il ignorait donc la fuite de Roguin, les désastres et la gêne de César, il ne put dire aucune parole indiscrète à madame Birotteau. Popinot promit à Finot cinq cents francs par grand journal, et il y en avait dix ! trois cents francs par journal secondaire, et il y en avait dix autres ! s'il y était parlé, trois fois par mois, de l'Huile Céphalique. Finot vit trois mille francs pour lui dans ces huit mille francs, son premier enjeu à jeter sur le grand et immense tapis vert de la Spéculation ! Il s'était donc élancé comme un lion sur ses amis, sur ses connaissances ; il habitait alors les bureaux de rédaction, il se glissait au chevet du lit de tous les rédacteurs, le matin ; et le soir il arpentait les foyers de tous les Théâtres. — « Pense à mon Huile, cher ami, je n'y suis pour rien, affaire de camaraderie, tu sais ! Gaudissart, un bon vivant. » Telle était la première et la dernière phrase de tous ses discours. Il assaillit le bas de toutes colonnes finales aux journaux où il fit des articles en en laissant l'argent aux rédacteurs. Rusé comme un figurant qui veut passer acteur, alerte comme un saute-ruisseau qui gagne soixante francs par mois, il écrivit des lettres captieuses, il flatta tous les amours-propres, il rendit d'immondes services aux rédacteurs en chef, afin d'obtenir ses articles. Argent, dîners, platitudes, tout servit son activité passionnée. Il corrompit avec des billets de spectacle les ouvriers qui, vers minuit, achèvent les colonnes des journaux en prenant quelques articles dans les petits faits, toujours prêts, les *en cas* du journal. Finot se trouvait alors dans l'imprimerie, occupé comme s'il avait un article à revoir. Ami de tout le monde, il fit triompher l'Huile Céphalique de la Pâte de Regnauld, de la Mixture Brésilienne [167], de toutes les inventions qui, les premières, eurent le génie de comprendre l'influence du journalisme et l'effet de piston produit sur le public par un article réitéré. Dans ce temps d'innocence, beaucoup de journalistes étaient comme les bœufs, ils ignoraient leurs forces, ils s'occupaient d'actrices, de Florine, de Tullia, de Mariette, etc. Ils régentaient tout, et ne ramassaient rien. Les prétentions d'Andoche ne concernaient ni une actrice à faire applaudir, ni une pièce à faire jouer, ni ses vaudevilles à faire recevoir, ni des articles à faire payer ; au contraire, il offrait de l'argent en temps utile, un déjeuner à propos ; il n'y eut donc pas un journal qui ne parlât de l'Huile Céphalique, de sa concordance avec les analyses de Vauquelin, qui ne se moquât de ceux qui croient que l'on peut faire pousser les cheveux, qui ne proclamât le danger de les teindre.

Ces articles réjouissaient l'âme de Gaudissart, qui s'armait de journaux pour détruire les préjugés, et faisait sur la province ce que depuis les spéculateurs ont nommé, d'après lui, *la charge à fond de train*. Dans ce temps-là, les journaux de Paris dominaient les départements *encore sans organes*, les malheureux ! Les journaux y étaient donc sérieusement étudiés, depuis le titre jusqu'au nom de l'imprimeur, ligne où pouvaient se cacher les ironies de l'opinion persécutée. Gaudissart, appuyé sur la presse, eut d'éclatants succès, dès les premières villes où donna sa langue. Tous les boutiquiers de province voulaient des cadres et des imprimés à gravure d'Héro et Léandre. Finot dirigea contre l'huile de Macassar cette charmante plaisanterie qui faisait tant rire aux Funambules [168], quand Pierrot prend un vieux balai de crin dont on ne voit que les trous, y met de l'huile de Macassar, et rend ainsi le balai forestièrement touffu. Cette scène ironique excitait un rire universel. Plus tard, Finot racontait gaiement que, sans ces mille écus, il serait mort de misère et de douleur. Pour lui, mille écus étaient une fortune. Dans cette campagne, il devina, lui, le premier, le pouvoir de l'Annonce, dont il fit un si grand et si savant usage. Trois mois après, il fut rédacteur en chef d'un petit journal, qu'il finit par acheter et qui fut la base de sa fortune. De même que la charge à fond de train faite par l'illustre Gaudissart, le Murat des voyageurs, sur les départements et les frontières, fit triompher commercialement la maison A. Popinot, de même elle triompha dans l'opinion, grâce au famélique assaut livré aux journaux et qui produisit cette vive publicité également obtenue par la Mixture Brésilienne et par la Pâte de Regnauld. À son début, cette prise d'assaut de l'opinion publique engendra trois succès, trois fortunes, et valut l'invasion des mille ambitions descendues depuis en bataillons épais dans l'arène des journaux où elles créèrent les annonces payées, immense révolution ! En ce moment, la maison *A. Popinot et compagnie* se pavanait sur les murs et dans toutes les devantures. Incapable de mesurer la portée d'une pareille publicité, Birotteau se contenta de dire à Césarine : « Ce petit Popinot marche sur mes traces ! » sans comprendre la différence des temps, sans apprécier la puissance des nouveaux moyens d'exécution dont la rapidité, l'étendue, embrassaient beaucoup plus promptement qu'autrefois le monde commercial. Birotteau n'avait pas mis le pied à sa fabrique depuis son bal : il ignorait le mouvement et l'activité que Popinot y déployait. Anselme avait pris tous les ouvriers de Birotteau, il y couchait ; il voyait Césarine assise sur toutes les caisses, couchée dans toutes les expéditions, imprimée sur toutes les factures ; il se disait : Elle sera ma femme ! quand, la chemise retroussée jusqu'aux coudes, habit bas, il enfonçait rageusement les clous d'une caisse, à défaut de ses commis en course.

Le lendemain, après avoir étudié pendant toute la nuit tout ce qu'il devait dire et ne pas dire à l'un des grands hommes de la haute banque, César arriva rue du Houssaye [169], et n'aborda pas, sans d'horribles palpitations, l'hôtel du banquier libéral qui appartenait à cette opinion accusée, à si juste titre, de vouloir le renversement des Bourbons. Le parfumeur, comme tous les gens du petit commerce parisien, ignorait les mœurs et les hommes de la haute banque. À Paris, entre la haute banque et le commerce, il est des maisons secondaires, intermédiaire utile à la Banque, elle y trouve une garantie de plus. Constance et Birotteau, qui ne s'étaient jamais avancés au-delà de leurs moyens, dont la caisse n'avait jamais été à sec et qui gardaient leurs effets en portefeuille, n'avaient jamais eu recours à ces maisons de second ordre ; ils étaient, à plus forte raison, inconnus dans les hautes régions de la Banque. Peut-être est-ce une faute de ne pas se fonder un crédit même inutile ; les avis sont partagés sur ce point. Quoi qu'il en soit, Birotteau regrettait beaucoup de ne pas avoir émis sa signature. Mais, connu comme adjoint et comme homme politique, il crut n'avoir qu'à se nommer et entrer ; il ignorait l'affluence quasi royale qui distinguait l'audience de ce banquier. Introduit dans le salon qui précédait le cabinet de l'homme célèbre à tant de titres, Birotteau s'y vit au milieu d'une société nombreuse composée de députés, écrivains, journalistes, agents de change, hauts commerçants, gens d'affaires, ingénieurs, surtout de familiers qui traversaient les groupes et frappaient d'une façon particulière à la porte du cabinet où ils entraient par privilège. — Que suis-je au milieu de cette machine ? se dit Birotteau, tout étourdi par le mouvement de cette forge intellectuelle où se manutentionnait le pain quotidien de l'Opposition, où se répétaient les rôles de la grande tragi-comédie jouée par la Gauche. Il entendait discuter à sa droite la question de l'emprunt pour l'achèvement des principales lignes de canaux proposé par la Direction des Ponts-et-Chaussées, et il s'agissait de millions ! À sa gauche, des journalistes à la curée de l'amour-propre du banquier s'entretenaient de la séance d'hier et de l'improvisation du patron. Durant deux heures d'attente, Birotteau aperçut trois fois le banquier politique, reconduisant à trois pas au-delà de son cabinet des hommes considérables. François Keller alla jusqu'à l'antichambre pour le dernier, le général Foy.

— Je suis perdu! se dit Birotteau dont le cœur se serra.

Quand le banquier revenait à son cabinet, la troupe des courtisans, des amis, des intéressés l'assaillait comme des chiens qui poursuivent une jolie chienne. Quelques hardis roquets se glissaient malgré lui dans le sanctuaire. Les conférences duraient cinq minutes, dix minutes, un quart d'heure. Les uns s'en allaient contrits, les autres affichaient un air satisfait ou prenaient des airs importants. Le temps s'écoulait, Birotteau regardait avec anxiété la pendule. Personne ne faisait la moindre attention à cette douleur cachée qui gémissait sur un fauteuil doré au coin de la cheminée, à la porte de ce cabinet où résidait la panacée universelle, le crédit! César pensait douloureusement qu'il avait été un moment chez lui roi, comme cet homme était roi tous les matins, et il mesurait la profondeur de l'abîme où il était tombé. Amère pensée! Combien de larmes rentrées durant cette heure passée là?... Combien de fois Birotteau ne supplia-t-il pas Dieu de lui rendre cet homme favorable, car il lui trouvait, sous une grosse enveloppe de bonhomie populaire, une insolence, une tyrannie colérique, une brutale envie de dominer qui épouvantait son âme douce. Enfin, quand il n'y eut plus que dix ou douze personnes, Birotteau se résolut, quand la porte extérieure du cabinet grognerait, de se dresser, de se mettre au niveau du grand orateur en lui disant : Je suis Birotteau! Le grenadier qui s'élança le premier dans la redoute de la Moskowa ne déploya pas plus de courage que le parfumeur n'en rassembla pour se livrer à cette manœuvre.

— Après tout, je suis son adjoint [170], se dit-il en se levant pour décliner son nom.

La physionomie de François Keller devint accorte, il voulut évidemment être aimable, il regarda le ruban rouge du parfumeur, se recula, ouvrit la porte de son cabinet, lui montra le chemin, et resta pendant quelque temps à causer avec deux personnes qui s'élancèrent de l'escalier avec la violence d'une trombe.

— Decazes veut vous parler, dit l'une des deux.

— Il s'agit de tuer le pavillon Marsan [171] ! le Roi voit clair, il vient à nous ? s'écria l'autre.

— Nous irons ensemble à la Chambre, dit le banquier en rentrant dans l'attitude de la grenouille qui veut imiter le bœuf.

— Comment peut-il penser à ses affaires ? se demanda Birotteau tout bouleversé.

Le soleil de la supériorité scintillait, éblouissait le parfumeur comme la lumière aveugle les insectes qui veulent un jour doux ou les demi-ténèbres d'une belle nuit. Sur une immense table il apercevait le budget, les mille imprimés de la Chambre, les volumes du *Moniteur* [172] ouverts, consultés et marqués pour jeter à la tête d'un ministre ses précédentes paroles oubliées et lui faire chanter la palinodie aux applaudissements d'une foule niaise, incapable de comprendre que les événements modifient tout. Sur une autre table, des cartons entassés, les mémoires, les projets, les mille renseignements confiés à un homme dans la caisse duquel toutes les industries naissantes essayaient de puiser. Le luxe royal de ce cabinet plein de tableaux, de statues, d'œuvres d'art ; l'encombrement de la cheminée, l'entassement des intérêts nationaux ou étrangers amoncelés comme des ballots, tout frappait Birotteau, l'amoindrissait, augmentait sa terreur et lui glaçait le sang. Sur le bureau de François Keller gisaient des liasses d'effets, de lettres de change, de circulaires commerciales. Keller s'assit et se mit à signer rapidement les lettres qui n'exigeaient aucun examen.

— Monsieur, à quoi dois-je l'honneur de votre visite ? lui dit-il.

À ces mots, prononcés pour lui seul par cette voix

qui parlait à l'Europe, pendant que cette main avide allait sur le papier, le pauvre parfumeur eut comme un fer chaud dans le ventre. Il prit un air agréable que le banquier voyait prendre depuis dix ans à ceux qui avaient à l'entortiller d'une affaire importante pour eux seuls, et qui déjà lui donnait barre sur eux. François Keller jeta donc à César un regard qui lui traversa la tête, un regard napoléonien. L'imitation du regard de Napoléon était un léger ridicule que se permettaient alors quelques parvenus qui n'ont même pas été le billon de leur empereur. Ce regard tomba sur Birotteau, homme de la Droite, séide du pouvoir, élément d'élection monarchique, comme un plomb de douanier qui marque une marchandise.

— Monsieur, je ne veux pas abuser de vos moments, je serai court. Je viens pour une affaire purement commerciale, vous demander si je puis obtenir un crédit chez vous. Ancien juge au Tribunal de Commerce et connu à la Banque, vous comprenez que, si j'avais un portefeuille plein, je n'aurais qu'à m'adresser là où vous êtes régent. J'ai eu l'honneur de siéger au Tribunal avec monsieur le baron Thibon, chef du comité d'escompte, et il ne me refuserait certes pas [173]. Mais je n'ai jamais usé de mon crédit ni de ma signature; ma signature est vierge, et vous savez combien alors une négociation présente de difficultés. (Keller agita la tête, et Birotteau prit ce mouvement pour un mouvement d'impatience.) — Monsieur, voici le fait, reprit-il. Je me suis engagé dans une affaire territoriale, en dehors de mon commerce...

François Keller, qui signait toujours et lisait, sans avoir l'air d'écouter César, tourna la tête et lui fit un signe d'adhésion qui l'encouragea. Birotteau crut son affaire en bon chemin, et respira.

— Allez, je vous entends, lui dit Keller avec bonhomie.

— Je suis acquéreur pour moitié des terrains situés autour de la Madeleine.

— Oui, j'ai entendu parler chez Nucingen de cette immense affaire engagée par la maison Claparon.

— Eh ! bien, reprit le parfumeur, un crédit de cent mille francs garanti par ma moitié dans cette affaire, ou par mes propriétés commerciales, suffirait à me conduire au moment où je réaliserai des bénéfices que doit donner prochainement une conception de pure parfumerie. S'il était nécessaire, je vous couvrirais par des effets d'une nouvelle maison, la maison Popinot, une jeune maison qui...

Keller parut se soucier fort peu de la maison Popinot, et Birotteau comprit qu'il s'engageait dans une mauvaise voie ; il s'arrêta, puis, effrayé du silence, il reprit : — Quant aux intérêts, nous...

— Oui, oui, dit le banquier, la chose peut s'arranger, ne doutez pas de mon désir de vous être agréable. Occupé comme je le suis, j'ai les finances européennes sur les bras, et la Chambre prend tous mes moments, vous ne serez pas étonné d'apprendre que je laisse étudier une foule d'affaires à mes Bureaux. Allez voir, en bas, mon frère Adolphe, expliquez-lui la nature de vos garanties ; s'il approuve l'opération, vous reviendrez avec lui demain ou après-demain à l'heure où j'examine à fond les affaires, à cinq heures du matin. Nous serons heureux et fiers d'avoir obtenu votre confiance, vous êtes un de ces royalistes conséquents dont on peut être l'ennemi politique, mais dont l'estime est flatteuse...

— Monsieur, dit le parfumeur exalté par cette phrase de tribune, je suis aussi digne de l'honneur que vous me faites que de l'insigne et royale faveur... Je l'ai méritée en siégeant au tribunal consulaire et en combattant...

— Oui, reprit le banquier, la réputation dont vous jouissez est un passeport, monsieur Birotteau. Vous ne devez proposer que des affaires faisables, vous pouvez compter sur notre concours.

Une femme, madame Keller, une des filles du comte de Gondreville, pair de France, ouvrit une porte que Birotteau n'avait pas vue.

— Mon ami, j'espère te voir avant la Chambre, dit-elle.

— Il est deux heures, s'écria le banquier, la bataille est entamée. Excusez-moi, monsieur, il s'agit de culbuter un ministère... Voyez mon frère.

Il reconduisit le parfumeur jusqu'à la porte du salon et dit à l'un de ses gens : — Menez monsieur chez monsieur Adolphe.

À travers le labyrinthe d'escaliers où le guidait un homme en livrée vers un cabinet moins somptueux que celui du chef de la maison, mais plus utile, le parfumeur, à cheval sur un *si*, la plus douce monture de l'Espérance, se caressait le menton en trouvant de très bon augure les flatteries de l'homme célèbre. Il regrettait qu'un ennemi des Bourbons fût si gracieux, si capable, si grand orateur.

Plein de ces illusions, il entra dans un cabinet nu, froid, meublé de deux secrétaires à cylindre, de mesquins fauteuils, orné de rideaux très négligés et d'un maigre tapis. Ce cabinet était à l'autre ce qu'est une cuisine à la salle à manger, la fabrique à la boutique. Là s'éventraient les affaires de banque et de commerce, s'analysaient les entreprises et s'arrachaient les prélèvements de la banque sur tous les bénéfices des industries jugées profitables. Là se combinaient ces coups audacieux par lesquels les Keller se signalèrent dans le haut commerce, et par lesquels ils se créaient pendant quelques jours un monopole rapidement exploité. Là s'étudiaient les défauts de la législation, et se stipulaient sans honte ce que la Bourse nomme *les parts à goinfre*, commissions exigées pour les moindres services, comme d'appuyer une entreprise de leur nom et de la créditer. Là s'ourdissaient ces tromperies fleuretées de légalité [174] qui consistent à commanditer sans engagement des entreprises douteuses, afin d'en attendre le succès et de les tuer pour s'en emparer en redemandant les capitaux dans un moment critique : horrible manœuvre par laquelle furent enveloppés tant d'actionnaires.

Les deux frères s'étaient distribué leurs rôles. En haut, François, homme brillant et politique, se conduisait en roi, distribuait les grâces et les promesses, se rendait agréable à tous. Avec lui tout était facile; il engageait noblement les affaires, il grisait les nouveaux débarqués et les spéculateurs de fraîche date avec le vin de sa faveur et sa capiteuse parole, en leur développant leurs propres idées. En bas, Adolphe excusait son frère sur ses préoccupations politiques, et il passait habilement le rateau sur le tapis; il était le frère compromis, l'homme difficile. Il fallait donc avoir deux paroles pour conclure avec cette maison perfide. Souvent le gracieux oui du cabinet somptueux devenait un non sec dans le cabinet d'Adolphe. Cette suspensive manœuvre permettait la réflexion, et servait souvent à amuser d'inhabiles concurrents. Le frère du banquier causait alors avec le fameux Palma, le conseiller intime de la maison Keller, qui se retira à l'apparition du parfumeur. Quand Birotteau se fut expliqué, Adolphe, le plus fin des deux frères, un vrai loup-cervier [175], à l'œil aigu, aux lèvres minces, au teint aigre, jeta sur Birotteau, par-dessus ses lunettes et en baissant la tête, un regard qu'il faut appeler le regard du banquier, et qui tient de celui des vautours et des avoués : il est avide et indifférent, clair et obscur, éclatant et sombre.

— Veuillez m'envoyer les actes sur lesquels repose l'affaire de la Madeleine, dit-il, là gît la garantie du compte, il faut les examiner avant de vous l'ouvrir et de discuter les intérêts. Si l'affaire est bonne, nous pourrons, pour ne pas vous grever, nous contenter d'une part dans les bénéfices au lieu d'un escompte.

— Allons, se dit Birotteau en revenant chez lui, je vois ce dont il s'agit. Comme le castor poursuivi, je dois me débarrasser d'une partie de ma peau. Il vaut mieux se laisser tondre que de mourir.

Il remonta ce jour-là chez lui, très riant, et sa gaieté fut de bon aloi.

— Je suis sauvé, dit-il à Césarine, j'aurai un crédit chez les Keller.

Le vingt-neuf décembre seulement, Birotteau put se trouver dans le cabinet d'Adolphe Keller. La première fois que le parfumeur revint, Adolphe était allé visiter une terre à six lieues de Paris, que le grand orateur voulait acheter. La seconde fois, les deux Keller étaient en affaire pour la matinée : il s'agissait de soumissionner un emprunt proposé aux Chambres, ils priaient monsieur Birotteau de revenir le vendredi suivant. Ces délais tuaient le parfumeur. Mais enfin ce vendredi se leva. Birotteau se trouva dans le cabinet, assis au coin de la cheminée, au jour de la fenêtre, et Adolphe Keller à l'autre coin.

— C'est bien, monsieur, lui dit le banquier en lui montrant les actes, mais qu'avez-vous payé sur les prix des terrains ?

— Cent quarante mille francs.

— Argent ?

— Effets.

— Sont-ils payés ?

— Ils sont à échoir.

— Mais si vous avez surpayé les terrains, eu égard à leur valeur actuelle, où serait notre garantie ? elle ne reposerait que sur la bonne opinion que vous inspirez et sur la considération dont vous jouissez. Les affaires ne reposent pas sur des sentiments. Si vous aviez payé deux cent mille francs, en supposant qu'il y ait cent mille francs de donnés en trop pour s'emparer des terrains, nous aurions bien alors une garantie de cent mille francs pour répondre de cent mille francs escomptés. Le résultat pour nous serait d'être propriétaires de votre part en payant à votre place, il faut alors savoir si l'affaire est bonne. Attendre cinq ans pour doubler ses fonds, il vaut mieux les faire valoir en banque. Il y a tant d'événements ! Vous voulez faire une circulation pour payer des billets à échoir, manœuvre dangereuse ! on recule pour mieux sauter. L'affaire ne nous va pas.

Cette phrase frappa Birotteau comme si le bourreau lui avait mis sur l'épaule son fer à marquer, il perdit la tête.

— Voyons, dit Adolphe, mon frère vous porte un vif intérêt, il m'a parlé de vous. Examinons vos affaires, dit-il en jetant au parfumeur un regard de courtisane pressée de payer son terme.

Birotteau devint Molineux, dont il s'était moqué si supérieurement. Amusé par le banquier, qui se complut à dévider la bobine des pensées de ce pauvre homme, et qui s'entendait à interroger un négociant comme le juge Popinot à faire causer un criminel, César raconta ses entreprises : il mit en scène la Double Pâte des Sultanes, l'Eau Carminative, l'affaire Roguin, son procès à propos de son emprunt hypothécaire dont il n'avait rien reçu. En voyant l'air souriant et réfléchi de Keller, à ses hochements de tête, Birotteau se disait : « Il m'écoute ! je l'intéresse ! j'aurai mon crédit ! » Adolphe Keller riait de Birotteau comme le parfumeur avait ri de Molineux. Entraîné par la loquacité particulière aux gens qui se laissent griser par le malheur, César montra le vrai Birotteau : il donna sa mesure en proposant comme garantie l'Huile Céphalique et la maison Popinot, son dernier enjeu. Le bonhomme, promené par un faux espoir, se laissa sonder, examiner par Adolphe Keller, qui reconnut dans le parfumeur une ganache royaliste près de faire faillite. Enchanté de voir faillir un adjoint au maire de leur Arrondissement, un homme décoré de la veille, un homme du pouvoir, Adolphe dit alors nettement à Birotteau qu'il ne pouvait ni lui ouvrir un compte ni rien dire en sa faveur à son frère François, le grand orateur. Si François se laissait aller à d'imbéciles générosités en secourant les gens d'une opinion contraire à la sienne et ses ennemis politiques, lui, Adolphe, s'opposerait de tout son pouvoir à ce qu'il fît un métier de dupe, et l'empêcherait de tendre la main à un vieil adversaire de Napoléon, un blessé de Saint-Roch. Birotteau exaspéré voulut dire quelque chose de l'avidité de la haute banque, de sa dureté, de sa fausse philanthropie ; mais il fut pris d'une si violente douleur qu'il put à peine balbutier quelques phrases sur l'institution de la Banque de France où les Keller puisaient.

— Mais, dit Adolphe Keller, la Banque ne fera jamais un escompte qu'un simple banquier refuse.

— La Banque, dit Birotteau, m'a toujours paru manquer à sa destination quand elle s'applaudit, en présentant le compte de ses bénéfices, de n'avoir perdu que cent ou deux cent mille francs avec le commerce parisien, elle en est la tutrice.

Adolphe se prit à sourire en se levant par un geste d'homme ennuyé.

— Si la Banque se mêlait de commanditer les gens embarrassés sur la place la plus friponne et la plus glissante du monde financier, elle déposerait son bilan au bout d'un an. Elle a déjà beaucoup de peine à se défendre contre les circulations et les fausses valeurs, que serait-ce s'il fallait étudier les affaires de ceux qui voudraient se faire aider par elle !

— Où trouver dix mille francs qui me manquent pour demain, samedi TRENTE ? se disait Birotteau en traversant la cour.

Suivant la coutume, on paie le *trente* quand le trente et un est un jour férié.

CHAPITRE XI

UN AMI

En atteignant à la porte cochère, les yeux baignés de larmes, le parfumeur vit à peine un beau cheval anglais en sueur qui arrêta net à la porte un des plus jolis cabriolets qui roulassent en ce moment sur le pavé de Paris [176]. Il aurait bien voulu être écrasé par ce cabriolet, il serait mort par accident, et le désordre de ses affaires eût été mis sur le compte de cet événement. Il ne reconnut pas du Tillet qui, svelte et dans une élégante mise du matin, jeta les guides à son domestique et une couverture sur le dos en sueur de son cheval pur sang.

— Et par quel hasard ici ? dit du Tillet à son ancien patron.

Du Tillet le savait bien, les Keller avaient demandé des renseignements à Claparon qui, s'en référant à du Tillet, avait démoli la vieille réputation du parfumeur. Quoique subitement rentrées, les larmes du pauvre négociant parlaient énergiquement.

— Seriez-vous venu demander quelques services à ces arabes [177], dit du Tillet, ces égorgeurs du commerce, qui ont fait des tours infâmes, hausser les indigos après les avoir accaparés, baisser le riz pour forcer les détenteurs à vendre le leur à bas prix afin de tout avoir et tenir le marché, des gens qui n'ont ni foi, ni loi, ni âme ! Vous ne savez donc pas ce dont ils sont capables ? ils vous ouvrent un crédit quand vous avez une belle affaire, et vous le ferment au moment où vous êtes engagé dans les rouages de l'affaire, et ils vous forcent à la leur céder à vil prix. Le Havre, Bordeaux et Marseille vous en diront de belles sur leur compte. La politique leur sert à couvrir bien des saletés, allez ! aussi les exploité-je sans scrupule ! Promenons-nous, mon cher Birotteau ! Joseph ! promenez mon cheval, il a trop chaud, et c'est un capital que mille écus. Et il se dirigea vers le boulevard. — Voyons, mon cher patron, car vous avez été mon patron, avez-vous besoin d'argent ? Ils vous ont demandé des garanties, les misérables. Moi je vous connais, je vous offre de l'argent sur vos simples effets. J'ai fait honorablement ma fortune avec des peines inouïes. Je suis allé la chercher en Allemagne, la fortune ! Je puis vous le dire aujourd'hui : j'ai acheté les créances sur le roi à soixante pour cent de remise, alors votre caution m'a été bien utile, et j'ai de la reconnaissance, moi ! Si vous avez besoin de dix mille francs, ils sont à vous.

— Quoi, du Tillet, s'écria César, est-ce vrai ? ne vous jouez-vous pas de moi ? Oui, je suis un peu gêné, mais ce n'est que pour un moment...

— Je le sais, l'affaire de Roguin, répondit du Tillet. Hé ! j'y suis de dix mille francs que le vieux drôle m'a empruntés pour s'en aller ; mais madame Roguin me les rendra sur ses reprises. J'ai conseillé à cette pauvre femme de ne pas faire la sottise de donner sa fortune pour payer des dettes faites pour une fille ; ce serait bon si elle acquittait tout, mais comment favoriser certains créanciers au détriment des autres ? Vous n'êtes pas un Roguin, je vous connais, dit du Tillet, vous vous brûleriez la cervelle plutôt que de me faire perdre un sou. Venez, nous voilà rue de la Chaussée-d'Antin, montez chez moi.

Le parvenu prit plaisir à faire passer son ancien patron par les appartements au lieu de le mener dans les Bureaux, et il le conduisit lentement afin de lui laisser voir une belle et somptueuse salle à manger garnie de tableaux achetés en Allemagne, deux salons d'une élégance et d'un luxe que Birotteau n'avait encore admirés que chez le duc de Lenoncourt. Les yeux du bourgeois furent éblouis par des dorures, des œuvres d'art, des bagatelles folles, des vases précieux, par mille détails qui faisaient bien pâlir le luxe de l'appartement de Constance; et sachant le prix de sa folie, il se disait : — Où donc a-t-il pris tant de millions! Il entra dans une chambre à coucher auprès de laquelle celle de sa femme lui parut être ce que le troisième étage d'une comparse est à l'hôtel d'un premier sujet de l'Opéra. Le plafond, tout en satin violet, était rehaussé par des plis de satin blanc. Une descente de lit en hermine se dessinait sur les couleurs violacées d'un tapis du Levant. Les meubles, les accessoires offraient des formes nouvelles et d'une recherche extravagante. Le parfumeur s'arrêta devant une ravissante pendule de l'Amour et Psyché qui venait d'être faite pour un banquier célèbre, du Tillet avait obtenu de lui le seul exemplaire qui existât avec celui de son confrère. Enfin l'ancien patron et son ancien commis arrivèrent à un cabinet de petit-maître élégant, coquet, sentant plus l'amour que la finance. Madame Roguin avait sans doute offert, pour reconnaître les soins donnés à sa fortune, un coupoir en or sculpté, des serre-papiers en malachite garnis de ciselures, tous les coûteux colifichets d'un luxe effréné. Le tapis, un des plus riches produits de la Belgique, étonnait autant le regard qu'il surprenait les pieds par la molle épaisseur de sa haute laine. Du Tillet fit asseoir au coin de sa cheminée le pauvre parfumeur ébloui, confondu.

— Voulez-vous déjeuner avec moi?

Il sonna. Vint un valet de chambre mieux mis que Birotteau.

— Dites à monsieur Legras de monter, puis allez dire à Joseph de rentrer ici, vous le trouverez à la porte de la maison Keller, vous entrerez dire chez Adolphe Keller qu'au lieu d'aller le voir je l'attendrai jusqu'à l'heure de la Bourse. Faites-moi servir et tôt!

Ces phrases stupéfièrent le parfumeur.

— Il fait venir ce redoutable Adolphe Keller, il le siffle comme un chien! lui, du Tillet?

Un tigre [178], gros comme le poing, vint déplier une table que Birotteau n'avait pas vue tant elle était mince, et y apporta un pâté de foie gras, une bouteille de vin de Bordeaux, toutes les choses recherchées qui n'apparaissaient chez Birotteau que deux fois par trimestre, aux grands jours. Du Tillet jouissait. Sa haine contre le seul homme qui eût le droit de le mépriser s'épanouissait si chaudement que Birotteau lui fit éprouver la sensation profonde que causerait le spectacle d'un mouton se défendant contre un tigre. Il lui passa par le cœur une idée généreuse : il se demanda si sa vengeance n'était pas accomplie, il flottait entre les conseils de la clémence réveillée et ceux de la haine assoupie.

— Je puis anéantir commercialement cet homme, pensait-il, j'ai droit de vie et de mort sur lui, sur sa femme qui m'a roué, sur sa fille dont la main m'a paru dans un temps toute une fortune. J'ai son argent, contentons-nous alors de laisser nager ce pauvre niais au bout de la corde que je tiendrai.

Les honnêtes gens manquent de tact, ils n'ont aucune mesure dans le bien, parce que pour eux tout est sans détour ni arrière-pensée. Birotteau consomma son malheur, il irrita le tigre, le perça au cœur sans le savoir, il le rendit implacable par un mot, par un éloge, par une expression vertueuse, par la bonhomie même de la probité. Quand le caissier vint, du Tillet lui montra César.

— Monsieur Legras, apportez-moi dix mille francs et un billet de cette somme fait à mon ordre et à quatre-vingt-dix jours par monsieur qui est monsieur Birotteau, vous savez !

Du Tillet servit du pâté, versa un verre de vin de Bordeaux au parfumeur qui, se voyant sauvé, se livrait à des rires convulsifs, il caressait sa chaîne de montre, et ne mettait une bouchée dans sa bouche que quand son ancien commis lui disait : — Vous ne mangez pas ? Birotteau dévoilait ainsi la profondeur de l'abîme où la main de du Tillet l'avait plongé, d'où elle le retirait, où elle pouvait le replonger. Lorsque le caissier revint, qu'après avoir signé l'effet César sentit les dix billets de banque dans sa poche, il ne se contint plus. Un instant auparavant, son quartier, la Banque allaient savoir qu'il ne payait pas, et il lui fallait avouer sa ruine à sa femme; maintenant, tout était réparé! Le bonheur de la délivrance égalait en intensité les tortures de la défaite. Les yeux du pauvre homme s'humectèrent malgré lui.

— Qu'avez-vous donc, mon cher patron? dit du Tillet. Ne feriez-vous pas pour moi demain ce que je fais aujourd'hui pour vous? N'est-ce pas simple comme bonjour?

— Du Tillet, dit avec emphase et gravité le bonhomme en se levant et prenant la main de son ancien commis, je te rends toute mon estime.

— Comment l'avais-je perdue? dit du Tillet en se sentant si vigoureusement atteint au sein de sa prospérité qu'il rougit.

— Perdue... pas précisément, dit le parfumeur foudroyé par sa bêtise, on m'avait dit des choses sur votre liaison avec madame Roguin. Diable! prendre la femme d'un autre...

— Tu bats la breloque [179], mon vieux, pensa du Tillet en se servant d'un mot de son premier métier. En se disant cette phrase, il revenait à son projet d'abattre cette vertu, de la fouler aux pieds, de rendre méprisable sur la place de Paris l'homme vertueux et honorable par lequel il avait été pris la main dans le sac. Toutes les haines, politiques ou privées de femme à femme, d'homme à homme, n'ont pas d'autre fait qu'une semblable surprise. On ne se hait pas pour des intérêts compromis, pour une blessure, ni même pour un soufflet; tout est réparable. Mais avoir été saisi en flagrant délit de lâcheté?... le duel qui s'ensuit entre le criminel et le témoin du crime ne se termine que par la mort de l'un ou de l'autre.

— Oh! madame Roguin, dit railleusement du Tillet; mais n'est-ce pas au contraire une plume dans le bonnet d'un jeune homme? Je vous comprends, mon cher patron: on vous aura dit qu'elle m'avait prêté de l'argent. Eh! bien, au contraire, je lui rétablis sa fortune étrangement compromise dans les affaires de son mari. L'origine de ma fortune est pure, je viens de vous la dire. Je n'avais rien, vous le savez! Les jeunes gens se trouvent parfois dans d'affreuses nécessités. On peut se laisser aller au sein de la misère. Mais si l'on a fait, comme la République, des emprunts forcés, eh! bien, on les rend, et l'on est alors plus probe que la France.

— C'est cela, dit Birotteau. Mon enfant... Dieu... N'est-ce pas Voltaire, qui a dit :

Il fit du repentir la vertu des mortels [180].

— Pourvu, reprit du Tillet encore assassiné par cette citation, pourvu qu'on n'emporte pas la fortune de son voisin, lâchement, bassement, comme, par exemple, si vous veniez à faire faillite avant trois mois et que mes dix mille francs fussent flambés...

— Moi faire faillite, dit Birotteau qui avait bu trois verres de vin et que le plaisir grisait. On connaît mes opinions sur la faillite! La faillite est la mort d'un commerçant, je mourrais!

— À votre santé, dit du Tillet.

— À ta prospérité, repartit le parfumeur. Pourquoi ne vous fournissez-vous pas chez moi?

— Ma foi, dit du Tillet, je l'avoue, j'ai peur de madame César, elle me fait toujours une impression! et si vous n'étiez pas mon patron, ma foi! je...

— Ah! tu n'es pas le premier qui la trouve belle, et beaucoup l'ont désirée, mais elle m'aime! Eh! bien, du Tillet, reprit Birotteau, mon ami, ne faites pas les choses à demi.

— Comment?

Birotteau expliqua l'affaire des terrains à du Tillet qui ouvrit de grands yeux et complimenta le parfumeur sur sa pénétration, sur sa prévision, en vantant l'affaire.

— Eh! bien, je suis bien aise de ton approbation, vous passez pour une des fortes têtes de la Banque, du Tillet! Cher enfant, vous pouvez me procurer un crédit à la Banque de France afin d'attendre les produits de l'Huile Céphalique.

— Je puis vous adresser à la maison Nucingen, répondit du Tillet en se promettant de faire danser à sa victime toutes les figures de la contredanse des faillis.

Ferdinand se mit à son bureau pour écrire la lettre suivante :

À MONSIEUR LE BARON DE NUCINGEN.

À Paris.

« MON CHER BARON,

« Le porteur de cette lettre est monsieur César Birotteau, adjoint « au maire du deuxième arrondissement et l'un des industriels les « plus renommés de la parfumerie parisienne ; il désire entrer en « relation avec vous : faites de confiance tout ce qu'il veut vous « demander ; en l'obligeant, vous obligez

« Votre ami,
« F. DU TILLET. »

Du Tillet ne mit pas de point sur l'i de son nom. Pour ceux avec lesquels il faisait des affaires, cette erreur volontaire était un signe de convention. Les recommandations les plus vives, les chaudes et favorables instances de sa lettre ne signifiaient rien alors. Une telle lettre, où les points d'exclamation suppliaient, où du Tillet se mettait à genoux, était alors arrachée par des considérations puissantes ; il n'avait pas pu la refuser ; elle devait être regardée comme non avenue. En voyant l'i sans point, son ami donnait alors de l'eau bénite de cour [181] au solliciteur. Beaucoup de gens du monde et des plus considérables sont joués ainsi comme des enfants par les gens d'affaires, par les banquiers, par les avocats, qui tous ont une double signature, l'une morte, l'autre vivante. Les plus fins y sont pris. Pour reconnaître cette ruse, il faut avoir éprouvé le double effet d'une lettre chaude et d'une lettre froide.

— Vous me sauvez, du Tillet ! dit César en lisant cette lettre.

— Mon Dieu : dit du Tillet, allez demander de

l'argent, Nucingen en lisant mon billet vous en donnera tant que vous en voudrez. Malheureusement mes fonds sont engagés pour quelques jours ; sans cela, je ne vous enverrais pas chez le prince de la haute banque, car les Keller ne sont que des pygmées auprès du baron de Nucingen. C'est Law reparaissant en Nucingen. Avec ma lettre vous serez en mesure le quinze janvier, et nous verrons après. Nucingen et moi nous sommes les meilleurs amis du monde, il ne voudrait pas me désobliger pour un million.

— C'est comme un aval, se dit en lui-même Birotteau qui s'en alla pénétré de reconnaissance pour du Tillet. Eh ! bien, se disait-il, un bienfait n'est jamais perdu ! Et il philosophait à perte de vue. Néanmoins, une pensée aigrissait son bonheur. Il avait bien pendant quelques jours empêché sa femme de mettre le nez dans les livres, il avait rejeté la caisse sur le dos de Célestin en l'aidant, il avait pu vouloir que sa femme et sa fille eussent la jouissance du bel appartement qu'il leur avait arrangé, meublé ; mais, ces premiers petits bonheurs épuisés, madame Birotteau serait morte plutôt que de renoncer à voir par elle-même les détails de sa maison, à tenir, suivant son expression, *la queue de la poêle*. Birotteau se trouvait au bout de son latin ; il avait usé tous ses artifices pour dérober à sa femme la connaissance des symptômes de sa gêne. Constance avait fortement improuvé l'envoi des mémoires, elle avait grondé les commis, et accusé Célestin de vouloir ruiner sa maison, croyant que Célestin seul avait eu cette idée. Célestin s'était laissé gronder par ordre de Birotteau. Madame César, aux yeux des commis, gouvernait le parfumeur, car il est possible de tromper le public, mais non les gens de sa maison sur celui qui a la supériorité réelle dans un ménage. Birotteau devait avouer sa situation à sa femme, car le compte avec du Tillet allait vouloir une justification. Au retour, Birotteau ne vit pas sans frémir Constance à son comptoir, vérifiant le livre d'échéances et faisant sans doute le compte de caisse.

— Avec quoi paieras-tu demain? lui dit-elle à l'oreille quand il s'assit à côté d'elle.

— Avec de l'argent, répondit-il en tirant ses billets de Banque et en faisant signe à Célestin de les prendre.

— Mais d'où viennent-ils?

— Je te conterai cela ce soir. Célestin, inscrivez, fin mars, un billet de dix mille francs, ordre du Tillet.

— Du Tillet, répéta Constance frappée de terreur.

— Je vais aller voir Popinot, dit César. C'est mal à moi de ne pas encore être allé le visiter chez lui. Vend-on de son huile?

— Les trois cents bouteilles qu'il nous a données sont parties!

— Birotteau, ne sors pas, j'ai à te parler, lui dit Constance en prenant César par le bras et l'entraînant dans sa chambre avec une précipitation qui dans toute autre circonstance eût fait rire. — Du Tillet, dit-elle quand elle fut seule avec son mari et après s'être assurée qu'il n'y avait que Césarine avec elle, du Tillet qui nous a volé mille écus?... Tu fais des affaires avec du Tillet, un monstre... qui voulait me séduire, lui dit-elle à l'oreille.

— Folie de jeunesse, dit Birotteau devenu tout à coup esprit fort.

— Écoute, Birotteau tu te déranges, tu ne vas plus à la fabrique. Il y a quelque chose, je le sens! Tu vas me le dire, je veux tout savoir.

— Eh! bien, dit Birotteau, nous avons failli être ruinés, nous l'étions même encore ce matin, mais tout est réparé.

Et il raconta l'horrible histoire de sa quinzaine.

— Voilà donc la cause de ta maladie, s'écria Constance.

— Oui, maman, s'écria Césarine. Va, mon père a été bien courageux. Tout ce que je souhaite est d'être aimée comme il t'aime. Il ne pensait qu'à ta douleur.

— Mon rêve est accompli, dit la pauvre femme en se laissant tomber sur sa causeuse au coin de son feu, pâle, blême, épouvantée. J'avais prévu tout. Je te l'ai dit dans cette fatale nuit, dans notre ancienne chambre que tu as démolie, il ne nous restera que les yeux pour pleurer. Ma pauvre Césarine ! je...

— Allons, te voilà, s'écria Birotteau. Ne vas-tu pas m'ôter le courage dont j'ai besoin.

— Pardon, mon ami, dit Constance en prenant la main de César et la lui serrant avec une tendresse qui alla jusqu'au cœur du pauvre homme. J'ai tort, voilà le malheur venu, je serai muette, résignée et pleine de force. Non, tu n'entendras jamais une plainte. Elle se jeta dans les bras de César, et y dit en pleurant : — Courage, mon ami, courage. J'en aurais pour deux s'il en était besoin.

— Mon huile, ma femme, mon huile, nous sauvera.

— Que Dieu nous protège, dit Constance.

— Anselme ne secourra-t-il donc pas mon père, dit Césarine.

— Je vais le voir, s'écria César trop ému par l'accent déchirant de sa femme qui ne lui était pas connue tout entière même après dix-neuf ans. Constance, n'aie plus aucune crainte. Tiens, lis la lettre de du Tillet à monsieur de Nucingen, nous sommes sûrs d'un crédit. J'aurai d'ici là gagné mon procès. D'ailleurs, ajouta-t-il en faisant un mensonge nécessaire, nous avons notre oncle Pillerault, il ne s'agit que d'avoir du courage.

— S'il ne s'agissait que de cela, dit Constance en souriant.

Birotteau, soulagé d'un grand poids, marcha comme un homme mis en liberté, quoiqu'il éprouvât en lui-même l'indéfinissable épuisement qui suit les luttes morales excessives où se dépense plus de fluide nerveux, plus de volonté, qu'on ne doit en émettre journellement, et où l'on prend pour ainsi dire sur le capital d'existence. Birotteau était déjà vieilli.

La Maison A. Popinot, rue des Cinq-Diamants, avait bien changé depuis deux mois. La boutique était repeinte. Les casiers rechampis et pleins de bouteilles réjouissaient l'œil de tout commerçant qui connaît les symptômes de la prospérité. Le plancher de la boutique était encombré de papier d'emballage. Le magasin contenait de petits tonneaux de différentes huiles dont la commission avait été conquise à Popinot par le dévoué Gaudissart. Les livres et la comptabilité, la caisse étaient au-dessus de la boutique et de l'arrière-boutique. Une vieille cuisinière faisait le ménage de trois commis et de Popinot. Popinot, confiné dans un coin de sa boutique et dans un comptoir fermé par un vitrage, se montrait avec un tablier de serge, de doubles manches en toile verte, la plume à l'oreille, quand il n'était pas plongé dans un tas de papiers, comme au moment où vint Birotteau et pendant lequel il dépouillait son courrier, plein de traites et de lettres de commande. À ces mots : Eh! bien, mon garçon? dits par son ancien patron, il leva la tête, ferma sa cabane à clef, et vint d'un air joyeux, le bout du nez rouge. Il n'y avait pas de feu dans la boutique dont la porte restait ouverte.

— Je craignais que vous ne vinssiez jamais, répondit Popinot d'un air respectueux.

Les commis accoururent voir le grand homme de la parfumerie, l'adjoint décoré, l'associé de leur patron. Ces muets hommages flattèrent le parfumeur. Birotteau, naguère si petit chez les Keller, éprouva le besoin de les imiter : il se caressa le menton, sursauta vaniteusement à l'aide de ses talons, en disant ses banalités.

— Eh! bien, mon ami, se lève-t-on de bonne heure, lui demanda-t-il.

— Non, l'on ne se couche pas toujours, dit Popinot, il faut se cramponner au succès...

— Eh! bien, que disais-je? mon huile est une fortune.

— Oui, monsieur, mais les moyens d'exécution y sont pour quelque chose : je vous ai bien monté votre diamant.

— Au fait, dit le parfumeur, où en sommes-nous? Y a-t-il des bénéfices?

— Au bout d'un mois, s'écria Popinot, y pensez-vous? L'ami Gaudissart n'est en route que depuis vingt-cinq jours, et a pris une chaise de poste sans me le dire. Oh ! il est bien dévoué. Nous devons beaucoup à mon oncle ! Les journaux, dit-il à l'oreille de Birotteau, nous coûteront douze mille francs.

— Les journaux !... s'écria l'adjoint.

— Vous ne les avez donc pas lus ?

— Non.

— Vous ne savez rien alors, dit Popinot.

— Vingt mille francs d'affiches, cadres et impressions !... cent mille bouteilles achetées !... Ah ! tout est sacrifice en ce moment. La fabrication se fait sur une grande échelle. Si vous aviez mis le pied au faubourg où j'ai souvent passé les nuits, vous auriez vu un petit casse-noisette de mon invention qui n'est pas piqué des vers. Pour mon compte, j'ai fait ces cinq derniers jours trois mille francs rien qu'en commissions sur les huiles de droguerie.

— Quelle bonne tête, dit Birotteau en posant sa main sur les cheveux du petit Popinot, et en les remuant comme si Popinot était un bambin, je l'ai devinée. Plusieurs personnes entrèrent. — À dimanche, nous dînons chez ta tante Ragon, dit Birotteau qui laissa Popinot à ses affaires en voyant que la chair fraîche qu'il était venu sentir n'était pas découpée. Est-ce extraordinaire ! Un commis devient négociant en vingt-quatre heures, pensait Birotteau qui ne revenait pas plus du bonheur et de l'aplomb de Popinot que du luxe de du Tillet. Anselme vous a pris un petit air pincé, quand je lui ai mis la main sur la tête, comme s'il était déjà François Keller.

Birotteau n'avait pas songé que les commis le regardaient, et qu'un maître de maison a sa dignité à conserver chez lui. Là, comme chez du Tillet, le bonhomme avait fait une sottise par bonté de cœur, et faute de retenir un sentiment vrai, bourgeoisement exprimé, César aurait blessé tout autre homme qu'Anselme.

Ce dîner du dimanche chez les Ragon devait être la dernière joie des dix-neuf années heureuses du ménage de Birotteau, joie complète d'ailleurs. Ragon demeurait rue du Petit-Bourbon-Saint-Sulpice [182], à un deuxième étage, dans une antique maison de digne apparence, dans un vieil appartement à trumeaux où dansaient les bergères en paniers et où paissaient les moutons de ce dix-huitième siècle, dont la bourgeoisie grave et sérieuse, à mœurs comiques, à idées respectueuses envers la noblesse, dévouée au souverain et à l'Église était admirablement représentée par les Ragon. Les meubles, les pendules, le linge, la vaisselle, tout semblait être patriarcal, à formes neuves par leur vieillesse même. Le salon, tendu de vieux damas, orné de rideaux en brocatelle, offrait des duchesses, des bonheurs du jour [183], un superbe Popinot, échevin de Sancerre, peint par Latour [184], le père de madame Ragon, un bonhomme excellent en peinture, et quï souriait comme un parvenu dans sa gloire. Au logis, madame Ragon se complétait par un petit chien anglais de la race de ceux de Charles II [185], qui faisait un merveilleux effet sur son petit sofa dur, à formes *rococo*, qui, certes, n'avait jamais joué le rôle du sofa de Crébillon [186]. Parmi toutes leurs vertus, les Ragon se recommandaient par la conservation de vieux vins arrivés à un parfait dépouillement, et par la possession de quelques liqueurs de madame Anfoux [187], que des gens assez entêtés pour aimer (sans espoir, disait-on) la belle madame Ragon lui avaient rapportées des îles. Aussi leurs petits dîners étaient-ils prisés! Une vieille cuisinière, Jeannette, servait les deux vieillards avec un aveugle dévouement, elle aurait volé des fruits pour leur faire des confitures! Loin de porter son argent aux Caisses d'Épargne, elle le mettait sagement à la Loterie, espérant apporter un jour le gros lot à ses maîtres. Le dimanche où ses maîtres avaient du monde, elle était, malgré ses soixante ans, à la cuisine pour surveiller les plats, à la table pour servir avec une agilité qui eût rendu des points à mademoiselle Mars dans son rôle de Suzanne du *Mariage de Figaro* [188].

Les invités étaient le juge Popinot, l'oncle Pillerault, Anselme, les trois Birotteau, les trois Matifat et l'abbé

Loraux. Madame Matifat, naguère coiffée en turban pour danser, vint en robe de velours bleu, gros bas de coton et souliers de peau de chèvre, des gants de chamois bordés de peluche verte et un chapeau doublé de rose, orné d'oreilles d'ours [189]. Ces dix personnes furent réunies à cinq heures. Les vieux Ragon suppliaient leurs convives d'être exacts. Quand on invitait ce digne ménage, on avait soin de faire dîner à cette heure, car ces estomacs de soixante-dix ans ne se pliaient point aux nouvelles heures prises par le bon ton.

Césarine savait que madame Ragon la placerait à côté d'Anselme : toutes les femmes, même les dévotes et les sottes, s'entendent en fait d'amour. La fille du parfumeur s'était donc mise de manière à tourner la tête à Popinot. Constance, qui avait renoncé, non sans douleur, au notaire, lequel jouait dans sa pensée le rôle d'un prince héréditaire, contribua, non sans d'amères réflexions, à cette toilette. Cette prévoyante mère descendit le pudique fichu de gaze pour découvrir un peu les épaules de Césarine et laisser voir l'attachement du col qui était d'une remarquable élégance. Le corsage à la grecque, croisé de gauche à droite, à cinq plis, pouvait s'entr'ouvrir et montrer de délicieuses rondeurs. La robe mérinos gris de plomb à falbalas bordés d'agréments verts dessinait nettement une taille qui ne parut jamais si fine ni si souple. Les oreilles étaient ornées de pendeloques en or travaillé. Les cheveux relevés à la chinoise permettaient au regard d'embrasser les suaves fraîcheurs d'une peau nuancée de veines, où la vie la plus pure éclatait aux endroits mats. Enfin, Césarine était si coquettement belle que madame Matifat ne put s'empêcher de l'avouer, sans s'apercevoir que la mère et la fille avaient compris la nécessité d'ensorceler le petit Popinot.

Birotteau ni sa femme, ni madame Matifat, personne ne troubla la douce conversation que les deux enfants enflammés par l'amour tinrent à voix basse dans une embrasure de croisée où le froid déployait ses bises fenestrales. D'ailleurs, la conversation des grandes personnes s'anima quand le juge Popinot laissa tomber un mot sur la fuite de Roguin, en faisant observer que c'était le second notaire qui manquait, et que pareil crime était jadis inconnu. Madame Ragon, au mot de Roguin, avait poussé le pied de son frère, Pillerault avait couvert la voix du juge, et tous deux lui montraient madame Birotteau.

— Je sais tout, dit Constance à ses amis d'une voix à la fois douce et peinée.

— Eh! bien, dit madame Matifat à Birotteau qui baissait humblement la tête, combien vous emporte-t-il? s'il fallait écouter les bavardages, vous seriez ruinés.

— Il avait à moi deux cent mille francs. Quant aux quarante qu'il m'a fait imaginairement prêter par un de ses clients dont l'argent était dissipé par lui, nous sommes en procès.

— Vous le verrez juger cette semaine, dit Popinot. J'ai pensé que vous ne m'en voudriez pas d'expliquer votre situation à monsieur le Président; et il a ordonné la communication des papiers de Roguin dans la Chambre du Conseil, afin d'examiner depuis quelle époque les fonds du prêteur étaient détournés et les preuves du fait allégué par Derville qui a plaidé lui-même pour vous éviter des frais [190].

— Gagnerons-nous? dit madame Birotteau.

— Je ne sais, répondit Popinot. Quoique j'appartienne à la Chambre où l'affaire est portée, je m'abstiendrai de délibérer quand même on m'appellerait.

— Mais peut-il y avoir du doute sur un procès si simple? dit Pillerault. L'acte ne doit-il pas faire mention de la livraison des espèces, et les notaires déclarer les avoir vu remettre par le prêteur à l'emprunteur? Roguin irait aux galères s'il était sous la main de la Justice.

— Selon moi, répondit le juge, le prêteur doit se pourvoir contre Roguin sur le prix de la Charge et du cautionnement; mais en des affaires encore plus claires, quelquefois, à la Cour royale, les conseillers se trouvent six contre six.

— Comment, mademoiselle, monsieur Roguin s'est enfui ? dit Popinot entendant enfin ce qui se disait. Monsieur César ne m'en a rien dit, moi qui donnerais mon sang pour lui...

Césarine comprit que toute la famille tenait dans ce *pour lui*, car si l'innocente fille eût méconnu l'accent, elle ne pouvait se tromper au regard qui l'enveloppa d'une flamme pourpre.

— Je le savais bien, et je le lui disais, mais il a tout caché à ma mère et ne s'est confié qu'à moi.

— Vous lui avez parlé de moi dans cette circonstance, dit Popinot ; vous lisez dans mon cœur, mais y lisez-vous tout ?

— Peut-être.

— Je suis bien heureux, dit Popinot. Si vous voulez m'ôter toute crainte, dans un an je serai si riche que votre père ne me recevra plus si mal quand je lui parlerai de notre mariage. Je ne vais plus dormir que cinq heures par nuit...

— Ne vous faites pas de mal, dit Césarine avec un accent inimitable en jetant à Popinot un regard où se lisait toute sa pensée.

— Ma femme, dit César en sortant de table, je crois que ces jeunes gens s'aiment.

— Eh ! bien, tant mieux, dit Constance d'un son de voix grave, ma fille serait la femme d'un homme de tête et plein d'énergie. Le talent est la plus belle dot d'un prétendu.

Elle se hâta de quitter le salon et d'aller dans la chambre de madame Ragon. César avait dit pendant le dîner quelques phrases qui avaient fait sourire Pillerault et le juge, tant elles accusaient d'ignorance, et qui rappelèrent à cette malheureuse femme combien son pauvre mari se trouvait peu de force à lutter contre le malheur. Constance avait des larmes sur le cœur, elle se défiait instinctivement de du Tillet, car toutes les mères savent le *Timeo Danaos et dona ferentes*, sans savoir le latin [191]. Elle pleura dans les bras de sa fille et de madame Ragon sans vouloir avouer la cause de sa peine. — C'est nerveux, dit-elle. Le reste de la soirée fut donné aux cartes par les vieilles gens, et par les jeunes à ces délicieux petits jeux dits innocents, parce qu'ils couvrent les innocentes malices des amours bourgeois. Les Matifat se mêlèrent des petits jeux.

— César, dit Constance en revenant, va dès le trois chez monsieur le baron de Nucingen, afin d'être sûr de ton échéance du quinze longtemps à l'avance. S'il arrivait quelque anicroche, est-ce du jour au lendemain que tu trouverais des ressources ?

— J'irai, ma femme, répondit César qui serra la main de Constance et celle de sa fille en ajoutant : Mes chères biches blanches, je vous ai donné de tristes étrennes !

Dans l'obscurité du fiacre, ces deux femmes, qui ne pouvaient voir le pauvre parfumeur, sentirent des larmes tombées chaudes sur leurs mains.

— Espère, mon ami, dit Constance.

— Tout ira bien, papa, monsieur Anselme Popinot m'a dit qu'il verserait son sang pour toi.

— Pour moi, reprit César, et pour la famille, n'est-ce pas ? dit-il en prenant un air gai.

Césarine serra la main de son père, de manière à lui dire qu'Anselme était son fiancé.

Pendant les trois premiers jours de l'année, il fut envoyé deux cents cartes chez Birotteau. Cette affluence d'amitiés fausses, ces témoignages de faveur sont horribles pour les gens qui se voient entraînés par le courant du malheur. Birotteau se présenta trois fois vainement à l'hôtel du fameux banquier, le baron de Nucingen. Le commencement de l'année et ses fêtes justifiaient assez l'absence du financier. La dernière fois, le parfumeur pénétra jusqu'au cabinet du banquier, où le premier commis, un Allemand, lui dit que monsieur de Nucingen, rentré à cinq heures du matin d'un bal donné par les Keller, ne pouvait pas être visible à neuf heures et demie. Birotteau sut intéresser à ses affaires le premier commis, auprès duquel il resta près d'une demi-heure à causer. Dans la journée, ce ministre de la maison Nucingen lui écrivit que le baron le recevrait le lendemain, 12, à midi. Quoique chaque heure apportât une goutte d'absinthe, la journée passa avec une effrayante rapidité. Le parfumeur vint en fiacre et se fit arrêter à un pas de l'hôtel dont la cour était encombrée de voitures. Le pauvre honnête homme eut le cœur bien serré à l'aspect des splendeurs de cette maison célèbre.

— Il a pourtant liquidé deux fois [192], se dit-il en montant le superbe escalier garni de fleurs et en traversant les somptueux appartements par lesquels la baronne Delphine de Nucingen s'était rendue célèbre. La baronne avait la prétention de rivaliser les plus riches maisons du faubourg Saint-Germain, où elle n'était pas encore admise [193]. Le baron déjeunait avec sa femme. Malgré le nombre de gens qui l'attendaient dans ses Bureaux, il dit que les amis de du Tillet pouvaient entrer à toute heure. Birotteau tressaillit d'espérance en voyant le changement qu'avait produit le mot du baron sur la figure d'abord insolente du valet de chambre.

— *Bartonnez-moi, ma tchaire*, dit le baron à sa femme en se levant et faisant une petite inclinaison de tête à Birotteau, *mé meinnesir ête eine ponne reuyaliste hai l'ami drai eindime te ti Dilet. T'ailliairs, monsir hai atjouint ti tussième arrontussement et tonne tes palles d'ine manifissence hassiatique, ti feras sans titte son gonnaissance afec blésir.*

— Mais je serais très flattée d'aller prendre des leçons chez madame Birotteau, car Ferdinand... (Allons, pensa le parfumeur, elle le nomme Ferdinand tout court) nous a parlé de ce bal avec une admiration d'autant plus précieuse qu'il n'admire rien. Ferdinand est un critique sévère, tout devait être parfait. En donnerez-vous bientôt un autre ? demanda-t-elle de l'air le plus aimable.

— Madame, de pauvres gens comme nous s'amusent rarement, répondit le parfumeur en ignorant si c'était raillerie ou compliment banal.

— *Meinnesir Crintod a tiriché la rezdoration te fos habbardements*, dit le baron.

— Ah! Grindot! un joli petit architecte qui revient de Rome, dit Delphine de Nucingen, j'en raffole, il me fait des dessins délicieux sur mon album.

Aucun conspirateur géhenné par le questionnaire [194] à Venise ne fut plus mal dans les brodequins de la torture que Birotteau ne l'était dans ses vêtements. Il trouvait un air goguenard à tous les mots.

— *Nîs tonnons essi te bêtîs palles*, dit le baron en jetant un regard inquisitif sur le parfumeur. *Vis foyez ke tît lai monte s'an melle!*

— Monsieur Birotteau veut-il déjeuner sans cérémonie avec nous? dit Delphine en montrant sa table somptueusement servie.

— Madame la baronne, je suis venu pour affaires et suis...

— *Ui!* dit le baron. *Montame, bermeddez-vis te barler t'iffires?*

Delphine fit un mouvement d'assentiment en disant au baron : — Allez-vous acheter de la parfumerie? Le baron haussa les épaules et se retourna vers César au désespoir.

— *Ti Dilet breind lei plis fiffe eindéred à vus*, dit-il.

— Enfin, pensa le pauvre négociant, nous arrivons à la question.

— *Afec sa leddre, vis affez tan mâ mêsson ein grétid ki n'ed limidé ke bar lais pornes te ma brobre vorteine...*

Le baume exhilarant que contenait l'eau présentée par l'ange à Agar dans le désert devait ressembler à la rosée que répandirent dans les veines du parfumeur ces paroles semi-françaises [195]. Le fin baron, pour avoir des motifs de revenir sur des paroles bien données et mal entendues, avait gardé l'horrible prononciation des juifs allemands qui se flattent de parler français.

— *Et visse aurez eine gomde gourand. Foici gommend nîs brocèterons*, dit avec une bonhomie alsacienne le bon, le vénérable et grand financier.

Birotteau ne douta plus de rien, il était commerçant et savait que ceux qui ne sont pas disposés à obliger n'entrent jamais dans les détails de l'exécution.

— *Che ne vis abbrendrai bas qu'aux crants gomme aux bedis, la Panque temante troisses zignadires. Tonc fous verez tis iffits à l'ordre te nodre ami ti Dilet, et chi les enferrai leu chour même afec ma zignardire à la Panque, et fis aurez à quadre hires le mondant tis iffits que vis aurez siscrits lei madin, ai au daux te la Panque. Tcheu ne feux ni quemmission, ni haissegomde, rienne, gar ch'aurai lé ponhire te vis êdre acréaple... Mais che mede eine gontission!* dit-il en effleurant son nez de son index gauche par un mouvement d'une inimitable finesse.

— Monsieur le baron, elle est accordée d'avance, dit Birotteau qui crut à quelque prélèvement dans ses bénéfices.

— *Eine gontission à laguelle chaddache lei blis grant brisse, barceque che feusse kè montame ti Nichinguenne brenne, gomme ille la titte, tei leizons te montame Pirôdôt.*

— Monsieur le baron, ne vous moquez pas de moi, je vous en supplie.

— *Meinnesire Pirôdôt*, dit le financier d'un air sérieux, *cesde gonfeni, fis nisse infiderez à fodre brochain pal. Mon femme esd chalousse, ille feut foir fos habbardements, tond on li ha titte eine pienne tcheneralle.*

— Monsieur le baron!

— *Oh! si vis nis revoussez, boind de gomde! vi êdes en crant fafure. Vi! che sais ké visse affiez le brévet te la Seine ki a ti fenir.*

— Monsieur le baron!

— *Vis affiez La Pillartière, ein chendilomne ortinaire te la Champre, pon Fentéheine, gomme vis ki fis edes vaite plesser... à Sainte-Roqque.*

— Au 13 vendémiaire, monsieur le baron!

— *Visse affiez meinnesire te Lasse-et-bette, meinnesire Fauqueleine te l'Agatemî...*

— Monsieur le baron!

— *Hé! terteifle, ne zoyez pas si motesde, monsir l'atjouinde, ché abbris ké le roa affait tite ké fodre palle...*

— Le roi? dit Birotteau qui n'en put savoir davantage.

Il entra familièrement un jeune homme dans l'appartement, et dont le pas, reconnu de loin par la belle Delphine de Nucingen, l'avait fait vivement rougir.

— *Ponchour, mon cher te Marsay!* dit le baron de Nucingen, *brenez ma blace; il y a, m'a-t-on tite, ein monte fu tans mais bourreaux. Che sais bourqui! les mines te Wortschinne tonnent teux gabitaux te rendes! Vi, chai ressi les gomdes! Visse affez cend mille lifres de rende te plis, matame ti Nichinnkeine. Vi birrez acheder tes tcheindires ei odres papiaulles pour edre choli, gomme zi vis en affiez pesouin.*

— Grand Dieu! les Ragon ont vendu leurs actions! s'écria Birotteau.

— Qu'est-ce que ces messieurs? demanda le jeune élégant en souriant.

— *Foilà,* dit monsieur de Nucingen en se retournant, car il atteignait déjà la porte, *elle me semple que ces bersonnes... Te Marsay, cezi ai mennesire Pirôdôt, vodre barfumire, ki tonne tes palles t'eine manniffissensse hassiatique, ai ke lei roa ha tégorai...*

De Marsay prit son lorgnon et dit : — Ah! c'est vrai, je pensais que cette figure ne m'était pas inconnue. Vous allez donc parfumer vos affaires de quelque vertueux cosmétique, les huiler...

— *Ai bien, ces Rakkons,* reprit le baron en faisant une grimace d'homme mécontent, *afaient eine gomde chaise moi, che les ai faforissé t'eine fordine, et ils n'ont bas si l'addentre ein chour te blis.*

— Monsieur le baron! s'écria Birotteau.

Le bonhomme trouvait son affaire extrêmement obscure, et, sans saluer la baronne ni de Marsay, il courut après le banquier. Monsieur de Nucingen était sur la première marche de l'escalier, le parfumeur l'atteignit au bas quand il entrait dans ses bureaux. En ouvrant la porte, monsieur de Nucingen vit un geste désespéré de cette pauvre créature qui se sentait enfoncer dans un gouffre, et il lui dit : *Eh! pien, c'esde andenti? foyesse ti Dilet, ai harranchez tit affec li.*

Birotteau crut que de Marsay pouvait avoir de l'empire sur le baron, il remonta l'escalier avec la rapidité d'une hirondelle, se glissa dans la salle à manger où la baronne et de Marsay devaient encore se trouver : il avait laissé Delphine attendant son café à la crème. Il vit bien le café servi, mais la baronne et le jeune élégant avaient disparu. Le valet de chambre sourit à l'étonnement du parfumeur qui descendit lentement les escaliers. César courut chez du Tillet qui était, lui dit-on, à la campagne, chez madame Roguin. Le parfumeur prit un cabriolet et paya pour être conduit aussi promptement que par la poste à Nogent-sur-Marne. À Nogent-sur-Marne, le concierge apprit au parfumeur que *Monsieur et Madame* étaient repartis à Paris. Birotteau revint brisé. Lorsqu'il raconta sa tournée à sa femme et à sa fille, il fut stupéfait de voir sa Constance, ordinairement perchée comme un oiseau de malheur sur la moindre aspérité commerciale, lui donnant les plus douces consolations et lui affirmant que tout irait bien.

Le lendemain, Birotteau se trouva dès sept heures dans la rue de du Tillet, au petit jour, en faction. Il pria le portier de du Tillet de le mettre en rapport avec le valet de chambre de du Tillet en glissant dix francs au portier. César obtint la faveur de parler au valet de chambre de du Tillet, et lui demanda de l'introduire auprès de du Tillet aussitôt que du Tillet serait visible, et il glissa deux pièces d'or dans la main du valet de chambre de du Tillet. Ces petits sacrifices et ces grandes humiliations, communes aux courtisans et aux solliciteurs, lui permirent d'arriver à son but. À huit heures et demie, au moment où son ancien commis passait une robe de chambre et secouait les idées confuses du réveil, bâillait, se détortillait, demandant pardon à son ancien patron, Birotteau se trouva face à face avec le tigre affamé de vengeance dans lequel il voulait voir son seul ami.

— Faites, faites ! dit Birotteau.

— Que voulez-vous, *mon bon César ?* dit du Tillet.

César livra, non sans d'affreuses palpitations, la réponse et les exigences du baron de Nucingen à l'inattention de du Tillet, qui l'entendait en cherchant son soufflet, en grondant son valet de chambre sur la maladresse avec laquelle il allumait le feu.

Le valet de chambre écoutait, César ne l'apercevait pas, mais il le vit enfin, s'arrêta confus et reprit au coup d'éperon que lui donna du Tillet : — Allez, allez, je vous écoute ! dit le banquier distrait.

Le bonhomme avait sa chemise mouillée. Sa sueur se glaça quand du Tillet dirigea son regard fixe sur lui, lui laissa voir ses prunelles d'argent tigrées par quelques fils d'or, en le perçant jusqu'au cœur par une lueur diabolique.

— Mon cher patron, la Banque a refusé des effets de vous passés par la maison Claparon à Gigonnet, *sans garantie*, est-ce ma faute ? Comment vous, vieux juge consulaire, faites-vous de pareilles boulettes ? Je suis avant tout banquier. Je vous donnerai mon argent, mais je ne saurais exposer ma signature à recevoir un refus de la Banque. Je n'existe que par le crédit. Nous en sommes tous là. Voulez-vous de l'argent ?

— Pouvez-vous me donner tout ce dont j'ai besoin ?

— Cela dépend de la somme à payer ! Combien vous faut-il ?

— Trente mille francs.

— Beaucoup de tuyaux de cheminées qui me tombent sur la tête [196], fit du Tillet en éclatant de rire.

En entendant ce rire, le parfumeur, abusé par le luxe de du Tillet, voulut y voir le rire d'un homme pour qui la somme était peu de chose, il respira. Du Tillet sonna.

— Faites monter mon caissier.

— Il n'est pas arrivé, monsieur, répondit le valet de chambre.

— Ces drôles-là se moquent de moi ! il est huit heures et demie, on doit avoir fait pour un million d'affaires à cette heure-ci.

Cinq minutes après, monsieur Legras monta.

— Qu'avons-nous en caisse ?

— Vingt mille francs seulement. Monsieur a donné l'ordre d'acheter pour trente mille francs de rente au comptant, payables le quinze.

— C'est vrai, je dors encore.

Le caissier regarda Birotteau d'un air louche et sortit.

— Si la vérité était bannie de la terre, elle confierait son dernier mot à un caissier, dit du Tillet. N'avez-vous pas un intérêt chez le petit Popinot qui vient de s'établir ? dit-il après une horrible pause pendant laquelle la sueur se perla sur le front du parfumeur.

— Oui, dit naïvement Birotteau, croyez-vous que vous pourriez m'escompter sa signature pour une somme importante ?

— Apportez-moi cinquante mille francs de ses acceptations, je vous les ferai faire à un taux raisonnable chez un certain Gobseck, très doux quand il a beaucoup de fonds à placer, et il en a.

CHAPITRE XII

LE DERNIER JOUR D'UN FAILLI

Birotteau revint chez lui navré, sans s'apercevoir que les banquiers se le renvoyaient comme un volant sur des raquettes; mais Constance avait déjà deviné que tout crédit était impossible. Si déjà trois banquiers avaient refusé, tous devaient s'être questionnés sur un homme aussi en vue que l'adjoint, et conséquemment la Banque de France n'était plus une ressource.

— Essaye de renouveler, dit Constance, et va chez monsieur Claparon, ton coassocié, enfin chez tous ceux à qui tu as remis les effets du quinze, et propose des renouvellements. Il sera toujours temps de revenir chez les escompteurs avec du papier Popinot.

— Demain le treize! dit Birotteau tout à fait abattu. Suivant l'expression de son prospectus, il jouissait de son tempérament sanguin qui consomme énormément par les émotions ou par la pensée, et qui veut absolument du sommeil pour réparer ses pertes. Césarine amena son père dans le salon et lui joua pour le récréer le *Songe de Rousseau*, très joli morceau d'Hérold [197], et Constance travaillait auprès de lui. Le pauvre homme se laissa aller la tête sur une ottomane, et toutes les fois qu'il levait les yeux sur sa femme, il la voyait un doux sourire sur les lèvres; il s'endormit ainsi.

— Pauvre homme! dit Constance, à quelles tortures il est réservé, pourvu qu'il y résiste.

— Eh! qu'as-tu, maman? dit Césarine en voyant sa mère en pleurs.

— Chère fille, je vois venir une faillite. Si ton père est obligé de déposer son bilan, il faudra n'implorer la pitié de personne. Mon enfant, sois préparée à devenir une simple fille de magasin. Si je te vois prenant ton parti courageusement, j'aurai la force de recommencer la vie. Je connais ton père, il ne soustraira pas un denier, j'abandonnerai mes droits, on vendra tout ce que nous possédons. Toi, mon enfant, porte demain tes bijoux et ta garde-robe chez ton oncle Pillerault, car tu n'es obligée à rien [198].

Césarine fut saisie d'un effroi sans bornes en entendant ces paroles dites avec une simplicité religieuse. Elle forma le projet d'aller trouver Anselme, mais sa délicatesse l'en empêcha.

Le lendemain, à neuf heures, Birotteau se trouvait rue de Provence, en proie à des anxiétés tout autres que celles par lesquelles il avait passé. Demander un crédit est une action toute simple en commerce. Tous les jours, en entreprenant une affaire, il est nécessaire de trouver des capitaux; mais demander des renouvellements est, dans la jurisprudence commerciale, ce que la Police Correctionnelle est à la Cour d'Assises, un premier pas vers la faillite, comme le Délit mène au Crime. Le secret de votre impuissance et de votre gêne est en d'autres mains que les vôtres. Un négociant se met pieds et poings liés à la disposition d'un autre négociant, et la charité n'est pas une vertu pratiquée à la Bourse.

Le parfumeur, qui jadis levait un œil si ardent de confiance en allant dans Paris, maintenant affaibli par les doutes, hésitait à entrer chez le banquier Claparon, il commençait à comprendre que chez les banquiers le cœur n'est qu'un viscère. Claparon lui semblait si brutal dans sa grosse joie, et il avait reconnu chez lui tant de mauvais ton, qu'il tremblait de l'aborder.

— Il est plus près du peuple, il aura peut-être plus d'âme! Tel fut le premier mot accusateur que la rage de sa position lui dicta.

César puisa sa dernière dose de courage au fond de

son âme, et monta l'escalier d'un méchant petit entresol, aux fenêtres duquel il avait guigné des rideaux verts jaunis par le soleil. Il lut sur la porte le mot *Bureaux* gravé en noir sur un ovale en cuivre ; il frappa, personne ne répondit, il entra. Ces lieux plus que modestes sentaient la misère, l'avarice ou la négligence. Aucun employé ne se montra derrière les grillages en laiton placés à hauteur d'appui sur des boiseries de bois blanc non peint qui servaient d'enceinte à des tables et à des pupitres en bois noirci. Ces bureaux déserts étaient encombrés d'écritoires où l'encre moisissait, de plumes ébouriffées [199] comme des gamins, tortillées en forme de soleils ; enfin, couverts de cartons, de papiers, d'imprimés, sans doute inutiles. Le parquet du passage ressemblait à celui d'un parloir de pension, tant il était râpé, sale et humide. La seconde pièce, dont la porte était ornée du mot CAISSE, s'harmoniait avec les sinistres facéties du premier bureau. Dans un coin il se trouvait une grande cage en bois de chêne treillissée en fil de cuivre, à chatière mobile, garnie d'une énorme malle en fer, sans doute abandonnée aux cabrioles des rats. Cette cage, dont la porte était ouverte, contenait encore un bureau fantastique et son fauteuil ignoble, troué, vert, à fond percé dont le crin s'échappait, comme la perruque du patron, en mille tire-bouchons égrillards. Cette pièce, évidemment autrefois le salon de l'appartement avant qu'il ne fût converti en bureau de banque, offrait pour principal ornement une table ronde revêtue d'un tapis en drap vert autour de laquelle étaient de vieilles chaises en maroquin noir et à clous dédorés. La cheminée, assez élégante, ne présentait à l'œil aucune des morsures noires que laisse le feu, sa plaque était propre, sa glace injuriée par les mouches avait un air mesquin, d'accord avec une pendule en bois d'acajou qui provenait de la vente de quelque vieux notaire et qui ennuyait le regard, attristé déjà par deux flambeaux sans bougie et par une poussière gluante. Le papier de tenture, gris de souris, bordé de rose, annonçait par des teintes fuligineuses le séjour malsain de quelques fumeurs. Rien ne ressemblait si bien au salon banal que les journaux appellent *Cabinet de rédaction*. Birotteau, craignant d'être indiscret, frappa trois coups brefs à la porte opposée à celle par laquelle il était entré.

— Entrez ! cria Claparon dont la tonalité révéla la distance que sa voix avait à parcourir et le vide de cette pièce où le parfumeur entendait pétiller un bon feu, mais où le banquier n'était pas.

Cette chambre lui servait en effet de cabinet particulier. Entre la fastueuse audience de Keller et la singulière insouciance de ce prétendu grand industriel, il y avait toute la différence qui existe entre Versailles et le wigham d'un chef de Hurons [200]. Le parfumeur avait vu les grandeurs de la Banque, il allait en voir les gamineries.

Couché dans une sorte de bouge oblong pratiqué derrière le cabinet, et où les habitudes d'une vie insoucieuse avaient abîmé, perdu, confondu, déchiré, huilé, ruiné tout un mobilier à peu près élégant dans sa primeur, Claparon, à l'aspect de Birotteau, s'enveloppa dans sa robe de chambre crasseuse, déposa sa pipe, et tira les rideaux du lit avec une rapidité qui fit suspecter ses mœurs par l'innocent parfumeur.

— Asseyez-vous, monsieur, dit ce simulacre de banquier.

Claparon sans perruque et la tête enveloppée dans un foulard mis de travers, parut d'autant plus hideux à Birotteau que la robe de chambre en s'entr'ouvrant laissa voir une espèce de maillot en laine blanche tricotée, rendue brune par un usage infiniment trop prolongé.

— Voulez-vous déjeuner avec moi ? dit Claparon en se rappelant le bal du parfumeur et voulant autant prendre sa revanche que lui donner le change par cette invitation.

En effet une table ronde débarrassée à la hâte de ses papiers, accusait une jolie compagnie en montrant un pâté, des huîtres, du vin blanc, et les vulgaires rognons sautés au vin de Champagne figés dans leur sauce. Devant le foyer à charbon de terre, le feu dorait une omelette aux truffes. Enfin deux couverts et leurs serviettes tachées par le souper de la veille eussent éclairé l'innocence la plus pure. En homme qui se croyait habile, Claparon insista malgré les refus de Birotteau.

— Je devais avoir quelqu'un, mais ce quelqu'un s'est dégagé, s'écria le malin voyageur de manière à se faire entendre d'une personne qui se serait ensevelie dans ses couvertures.

— Monsieur, dit Birotteau, je viens uniquement pour affaire, et je ne vous tiendrai pas longtemps.

— Je suis accablé, répondit Claparon en montrant un secrétaire à cylindre et des tables encombrées de papiers, on ne me laisse pas un pauvre moment à moi. Je ne reçois que le samedi, mais pour vous, cher monsieur, on y est toujours! Je ne trouve plus le temps d'aimer ni de flâner, je perds le sentiment des affaires qui pour reprendre son vif veut une oisiveté savamment calculée. On ne me voit plus sur les boulevards occupé à ne rien faire. Bah! les affaires m'ennuient, je ne veux plus entendre parler d'affaires, j'ai assez d'argent et n'aurai jamais assez de bonheur. Ma foi! je veux voyager, voir l'Italie! Oh chère Italie! belle encore au milieu de ses revers, adorable terre où je rencontrerai sans doute une Italienne molle et majestueuse! j'ai toujours aimé les Italiennes! Avez-vous jamais eu une Italienne à vous? Non. Eh! bien, venez avec moi en Italie. Nous verrons Venise, séjour des doges, et bien mal tombée aux mains inintelligentes de l'Autriche où les arts sont inconnus! Bah! laissons les affaires, les canaux, les emprunts et les gouvernements tranquilles. Je suis bon prince quand j'ai le gousset garni. Tonnerre! voyageons.

— Un seul mot, monsieur, et je vous laisse, dit Birotteau. Vous avez passé mes effets à monsieur Bidault.

— Vous voulez dire Gigonnet? ce bon petit Gigonnet, un homme coulant... comme un nœud.

— Oui, reprit César. Je voudrais... et en ceci je compte sur votre honneur et votre délicatesse...

Claparon s'inclina.

— Je voudrais pouvoir renouveler...

— Impossible, répondit nettement le banquier, je ne suis pas seul dans l'affaire. Nous sommes réunis en conseil, une vraie Chambre, mais où l'on s'entend comme des lardons en poêle. Ah! diable! nous délibérons. Les terrains de la Madeleine ne sont rien, nous opérons ailleurs. Eh! cher monsieur, si nous ne nous étions pas engagés dans les Champs-Élysées, autour de la Bourse qui va s'achever, dans le quartier Saint-Lazare et à Tivoli [201], nous ne serions pas, comme dit le gros Nucingen, dans les *iffires*. Qu'est-ce que c'est donc que la Madeleine? une petite souillon d'affaire. Prrr! nous ne *carottons* [202] pas, mon brave, dit-il en frappant sur le ventre de Birotteau et lui serrant la taille. Allons, voyons, déjeuner, nous causerons, reprit Claparon afin d'adoucir son refus.

— Volontiers, dit Birotteau. Tant pis pour le convive, pensa le parfumeur en méditant de griser Claparon afin d'apprendre quels étaient ses vrais associés dans une affaire qui commençait à lui paraître ténébreuse.

— Bon! Victoire! cria le banquier.

À ce cri parut une vraie Léonarde [203] attifée comme une marchande de poisson.

— Dites à mes commis que je n'y suis pour personne, pas même pour Nucingen, les Keller, Gigonnet et autres!

— Il n'y a que monsieur Lempereur de venu.

— Il recevra le beau monde, dit Claparon. Le fretin ne passera pas la première pièce. On dira que je médite un coup... de vin de Champagne.

Griser un ancien commis-voyageur est la chose impossible. César avait pris la verve du mauvais ton pour les symptômes de l'ivresse, quand il essaya de confesser son associé.

— Cet infâme Roguin est toujours avec vous, dit

Birotteau, ne devriez-vous pas lui écrire d'aider un ami qu'il a compromis, un homme avec lequel il dînait tous les dimanches et qu'il connaît depuis vingt ans?

— Roguin?... un sot! sa part est à nous. Ne soyez pas triste, mon brave, tout ira bien. Payez le quinze, et la première fois nous verrons! Quand je dis nous verrons... (un verre de vin!) les fonds ne me concernent en aucune manière. Ah! vous ne paieriez pas, je ne vous ferais point la mine, je ne suis dans l'affaire que pour une commission sur les achats et pour un droit sur les réalisations, moyennant quoi je manœuvre les propriétaires... Comprenez-vous? vous avez des associés solides, aussi n'ai-je pas peur, mon cher monsieur. Aujourd'hui les affaires se divisent! Une affaire exige le concours de tant de capacités! Mettez-vous avec nous dans les affaires? Ne carottez pas avec des pots de pommade et des peignes : mauvais! mauvais! Tondez le public, entrez dans la Spéculation.

— La Spéculation? dit le parfumeur, quel est ce commerce?

— C'est le commerce abstrait, reprit Claparon, un commerce qui restera secret pendant une dizaine d'années encore, au dire du grand Nucingen, le Napoléon de la finance, et par lequel un homme embrasse les totalités des chiffres, écrème les revenus avant qu'ils n'existent, une conception gigantesque, une façon de mettre l'espérance en coupes réglées, enfin une nouvelle Cabale! Nous ne sommes encore que dix ou douze têtes fortes initiées aux secrets cabalistiques de ces magnifiques combinaisons.

César ouvrait les yeux et les oreilles en essayant de comprendre cette phraséologie composite.

— Écoutez, dit Claparon après une pause, de semblables coups veulent des hommes. Il y a l'homme à idées qui n'a pas le sou, comme tous les gens à idées. Ces gens-là pensent et dépensent, sans faire attention à rien. Figurez-vous un cochon qui vague dans un bois à truffes! Il est suivi par un gaillard, l'homme d'argent, qui attend le grognement excité par la trouvaille.

Quand l'homme à idées a rencontré quelque bonne affaire, l'homme d'argent lui donne alors une tape sur l'épaule et lui dit : Qu'est-ce que c'est que ça ? Vous vous mettez dans la gueule d'un four, mon brave, vous n'avez pas les reins assez forts ; voilà mille francs, et laissez-moi mettre en scène cette affaire. Bon ! le Banquier convoque alors les industriels. Mes amis, à l'ouvrage ! des prospectus ! la blague à mort ! On prend des cors de chasse et on crie à son de trompe : Cent mille francs pour cinq sous ! ou cinq sous pour cent mille francs, des mines d'or, des mines de charbon. Enfin tout l'*esbrouffe* [204] du commerce. On achète l'avis des hommes de science ou d'art, la parade se déploie, le public entre, il en a pour son argent, la recette est dans nos mains. Le cochon est chambré sous son toit avec des pommes de terre, et les autres se chafriolent [205] dans les billets de banque. Voilà, mon cher monsieur. Entrez dans les affaires. Que voulez-vous être ? cochon, dindon, paillasse ou millionnaire ? Réfléchissez à ceci : je vous ai formulé la théorie des emprunts modernes. Venez me voir, vous trouverez un bon garçon toujours jovial. La jovialité française, grave et légère tout à la fois, ne nuit pas aux affaires, au contraire ! Des hommes qui trinquent sont bien faits pour se comprendre ! Allons ! encore un verre de vin de Champagne ? il est soigné, allez ! Ce vin est envoyé par un homme d'Épernay même, à qui j'en ai bien fait vendre, et à bon prix. (J'étais dans les vins.) Il se montre reconnaissant et se souvient de moi dans ma prospérité. C'est rare.

Birotteau, surpris de la légèreté, de l'insouciance de cet homme à qui tout le monde accordait une profondeur étonnante et de la capacité, n'osait plus le questionner. Dans l'excitation brouillonne où l'avait mis le vin de Champagne, il se souvint cependant d'un nom qu'avait prononcé du Tillet, et demanda quel était et où demeurait monsieur Gobseck, banquier.

— En seriez-vous là, mon cher monsieur ? dit Claparon. Gobseck est banquier comme le bourreau de

Paris est médecin. Son premier mot est le cinquante pour cent; il est de l'école d'Harpagon : il tient à votre disposition des serins des Canaries, des boas empaillés, des fourrures en été, du nankin en hiver. Et quelles valeurs lui présenteriez-vous? Pour prendre votre papier nu, il faudrait lui déposer votre femme, votre fille, votre parapluie, tout, jusqu'à votre carton à chapeau, vos socques [206] (vous donnez dans le socque articulé), pelles, pincettes et le bois que vous avez dans vos caves!... Gobseck, Gobseck? vertu du malheur! qui vous a indiqué cette guillotine financière?

— Monsieur du Tillet.

— Ah! le drôle, je le reconnais. Nous avons été jadis amis. Si nous nous sommes brouillés à ne pas nous saluer, croyez que ma répulsion est fondée : il m'a laissé lire au fond de son âme de boue, et il m'a mis mal à mon aise pendant le beau bal que vous nous avez donné; je ne puis pas le sentir avec son air fat, parce qu'il a une notairesse! J'aurai des marquises, moi, quand je voudrai, et il n'aura jamais mon estime, lui! Ah! mon estime est une princesse qui ne le gênera jamais dans son lit. Vous êtes un farceur, dites donc, gros père, nous flanquer un bal et deux mois après demander des renouvellements! Vous pouvez aller très loin. Faisons des affaires ensemble. Vous avez une réputation, elle me servira. Oh! du Tillet était né pour comprendre Gobseck. Du Tillet finira mal sur la place. S'il est, comme on le dit le *mouton* [207] de ce vieux Gobseck, il ne peut pas aller loin. Gobseck est dans le coin de sa toile, tapi comme une vieille araignée qui a fait le tour du monde. Tôt ou tard, *zut* [208]! l'usurier siffle son homme comme moi ce verre de vin [209]. Tant mieux! Du Tillet m'a joué un tour... oh! un tour pendable.

Après une heure et demie employée à des bavardages qui n'avaient aucun sens, Birotteau voulut partir en voyant l'ancien commis-voyageur prêt à lui raconter l'aventure d'un représentant du peuple à Marseille, amoureux d'une actrice qui jouait le rôle de la BELLE ARSÉNE et que le parterre royaliste sifflait [210].

— « Il se lève, dit Claparon, et se dresse dans sa loge : *Artè qui l'a siblée... eu!... Si c'est oune femme, je l'amprise; si c'est oune homme, nous se verrons, si c'est ni l'un ni l'autre, que le troun di Diou le cure!...* Savez-vous comment a fini l'aventure? »

— Adieu, monsieur, dit Birotteau.

— Vous aurez à venir me voir, lui dit alors Claparon. La première broche *Cayron* nous est revenue avec protêt et je suis endosseur, j'ai remboursé. Je vais envoyer chez vous, car les affaires avant tout.

Birotteau se sentit atteint aussi avant dans le cœur par cette froide et grimacière obligeance que par la dureté de Keller et par la raillerie allemande de Nucingen. La familiarité de cet homme et ses grotesques confidences allumées par le vin de Champagne avaient flétri l'âme de l'honnête parfumeur qui crut sortir d'un mauvais lieu financier. Il descendit l'escalier, se trouva dans les rues, sans savoir où il allait. Il continua les boulevards, atteignit la rue Saint-Denis, se souvint de Molineux, et se dirigea vers la Cour Batave. Il monta l'escalier sale et tortueux que naguère il avait monté glorieux et fier. Il se souvint de la mesquine âpreté de Molineux, et frémit d'avoir à l'implorer. Comme lors de la première visite du parfumeur, le propriétaire était au coin de son feu, mais digérant son déjeuner; Birotteau lui formula sa demande.

— Renouveler un effet de douze cents francs? dit Molineux en exprimant une railleuse incrédulité. Vous n'en êtes pas là, monsieur. Si vous n'avez pas douze cents francs le quinze pour payer mon billet, vous renverrez donc ma quittance de loyer impayée? Ah! j'en serais fâché, je n'ai pas la moindre politesse en fait d'argent, mes loyers sont mes revenus. Sans cela avec quoi paierais-je ce que je dois? Un commerçant ne désapprouvera pas ce principe salutaire. L'argent ne connaît personne; il n'a pas d'oreilles, l'argent, il n'a pas de cœur, l'argent. L'hiver est rude, voilà le bois renchéri. Si vous ne payez pas le quinze, le seize un petit commandement à midi. Bah! le bonhomme

Mitral, votre huissier, est le mien ; il vous enverra son commandement sous enveloppe avec tous les égards dus à votre haute position.

— Monsieur, je n'ai jamais reçu d'assignation pour mon compte, dit Birotteau.

— Il y a un commencement à tout, dit Molineux.

Consterné par la nette férocité du petit vieillard, le parfumeur fut abattu, car il entendit le glas de la faillite tintant à ses oreilles. Chaque tintement réveillait le souvenir des dires que sa jurisprudence impitoyable lui avait suggérés sur les faillis. Ses opinions se dessinaient en traits de feu sur la molle substance de son cerveau.

— À propos, dit Molineux, vous avez oublié de mettre sur vos effets *valeur reçue en loyers*, ce qui peut conserver mon privilège [211].

— Ma position me défend de rien faire au détriment de mes créanciers, dit le parfumeur hébété par la vue du précipice entr'ouvert.

— Bon, monsieur, très bien, je croyais avoir tout appris en matière de location avec messieurs les locataires. J'apprends par vous à ne jamais recevoir d'effets en paiement. Ah ! je plaiderai, car votre réponse dit assez que vous manquerez à votre signature. L'Espèce intéresse tous les propriétaires de Paris.

Birotteau sortit dégoûté de la vie. Il est dans la nature de ces âmes tendres et molles de se rebuter à un premier refus, de même qu'un premier succès les encourage. César n'espéra plus que dans le dévouement du petit Popinot, auquel il pensa naturellement en se trouvant au marché des Innocents.

— Le pauvre enfant, qui m'eût dit cela, quand il y a six semaines aux Tuileries, je le lançais ?

Il était environ quatre heures, moment où les magistrats quittent le Palais. Par hasard, le Juge d'Instruction était venu voir son neveu. Ce juge, l'un des esprits les plus perspicaces en fait de morale, avait une seconde vue qui lui permettait de voir les intentions secrètes, de reconnaître le sens des actions humaines les plus indifférentes, les germes d'un crime, les racines d'un délit, et il regarda Birotteau sans que Birotteau s'en doutât. Le parfumeur, contrarié de trouver l'oncle auprès du neveu, lui parut gêné, préoccupé, pensif. Le petit Popinot, toujours affairé, la plume à l'oreille, fut comme toujours à plat ventre devant le père de sa Césarine. Les phrases banales dites par César à son associé parurent au juge être les paravents d'une demande importante. Au lieu de partir, le rusé magistrat resta chez son neveu malgré son neveu, car il avait calculé que le parfumeur essaierait de se débarrasser de lui en se retirant lui-même. Quand Birotteau partit, le juge s'en alla, mais il remarqua Birotteau flânant dans la partie de la rue des Cinq-Diamants qui mène à la rue Aubry-le-Boucher. Cette minime circonstance donna des soupçons au vieux Popinot sur les intentions de César, il sortit alors rue des Lombards, et quand il eut vu le parfumeur rentrer chez Anselme, il y revint promptement.

— Mon cher Popinot, avait dit César à son associé, je viens te demander un service.

— Que faut-il faire ? dit Popinot avec une généreuse ardeur.

— Ah ! tu me sauves la vie, s'écria le bonhomme heureux de cette chaleur de cœur qui scintillait au milieu des glaces où il voyageait depuis vingt-cinq jours.

— Il faudrait me régler cinquante mille francs en compte sur ma portion de bénéfices, nous nous entendrions pour le paiement.

Popinot regarda fixement César, César baissa les yeux. En ce moment, le juge reparut.

— Mon enfant... Ah ! pardon, monsieur Birotteau ! Mon enfant j'ai oublié de te dire... Et par le geste impérieux des magistrats, le juge attira son neveu dans la rue, et le força, quoique en veste et tête nue, à l'écouter en marchant vers la rue des Lombards. — Mon neveu, ton ancien patron pourrait se trouver dans des affaires tellement embarrassées, qu'il lui fallût en venir à déposer son bilan. Avant d'arriver là, les hommes qui comptent quarante ans de probité, les hommes les plus vertueux, dans le désir de conserver leur honneur, imitent les joueurs les plus enragés ; ils sont capables de tout : ils vendent leurs femmes, trafiquent de leurs filles, compromettent leurs meilleurs amis, mettent en gage ce qui ne leur appartient pas ; ils vont au jeu, deviennent comédiens, menteurs ; ils savent pleurer. Enfin, j'ai vu les choses les plus extraordinaires. Toi-même as été témoin de la bonhomie de Roguin, à qui l'on aurait donné le bon Dieu sans confession. Je n'applique pas ces conclusions rigoureuses à monsieur Birotteau, je le crois honnête ; mais s'il te demandait de faire quoi que ce soit qui fût contraire aux lois du commerce, comme de souscrire des effets de complaisance et de te lancer dans un système de *circulation*, qui selon moi, est un commencement de friponnerie, car c'est la fausse monnaie du papier, promets-moi de ne rien signer sans me consulter. Songe que, si tu aimes sa fille, il ne faut pas, dans l'intérêt même de ta passion, détruire ton avenir. Si monsieur Birotteau doit tomber, à quoi bon tomber vous deux ? N'est-ce pas vous priver l'un et l'autre de toutes les chances de ta maison de commerce qui sera son refuge ?

— Merci, mon oncle : à bon entendeur salut, dit Popinot à qui la navrante exclamation de son patron fut alors expliquée.

Le marchand d'huiles fines et autres rentra dans sa sombre boutique, le front soucieux. Birotteau remarqua ce changement.

— Faites-moi l'honneur de monter dans ma chambre, nous y serons mieux qu'ici. Les commis, quoique très occupés, pourraient nous entendre.

Birotteau suivit Popinot, en proie aux anxiétés du condamné entre la cassation de son arrêt ou le rejet de son pourvoi.

— Mon cher bienfaiteur, dit Anselme, vous ne doutez pas de mon dévouement, il est aveugle. Permettez-moi seulement de vous demander si cette somme vous sauve entièrement, si ce n'est pas seulement un retard à quelque catastrophe, et alors à quoi bon m'entraîner ? Il vous faut des billets à quatre-vingt-dix jours. Eh ! bien, dans trois mois, il me sera certes impossible de les payer.

Birotteau, pâle et solennel, se leva, regarda Popinot.

Popinot épouvanté s'écria : — Je les ferai si vous voulez.

— Ingrat ! dit le parfumeur qui usa du reste de ses forces pour jeter ce mot au front d'Anselme comme une marque d'infamie.

Birotteau marcha vers la porte et sortit. Popinot, revenu de la sensation que ce mot terrible produisit sur lui, se jeta dans l'escalier, courut dans la rue, mais il ne trouva point le parfumeur. L'amant de Césarine entendit toujours ce formidable arrêt, il eut constamment sous les yeux la figure décomposée du pauvre César ; il vécut enfin, comme Hamlet, avec un épouvantable spectre à ses côtés.

CHAPITRE XIII

LE DÉPÔT D'UN BILAN

Birotteau tourna dans les rues de ce quartier comme un homme ivre. Cependant il finit par se trouver sur le quai, le suivit et alla jusqu'à Sèvres, où il passa la nuit dans une auberge, insensé de douleur; et sa femme effrayée n'osa le faire chercher nulle part. En semblable occurrence, une alarme imprudemment donnée est fatale. La sage Constance immola ses inquiétudes à la réputation commerciale; elle attendit pendant toute la nuit, entremêlant ses prières aux alarmes. César était-il mort? Était-il allé faire quelque course en dehors de Paris, à la piste d'un dernier espoir? Le lendemain matin, elle se conduisit comme si elle connaissait les raisons de cette absence; mais elle manda son oncle et le pria d'aller à la Morgue, en voyant qu'à cinq heures Birotteau n'était pas revenu. Pendant ce temps, la courageuse créature était à son comptoir, sa fille brodait auprès d'elle. Toutes deux, le visage composé, ni triste ni souriant, répondaient au public. Quand Pillerault revint, il revint accompagné de César. Au retour de la Bourse, il l'avait rencontré dans le Palais-Royal, hésitant à monter au jeu. Ce jour était le quatorze. À dîner, César ne put manger. L'estomac, trop violemment contracté, rejetait les aliments. L'après-dîner fut encore horrible. Le négociant éprouva, pour la centième fois, une de ces affreuses alternatives d'espoir et de désespoir qui, en faisant monter à l'âme toute la gamme des sensations joyeuses et la précipitant à la dernière des sensations de la douleur, usent ces natures faibles. Derville, avoué de Birotteau, vint et s'élança dans le salon splendide où madame César retenait de tout son pouvoir son pauvre mari qui voulait aller se coucher au cinquième étage : « pour ne pas voir les monuments de ma folie ! » disait-il.

— Le procès est gagné, dit Derville.

À ces mots, la figure crispée de César se détendit, mais sa joie effraya l'oncle Pillerault et Derville. Les femmes sortirent épouvantées pour aller pleurer dans la chambre de Césarine.

— Je puis emprunter alors, s'écria le parfumeur.

— Ce serait imprudent, dit Derville, ils interjettent appel, la Cour peut réformer le jugement ; mais en un mois nous aurons arrêt.

— Un mois !

César tomba dans un assoupissement dont personne ne tenta de le tirer. Cette espèce de catalepsie retournée, pendant laquelle le corps vivait et souffrait, tandis que les fonctions de l'intelligence étaient suspendues, ce répit donné par le hasard fut regardé comme un bienfait de Dieu par Constance, par Césarine, par Pillerault et Derville qui jugèrent bien. Birotteau put ainsi supporter les déchirantes émotions de la nuit. Il était dans une bergère au coin de la cheminée ; à l'autre coin se tenait sa femme qui l'observait attentivement, un doux sourire sur les lèvres, un de ces sourires qui prouvent que les femmes sont plus près que les hommes de la nature angélique, en ce qu'elles savent mêler une tendresse infinie à la plus entière compassion, secret qui n'appartient qu'aux anges aperçus dans quelques rêves providentiellement semés à de longs intervalles dans la vie humaine. Césarine, assise sur un petit tabouret, était aux pieds de sa mère, et frôlait de temps en temps avec sa chevelure les mains de son père en lui faisant une caresse où elle essayait de mettre les idées que dans ces crises la voix rend importunes.

Assis dans son fauteuil comme le chancelier de l'Hospital est dans le sien au péristyle de la Chambre des Députés, Pillerault, ce philosophe prêt à tout, montrait sur sa figure cette intelligence gravée au front des sphinx égyptiens, et causait avec Derville à voix basse. Constance avait été d'avis de consulter l'avoué dont la discrétion n'était pas à suspecter. Ayant son bilan écrit dans sa tête, elle avait exposé sa situation à l'oreille de Derville. Après une conférence d'une heure environ, tenue sous les yeux du parfumeur hébété, l'avoué hocha la tête en regardant Pillerault.

— Madame, dit-il avec l'horrible sang-froid des gens d'affaires, il faut déposer. En supposant que, par un artifice quelconque, vous arriviez à payer demain, vous devez solder au moins trois cent mille francs, avant de pouvoir emprunter sur tous vos terrains. À un passif de cinq cent cinquante mille francs, vous opposez un actif très beau, très productif, mais non réalisable, vous succomberez dans un temps donné. Mon avis est qu'il vaut mieux sauter par la fenêtre que de se laisser rouler dans les escaliers.

— C'est mon avis aussi, mon enfant, dit Pillerault.

Derville fut reconduit par madame César et par Pillerault.

— Pauvre père, dit Césarine qui se leva doucement pour mettre un baiser sur le front de César. Anselme n'a donc rien pu ? demanda-t-elle quand son oncle et sa mère revinrent.

— Ingrat ! s'écria César frappé par ce nom dans le seul endroit vivant de son souvenir, comme une touche de piano dont le marteau va frapper sa corde.

Depuis le moment où ce mot lui fut jeté comme un anathème, le petit Popinot n'avait pas eu un moment de sommeil, ni un instant de tranquillité. Le malheureux enfant maudissait son oncle, il était allé le trouver. Pour faire capituler cette vieille expérience judiciaire, il avait déployé l'éloquence de l'amour, espérant séduire l'homme sur qui les paroles humaines glissaient comme l'eau sur une toile, un juge !

— Commercialement parlant, lui dit-il, l'usage permet à l'associé gérant de régler une certaine somme à l'associé commanditaire par anticipation sur les bénéfices, et notre société doit en réaliser. Tout examen fait de mes affaires, je me sens les reins assez forts pour payer quarante mille francs en trois mois ! La probité de monsieur César permet de croire que ces quarante mille francs vont être employés à solder ses billets. Ainsi les créanciers, s'il y a faillite, n'auront aucun reproche à nous adresser ! D'ailleurs, mon oncle, j'aime mieux perdre quarante mille francs que de perdre Césarine. Au moment où je parle, elle est sans doute instruite de mon refus, et va me mésestimer. J'ai promis de donner mon sang pour mon bienfaiteur ! Je suis dans le cas d'un jeune matelot qui doit sombrer en tenant la main de son capitaine, du soldat qui doit périr avec son général.

— Bon cœur et mauvais négociant, tu ne perdras pas mon estime, dit le juge en serrant la main de son neveu. J'ai beaucoup pensé à ceci, reprit-il, je sais que tu es amoureux fou de Césarine, je crois que tu peux satisfaire aux lois du cœur et aux lois du commerce.

— Ah ! mon oncle, si vous en avez trouvé le moyen, vous me sauvez l'honneur.

— Avance à Birotteau cinquante mille francs en faisant un acte de réméré relatif à ses intérêts dans votre huile, qui est devenue comme une propriété, je te rédigerai l'acte [212].

Anselme embrassa son oncle, retourna chez lui, fit pour cinquante mille francs d'effets, et courut de la rue des Cinq-Diamants à la place Vendôme, en sorte qu'au moment où Césarine, sa mère et leur oncle Pillerault regardaient le parfumeur, surpris du ton sépulcral avec lequel il avait prononcé ce mot : « Ingrat ! » en réponse à la question de sa fille, la porte du salon s'ouvrit et Popinot parut.

— Mon cher et bien-aimé patron, dit-il en s'essuyant le front baigné de sueur, voilà ce que vous m'avez demandé. Il tendit les billets. — Oui, j'ai bien étudié ma position, n'ayez aucune peur, je paierai, sauvez, sauvez votre honneur !

— J'étais bien sûre de lui, s'écria Césarine en saisissant la main de Popinot et la serrant avec une force convulsive.

Madame César embrassa Popinot, le parfumeur se dressa comme un juste entendant la trompette du jugement dernier, il sortait comme d'une tombe ! Puis il avança la main par un mouvement frénétique pour saisir les cinquante papiers timbrés.

— Un instant, dit le terrible oncle Pillerault en arrachant les billets de Popinot, un instant !

Les quatre personnages qui composaient cette famille, César et sa femme, Césarine et Popinot, étourdis par l'action de leur oncle et par son accent, le regardèrent avec terreur déchirant les billets et les jetant dans le feu qui les consuma, sans qu'aucun d'eux ne les arrêtât au passage.

— Mon oncle !

— Mon oncle !

— Mon oncle !

— Monsieur !

Ce fut quatre voix, quatre cœurs en un seul, une effrayante unanimité. L'oncle Pillerault prit le petit Popinot par le cou, le serra sur son cœur et le baisa au front.

— Tu es digne de l'adoration de tous ceux qui ont du cœur, lui dit-il. Si tu aimais ma fille, eût-elle un million, n'eusses-tu rien que ça (il montra les cendres noires des effets), si elle t'aimait, vous seriez mariés dans quinze jours. Ton patron, dit-il en désignant César, est fou. Mon neveu, reprit le grave Pillerault en s'adressant au parfumeur, mon neveu plus d'illusions ! On doit faire les affaires avec des écus et non avec des sentiments. Ceci est sublime, mais inutile. J'ai passé deux heures à la Bourse, tu n'as pas pour deux liards de crédit ; tout le monde parlait de ton désastre, de renouvellements refusés, de tes tentatives auprès de plusieurs banquiers, de leurs refus, de tes folies, six étages montés pour aller trouver un propriétaire bavard comme une pie afin de renouveler douze cents francs, ton bal donné pour cacher ta gêne. On va jusqu'à dire que tu n'avais rien chez Roguin. Selon vos ennemis, Roguin est un prétexte. Un de mes amis, chargé de tout apprendre, est venu confirmer mes soupçons. Chacun pressent l'émission des effets Popinot, tu l'as établi tout exprès pour en faire une planche à billets. Enfin, toutes les calomnies et les médisances que s'attire un homme qui veut monter un bâton de plus sur l'échelle sociale roulent à cette heure dans le commerce. Tu colporterais vainement pendant huit jours les cinquante billets de Popinot sur tous les comptoirs, tu essuyerais d'humiliants refus, et personne n'en voudrait : rien ne prouve le nombre auquel tu les émets, et l'on s'attend à te voir sacrifiant ce pauvre enfant pour ton salut. Tu aurais détruit en pure perte le crédit de la maison Popinot. Sais-tu ce que le plus hardi des escompteurs te donnerait de ces cinquante mille francs ? Vingt mille, vingt mille, entends-tu ? En commerce, il est des instants où il faut pouvoir se tenir devant le monde trois jours sans manger, comme si l'on avait une indigestion, et le quatrième on est admis au garde-manger du Crédit. Tu ne peux pas vivre ces trois jours, tout est là. Mon pauvre neveu, du courage, il faut déposer ton bilan. Voici Popinot, me voilà, nous allons, aussitôt tes commis couchés, travailler ensemble afin de t'éviter ces angoisses.

— Mon oncle, dit le parfumeur en joignant les mains.

— César, veux-tu donc arriver à un bilan honteux où il n'y ait pas d'actif ? Ton intérêt chez Popinot te sauve l'honneur.

César, éclairé par ce fatal et dernier jet de lumière, vit enfin l'affreuse vérité dans toute son étendue, il retomba sur sa bergère, de là sur ses genoux, sa raison s'égara, il redevint enfant ; sa femme le crut mourant, elle s'agenouilla pour le relever ; mais elle s'unit à lui, quand elle lui vit joindre les mains, lever les yeux et réciter avec une componction résignée en présence de son oncle, de sa fille et de Popinot la sublime prière des catholiques.

« *Notre père qui êtes aux cieux, que votre nom soit sanctifié, que votre règne arrive, que votre sainte volonté soit faite dans la terre comme dans le ciel,* DONNEZ-NOUS NOTRE PAIN QUOTIDIEN, *et pardonnez-nous nos offenses comme nous pardonnons à ceux qui nous ont offensés. Ainsi soit-il!* »

Des larmes vinrent aux yeux du stoïque Pillerault, Césarine accablée, en larmes, avait la tête penchée sur l'épaule de Popinot pâle et raide comme une statue.

— Descendons, dit l'ancien négociant au jeune homme en lui prenant le bras.

À onze heures et demie, ils laissèrent César aux soins de sa femme et de sa fille. En ce moment, Célestin, le premier commis, qui durant ce secret orage avait dirigé la maison, monta dans les appartements et entra au salon. En entendant son pas, Césarine courut lui ouvrir pour qu'il ne vît pas l'abattement du maître.

— Parmi les lettres de ce soir, dit-il, il y en avait une venue de Tours, dont l'adresse était mal mise, ce qui a produit du retard. J'ai pensé qu'elle est du frère de monsieur, et ne l'ai pas ouverte.

— Mon père, cria Césarine, une lettre de mon oncle de Tours.

— Ah! je suis sauvé, cria César. Mon frère! mon frère! dit-il en baisant la lettre.

RÉPONSE DE FRANÇOIS À CÉSAR BIROTTEAU.

Tours, 17 courant.

« Mon bien-aimé frère, ta lettre m'a causé la plus « vive affliction; aussi, après l'avoir lue, suis-je allé « offrir à Dieu le saint sacrifice de la messe à ton inten- « tion, en l'intercédant par le sang que son fils, notre « divin Rédempteur, a répandu pour nous, de jeter sur « tes peines un regard miséricordieux. Au moment où « j'ai prononcé mon oraison *Pro meo fratre Caesare* [213], « j'ai eu les yeux pleins de larmes en pensant à toi, de « qui, par malheur, je suis séparé dans les jours où tu

« dois avoir besoin des secours de l'amitié fraternelle. « Mais j'ai songé que le digne et vénérable monsieur « Pillerault me remplacera sans doute. Mon cher César, « n'oublie pas au milieu de tes chagrins que cette vie est « une vie d'épreuves et de passage ; qu'un jour nous « serons récompensés d'avoir souffert pour le saint nom « de Dieu, pour sa sainte église, pour avoir observé les « maximes de l'Évangile et pratiqué la vertu ; autrement « les choses de ce monde n'auraient point de sens. Je te « redis ces maximes, en sachant combien tu es pieux et « bon, parce qu'il peut arriver aux personnes qui, « comme toi, sont jetées dans les orages du monde et « lancées sur la mer périlleuse des intérêts humains, de « se permettre des blasphèmes au milieu des adversités, « emportés qu'ils sont par la douleur. Ne maudis ni les « hommes qui te blesseront, ni Dieu qui mêle à son gré « de l'amertume à ta vie. Ne regarde pas la terre, au « contraire, lève toujours les yeux au ciel : de là « viennent des consolations pour les faibles, là sont les « richesses des pauvres, là sont les terreurs du riche... »

— Mais Birotteau, lui dit sa femme, passe donc cela, et vois s'il nous envoie quelque chose.

— Nous la relirons souvent, reprit le marchand en essuyant ses larmes et entr'ouvrant la lettre d'où tomba un mandat sur le trésor royal. J'étais bien sûr de lui, pauvre frère, dit Birotteau en saisissant le mandat.

« ... Je suis allé chez madame de Listomère [214], « reprit-il en lisant d'une voix entrecoupée par les « pleurs, et sans lui dire le motif de ma demande, je l'ai « priée de me prêter tout ce dont elle pouvait disposer « en ma faveur, afin de grossir le fruit de mes écono- « mies. Sa générosité m'a permis de compléter une « somme de mille francs, je te l'adresse en un mandat « du receveur-général de Tours sur le Trésor. »

— La belle avance ! dit Constance en regardant Césarine.

« En retranchant quelques superfluités dans ma vie, « je pourrai rendre en trois ans à madame de Listomère « les quatre cents francs qu'elle m'a prêtés, ainsi ne t'en

« inquiète pas, mon cher César. Je t'envoie tout ce que « je possède dans le monde, en souhaitant que cette « somme puisse aider à une heureuse conclusion de tes « embarras commerciaux, qui sans doute ne seront que « momentanés. Je connais ta délicatesse, et veux aller « au-devant de tes objections. Ne songe ni à me donner « aucun intérêt de cette somme, ni à me la rendre dans « un jour de prospérité qui ne tardera pas à se lever « pour toi, si Dieu daigne entendre les prières que je lui « adresserai journellement. D'après ta dernière reçue il « y a deux ans, je te croyais riche, et pensais pouvoir « disposer de mes économies en faveur des pauvres; « mais maintenant, tout ce que j'ai t'appartient. Quand « tu auras surmonté ce grain passager de ta navigation, « garde encore cette somme pour ma nièce Césarine, « afin que, lors de son établissement, elle puisse « l'employer à quelque bagatelle qui lui rappelle un vieil « oncle dont les mains se lèveront toujours au ciel pour « demander à Dieu de répandre ses bénédictions sur « elle et sur tous ceux qui lui seront chers. Enfin, mon « cher César, songe que je suis un pauvre prêtre qui va « à la grâce de Dieu comme les alouettes des champs, « marchant dans mon sentier [215], sans bruit, tâchant « d'obéir aux commandements de notre divin Sauveur, « et à qui conséquemment il faut peu de chose. Ainsi, « n'aie pas le moindre scrupule dans la circonstance « difficile où tu te trouves, et pense à moi comme à « quelqu'un qui t'aime tendrement. Notre excellent « abbé Chapeloud, auquel je n'ai point dit ta situation, « et qui sait que je t'écris, m'a chargé de te transmettre « les plus aimables choses, pour toutes les personnes de « ta famille et te souhaite la continuation de tes prospé- « rités. Adieu, cher et bien-aimé frère, je fais des vœux « pour que, dans les conjonctures où tu te trouves, « Dieu te fasse la grâce de te conserver en bonne santé, « toi, ta femme et ta fille; je vous souhaite à tous « patience et courage en vos adversités. »

« FRANÇOIS BIROTTEAU,

« Prêtre, vicaire de l'église cathédrale et paroissiale de Saint-Gatien de Tours. »

— Mille francs! dit madame Birotteau furieuse.

— Serre-les, dit gravement César, il n'a que cela. D'ailleurs, ils sont à notre fille, et doivent nous faire vivre sans rien demander à nos créanciers.

— Ils croiront que tu leur as soustrait des sommes importantes.

— Je leur montrerai la lettre.

— Ils diront que c'est une frime.

— Mon Dieu, mon Dieu, cria Birotteau terrifié. J'ai pensé cela de pauvres gens qui sans doute étaient dans la situation où je me trouve.

Trop inquiètes de l'état où se trouvait César, la mère et la fille travaillèrent à l'aiguille auprès de lui, dans un profond silence. À deux heures du matin, Popinot ouvrit doucement la porte du salon et fit signe à madame César de descendre. En voyant sa nièce, l'oncle ôta ses besicles.

— Mon enfant, il y a de l'espoir, lui dit-il, tout n'est pas perdu; mais ton mari ne résisterait pas aux alternatives des négociations à faire et qu'Anselme et moi nous allons tenter. Ne quitte pas ton magasin demain, et prends toutes les adresses des billets, car nous avons jusqu'à quatre heures. Voici mon idée. Ni monsieur Ragon ni moi ne sommes à craindre. Supposez maintenant que vos cent mille francs déposés chez Roguin aient été remis aux acquéreurs, vous ne les auriez pas plus que vous ne les avez aujourd'hui. Vous êtes en présence de cent quarante mille francs souscrits à Claparon, que vous deviez toujours payer en tout état de cause. Ainsi ce n'est pas la banqueroute de Roguin qui vous ruine. Je vois pour faire face à vos obligations quarante mille francs à emprunter tôt ou tard sur vos fabriques et soixante mille francs d'effets Popinot. On peut donc lutter; car, après, vous pourrez emprunter sur les terrains de la Madeleine. Si votre principal créancier consent à vous aider, je ne regarderai pas à ma fortune, je vendrai mes rentes, je serai sans pain. Popinot sera entre la vie et la mort; quant à vous, vous serez à la merci du plus petit événement commercial. Mais l'huile rendra sans doute de grands bénéfices. Popinot et moi nous venons de nous consulter, nous vous soutiendrons dans cette lutte. Ah! je mangerai bien gaiement mon pain sec si le succès poind à l'horizon. Mais tout dépend de Gigonnet et des associés Claparon. Popinot et moi, nous irons chez Gigonnet de sept à huit heures, et nous saurons à quoi nous en tenir sur leurs intentions.

Constance se jeta tout éperdue dans les bras de son oncle, sans autre voix que des larmes et des sanglots. Ni Popinot ni Pillerault ne pouvaient savoir que Bidault dit Gigonnet, et Claparon étaient du Tillet sous une double forme, que du Tillet voulait lire dans les Petites-Affiches [216] ce terrible article :

« Jugement du tribunal de commerce qui déclare le sieur César Birotteau, marchand parfumeur, demeurant à Paris, rue Saint-Honoré, n° 397, en état de faillite, en fixe provisoirement l'ouverture au 16 janvier 1819. Juge-commissaire, monsieur Gobenheim-Keller. Agent, monsieur Molineux. »

Anselme et Pillerault étudièrent jusqu'au jour les affaires de César. À huit heures du matin, ces deux héroïques amis, l'un vieux soldat, l'autre sous-lieutenant d'hier, qui ne devaient jamais connaître que par procuration les terribles angoisses de ceux qui avaient monté l'escalier de Bidault dit Gigonnet, s'acheminèrent, sans se dire un mot, vers la rue Grenétat [217]. Ils souffraient. À plusieurs reprises, Pillerault passa sa main sur son front.

La rue Grenétat est une rue où toutes les maisons, envahies par une multitude de commerces, offrent un aspect repoussant. Les constructions y ont un caractère horrible. L'ignoble malpropreté des fabriques y domine. Le vieux Gigonnet habitait le troisième étage d'une maison dont toutes les fenêtres étaient à bascule [218] et à petits carreaux sales. L'escalier descendait jusque sur la rue. La portière était logée à l'entresol, dans une cage qui ne tirait son jour que de l'escalier. Excepté Gigonnet, tous les locataires exerçaient un état. Il venait, il sortait continuellement des ouvriers. Les marches étaient donc revêtues d'une couche de boue dure ou molle, au gré de l'atmosphère, et où séjournaient des immondices. Sur ce fétide escalier, chaque palier offrait aux yeux les noms du fabricant écrits en or sur une tôle peinte en rouge et vernie, avec des échantillons de ses chefs-d'œuvre. La plupart du temps, les portes ouvertes laissaient voir la bizarre union du ménage et de la fabrique, il s'en échappait des cris et des grognements inouïs, des chants, des sifflements qui rappelaient l'heure de quatre heures chez les animaux du Jardin-des-Plantes. Au premier se faisaient, dans un taudis infect, les plus belles bretelles de l'Article-Paris. Au second se confectionnaient, au milieu des plus sales ordures, les plus élégants cartonnages qui parent au jour de l'an les étalages. Gigonnet mourut riche de dix-huit cent mille francs dans le troisième de cette maison, sans qu'aucune considération eût pu l'en faire sortir, malgré l'offre de madame Saillard, sa nièce, de lui donner un appartement dans un hôtel de la place Royale [219].

— Du courage, dit Pillerault en tirant le pied-de-biche pendu par un cordon à la porte grise et propre de Gigonnet.

Gigonnet vint ouvrir sa porte lui-même. Les deux parrains du parfumeur, en lice dans le champ des faillites, traversèrent une première chambre correcte et froide, sans rideaux aux croisées. Tous trois s'assirent dans la seconde, où se tenait l'escompteur devant un foyer plein de cendres au milieu desquelles le bois se défendait contre le feu. Popinot eut l'âme glacée par les cartons verts de l'usurier, par la rigidité monastique de ce cabinet aéré comme une cave. Il regarda d'un air hébété le petit papier bleuâtre semé de fleurs tricolores collé sur les murs depuis vingt-cinq ans, et reporta ses yeux attristés sur la cheminée ornée d'une pendule en forme de lyre, et de vases oblongs en bleu de Sèvres richement montés en cuivre doré. Cette épave, ramassée par Gigonnet dans le naufrage de Versailles où la populace brisa tout, venait du boudoir de la reine ; mais cette magnifique chose était accompagnée de deux chandeliers du plus misérable modèle en fer battu qui rappelaient par ce sauvage contraste la circonstance à laquelle on la devait.

— Je sais que vous ne pouvez pas venir pour vous, dit Gigonnet, mais pour le grand Birotteau. Eh ! bien, qu'y a-t-il, mes amis ?

— Je sais qu'on ne vous apprend rien, ainsi nous serons brefs, dit Pillerault. — Vous avez des effets ordre Claparon ?

— Oui.

— Voulez-vous échanger les cinquante premiers mille contre des effets de monsieur Popinot que voici, moyennant escompte, bien entendu ?

Gigonnet ôta sa terrible casquette verte qui semblait née avec lui, montra son crâne couleur beurre frais dénué de cheveux, fit sa grimace voltairienne et dit : « Vous voulez me payer en huile pour les cheveux, quéque j'en ferais ? »

— Quand vous plaisantez, il n'y a qu'à tirer ses grègues, dit Pillerault.

— Vous parlez comme un sage que vous êtes, lui dit Gigonnet avec un sourire flatteur.

— Eh ! bien, si j'endossais les effets de monsieur Popinot ? dit Pillerault en faisant un dernier effort.

— Vous êtes de l'or en barre, monsieur Pillerault, mais je n'ai pas besoin d'or, il me faut seulement mon argent.

Pillerault et Popinot saluèrent et sortirent. Au bas de l'escalier, les jambes de Popinot flageolaient encore sous lui.

— Est-ce un homme ? dit-il à Pillerault.

— On le prétend, fit le vieillard. Souviens-toi toujours de cette courte séance, Anselme ! Tu viens de voir la Banque sans la mascarade de ses formes agréables. Les événements imprévus sont la vis du pressoir, nous sommes le raisin, et les banquiers sont les tonneaux. L'affaire des terrains est sans doute bonne. Gigonnet ou quelqu'un derrière lui veut étrangler César pour se revêtir de sa peau : tout est dit, il n'y a plus de remède. Voilà la Banque : n'y recours jamais !

Après cette affreuse matinée où, pour la première fois, madame Birotteau prit les adresses de ceux qui venaient chercher leur argent et renvoya le garçon de la Banque sans le payer, à onze heures, cette courageuse femme, heureuse d'avoir sauvé ces douleurs à son mari, vit revenir Anselme et Pillerault qu'elle attendait en proie à de croissantes anxiétés : elle lut sa sentence sur leurs visages. Le dépôt du bilan était inévitable.

— Il va mourir de douleur, dit la pauvre femme.

— Je le lui souhaite, dit gravement Pillerault ; mais il est si religieux que, dans les circonstances actuelles, son directeur, l'abbé Loraux, peut seul le sauver.

Pillerault, Popinot et Constance attendirent qu'un commis fût allé chercher l'abbé Loraux avant de présenter le bilan que Célestin préparait à la signature de César. Les commis étaient au désespoir, ils aimaient leur patron. À quatre heures, le bon prêtre arriva, Constance le mit au fait du malheur qui fondait sur eux, et l'abbé monta comme un soldat monte à la brèche.

— Je sais pourquoi vous venez, s'écria Birotteau.

— Mon fils, dit le prêtre, vos sentiments de résignation à la volonté divine me sont depuis longtemps connus ; mais il s'agit de les appliquer : ayez toujours les yeux sur la croix, ne cessez de la regarder en pensant aux humiliations dont fut abreuvé le Sauveur des hommes, combien sa passion fut cruelle, vous pourrez supporter ainsi les mortifications que Dieu vous envoie...

— Mon frère l'abbé m'avait déjà préparé, dit César en lui montrant la lettre qu'il avait relue et qu'il tendit à son confesseur.

— Vous avez un bon frère, dit monsieur Loraux, une épouse vertueuse et douce, une tendre fille, deux vrais amis, votre oncle et le cher Anselme, deux créanciers indulgents, les Ragon ; tous ces bons cœurs verseront incessamment [220] du baume sur vos blessures et vous aideront à porter votre croix. Promettez-moi d'avoir la fermeté d'un martyr, d'envisager le coup sans défaillir.

L'abbé toussa pour prévenir Pillerault qui était dans le salon.

— Ma résignation est sans bornes, dit César avec calme. Le déshonneur est venu, je ne dois songer qu'à la réparation.

La voix du pauvre parfumeur et son air surprirent Césarine et le prêtre. Cependant rien n'était plus naturel. Tous les hommes supportent mieux un malheur connu, défini, que les cruelles alternatives d'un sort qui, d'un instant à l'autre, apporte ou la joie excessive ou l'extrême douleur.

— J'ai rêvé pendant vingt-deux ans, je me réveille aujourd'hui mon gourdin à la main, dit César redevenu paysan tourangeau.

En entendant ces mots, Pillerault serra son neveu dans ses bras. César aperçut sa femme, Anselme et Célestin. Les papiers que tenait le premier commis étaient bien significatifs. César contempla tranquillement ce groupe où tous les regards étaient tristes mais amis.

— Un moment! dit-il en détachant sa croix qu'il tendit à l'abbé Loraux, vous me la rendrez quand je pourrai la porter sans honte [221]. Célestin, ajouta-t-il en s'adressant à son commis, écrivez ma démission d'adjoint. Monsieur l'abbé vous dictera la lettre, vous la daterez du quatorze, et la ferez porter chez monsieur de La Billardière par Raguet.

Célestin et l'abbé Loraux descendirent. Pendant environ un quart d'heure, un profond silence régna dans le cabinet de César. Une telle fermeté surprit la famille. Célestin et l'abbé revinrent, César signa sa démission. Quand l'oncle Pillerault lui présenta le bilan, le pauvre homme ne put réprimer un horrible mouvement nerveux.

— Mon Dieu, ayez pitié de moi, dit-il en signant la terrible pièce et la tendant à Célestin.

— Monsieur, dit alors Anselme Popinot sur le front nuageux duquel il passa un lumineux éclair, madame, faites-moi l'honneur de m'accorder la main de mademoiselle Césarine.

À cette phrase, tous les assistants eurent des larmes aux yeux, excepté César qui se leva, prit la main d'Anselme, et, d'une voix creuse, lui dit : — Mon enfant, tu n'épouseras jamais la fille d'un failli.

Anselme regarda fixement Birotteau et lui dit : — Monsieur, vous engagez-vous, en présence de toute votre famille, à consentir à notre mariage, si mademoiselle m'agrée pour mari, le jour où vous serez relevé de votre faillite ?

Il y eut un moment de silence pendant lequel chacun fut ému par les sensations qui se peignirent sur le visage affaissé du parfumeur.

— Oui, dit-il enfin.

Anselme fit un indicible geste pour prendre la main de Césarine, qui la lui tendit, et il la baisa.

— Vous consentez aussi ? demanda-t-il à Césarine.

— Oui, dit-elle.

— Je suis donc enfin de la famille, j'ai le droit de m'occuper de ses affaires, dit-il avec une expression bizarre.

Anselme sortit précipitamment pour ne pas montrer une joie qui contrastait trop avec la douleur de son patron. Anselme n'était pas précisément heureux de la faillite, mais l'amour est si absolu, si égoïste ! Césarine elle-même sentait en son cœur une émotion qui contrariait son amère tristesse.

— Puisque nous y sommes, dit Pillerault à l'oreille de Césarine, frappons tous les coups.

Madame Birotteau laissa échapper un signe de douleur et non d'assentiment.

— Mon neveu, dit Pillerault en s'adressant à César, que comptes-tu faire ?

— Continuer le commerce.

— Ce n'est pas mon avis, dit Pillerault. Liquide et distribue ton actif à tes créanciers, ne reparais plus sur la place de Paris. Je me suis souvent supposé dans une position analogue à la tienne... (Ah ! il faut tout prévoir dans le commerce ! le négociant qui ne pense pas à la faillite est comme un général qui compterait n'être jamais battu, il n'est négociant qu'à demi.) Moi, je n'aurais jamais continué. Comment ! toujours rougir devant des hommes à qui j'aurais fait tort, recevoir leurs regards défiants et leurs tacites reproches ? Je conçois la guillotine !... En un instant, tout est fini. Mais avoir une tête qui renaît et se la sentir couper tous les jours, est un supplice auquel je me serais soustrait. Beaucoup de gens reprennent les affaires comme si rien ne leur était arrivé ! tant mieux ! ils sont plus forts que Claude-Joseph Pillerault. Si vous faites au comptant, et vous y êtes obligé, on dit que vous avez su vous ménager des ressources ; si vous êtes sans le sou, vous ne pouvez jamais vous relever. Bonsoir ! Abandonne ton actif, laisse vendre ton fonds et fais autre chose.

— Mais quoi ? dit César.

— Eh ! dit Pillerault, cherche une place. N'as-tu pas des protections ? Le duc et la duchesse de Lenoncourt, madame de Mortsauf, monsieur de Vandenesse ! écris-leur, vois-les, ils te caseront dans la Maison du Roi avec quelque millier d'écus ; ta femme en gagnera bien autant, ta fille peut-être aussi. La position n'est pas désespérée. À vous trois, vous réunirez près de dix mille francs par an. En dix ans, tu peux payer cent mille francs, car tu ne prendras rien sur ce que vous gagnerez : tes deux femmes auront quinze cents francs chez moi pour leurs dépenses, et, quant à toi, nous verrons !

Constance et non César médita ces sages paroles. Pillerault se dirigea vers la Bourse, alors tenue sous une construction en planches et qui formait une salle ronde où l'on entrait par la rue Feydeau. La faillite du parfumeur en vue et jalousé, déjà connue, excitait une rumeur générale dans le haut commerce, alors constitutionnel. Les commerçants libéraux voyaient dans la fête de Birotteau une audacieuse entreprise sur leurs sentiments. Les gens de l'Opposition voulaient avoir le monopole de l'amour du pays. Permis aux royalistes d'aimer le Roi, mais aimer la patrie était le privilège de la Gauche : le peuple lui appartenait. Le pouvoir avait eu tort de se réjouir, par ses organes, d'un événement dont les Libéraux voulaient l'exploitation exclusive. La chute d'un protégé du château, d'un ministériel, d'un royaliste incorrigible qui, le 13 vendémiaire, insultait à la Liberté en se battant contre la glorieuse Révolution française, cette chute excitait les cancans et les applaudissements de la Bourse. Pillerault voulait connaître, étudier l'opinion. Il trouva, dans un des groupes les plus animés, du Tillet, Gobenheim-Keller, Nucingen, le vieux Guillaume et son gendre Joseph Lebas, Claparon, Gigonnet, Mongenod, Camusot, Gobseck, Adolphe Keller, Palma, Chiffreville, Matifat, Grindot et Lourdois.

— Eh! bien, quelle prudence ne faut-il pas, dit Gobenheim à du Tillet, il n'a tenu qu'à un fil que mes beaux-frères n'accordassent un crédit à Birotteau!

— Moi, j'y suis de dix mille francs qu'il m'a demandés il y a quinze jours, je les lui ai donnés sur sa simple signature, dit du Tillet. Mais il m'a jadis obligé, je les perdrai sans regret.

— Il a fait comme tous les autres, votre neveu, dit Lourdois à Pillerault, il a donné des fêtes! Qu'un fripon essaie de jeter de la poudre aux yeux pour stimuler la confiance, je le conçois; mais un homme qui passait pour la crème des honnêtes gens recourir aux roueries de ce vieux charlatanisme auquel nous nous prenons toujours!

— Comme des sangsues, dit Gobseck.

— N'ayez confiance qu'à ceux qui vivent dans des bouges, comme Claparon, dit Gigonnet.

— *Hé pien*, dit le gros baron Nucingen à du Tillet, *fous afez fouli meu chouer eine tire han m'enfoyant Pirod-*

dôt. Che ne sais bas birquoi, dit-il en se tournant vers Gobenheim, le manufacturier, *el n'a pas enfoyé brentre chez moi zinguande mile vrancs, che les lui aurais remisse.*

— Oh! non, dit Joseph Lebas, monsieur le baron. Vous deviez bien savoir que la Banque avait refusé son papier, vous l'avez fait rejeter dans le Comité d'Escompte. L'affaire de ce pauvre homme, pour qui je professe encore une haute estime, offre des circonstances singulières...

La main de Pillerault serrait celle de Joseph Lebas.

— Il est impossible en effet, dit Mongenod, d'expliquer ce qui arrive, à moins de croire qu'il y ait, cachés derrière Gigonnet, des banquiers qui veulent tuer l'affaire de la Madeleine.

— Il lui arrive ce qui arrivera toujours à ceux qui sortent de leur spécialité, dit Claparon en interrompant Mongenod. S'il avait monté lui-même son Huile Céphalique au lieu de venir nous renchérir les terrains dans Paris en se jetant dessus, il aurait perdu ses cent mille francs chez Roguin, mais il n'aurait pas failli. Il va travailler sous le nom de Popinot.

— Attention à Popinot, dit Gigonnet.

Roguin, selon cette masse de négociants, était *l'infortuné Roguin*, le parfumeur était *ce pauvre Birotteau*. L'un semblait excusé par une grande passion, l'autre semblait plus coupable à cause de ses prétentions. En quittant la Bourse, Gigonnet passa par la rue Perrin-Gasselin avant de revenir rue Grenétat, et vint chez madame Madou, la marchande de fruits secs.

— Ma grosse mère, lui dit-il avec sa cruelle bonhomie, eh! bien, comment va notre petit commerce?

— À la douce, dit respectueusement madame Madou en présentant son unique fauteuil à l'usurier avec une affectueuse servilité qu'elle n'avait eue que pour *le cher défunt*.

La mère Madou, qui jetait à terre un charretier récalcitrant ou trop badin, qui n'eût pas craint d'aller à l'assaut des Tuileries au Dix Octobre, qui goguenardait ses meilleures pratiques, capable enfin de porter sans trembler la parole au Roi au nom des Dames de la Halle, Angélique Madou recevait Gigonnet avec un profond respect. Sans force en sa présence, elle frissonnait sous son regard âpre. Les gens du peuple trembleront encore longtemps devant le bourreau, Gigonnet était le bourreau de ce commerce. À la Halle, nul pouvoir n'est plus respecté que celui de l'homme qui fait le cours de l'argent. Les autres institutions humaines ne sont rien auprès. La Justice elle-même se traduit aux yeux de la Halle par le commissaire, personnage avec lequel elle se familiarise. Mais l'Usure assise derrière ses cartons verts, l'usure implorée la crainte dans le cœur, dessèche la plaisanterie, altère le gosier, abat la fierté du regard et rend le peuple respectueux.

— Est-ce que vous avez quelque chose à me demander ? dit-elle.

— Un rien, une misère, tenez-vous prête à rembourser les effets Birotteau, le bonhomme a fait faillite, tout devient exigible, je vous enverrai le compte demain matin.

Les yeux de madame Madou se concentrèrent d'abord comme ceux d'une chatte, puis vomirent des flammes.

— Ah ! le gueux ! ah ! le scélérat ! il est venu lui-même ici me dire qu'il était adjoint, me monter des couleurs ! Matigot, ça va comme ça, le commerce ! Il n'y a plus de foi chez les maires, le Gouvernement nous trompe. Attendez, je vais aller me faire payer, moi...

— Hé, dans ces affaires-là, chacun s'en tire comme il peut, chère enfant ! dit Gigonnet en levant sa jambe par ce petit mouvement sec semblable à celui d'un chat qui veut passer un endroit mouillé, et auquel il devait son nom [222]. Il y a de gros bonnets qui pensent à retirer leur épingle du jeu.

— Bon ! bon ! je vais retirer ma noisette. Marie-Jeanne ! mes socques et mon cachemire en poil de lapin, et vite, ou je te réchauffe la joue par une giroflée à cinq feuilles [223].

— Ça va s'échauffer dans le haut de la rue, se dit Gigonnet en se frottant les mains. Du Tillet sera content, il y aura du scandale dans le quartier. Je ne sais pas ce que lui a fait ce pauvre diable de parfumeur, moi j'en ai pitié comme d'un chien qui se casse la patte. Ce n'est pas un homme, il n'est pas de force.

Madame Madou déboucha, comme une insurrection du faubourg Saint-Antoine, sur les sept heures du soir à la porte du pauvre Birotteau qu'elle ouvrit avec une excessive violence, car la marche avait encore animé ses esprits.

— Tas de vermine, il me faut mon argent, je veux mon argent! Vous me donnerez mon argent, ou je vais emporter des sachets, des brimborions de satin, des éventails, enfin de la marchandise pour mes deux mille francs! A-t-on jamais vu des maires volant les administrés! Si vous ne me payez pas, je l'envoie aux galères, je vais chez le Procureur du roi, le tremblement de la justice ira son train! Enfin, je ne sors pas d'ici sans ma monnaie.

Elle fit mine de lever les glaces d'une armoire où étaient des objets précieux.

— La Madou prend, dit à voix basse Célestin à son voisin.

La marchande entendit le mot, car dans les paroxysmes de passion les organes s'oblitèrent ou se perfectionnent selon les constitutions, elle appliqua sur l'oreille de Célestin la plus vigoureuse tape qui se fût donnée dans un magasin de parfumerie.

— Apprends à respecter les femmes, mon ange, dit-elle, et à ne pas chiffonner le nom de ceux que tu voles.

— Madame, dit madame Birotteau sortant de l'arrière-boutique où se trouvait par hasard son mari que l'oncle Pillerault voulait emmener et qui, pour obéir à la loi, poussait l'humilité jusqu'à vouloir se laisser mettre en prison; madame, au nom du ciel, n'ameutez pas les passants.

— Eh! qu'ils entrent, dit la femme, je *leux* y dirai la chose, histoire de rire! Oui, ma marchandise et mes écus ramassés à la sueur de mon front servent à donner vos bals. Enfin, vous allez vêtue comme une reine de France avec la laine que vous prenez à des pauvres *igneaux* comme moi! Jésus! ça me brûlerait les épaules, à moi, du bien volé! Je n'ai que du poil de lapin sur ma carcasse, mais il est à moi! Brigands de voleurs, mon argent ou...

Elle sauta sur une jolie boîte en marqueterie où étaient de précieux objets de toilette.

— Laissez cela, madame, dit César en se montrant, rien ici n'est à moi, tout appartient à mes créanciers. Je n'ai plus que ma personne, et si vous voulez vous en emparer, me mettre en prison, je vous donne ma parole d'honneur (une larme sortit de ses yeux) que j'attendrai votre huissier le Garde du Commerce et ses recors[224]...

Le ton et le geste en harmonie avec l'action firent tomber la colère de madame Madou.

— Mes fonds ont été emportés par un notaire, et je suis innocent des désastres que je cause, reprit César; mais vous serez payée avec le temps, dussé-je mourir à la peine et travailler comme un manœuvre, à la Halle, en prenant l'état de porteur.

— Allons, vous êtes un brave homme, dit la femme de la Halle. Pardon de mes paroles, madame; mais faut donc que je me jette à l'eau, car Gigonnet va me poursuivre, et je n'ai que des valeurs à dix mois pour rembourser vos damnés billets.

— Venez me trouver demain matin, dit Pillerault en se montrant, je vous arrangerai votre affaire à cinq pour cent, chez un de mes amis.

— Quien! c'est le brave père Pillerault. Eh! mais il est votre oncle, dit-elle à Constance. Allons, vous êtes d'honnêtes gens, je ne perdrai rien, est-ce pas? À demain, vieux Brutus, dit-elle à l'ancien quincaillier.

César voulut absolument demeurer au milieu de ses ruines, en disant qu'il s'expliquerait ainsi avec tous ses créanciers. Malgré les supplications de sa nièce, l'oncle Pillerault approuva César, et le fit remonter chez lui.

Le rusé vieillard courut chez monsieur Haudry, lui expliqua la position de Birotteau, obtint une ordonnance pour une potion somnifère, l'alla commander et revint passer la soirée chez son neveu. De concert avec Césarine, il contraignit César à boire comme eux. Le narcotique endormit le parfumeur qui se réveilla, quatorze heures après, dans la chambre de son oncle Pillerault, rue des Bourdonnais, emprisonné par le vieillard qui couchait, lui, sur un lit de sangle dans son salon. Quand Constance entendit rouler le fiacre dans lequel son oncle Pillerault emmenait César, son courage l'abandonna. Souvent nos forces sont stimulées par la nécessité de soutenir un être plus faible que nous. La pauvre femme pleura de se trouver seule chez elle avec sa fille, comme elle aurait pleuré César mort.

— Maman, dit Césarine en s'asseyant sur les genoux de sa mère et la caressant avec ces grâces de chatte que les femmes ne déploient bien qu'entre elles, tu m'as dit que si je prenais bravement mon parti, tu trouverais de la force contre l'adversité. Ne pleure donc pas, ma chère mère. Je suis prête à entrer dans quelque magasin, et je ne penserai plus à ce que nous étions. Je serai comme toi dans ta jeunesse, une première demoiselle, et tu n'entendras jamais une plainte ni un regret. J'ai une espérance. N'as-tu pas entendu monsieur Popinot ?

— Le cher enfant, il ne sera pas mon gendre...

— Oh ! maman...

— Il sera véritablement mon fils.

— Le malheur, dit Césarine en embrassant sa mère, a cela de bon qu'il nous apprend à connaître nos vrais amis.

Césarine finit par adoucir le chagrin de la pauvre femme en jouant auprès d'elle le rôle d'une mère. Le lendemain matin, Constance alla chez le duc de Lenoncourt, un des premiers gentilshommes de la chambre du roi, et y laissa une lettre par laquelle elle lui demandait une audience à une certaine heure de la journée. Dans l'intervalle, elle vint chez monsieur de La Billardière, lui exposa la situation où la fuite du notaire mettait César, le pria de l'appuyer auprès du duc, et de parler pour elle, ayant peur de mal s'expliquer. Elle voulait une place pour Birotteau, Birotteau serait le caissier le plus probe, s'il y avait à distinguer dans la probité.

— Le roi vient de nommer le comte de Fontaine à une Direction générale dans le Ministère de sa Maison, il n'y a pas de temps à perdre.

À deux heures, La Billardière et madame César montaient le grand escalier de l'hôtel de Lenoncourt, rue Saint-Dominique, et furent introduits chez celui de ses gentilshommes que le roi préférait, si tant est que le roi Louis XVIII ait eu des préférences. Le gracieux accueil de ce grand seigneur, qui appartenait au petit nombre des vrais gentilshommes que le siècle précédent a légués à celui-ci, donna de l'espoir à madame César. La femme du parfumeur se montra grande et simple dans la douleur. La douleur ennoblit les personnes les plus vulgaires, car elle a sa grandeur; et, pour en recevoir du lustre, il suffit d'être vrai. Constance était une femme essentiellement vraie. Il s'agissait de parler au roi promptement.

Au milieu de la conférence, on annonça monsieur de Vandenesse, et le duc s'écria : « Voilà votre sauveur! »

Madame Birotteau n'était pas inconnue à ce jeune homme, venu chez elle une ou deux fois pour y demander de ces bagatelles souvent aussi importantes que de grandes choses. Le duc expliqua les intentions de La Billardière. En apprenant le malheur qui accablait le filleul de la marquise d'Uxelles, Vandenesse alla sur-le-champ avec La Billardière chez le comte de Fontaine, en priant madame Birotteau de l'attendre.

Monsieur le comte de Fontaine était, comme La Billarière, un de ces braves gentilshommes de province, héros presque inconnus qui firent la Vendée. Birotteau ne lui était pas étranger, il l'avait vu jadis à la Reine des Roses. Les gens qui avaient répandu leur sang pour la cause royale jouissaient à cette époque de privilège que le Roi tenait secrets pour ne pas effaroucher les Libéraux. Monsieur de Fontaine, un des favoris de Louis XVIII, passait pour être dans toute sa confidence [225]. Non seulement le comte promit positivement une place, mais il vint chez le duc de Lenoncourt, alors de service, pour le prier de lui obtenir un moment d'audience dans la soirée, et de demander pour La Billardière une audience de MONSIEUR, qui aimait particulièrement cet ancien diplomate vendéen.

Le soir même, monsieur le comte de Fontaine alla des Tuileries chez madame Birotteau lui annoncer que son mari serait, après son concordat, officiellement nommé à une place de deux mille cinq cents francs à la Caisse d'Amortissement, tous les services de la Maison du Roi se trouvant alors chargés de nobles surnuméraires avec lesquels on avait pris des engagements.

Ce succès n'était qu'une partie de la tâche de madame Birotteau. La pauvre femme alla rue Saint-Denis, au *Chat-qui-pelote*, trouver Joseph Lebas. Pendant cette course, elle rencontra dans un brillant équipage madame Roguin, qui sans doute faisait des emplettes. Ses yeux et ceux de la belle notairesse se croisèrent. La honte que la femme heureuse ne put réprimer en voyant la femme ruinée donna du courage à Constance.

— Jamais je ne roulerai carrosse avec le bien d'autrui, se dit-elle.

Bien reçue de Joseph Lebas, elle le pria de procurer à sa fille une place dans une maison de commerce respectable. Lebas ne promit rien, mais huit jours après Césarine eut la table, le logement et mille écus dans la plus riche maison de nouveautés de Paris, qui fondait un nouvel établissement dans le quartier des Italiens. La caisse et la surveillance du magasin étaient confiées à la fille du parfumeur, qui, placée au-dessus de la première demoiselle, remplaçait le maître et la maîtresse de maison.

Quant à madame César, elle alla le jour même chez Popinot lui demander de tenir chez lui la caisse, les écritures et le ménage. Popinot comprit que sa maison était la seule où la femme du parfumeur pourrait trouver les respects qui lui étaient dus et une position sans infériorité. Le noble enfant lui donna trois mille francs par an, la nourriture, son logement qu'il fit arranger, et prit pour lui la mansarde d'un commis. Ainsi la belle parfumeuse, après avoir joui pendant un mois des somptuosités de son appartement, dut habiter l'effroyable chambre, ayant vue sur la cour obscure et humide, où Gaudissart, Anselme et Finot avaient inauguré l'Huile Céphalique.

Quand Molineux, nommé Agent [226] par le Tribunal de Commerce, vint prendre possession de l'actif de César Birotteau, Constance aidée par Célestin vérifia l'inventaire avec lui. Puis la mère et la fille sortirent, à pied, dans une mise simple, et allèrent chez leur oncle Pillerault sans retourner la tête, après avoir demeuré dans cette maison le tiers de leur vie. Elles cheminèrent en silence vers la rue des Bourdonnais, où elles dînèrent avec César pour la première fois depuis leur séparation. Ce fut un triste dîner. Chacun avait eu le temps de faire ses réflexions, de mesurer l'étendue de ses obligations et de sonder son courage. Tous trois étaient comme des matelots prêts à lutter avec le mauvais temps, sans se dissimuler le danger. Birotteau reprit courage en apprenant avec quelle sollicitude de grands personnages lui avaient arrangé un sort; mais il pleura quand il sut ce qu'allait devenir sa fille. Puis il tendit la main à sa femme en voyant le courage avec lequel elle recommençait à travailler.

L'oncle Pillerault eut pour la dernière fois de sa vie les yeux mouillés à l'aspect du touchant tableau de ces trois êtres unis, confondus dans un embrassement au milieu duquel Birotteau, le plus faible des trois, le plus abattu, leva la main en disant : — Espérons!

— Pour économiser, dit l'oncle, tu logeras avec moi, garde ma chambre et partage mon pain. Il y a longtemps que je m'ennuie d'être seul, tu remplaceras ce pauvre enfant que j'ai perdu. D'ici, tu n'auras qu'un pas pour aller, rue de l'Oratoire, à ta Caisse.

— Dieu de bonté, s'écria Birotteau, au fort de l'orage une étoile me guide.

En se résignant, le malheureux consomme son malheur. La chute de Birotteau se trouvait dès lors accomplie, il y donnait son consentement, il redevenait fort.

III

TRIOMPHE DE CÉSAR

CHAPITRE XIV

HISTOIRE GÉNÉRALE DES FAILLITES

Après avoir déposé son bilan, un commerçant ne devrait plus s'occuper que de trouver une oasis en France ou à l'étranger pour y vivre sans se mêler de rien, comme un enfant qu'il est [227] : la Loi le déclare mineur et incapable de tout acte légal, civil et civique. Mais il n'en est rien. Avant de reparaître, il attend un sauf-conduit que jamais ni juge-commissaire ni créancier n'ont refusé, car s'il était rencontré sans cet *exeat*, il serait mis en prison, tandis que, muni de cette sauvegarde, il se promène en parlementaire dans le camp ennemi, non par curiosité, mais pour déjouer les mauvaises intentions de la loi relativement aux faillis. L'effet de toute loi qui touche à la fortune privée est de développer prodigieusement les fourberies de l'esprit. La pensée des faillis, comme de tous ceux dont les intérêts sont contrecarrés par une loi quelconque, est de l'annuler à leur égard. La situation de mort-civil, où le failli reste comme une chrysalide, dure trois mois environ, temps exigé par les formalités avant d'arriver au congrès où se signe entre les créanciers et le débiteur un traité de paix, transaction appelée Concordat. Ce mot indique assez que la concorde règne après la tempête soulevée entre des intérêts violemment contrariés.

Sur le vu du bilan, le Tribunal de Commerce nomme aussitôt un juge-commissaire qui veille aux intérêts de la masse des créanciers inconnus et doit aussi protéger le failli contre les entreprises vexatoire de ses créanciers irrités : double rôle qui serait magnifique à jouer, si les juges-commissaires en avaient le temps. Ce juge-commissaire investit un agent du droit de mettre la main sur les fonds, les valeurs, les marchandises, en vérifiant l'actif porté dans le bilan; enfin le Greffe indique une convocation de tous les créanciers, laquelle se fait au son de trompe des annonces dans les journaux. Les créanciers faux ou vrais sont tenus d'accourir et de se réunir afin de nommer des syndics provisoires qui remplacent l'agent, se chaussent avec les souliers du failli, deviennent par une fiction de la loi le failli lui-même, et peuvent tout liquider, tout vendre, transiger sur tout, enfin fondre la cloche [228] au profit des créanciers, si le failli ne s'y oppose pas. La plupart des faillites parisiennes s'arrêtent aux syndics provisoires, et voici pourquoi.

La nomination d'un ou plusieurs syndics définitifs est un des actes les plus passionnés auxquels puissent se livrer des créanciers altérés de vengeance, joués, bafoués, turlupinés, attrapés, dindonnés, volés et trompés. Quoiqu'en général les créanciers soient trompés, volés, dindonnés, attrapés, turlupinés, bafoués et joués, il n'existe pas à Paris de passion commerciale qui vive quatre-vingt-dix jours. En négoce, les effets de commerce savent seuls se dresser, altérés de paiement, à trois mois. À quatre-vingt-dix jours tous les créanciers exténués de fatigue par les marches et contremarches qu'exige une faillite dorment auprès de leurs excellentes petites femmes. Ceci peut aider les étrangers à comprendre combien en France le provisoire est définitif : sur mille syndics provisoires, il n'en est pas cinq qui deviennent définitifs. La raison de cette abjuration des haines soulevées par la faillite va se concevoir. Mais il devient nécessaire d'expliquer aux gens, qui n'ont pas le bonheur d'être négociants, le drame d'une faillite, afin de faire comprendre comment il constitue à Paris une des plus monstrueuses plaisanteries légales, et comment la faillite de César allait être une énorme exception.

Ce beau drame commercial a trois actes distincts : l'acte de l'Agent, l'acte des Syndics, l'acte du Concordat. Comme toutes les pièces de théâtre il offre un double spectacle : il a sa mise en scène pour le public et ses moyens cachés, il y a la représentation vue du parterre et la représentation vue des coulisses. Dans les coulisses sont le failli et son Agréé, l'avoué des commerçants, les Syndics et l'Agent, enfin le Juge-Commissaire. Personne hors Paris ne sait, et personne à Paris n'ignore qu'un juge au Tribunal de Commerce est le plus étrange magistrat qu'une Société se soit permis de créer. Ce juge peut craindre à tout moment sa justice pour lui-même. Paris a vu le Président de son Tribunal de Commerce être forcé de déposer son bilan. Au lieu d'être un vieux négociant retiré des affaires et pour qui cette magistrature serait la récompense d'une vie pure, ce juge est un commerçant surchargé d'énormes entreprises, à la tête d'une immense maison. La condition *sine qua non* de l'élection de ce juge, tenu de juger les avalanches de procès commerciaux qui roulent incessamment dans la capitale, est d'avoir beaucoup de peine à conduire ses propres affaires. Ce Tribunal de Commerce, au lieu d'avoir été institué comme une utile transition d'où le négociant s'élèverait sans ridicule aux régions de la noblesse, se compose de négociants en exercice, qui peuvent souffrir de leurs sentences en rencontrant leurs parties mécontentes, comme Birotteau rencontrait du Tillet.

Le Juge-Commissaire est donc nécessairement un personnage devant lequel il se dit beaucoup de paroles, qui les écoute en pensant à ses affaires et s'en remet de la chose publique aux Syndics et à l'Agréé, sauf quelques cas étranges et bizarres, où les vols se présentent avec des circonstances curieuses, et lui font dire que les créanciers ou le débiteur sont des gens habiles. Ce personnage, placé dans le drame, comme un buste royal dans une salle d'audience, se voit le matin, entre cinq et sept heures, à son chantier, s'il est marchand de bois;

dans sa boutique, si, comme jadis Birotteau, il est parfumeur, ou le soir après dîner, entre la poire et le fromage, d'ailleurs toujours horriblement pressé. Ainsi ce personnage est généralement muet. Rendons justice à la Loi : la législation faite à la hâte qui régit la matière a lié les mains au Juge-Commissaire, et dans plusieurs circonstances il consacre des fraudes sans les pouvoir empêcher comme vous l'allez voir.

L'Agent, au lieu d'être l'homme des créanciers, peut devenir l'homme du débiteur. Chacun espère pouvoir grossir sa part en se faisant avantager par le failli, auquel on suppose toujours des trésors cachés. L'Agent peut s'utiliser des deux côtés, soit en n'incendiant pas les affaires du failli, soit en attrapant quelque chose pour les gens influents : il ménage donc la chèvre et le chou. Souvent un Agent habile a fait rapporter le jugement en rachetant les créances et en relevant le négociant, qui rebondit alors comme une balle élastique. L'Agent se tourne vers le râtelier le mieux garni, soit qu'il faille couvrir les plus forts créanciers et découvrir le débiteur, soit qu'il faille immoler les créanciers à l'avenir du négociant. Ainsi, l'acte de l'Agent est l'acte décisif. Cet homme, ainsi que l'Agréé, joue la grande utilité dans cette pièce où, l'un comme l'autre, ils n'acceptent leur rôle que sûrs de leurs honoraires. Sur une moyenne de mille faillites, l'Agent est neuf cent cinquante fois l'homme du failli. À l'époque où cette histoire eut lieu, presque toujours les Agréés venaient trouver le Juge-Commissaire et lui présentaient un Agent à nommer, le leur, un homme à qui les affaires du négociant étaient connues et qui saurait concilier les intérêts de la masse et ceux de l'homme honorable tombé dans le malheur. Depuis quelques années, les juges habiles se font indiquer l'Agent que l'on désire, afin de ne pas le prendre, et tâchent d'en nommer un quasi vertueux.

Pendant cet acte se présentent les créanciers, faux ou vrais, pour désigner les syndics *provisoires* qui sont, comme il est dit, *définitifs*. Dans cette assemblée électorale, ont droit de voter ceux auxquels il est dû cinquante sous comme les créanciers de cinquante mille francs : les voix se comptent et ne se pèsent pas. Cette assemblée, où se trouvent les faux électeurs introduits par le failli, les seuls qui ne manquent jamais à l'élection, proposent pour candidats les créanciers parmi lesquels le Juge-Commissaire, président sans pouvoir, est *tenu* de choisir les Syndics. Ainsi, le Juge-Commissaire prend presque toujours de la main du failli les Syndics qu'il lui convient d'avoir : autre abus qui rend cette catastrophe un des plus burlesques drames que la Justice puisse protéger. L'homme honorable tombé dans le malheur, maître du terrain, légalise alors le vol qu'il a médité. Généralement le petit commerce de Paris est pur de tout blâme. Quand un boutiquier arrive au dépôt de son bilan, le pauvre honnête homme a vendu le châle de sa femme, a engagé son argenterie, a fait flèche de tout bois et a succombé les mains vides, ruiné, sans argent même pour l'Agréé, qui se soucie fort peu de lui.

La Loi veut que le Concordat qui remet au négociant une partie de sa dette et lui rend ses affaires soit voté par une certaine majorité de sommes et de personnes. Ce grand œuvre exige une habile diplomatie dirigée au milieu des intérêts contraires qui se croisent et se heurtent, par le failli, par ses Syndics et son Agréé. La manœuvre habituelle, vulgaire, consiste à offrir, à la portion de créanciers qui fait la majorité voulue par la loi, des primes à payer par le débiteur en outre des dividendes consentis au Concordat. À cette immense fraude il n'est aucun remède : les trente tribunaux de commerce qui se sont succédé les uns aux autres la connaissent pour l'avoir pratiquée. Éclairés par un long usage, ils ont fini dernièrement par se décider à annuler les effets entachés de fraude, et comme les faillis ont intérêt à se plaindre de cette *extorsion*, les juges espèrent moraliser ainsi la faillite, mais ils arriveront à la rendre encore plus immorale : les créanciers inventeront quelques actes encore plus coquins, que les juges flétriront comme juges, et dont ils profiteront comme négociants.

Une autre manœuvre extrêmement en usage, à laquelle on doit l'expression de *créancier sérieux et légitime*, consiste à créer des créanciers, comme du Tillet avait créé une maison de banque, et d'introduire une certaine quantité de Claparons, sous la peau desquels se cache le failli qui, dès lors, diminue d'autant le dividende des créanciers véritables, et se crée ainsi des ressources pour l'avenir, tout en se ménageant la quantité de voix et de sommes nécessaires pour obtenir son Concordat. Les *créanciers gais et illégitimes* sont comme de faux électeurs introduits dans le Collège Électoral. Que peut faire le créancier *sérieux et légitime* contre *les créanciers gais et illégitimes?* s'en débarrasser en les attaquant ! Bien. Pour chasser l'intrus, le créancier *sérieux et légitime* doit abandonner ses affaires, charger un Agréé de sa cause; lequel Agréé, n'y gagnant presque rien, préfère *diriger* des faillites et mène peu rondement ce procillon [229]. Pour débusquer le créancier *gai*, besoin est d'entrer dans le dédale des opérations, de remonter à des époques éloignées, fouiller les livres, obtenir par autorité de justice l'apport de ceux du faux créancier, découvrir l'invraisemblance de la fiction, la démontrer aux juges du tribunal, plaider, aller, venir, chauffer beaucoup de cœurs froids; puis, faire ce métier de don Quichotte à l'endroit de chaque créancier *illégitime et gai*, lequel, s'il vient à être convaincu de *gaieté*, se retire en saluant les juges et dit : — Excusez-moi, vous vous trompez, je suis *très sérieux*. Le tout sans préjudice des droits du Failli, qui peut amener le don Quichotte en Cour royale. Durant ce temps, les affaires du don Quichotte vont mal, il est susceptible de déposer son bilan.

Morale : Le débiteur nomme ses Syndics, vérifie ses créances et arrange son Concordat lui-même.

D'après ces données, qui ne devine les intrigues, tours de Sganarelle, inventions de Frontin, mensonges de Mascarille et sacs vides de Scapin que développent ces deux systèmes? Il n'existe pas de faillite où il ne s'en engendre assez pour fournir la matière des quatorze volumes de *Clarisse Harlove* à l'auteur qui voudrait les décrire. Un seul exemple suffira. L'illustre Gobseck, le maître des Palma, des Gigonnet, des Werbrust, des Keller et des Nucingen, s'étant trouvé dans une faillite où il se proposait de rudement mener un négociant qui l'avait su rouer, reçut en effets à échoir après le concordat, la somme qui, jointe à celle des dividendes, formait l'intégralité de sa créance. Gobseck détermina l'acceptation d'un concordat qui consacrait soixante-quinze pour cent de remise au failli. Voilà les créanciers joués au profit de Gobseck. Mais le négociant avait signé les effets illicites de sa raison sociale en faillite, et il put appliquer à ces effets la déduction de soixante-quinze pour cent. Gobseck, le grand Gobseck, reçut à peine cinquante pour cent. Il saluait toujours son débiteur avec un respect ironique.

Toutes les opérations engagées par un failli dix jours avant sa faillite pouvant être incriminées, quelques hommes prudents ont soin d'entamer certaines affaires avec un certain nombre de créanciers dont l'intérêt est, comme celui du failli, d'arriver à un prompt Concordat. Des créanciers très fins vont trouver des créanciers très niais ou très occupés, leur peignent la faillite en laid et leur achètent leurs créances la moitié de ce qu'elles vaudront à la liquidation, et retrouvent alors leur argent par le dividende de leurs créances, et la moitié, le tiers ou le quart gagné sur les créances achetées.

La faillite est la fermeture plus ou moins hermétique d'une maison où le pillage a laissé quelques sacs d'argent. Heureux le négociant qui se glisse par la fenêtre, par le toit, par les caves, par un trou, qui prend un sac et grossit sa part! Dans cette déroute, où se crie le sauve-qui-peut de la Bérésina, tout est illégal et légal, faux et vrai, honnête et déshonnête. Un homme est admiré s'il *se couvre*. Se couvrir est s'emparer de quelques valeurs au détriment des autres créanciers. La France a retenti des débats d'une immense faillite éclose dans une ville où siégeait une Cour royale, et où les magistrats, en comptes courants avec les faillis, s'étaient donné des manteaux en caoutchouc si pesants que le manteau de la justice en fut troué. Force fut, pour cause de suspicion légitime, de déférer le jugement de la faillite dans une autre Cour. Il n'y avait ni Juge-commissaire, ni Agent, ni Cour souveraine possible dans l'endroit où la banqueroute avait éclaté [230].

Cet effroyable gâchis commercial est si bien apprécié à Paris, qu'à moins d'être intéressé dans la faillite pour une somme capitale, tout négociant, quelque peu affairé qu'il soit, accepte la faillite comme un sinistre sans assureurs, passe la perte au compte des « *profits et pertes* », et ne commet pas la sottise de dépenser son temps; il continue à brasser ses affaires. Quant au petit commerçant, harcelé par ses fins de mois, occupé de suivre le char de sa fortune, un procès effrayant de durée et coûteux à entamer l'épouvante; il renonce à y voir clair, imite le gros négociant, et baisse la tête en réalisant sa perte.

Les gros négociants ne déposent plus leur bilan, ils liquident à l'amiable : les créanciers donnent quittance en prenant ce qu'on leur offre. On évite alors le déshonneur, les délais judiciaires, les honoraires d'Agréés, les dépréciations de marchandises. Chacun croit que la faillite donnerait moins que la liquidation. Il y a plus de liquidations que de faillites à Paris.

L'acte des Syndics est destiné à prouver que tout Syndic est incorruptible, qu'il n'y a jamais entre eux et le failli la moindre collusion. Le parterre, qui a été plus ou moins syndic, sait que tout Syndic est un créancier *couvert*. Il écoute, il croit ce qu'il veut, et arrive à la journée du Concordat, après trois mois employés à vérifier les créances passives et les créances actives. Les Syndics Provisoires font alors à l'assemblée un petit rapport dont voici la formule générale :

« Messieurs, il nous était dû à tous en bloc un mil-
« lion. Nous avons dépecé notre homme comme une
« frégate sombrée. Les clous, les fers, les bois, les

« cuivres ont donné trois cent mille francs. Nous avons « donc trente pour cent de nos créances. Heureux « d'avoir trouvé cette somme quand notre débiteur « pouvait ne nous laisser que cent mille francs, nous le « déclarons un Aristide [231], nous lui votons des primes « d'encouragement, des couronnes, et proposons de lui « laisser son actif, en lui accordant dix ou douze ans « pour nous payer cinquante pour cent qu'il daigne « nous promettre. Voici le Concordat, passez au « bureau, signez-le ! »

À ce discours, les heureux négociants se félicitent et s'embrassent. Après l'homologation de ce Concordat, le failli redevient négociant comme devant : on lui rend son actif, il recommence ses affaires, sans être privé du droit de faire faillite des dividendes promis, arrière-petite-faillite qui se voit souvent, comme un enfant mis au jour par une mère neuf mois après le mariage de sa fille.

Si le Concordat ne prend pas, les créanciers nomment alors des Syndics définitifs, prennent des mesures exorbitantes en s'associant pour exploiter les biens, le commerce de leur débiteur, saisissant tout ce qu'il aura, la succession de son père, de sa mère, de sa tante, etc. Cette rigoureuse mesure s'exécute au moyen d'un Contrat-d'union.

Il y a donc deux faillites : la faillite du négociant qui veut ressaisir les affaires, et la faillite du négociant qui, tombé dans l'eau, se contente d'aller au fond de la rivière. Pillerault connaissait bien cette différence. Il était, selon lui, comme selon Ragon, aussi difficile de sortir pur de la première que de sortir riche de la seconde. Après avoir conseillé l'abandon général, il alla s'adresser au plus honnête Agréé de la place pour le faire exécuter en liquidant la faillite et remettant les valeurs à la disposition des créanciers. La loi veut que les créanciers donnent, pendant la durée de ce drame, des aliments au failli et à sa famille. Pillerault fit savoir au Juge-Commissaire qu'il pourvoirait aux besoins de sa nièce et de son neveu.

Tout avait été combiné par du Tillet pour rendre la faillite une agonie constante à son ancien patron. Voici comment. Le temps est si précieux à Paris, que généralement dans les faillites, de deux Syndics, un seul s'occupe des affaires. L'autre est pour la forme : il approuve, comme le second notaire dans les actes notariés. Le Syndic agissant se repose assez souvent sur l'Agréé. Par ce moyen, à Paris, les faillites du premier genre se mènent si rondement que, dans les délais voulus par la loi, tout est bâclé, ficelé, servi, arrangé! En cent jours, le Juge-Commissaire peut dire le mot atroce d'un ministre : L'ordre règne à Varsovie [232]. Du Tillet voulait la mort commerciale du parfumeur. Aussi le nom des Syndics nommés par l'influence de du Tillet fut-il significatif pour Pillerault. Monsieur Bidault, dit Gigonnet, principal créancier, devait ne s'occuper de rien. Molineux, le petit vieillard tracassier qui ne perdait rien, devait s'occuper de tout. Du Tillet avait jeté à ce petit chacal ce noble cadavre commercial à tourmenter en le dévorant. Après l'assemblée où les créanciers nommèrent le syndicat, le petit Molineux rentra chez lui, *honoré*, dit-il, *des suffrages de ses concitoyens*, heureux d'avoir Birotteau à régenter, comme un enfant d'avoir à tracasser un insecte. Le propriétaire à cheval sur la loi pria du Tillet de l'aider de ses lumières, et il acheta le Code de Commerce. Heureusement Joseph Lebas, prévenu par Pillerault, avait tout d'abord obtenu du Président de commettre un Juge-commissaire sagace et bienveillant. Gobenheim-Keller, que du Tillet avait espéré avoir, se trouva remplacé par monsieur Camusot, juge-suppléant, le riche marchand de soieries libéral, propriétaire de la maison où demeurait Pillerault, et homme dit honorable.

Une des plus horribles scènes de la vie de César fut sa conférence obligée avec le petit Molineux, cet être qu'il regardait comme si nul et qui, par une fiction de la loi, était devenu César Birotteau. Il dut aller, accompagné de son oncle, à la Cour Batave, monter les six étages et rentrer dans l'horrible appartement de ce vieillard, son tuteur, son quasi-juge, le représentant de la masse de ses créanciers.

— Qu'as-tu ? dit Pillerault à César en entendant une exclamation.

— Ah! mon oncle, vous ne savez pas quel homme est ce Molineux!

— Il y a quinze ans que je le vois de temps en temps au Café David, où il joue le soir aux dominos, aussi t'ai-je accompagné.

Monsieur Molineux fut d'une politesse excessive pour Pillerault et d'une dédaigneuse condescendance pour son failli. Le petit vieillard avait médité sa conduite, étudié les nuances de son maintien, préparé ses idées.

— Quels renseignements voulez-vous ? dit Pillerault. Il n'existe aucune contestation relativement aux créances.

— Oh! dit le petit Molineux, les créances sont en règle, tout est vérifié. Les créanciers sont sérieux et légitimes ! Mais la loi, monsieur, la loi ! Les dépenses du failli sont en disproportion avec sa fortune... Il conste [233] que le bal...

— Auquel vous avez assisté, dit Pillerault en l'interrompant.

— À coûté près de soixante mille francs, ou que cette somme a été dépensée en cette occasion, l'actif du failli n'allait pas alors à plus de cent et quelques mille francs... il y a lieu de déférer le failli au Juge extraordinaire sous l'inculpation de banqueroute simple.

— Est-ce là votre avis ? dit Pillerault en voyant l'abattement où ce mot jeta Birotteau.

— Monsieur, je distingue : le sieur Birotteau était officier municipal...

— Vous ne nous avez pas fait venir apparemment pour nous expliquer que nous allons être traduits en Police Correctionnelle ? dit Pillerault. Tout le Café David rirait ce soir de votre conduite.

L'opinion du Café David parut effaroucher beaucoup le petit vieillard, qui regarda Pillerault d'un air effaré. Le Syndic comptait voir Birotteau seul, il s'était promis de se poser en arbitre souverain, en Jupiter. Il comptait effrayer Birotteau par le foudroyant réquisitoire préparé, brandir sur sa tête la hache correctionnelle, jouir de ses alarmes, de ses terreurs, puis s'adoucir en se laissant toucher, et rendre sa victime une âme à jamais reconnaissante. Au lieu de son insecte, il rencontrait le vieux sphinx commercial.

— Monsieur, lui dit-il, il n'y a point à rire.

— Pardonnez-moi, répondit Pillerault. Vous traitez assez largement avec monsieur Claparon ; vous abandonnez les intérêts de la masse afin de faire décider que vous serez privilégié pour vos sommes. Or, je puis, comme créancier, intervenir. Le Juge-Commissaire est là.

— Monsieur, dit Molineux, je suis incorruptible.

— Je le sais, dit Pillerault, vous avez tiré seulement, comme on dit, votre épingle du jeu. Vous êtes fin, vous avez agi là comme avec votre locataire...

— Oh ! monsieur, dit le Syndic redevenant propriétaire comme la chatte métamorphosée en femme court après une souris [234], mon affaire de la rue Montorgueil n'est pas jugée. Il est survenu ce qu'on appelle un incident. Le locataire est Locataire Principal. Cet intrigant prétend aujourd'hui qu'ayant donné une année d'avance, et n'ayant plus qu'une année à... (Ici Pillerault jeta sur César un coup d'œil pour lui recommander la plus vive attention.) — Et, l'année étant payée, il peut dégarnir les lieux. Nouveau procès. En effet, je dois conserver mes garanties jusqu'à parfait paiement, il peut me devoir des réparations.

— Mais, dit Pillerault, la loi ne vous donne de garantie sur les meubles que pour des loyers.

— Et accessoires ! dit Molineux attaqué dans son centre. L'article du Code est interprété par les arrêts rendus sur la matière ; il faudrait cependant une rectification législative. J'élabore en ce moment un mémoire à sa Grandeur le Garde-des-sceaux sur cette lacune de la législation. Il serait digne du Gouvernement de s'occuper de la propriété. Tout est là pour l'État, nous sommes la souche de l'impôt.

— Vous êtes bien capable d'éclairer le Gouvernement, dit Pillerault ; mais en quoi pouvons-nous vous éclairer, nous, relativement à nos affaires ?

— Je veux savoir, dit Molineux avec une emphatique autorité, si monsieur Birotteau a reçu des sommes de monsieur Popinot.

— Non, monsieur, dit Birotteau.

Il s'ensuivit une discussion sur les intérêts de Birotteau dans la maison Popinot, d'où il résulta que Popinot avait le droit d'être intégralement payé de ses avances, sans entrer dans la faillite pour la moitié des frais d'établissement dus par Birotteau. Le Syndic Molineux, manœuvré par Pillerault, revint insensiblement à des formes douces qui prouvaient combien il tenait à l'opinion des habitués du Café David. Il finit par donner des consolations à Birotteau et par lui offrir, ainsi qu'à Pillerault, de partager son modeste dîner. Si l'ex-parfumeur était venu seul, il eût peut-être irrité Molineux, et l'affaire se serait envenimée. En cette circonstance comme en quelques autres, le vieux Pillerault fut un ange tutélaire.

Il est un horrible supplice que la loi commerciale impose aux faillis : ils doivent comparaître en personne, entre leurs Syndics Provisoires et leur Juge-Commissaire, à l'assemblée où leurs créanciers décident de leur sort. Pour un homme qui se met au-dessus de tout, comme pour le négociant qui cherche une revanche, cette triste cérémonie est peu redoutable. Mais pour un homme comme César Birotteau, cette scène est un supplice qui n'a d'analogie que dans le dernier jour d'un condamné à mort. Pillerault fit tout pour rendre à son neveu cet horrible jour supportable.

Voici quelles furent les opérations de Molineux, consenties par le failli. Le procès relatif aux terrains situés rue du Faubourg-du-Temple fut gagné en Cour royale. Les Syndics décidèrent de vendre les propriétés, César ne s'y opposa point. Du Tillet, instruit des intentions du Gouvernement concernant un canal qui devait joindre Saint-Denis à la haute Seine, en passant par le faubourg du Temple [235], acheta les terrains de Birotteau pour la somme de soixante-dix mille francs. On abandonna les droits de César dans l'affaire des terrains de la Madeleine à monsieur Claparon, à la condition qu'il abandonnerait de son côté toute réclamation relative à la moitié due par Birotteau dans les frais d'enregistrement et de passation de contrat, à la charge de payer le prix des terrains en touchant, dans la faillite, le dividende qui revenait aux vendeurs. L'intérêt du parfumeur dans la maison Popinot et compagnie fut vendu audit Popinot pour la somme de quarante-huit mille francs. Le fonds de la Reine des Roses fut acheté par Célestin Crevel cinquante-sept mille francs avec le droit au bail, les marchandises, les meubles, la propriété de la Pâte des Sultanes, celle de l'Eau Carminative, et la location pour douze ans de la fabrique, dont les ustensiles lui furent également vendus. L'actif liquide fut de cent quatre-vingt-quinze mille francs, auxquels les Syndics ajoutèrent soixante-dix mille francs produits par les droits de Birotteau dans la liquidation de l'infortuné Roguin. Ainsi le total atteignit à deux cent cinquante-cinq mille francs. Le passif montait à quatre cent quarante, il y avait plus de cinquante pour cent. La faillite est comme une opération chimique, d'où le négociant habile tâche de sortir gras. Birotteau, distillé tout entier dans cette cornue, donnait un résultat qui rendit du Tillet furieux. Du Tillet croyait à une faillite déshonnête, il voyait une faillite vertueuse. Peu sensible à son gain, car il allait avoir les terrains de la Madeleine sans bourse délier, il aurait voulu le pauvre détaillant déshonoré, perdu, vilipendé. Les créanciers, à l'assemblée générale, allaient sans doute porter le parfumeur en triomphe. À mesure que le courage de Birotteau lui revenait, son oncle, en sage médecin, lui graduait les doses en l'initiant aux opérations de la faillite. Ces mesures violentes étaient autant de coups. Un négociant n'apprend pas sans douleur la dépréciation des choses qui représentent pour lui tant d'argent, tant de soins. Les nouvelles que lui donnait son oncle le pétrifiaient.

— Cinquante-sept mille francs la Reine des Roses! mais le magasin a coûté dix mille francs; mais les appartements coûtent quarante mille francs; mais les *mises* de la fabrique, les ustensiles, les formes, les chaudières, ont coûté trente mille francs; mais, à cinquante pour cent de remise, il se trouve pour dix mille francs dans ma boutique; mais la Pâte et l'Eau sont une propriété qui vaut une ferme!

Ces jérémiades du pauvre César ruiné n'épouvantaient guère Pillerault. L'ancien négociant les écoutait comme un cheval reçoit une averse à une porte, mais il était effrayé du morne silence que gardait le parfumeur quand il s'agissait de l'assemblée. Pour qui comprend les vanités et les faiblesses qui dans chaque sphère sociale atteignent l'homme, n'était-ce pas un horrible supplice pour ce pauvre homme que de revenir en failli dans le Palais-de-Justice commercial où il était entré juge? d'aller recevoir des avanies là où il était allé tant de fois remercié des services qu'il avait rendus? Lui Birotteau, dont les opinions inflexibles à l'égard des faillis étaient connues de tout le commerce parisien, lui qui avait dit : « — On est encore honnête homme en déposant son bilan, mais l'on sort fripon d'une assemblée de créanciers »! Son oncle étudia les heures favorables pour le familiariser avec l'idée de comparaître devant ses créanciers assemblés, comme la loi le voulait. Cette obligation tuait Birotteau. Sa muette résignation faisait une vive impression sur Pillerault qui souvent, la nuit, l'entendait à travers la cloison s'écriant : « Jamais! jamais! je serai mort avant. »

Pillerault, cet homme si fort par la simplicité de sa vie, comprenait la faiblesse. Il résolut d'éviter à Birotteau les angoisses auxquelles il pouvait succomber dans la scène terrible de sa comparution devant les créanciers, scène inévitable! La Loi, sur ce point, est précise, formelle, exigeante. Le négociant qui refuse de comparaître peut, pour ce seul fait, être traduit en Police correctionnelle, sous la prévention de banqueroute simple. Mais si la loi force le failli à se présenter, elle n'a pas le pouvoir d'y faire venir le créancier. Une assemblée de créanciers n'est une cérémonie importante que dans des cas déterminés : par exemple, s'il y a lieu de déposséder un fripon et de faire un contrat d'union, s'il y a dissidence entre des créanciers favorisés et des créanciers lésés, si le concordat est ultravoleur et que le failli ait besoin d'une majorité douteuse. Mais dans le cas d'une faillite où tout est réalisé, comme dans le cas d'une faillite où le fripon a tout arrangé, l'assemblée est une formalité. Pillerault alla prier chaque créancier l'un après l'autre de signer une procuration pour son agréé. Chaque créancier, du Tillet excepté, plaignait sincèrement César après l'avoir abattu. Chacun savait comment se conduisait le parfumeur, combien ses livres étaient réguliers, combien ses affaires étaient claires. Tous les créanciers étaient contents de ne voir parmi eux aucun créancier gai. Molineux, d'abord Agent, puis Syndic, avait trouvé chez César tout ce que le pauvre homme possédait, même la gravure d'Héro et Léandre donnée par Popinot, ses bijoux personnels, son épingle, ses boucles d'or, ses deux montres, qu'un honnête homme aurait emportées sans croire manquer à la probité. Constance avait laissé son modeste écrin. Cette touchante obéissance à la loi frappa vivement le Commerce. Les ennemis de Birotteau présentèrent ces circonstances comme des signes de bêtise; mais les gens sensés les montrèrent sous leur vrai jour, comme un magnifique excès de probité. Deux mois après, l'opinion à la Bourse avait changé. Les gens les plus indifférents avouaient que cette faillite était une des plus rares curiosités commerciales qui se fussent vues sur la Place. Aussi les créanciers, sachant qu'ils allaient toucher environ soixante pour cent, firent-ils tout ce que voulait Pillerault. Les Agréés sont en très petit nombre, il arriva donc que plusieurs créanciers eurent le même fondé de pouvoir. Pillerault finit par réduire cette formidable assemblée à trois Agréés, à lui-même, à Ragon, aux deux Syndics et au Juge-Commissaire.

Le matin de ce jour solennel, Pillerault dit à son neveu : « César, tu peux aller sans crainte à ton assemblée aujourd'hui, tu n'y trouveras personne. »

Monsieur Ragon voulut accompagner son débiteur. Quand l'ancien maître de la Reine des Roses fit entendre sa petite voix sèche, son ex-successeur pâlit; mais le bon petit vieux lui ouvrit les bras, Birotteau s'y précipita comme un enfant dans les bras de son père, et les deux parfumeurs s'arrosèrent de leurs larmes. Le failli reprit courage en voyant tant d'indulgence et monta en fiacre avec son oncle. À dix heures et demie précises, tous trois arrivèrent dans le cloître Saint-Merry, où dans ce temps se tenait le Tribunal de Commerce. À cette heure, il n'y avait personne dans la salle des faillites. L'heure et le jour avaient été choisis d'accord avec les Syndics et le Juge-Commissaire. Les Agréés étaient là pour le compte de leurs clients. Ainsi rien ne pouvait intimider César Birotteau. Cependant le pauvre homme ne vint pas dans le cabinet de monsieur Camusot, qui par hasard avait été le sien, sans une profonde émotion, et il frémissait de passer dans la salle des faillites.

— Il fait froid, dit monsieur Camusot à Birotteau, ces messieurs ne seront pas fâchés de rester ici au lieu d'aller nous geler dans la salle. (Il ne dit pas le mot faillite.) Asseyez-vous, messieurs.

Chacun prit un siège, et le juge donna son fauteuil à Birotteau confus. Les Agréés et les Syndics signèrent.

— Moyennant l'abandon de vos valeurs, dit Camusot à Birotteau, vos créanciers vous font, à l'unanimité, remise du restant de leurs créances, votre Concordat est conçu en des termes qui peuvent adoucir votre chagrin; votre Agréé le fera promptement homologuer : vous voilà libre. Tous les Juges du Tribunal, cher monsieur Birotteau, dit Camusot en lui prenant les mains, sont touchés de votre position sans être surpris de votre courage, et il n'est personne qui n'ait rendu justice à votre probité. Dans le malheur, vous avez été digne de ce que vous étiez ici. Voici vingt ans que je suis dans le commerce, et voici la seconde fois que je vois un négociant tombé gagnant encore dans l'estime publique.

Birotteau prit les mains du juge, et les lui serra les larmes aux yeux : Camusot lui demanda ce qu'il comptait faire, Birotteau répondit qu'il allait travailler à payer ses créanciers intégralement.

— Si pour consommer cette noble tâche il vous fallait quelques mille francs, vous les trouveriez toujours chez moi, dit Camusot, je les donnerais avec bien du plaisir pour être témoin d'un fait assez rare à Paris.

Pillerault, Ragon et Birotteau se retirèrent.

— Eh! bien, ce n'était pas la mer à boire, lui dit Pillerault sur la porte du Tribunal.

— Je reconnais vos œuvres, mon oncle, dit le pauvre homme attendri.

— Vous voilà rétabli, nous sommes à deux pas de la rue des Cinq-Diamants, venez voir mon neveu, lui dit Ragon.

Ce fut une cruelle sensation par laquelle Birotteau devait passer que de voir Constance assise dans un petit bureau à l'entresol bas et sombre situé au-dessus de la boutique, où dominait un tableau montant au tiers de sa fenêtre, interceptant le jour, et sur lequel était écrit : A. POPINOT.

— Voilà l'un des lieutenants d'Alexandre, dit avec la gaieté du malheur Birotteau en montrant le tableau.

Cette gaieté forcée, où se retrouvait naïvement l'inextinguible sentiment de la supériorité que s'était crue Birotteau, causa comme un frisson à Ragon, malgré ses soixante-dix ans. César vit sa femme descendant à Popinot des lettres à signer; il ne put ni retenir ses larmes, ni empêcher son visage de pâlir.

— Bonjour, mon ami, lui dit-elle d'un air riant.

— Je ne te demanderai pas si tu es bien ici, dit César en regardant Popinot.

— Comme chez mon fils, répondit-elle avec un air attendri qui frappa l'ex-négociant.

Birotteau prit Popinot, l'embrassa en disant : « Je viens de perdre à jamais le droit de l'appeler mon fils. »

— Espérons, dit Popinot. *Votre* Huile marche, grâce à mes efforts dans les journaux, à ceux de Gaudissart qui a fait la France entière, qui l'a inondée d'affiches, de prospectus, et qui maintenant fait imprimer à Strasbourg des prospectus allemands, et va descendre comme une invasion sur l'Allemagne. Nous avons obtenu le placement de trois mille grosses.

— Trois mille grosses ! dit César.

— Et j'ai acheté, dans le faubourg Saint-Marceau, un terrain, pas cher, où l'on construit une fabrique. Je conserverai celle du faubourg du Temple.

— Ma femme, dit Birotteau à l'oreille de Constance, avec un peu d'aide, on s'en serait tiré.

CHAPITRE XV

LE PLUS BEAU SPECTACLE QUE L'HOMME PUISSE OFFRIR À SON SEMBLABLE

Depuis cette fatale journée, César, sa femme et sa fille se comprirent. Le pauvre employé voulut atteindre à un résultat sinon impossible, du moins gigantesque : au paiement intégral de sa dette ! Ces trois êtres, unis par le lien d'une probité féroce, devinrent avares, et se refusèrent tout : un liard leur paraissait sacré. Par calcul, Césarine eut pour son commerce un dévouement de jeune fille. Elle passait les nuits, s'ingéniait pour accroître la prospérité de la maison, trouvait des dessins d'étoffes et déployait un génie commercial inné. Les maîtres étaient obligés de modérer son ardeur au travail, ils la récompensaient par des gratifications ; mais elle refusait les parures et les bijoux que lui proposaient ses patrons. De l'argent ! était son cri. Chaque mois, elle apportait ses appointements, ses petits gains, à son oncle Pillerault. Autant en faisait César, autant madame Birotteau. Tous trois se reconnaissant inhabiles, aucun d'eux ne voulant assumer sur lui la responsabilité du mouvement des fonds, ils avaient remis à Pillerault la direction suprême du placement de leurs économies. Redevenu négociant, l'oncle tirait parti des fonds dans les reports à la Bourse. On apprit plus tard qu'il avait été secondé dans cette œuvre par Jules Desmarets et par Joseph Lebas, empressés l'un et l'autre de lui indiquer les affaires sans risques.

L'ancien parfumeur, qui vivait auprès de son oncle, n'osait le questionner sur l'emploi des sommes acquises par ses travaux et par ceux de sa fille et de sa femme. Il allait tête baissée par les rues, dérobant à tous les regards son visage abattu, décomposé, stupide. César se reprochait de porter du drap fin.

— Au moins, disait-il avec un regard angélique à son oncle, je ne mange pas le pain de mes créanciers. Votre pain me semble doux quoique donné par la pitié que je vous inspire, en songeant que, grâce à cette sainte charité, je ne vole rien sur mes appointements.

Les négociants qui rencontraient l'employé n'y retrouvaient aucun vestige du parfumeur. Les indifférents concevaient une immense idée des chutes humaines à l'aspect de cet homme au visage duquel le chagrin le plus noir avait mis son deuil, qui se montrait bouleversé par ce qui n'avait jamais apparu chez lui, *la pensée!* N'est pas détruit qui veut. Les gens légers, sans conscience, à qui tout est indifférent, ne peuvent jamais offrir le spectacle d'un désastre. La religion seule imprime un sceau particulier sur les êtres tombés : ils croient à un avenir, à une Providence; il est en eux une certaine lueur qui les signale, un air de résignation sainte entremêlée d'espérance qui cause une sorte d'attendrissement; ils savent tout ce qu'ils ont perdu comme un ange exilé pleurant à la porte du ciel. Les faillis ne peuvent se présenter à la Bourse. César, chassé du domaine de la probité, était une image de l'ange soupirant après le pardon.

Pendant quatorze mois, plein des religieuses pensées que sa chute lui inspira, Birotteau refusa tout plaisir. Quoique sûr de l'amitié des Ragon, il fut impossible de le déterminer à venir dîner chez eux, ni chez les Lebas, ni chez les Matifat, ni chez les Protez et Chiffreville, ni même chez monsieur Vauquelin, qui tous s'empressèrent d'honorer en César une vertu supérieure. César aimait mieux être seul dans sa chambre que de rencontrer le regard d'un créancier. Les prévenances les plus cordiales de ses amis lui rappelaient amèrement sa position. Constance et Césarine n'allaient alors nulle part. Le dimanche et les fêtes, seuls jours où elles fussent libres, ces deux femmes venaient à l'heure de la messe prendre César et lui tenaient compagnie chez Pillerault après avoir accompli leurs devoirs religieux. Pillerault invitait l'abbé Loraux, dont la parole soutenait César dans sa vie d'épreuves, et ils restaient alors en famille. L'ancien quincaillier avait la fibre de la probité trop sensible pour désapprouver les délicatesses de César. Aussi avait-il songé à augmenter le nombre des personnes au milieu desquelles le failli pouvait se montrer le front blanc et l'œil à hauteur d'homme.

Au mois de mai 1821, cette famille aux prises avec l'adversité fut récompensée de ses efforts par une première fête que lui ménagea l'arbitre de ses destinées. Le dernier dimanche de ce mois était l'anniversaire du consentement donné par Constance à son mariage avec César. Pillerault avait loué, de concert avec les Ragon, une petite maison de campagne à Sceaux, et l'ancien quincaillier voulut y pendre joyeusement la crémaillère.

— César, dit Pillerault à son neveu le samedi soir, demain nous allons à la campagne, et tu y viendras.

César, qui avait une superbe écriture, faisait le soir des copies pour Derville et pour quelques avoués. Or, le dimanche, muni d'une permission curiale [236], il travaillait comme un nègre.

— Non, répondit-il, monsieur Derville attend après un compte de tutelle.

— Ta femme et ta fille méritent bien une récompense. Tu ne trouveras que nos amis : l'abbé Loraux, les Ragon, Popinot et son oncle. D'ailleurs, je le veux.

César et sa femme, emportés par le tourbillon des affaires, n'étaient jamais revenus à Sceaux, quoique de temps à autre tous deux souhaitassent y retourner pour revoir l'arbre sous lequel s'était presque évanoui le premier commis de la Reine des Roses. Pendant la route que César fit en fiacre avec sa femme et sa fille, et Popinot qui les menait, Constance jeta à son mari des regards d'intelligence sans pouvoir amener sur ses lèvres un sourire. Elle lui dit quelques mots à l'oreille, il agita la tête pour toute réponse. Les douces expressions de cette tendresse, inaltérable mais forcée, au lieu d'éclaircir le visage de César, le rendirent plus sombre et amenèrent dans ses yeux quelques larmes réprimées. Le pauvre homme avait fait cette route vingt ans auparavant, riche, jeune, plein d'espoir, amoureux d'une jeune fille aussi belle que l'était maintenant Césarine ; il rêvait alors le bonheur, et voyait aujourd'hui dans le fond du fiacre sa noble enfant pâlie par les veilles, sa courageuse femme n'ayant plus que la beauté des villes sur lesquelles ont passé les laves d'un volcan. L'amour seul était resté ! L'attitude de César étouffait la joie au cœur de sa fille et d'Anselme qui lui représentaient la charmante scène d'autrefois.

— Soyez heureux, mes enfants, vous en avez le droit, leur dit ce pauvre père d'un ton déchirant. Vous pouvez vous aimer sans arrière-pensée, ajouta-t-il.

Birotteau, en disant ces dernières paroles, avait pris les mains de sa femme, et les baisait avec une sainte et admirative affection qui toucha plus Constance que la plus vive gaieté. Quand ils arrivèrent à la maison où les attendaient Pillerault, les Ragon, l'abbé Loraux et le juge Popinot, ces cinq personnes d'élite eurent un maintien, des regards et des paroles qui mirent César à son aise, car toutes étaient émues de voir cet homme toujours au lendemain de son malheur.

— Allez vous promener dans les bois d'Aulnay, dit l'oncle Pillerault en mettant la main de César dans celles de Constance, allez-y avec Anselme et Césarine ! vous reviendrez à quatre heures.

— Pauvres gens ! nous les gênerions, dit madame Ragon, attendrie par la douleur vraie de son débiteur, il sera bien joyeux tantôt.

— C'est le repentir sans la faute, dit l'abbé Loraux.

— Il ne pouvait se grandir que par le malheur, dit le juge.

Oublier est le grand secret des existences fortes et créatrices ; oublier à la manière de la nature, qui ne se connaît point de passé, qui recommence à toute heure les mystères de ses infatigables enfantements. Les existences faibles, comme était celle de Birotteau, vivent dans les douleurs, au lieu de les changer en apophthegmes d'expérience ; elles s'en saturent, et s'usent en rétrogradant chaque jour dans les malheurs consommés. Quand les deux couples eurent gagné le sentier qui mène aux bois d'Aulnay, posés comme une couronne sur un des plus jolis coteaux des environs de Paris, et que la Vallée-aux-Loups se montra dans toute sa coquetterie, la beauté du jour, la grâce du paysage, la première verdure et les délicieux souvenirs de la plus belle journée de sa jeunesse, détendirent les cordes tristes dans l'âme de César : il serra le bras de sa femme contre son cœur palpitant, son œil ne fut plus vitreux, la lumière du plaisir y éclata.

— Enfin, dit Constance à son mari, je te revois, mon pauvre César. Il me semble que nous nous comportons assez bien pour nous permettre un petit plaisir de temps en temps.

— Et le puis-je ? dit le pauvre homme. Ah ! Constance, ton affection est le seul bien qui me reste. Oui, j'ai perdu jusqu'à la confiance que j'avais en moi-même, je n'ai plus de force, mon seul désir est de vivre assez pour mourir quitte avec la terre. Toi, chère femme, toi qui es ma sagesse et ma prudence, toi qui voyais clair, toi qui es irréprochable, tu peux avoir de la gaieté ; moi seul, entre nous trois, je suis coupable. Il y a dix-huit mois, au milieu de cette fatale fête, je voyais ma Constance, la seule femme que j'aie aimée, plus belle peut-être que ne l'était la jeune personne avec laquelle j'ai couru dans ce sentier il y a vingt ans, comme courent nos enfants !... En vingt mois, j'ai flétri cette beauté, mon orgueil, un orgueil permis et légitime. Je t'aime davantage en te connaissant mieux... Oh ! *chère !* dit-il en donnant à ce mot une expression qui atteignit au cœur de sa femme, je voudrais bien t'entendre gronder, au lieu de te voir caresser ma douleur.

— Je ne croyais pas, dit-elle, qu'après vingt ans de ménage l'amour d'une femme pour son mari pût s'augmenter.

Ce mot fit oublier pour un moment à César tous ses malheurs, car il avait tant de cœur que ce mot était une fortune. Il s'avança donc presque joyeux vers *leur* arbre, qui, par hasard, n'avait pas été abattu. Les deux époux s'y assirent en regardant Anselme et Césarine qui tournaient sur la même pelouse sans s'en apercevoir, croyant peut-être aller toujours droit devant eux.

— Mademoiselle, disait Anselme, me croyez-vous assez lâche et assez avide pour avoir profité de l'acquisition de la part de votre père dans l'Huile Céphalique ? je lui conserve avec amour sa moitié, je la lui soigne. Avec ses fonds, je fais l'escompte ; s'il y a des effets douteux, je les prends de mon côté. Nous ne pouvons être l'un à l'autre que le lendemain de la réhabilitation de votre père, et j'avance ce jour-là de toute la force que donne l'amour.

L'amant s'était bien gardé de dire ce secret à sa bellemère. Chez les amants les plus innocents, il y a toujours le désir de paraître grands aux yeux de leurs maîtresses.

— Et sera-ce bientôt ? dit-elle.

— Bientôt, dit Popinot. Cette réponse fut faite d'un ton si pénétrant, que la chaste et pure Césarine tendit son front au cher Anselme qui y mit un baiser avide et respectueux, tant il y avait de noblesse dans l'action de cette enfant.

— Papa, tout va bien, dit-elle à César d'un air fin. Sois gentil, cause, quitte ton air triste.

Quand cette famille si unie rentra dans la maison de Pillerault, César quoique peu observateur, aperçut chez les Ragon un changement de manières qui décelait quelque événement. L'accueil de madame Ragon fut particulièrement onctueux, son regard et son accent disaient à César : *Nous sommes payés.*

Au dessert, le notaire de Sceaux se présenta, l'oncle Pillerault le fit asseoir, et regarda Birotteau qui commençait à soupçonner une surprise, sans pouvoir en imaginer l'étendue.

— Mon neveu, depuis dix-huit mois, les économies de ta femme, de ta fille et les tiennes ont produit vingt mille francs. J'ai reçu trente mille francs pour le dividende de ma créance, nous avons donc cinquante mille francs à donner à tes créanciers. Monsieur Ragon a reçu trente mille francs pour son dividende, monsieur le notaire de Sceaux t'apporte donc une quittance du paiement intégral, intérêts compris, fait à tes amis. Le reste de la somme est chez Crottat, pour Lourdois, la mère Madou, le maçon, le charpentier, et tes créanciers les plus pressés. L'année prochaine, nous verrons. Avec le temps et la patience, on va loin.

La joie de Birotteau ne se décrit pas, il se jeta dans les bras de son oncle en pleurant.

— Qu'il porte aujourd'hui sa croix, dit Ragon à l'abbé Loraux.

Le confesseur attacha le ruban rouge à la boutonnière de l'employé, qui se regarda pendant la soirée à vingt reprises dans les glaces du salon, en manifestant un plaisir dont auraient ri des gens qui se croient supérieurs, et que ces bons bourgeois trouvaient naturel. Le lendemain, Birotteau se rendit chez madame Madou.

— Ah! vous voilà, bon sujet, dit-elle, je ne vous reconnaissais pas, tant vous avez blanchi. Cependant vous ne pâtissez pas, vous autres : vous avez des places. Moi, je me donne un mal de chien caniche qui tourne une mécanique, et qui mérite le baptême.

— Mais, madame...

— Hé! ce n'est pas un reproche, dit-elle, vous avez quittance.

— Je viens vous annoncer que je vous paierai chez maître Crottat, notaire, aujourd'hui, le reste de votre créance et les intérêts...

— Est-ce vrai?

— Soyez chez lui à onze heures et demie...

— En voilà de l'honneur, à la bonne mesure et *les quatre* au cent, dit-elle en admirant avec naïveté Birotteau. Tenez, mon cher monsieur, je fais de bonnes affaires avec votre petit rouge, il est gentil, il me laisse gagner gros sans chicaner les prix afin de m'indemniser; eh! bien, je vous donnerai quittance, gardez votre argent, mon pauvre vieux ! La Madou s'allume, elle est piailleuse, mais elle a de ça, dit-elle en se frappant les plus volumineux coussins de chair vive qui aient été connus aux Halles.

— Jamais, dit Birotteau, la loi est précise, je veux vous payer intégralement.

— Alors, je ne me ferai pas prier longtemps, dit-elle. Et demain, à la Halle, je cornerai votre honneur. Ah ! elle est rare, la farce[237] !

Le bonhomme eut la même scène chez le peintre en bâtiments, le beau-père de Crottat, mais avec des variantes. Il pleuvait. César laissa son parapluie dans un coin de la porte. Le peintre enrichi, voyant l'eau faire son chemin dans la belle salle à manger où il déjeunait avec sa femme, ne fut pas tendre.

— Allons, que voulez-vous, mon pauvre père Birotteau ? dit-il du ton dur que beaucoup de gens prennent pour parler à des mendiants importuns.

— Monsieur, votre gendre ne vous a donc pas dit...

— Quoi ? reprit Lourdois impatienté en croyant à quelque demande.

— De vous trouver chez lui ce matin, à onze heures et demie, pour me donner quittance du paiement intégral de votre créance ?...

— Ah ! c'est différent, asseyez-vous donc là, monsieur Birotteau. Mangez donc un morceau avec nous...

— Faites-nous le plaisir de partager notre déjeuner, dit madame Lourdois.

— Ça va donc bien ? lui demanda le gros Lourdois.

— Non, monsieur, il a fallu déjeuner tous les jours avec une flûte à mon bureau pour amasser quelque argent, mais avec le temps j'espère réparer les dommages faits à mon prochain.

— Vraiment, dit le peintre en avalant une tartine chargée de pâté de foie gras, vous êtes un homme d'honneur.

— Et que fait madame Birotteau ? dit madame Lourdois.

— Elle tient les livres et la caisse chez monsieur Anselme Popinot.

— Pauvres gens, dit madame Lourdois à voix basse à son mari.

— Si vous aviez besoin de moi, mon cher monsieur Birotteau, venez me voir, dit Lourdois, je pourrais vous aider...

— J'ai besoin de vous à onze heures, monsieur, dit Birotteau qui se retira.

Ce premier résultat donna du courage au failli, sans lui rendre le repos ; le désir de reconquérir l'honneur agita démesurément sa vie ; il perdit entièrement la fleur qui décorait son visage, ses yeux s'éteignirent et son visage se creusa. Quand d'anciennes connaissances rencontraient César le matin à huit heures, ou le soir à quatre heures, allant à la rue de l'Oratoire ou en revenant, vêtu de la redingote qu'il avait au moment de sa chute et qu'il ménageait comme un pauvre sous-lieutenant ménage son uniforme, les cheveux entièrement blancs, pâle, craintif, quelques-uns l'arrêtaient malgré lui, car son œil était alerte, il se coulait le long des murs à la façon des voleurs.

— On connaît votre conduite, mon ami, disait-on. Tout le monde regrette la rigueur avec laquelle vous vous traitez vous-même, ainsi que votre fille et votre femme.

— Prenez un peu plus de temps, disaient les autres, plaie d'argent n'est pas mortelle.

— Non, mais bien la plaie de l'âme, répondit un jour à Matifat le pauvre César affaibli.

Au commencement de l'année 1823, le canal Saint-Martin fut décidé. Les terrains situés dans le faubourg du Temple arrivèrent à des prix fous. Le projet coupa précisément en deux la propriété de du Tillet, autrefois celle de César Birotteau. La Compagnie à qui fut concédé le canal accéda à un prix exorbitant si le banquier pouvait livrer son terrain dans un temps donné. Le bail consenti par César à Popinot empêchait l'affaire. Le banquier vint rue des Cinq-Diamants voir le droguiste. Si Popinot était indifférent à du Tillet, le fiancé de Césarine portait à cet homme une haine instinctive. Il ignorait le vol et les infâmes combinaisons commises par l'heureux banquier, mais une voix intérieure lui criait : — Cet homme est un voleur impuni. Popinot n'eût pas fait la moindre affaire avec lui, sa présence lui était odieuse. En ce moment surtout, il voyait du Tillet s'enrichissant des dépouilles de son ancien patron, car les terrains de la Madeleine commençaient à s'élever à des prix qui présageaient les valeurs exorbitantes auxquelles ils atteignirent en 1827. Aussi, quand le banquier eut expliqué le motif de sa visite, Popinot le regarda-t-il avec une indignation concentrée.

— Je ne veux point vous refuser mon désistement du bail, mais il me faut soixante mille francs, et je ne rabattrai pas un liard.

— Soixante mille francs, s'écria du Tillet en faisant un mouvement de retraite.

— J'ai encore quinze ans de bail, je dépenserai par an trois mille francs de plus pour me remplacer une fabrique. Ainsi soixante mille francs, ou ne causons pas davantage, dit Popinot en rentrant dans la boutique où le suivit du Tillet.

La discussion s'échauffa, le nom de Birotteau fut prononcé, madame César descendit et vit du Tillet pour la première fois depuis le fameux bal. Le banquier ne put retenir un mouvement de surprise à l'aspect des changements qui s'étaient opérés chez son ancienne patronne, et il baissa les yeux, effrayé de son ouvrage.

— Monsieur, dit Popinot à madame César, trouve de *vos* terrains trois cent mille francs, et il *nous* refuse soixante mille francs d'indemnité pour *notre* bail...

— Trois mille francs de rente, dit du Tillet avec emphase.

— Trois mille francs!... répéta madame César d'un ton simple et pénétrant.

Du Tillet pâlit, Popinot regarda madame Birotteau. Il y eut un moment de silence profond qui rendit cette scène encore plus inexplicable pour Anselme.

— Signez-moi votre désistement que j'ai fait préparer par Crottat, dit du Tillet en tirant un papier timbré de sa poche de côté, je vais vous donner un bon sur la Banque de soixante mille francs.

Popinot regarda madame César sans dissimuler son profond étonnement, il croyait rêver. Pendant que du Tillet signait son bon sur une table à pupitre élevé, Constance disparut et remonta dans l'entresol. Le droguiste et le banquier échangèrent leurs papiers. Du Tillet sortit en saluant Popinot froidement.

— Enfin dans quelques mois, dit Popinot qui regarda du Tillet s'en allant rue des Lombards où son cabriolet était arrêté, grâce à cette singulière affaire, j'aurai ma Césarine. Ma pauvre petite femme ne se brûlera plus le sang à travailler. Comment! un regard de madame César a suffi! Qu'y a-t-il entre elle et ce brigand? Ce qui vient de se passer est bien extraordinaire.

Popinot envoya toucher le bon à la Banque et remonta pour parler à madame Birotteau; mais il ne la trouva pas à la caisse, elle était sans doute dans sa chambre. Anselme et Constance vivaient comme vivent un gendre et une belle-mère quand un gendre et une belle-mère se conviennent; il alla donc dans l'appartement de madame César avec l'empressement naturel à un amoureux qui touche au bonheur. Le jeune négociant fut prodigieusement surpris de trouver sa future belle-mère, auprès de laquelle il arriva par un saut de chat, lisant une lettre de du Tillet, car Anselme reconnut l'écriture de l'ancien premier commis de Birotteau. Une chandelle allumée, les fantômes noirs et agités de lettres brûlées sur le carreau firent frissonner Popinot qui, doué d'une vue perçante, avait vu sans le vouloir cette phrase au commencement de la lettre que tenait sa belle-mère: *Je vous adore! vous le savez, ange de ma vie, et pourquoi...*

— Quel ascendant avez-vous donc sur du Tillet, pour lui faire conclure une semblable affaire? dit-il en riant de ce rire convulsif que donne un mauvais soupçon réprimé.

— Ne parlons pas de cela, dit-elle en laissant voir un horrible trouble.

— Oui, répondit Popinot tout étourdi, parlons de la fin de vos peines. Anselme pirouetta sur ses talons et alla jouer du tambour avec ses doigts sur les vitres, en regardant dans la cour. — Hé! bien, se dit-il, quand elle aurait aimé du Tillet, pourquoi ne me conduirais-je pas en honnête homme?

— Qu'avez-vous, mon enfant? dit la pauvre femme.

— Le compte des bénéfices nets de l'Huile Céphalique se monte à deux cent quarante-deux mille francs, la moitié est de cent vingt-un, dit brusquement Popinot. Si je retranche de cette somme les quarante-huit mille francs donnés à monsieur Birotteau, il en reste soixante-treize mille, qui, joints aux soixante mille francs de la cession du bail, *vous* donnent cent trente-trois mille francs.

Madame César écoutait dans des anxiétés de bonheur qui la firent palpiter si violemment que Popinot entendait les battements du cœur.

— Eh! bien, j'ai toujours considéré monsieur Birotteau comme mon associé, reprit-il, nous pouvons disposer de cette somme pour rembourser ses créanciers. En l'ajoutant à celle de vingt-huit mille francs de vos économies placés par notre oncle Pillerault, nous avons cent soixante et un mille francs. Notre oncle ne nous refusera pas quittance de ses vingt-cinq mille francs. Aucune puissance humaine ne peut m'empêcher de prêter à mon beau-père, en compte sur les bénéfices de l'année prochaine, la somme nécessaire à parfaire les sommes dues à ses créanciers... Et... il... sera... réhabilité.

— Réhabilité, cria madame César en pliant le genou sur sa chaise. Elle joignit les mains en récitant une prière après avoir lâché la lettre. Cher Anselme, dit-elle après s'être signée, cher enfant! Elle le prit par la tête, le baisa au front, le serra sur son cœur, et fit mille folies. — Césarine est bien à toi! ma fille sera donc bien heureuse. Elle sortira de cette maison où elle se tue.

— Par amour, dit Popinot.

— Oui, répondit la mère en souriant.

— Écoutez un petit secret, dit Popinot en regardant la fatale lettre du coin de l'œil. J'ai obligé Célestin pour lui faciliter l'acquisition de votre fonds, mais j'ai mis une condition à mon obligeance. Votre appartement est comme vous l'avez laissé. J'avais une idée, mais je ne croyais pas que le hasard nous favoriserait autant. Célestin est tenu de vous sous-louer votre ancien appartement, où il n'a pas mis le pied et dont tous les meubles seront à vous. Je me suis réservé le second étage pour y demeurer avec Césarine, qui ne vous quittera jamais. Après mon mariage, je viendrai passer ici les matinées de huit heures du matin à six heures du soir. Pour vous refaire une fortune, j'achèterai cent mille francs l'intérêt de monsieur César, et vous aurez ainsi, avec sa place, dix mille livres de rente. Ne serez-vous pas heureuse ?

— Ne me dites plus rien, Anselme, ou je deviens folle.

L'angélique attitude de madame César et la pureté de ses yeux, l'innocence de son beau front démentaient si magnifiquement les mille idées qui tournoyaient dans la cervelle de l'amoureux, qu'il voulut en finir avec les monstruosités de sa pensée. Une faute était inconciliable avec la vie et les sentiments de la nièce de Pillerault.

— Ma chère mère adorée, dit Anselme, il vient d'entrer malgré moi dans mon âme un horrible soupçon. Si vous voulez me voir heureux vous le détruirez à l'instant même. Popinot avait avancé la main sur la lettre et s'en était emparé. — Sans le vouloir, reprit-il effrayé de la terreur qui se peignait sur le visage de Constance, j'ai lu les premiers mots de cette lettre écrite par du Tillet. Ces mots coïncident si singulièrement avec l'effet que vous venez de produire en déterminant la prompte adhésion de cet homme à mes folles exigences, que tout homme l'expliquerait comme le démon me l'explique malgré moi. Votre regard, trois mots ont suffi...

— N'achevez pas, dit madame César en reprenant la lettre et la brûlant aux yeux d'Anselme. Mon enfant, je suis bien cruellement punie d'une faute minime. Sachez donc tout, Anselme. Je ne veux pas que le soupçon inspiré par la mère nuise à la fille, et d'ailleurs je puis parler sans avoir à rougir : je dirais à mon mari ce que je vais vous avouer. Du Tillet a voulu me séduire, mon mari fut aussitôt prévenu, du Tillet dut être renvoyé. Le jour où mon mari allait le remercier, il nous a pris trois mille francs !

— Je m'en doutais, dit Popinot en exprimant toute sa haine par son accent.

— Anselme, votre avenir, votre bonheur exigent cette confidence ; mais elle doit mourir dans votre cœur, comme elle était morte dans le mien et dans celui de César. Vous devez vous souvenir de *la gronde* [238] de mon mari à propos d'une erreur de caisse. Monsieur Birotteau, pour éviter un procès et ne pas perdre cet homme, remit sans doute à la caisse trois mille francs, le prix de ce châle de cachemire que je n'ai eu que trois ans après. Voilà mon exclamation expliquée. Hélas ! mon cher enfant, je vous avouerai mon enfantillage. Du Tillet m'avait écrit trois lettres d'amour, qui le peignaient si bien, dit-elle en soupirant et baissant les yeux, que je les avais gardées... comme curiosité. Je ne les ai pas relues plus d'une fois. Mais enfin il était imprudent de les conserver. En revoyant du Tillet, j'y ai songé, je suis montée chez moi pour les brûler, et je regardais la dernière quand vous êtes entré... Voilà tout, mon ami.

Anselme mit un genou en terre et baisa la main de madame César avec une admirable expression qui leur fit venir des larmes aux yeux à l'un et à l'autre. La belle-mère releva son gendre, lui tendit les bras et le serra sur son cœur.

Ce jour devait être un jour de joie pour César. Le secrétaire particulier du Roi, monsieur de Vandenesse, vint au Bureau lui parler. Ils sortirent ensemble dans la petite cour de la Caisse d'amortissement.

— Monsieur Birotteau, dit le vicomte de Vandenesse, vos efforts pour payer vos créanciers ont été par hasard connus du Roi. Sa Majesté, touchée d'une conduite si rare, et sachant que, par humilité, vous ne portiez pas l'ordre de la Légion-d'Honneur, m'envoie vous ordonner d'en reprendre l'insigne. Puis, voulant vous aider à remplir vos obligations, elle m'a chargée de vous remettre cette somme, prise sur sa cassette particulière, en regrettant de ne pouvoir faire davantage. Que ceci demeure dans un profond secret. Sa Majesté trouve peu royale la divulgation officielle de ses bonnes œuvres, dit le secrétaire intime en remettant six mille francs à l'employé qui pendant ce discours éprouvait des sensations inexprimables.

Birotteau n'eut sur les lèvres que des mots sans suite à balbutier, Vandenesse le salua de la main en souriant. Le sentiment qui animait le pauvre César est si rare dans Paris, que sa vie avait insensiblement excité l'admiration. Joseph Lebas, le juge Popinot, Camusot, l'abbé Loraux, Ragon, le chef de la maison importante où était Césarine, Lourdois, monsieur de La Billardière en avaient parlé. L'opinion, déjà changée à son égard, le portait aux nues.

— Voilà un homme d'honneur! Ce mot avait déjà plusieurs fois retenti à l'oreille de César quand il passait dans la rue, et lui donnait l'émotion qu'éprouve un auteur en entendant dire : *Le voilà!* Cette belle renommée assassinait du Tillet. Quand César eut les billets de banque envoyés par le souverain, sa première pensée fut de les employer à payer son ancien commis. Le bonhomme alla rue de la Chaussée-d'Antin, en sorte que quand le banquier rentra chez lui de ses courses, il s'y rencontra dans l'escalier avec son ancien patron.

— Eh! bien, *mon pauvre* Birotteau! dit-il d'un air patelin.

— Pauvre? s'écria fièrement le débiteur. Je suis bien riche. Je poserai ma tête sur mon oreiller ce soir avec la satisfaction de savoir que je vous ai payé.

Cette parole pleine de probité fut une rapide torture pour du Tillet. Malgré l'estime générale, il ne s'estimait pas lui-même, une voix inextinguible lui criait : « Cet homme est sublime! »

— Me payer! quelles affaires faites-vous donc?

Sûr que du Tillet n'irait pas répéter sa confidence, l'ancien parfumeur dit : « Je ne reprendrai jamais les affaires, monsieur. Aucune puissance humaine ne pouvait prévoir ce qui m'est arrivé. Qui sait si je ne serais pas victime d'un autre Roguin ? Mais ma conduite a été mise sous les yeux du Roi, son cœur a daigné compatir à mes efforts, et il les a encouragés en m'envoyant à l'instant une somme assez importante qui... »

— Vous faut-il une quittance ? dit du Tillet en l'interrompant, payez-vous...

— Intégralement, et même les intérêts ; aussi vais-je vous prier de venir à deux pas d'ici, chez monsieur Crottat.

— Par-devant notaire !

— Mais, monsieur, dit César, il ne m'est pas défendu de songer à la réhabilitation, et les actes authentiques sont alors irrécusables...

— Allons, dit du Tillet qui sortit avec Birotteau, allons, il n'y a qu'un pas. Mais où prenez-vous tant d'argent ? reprit-il.

— Je ne le prends pas, dit César, je le gagne à la sueur de mon front.

— Vous devez une somme énorme à la maison Claparon.

— Hélas ! oui, là est ma plus forte dette, je crois bien mourir à la peine.

— Vous ne pourrez jamais le payer, dit durement du Tillet.

— Il a raison, pensa Birotteau.

Le pauvre homme, en revenant chez lui, passa par la rue Saint-Honoré, par mégarde, car il faisait toujours un détour pour ne pas voir sa boutique ni les fenêtres de son appartement. Pour la première fois, depuis sa chute, il revit cette maison où dix-huit ans de bonheur avaient été effacés par les angoisses de trois mois.

— J'avais bien cru finir là mes jours, se dit-il.

Et il hâta le pas, car il avait aperçu la nouvelle enseigne :

CÉLESTIN CREVEL

SUCCESSEUR DE CÉSAR BIROTTEAU

— J'ai la berlue. N'est-ce pas, Césarine ? s'écria-t-il en se souvenant d'avoir aperçu une tête blonde à la fenêtre.

Il vit effectivement sa fille, sa femme et Popinot. Les amoureux savaient que Birotteau ne passait jamais devant son ancienne maison ; et, incapables d'imaginer ce qui lui arrivait, ils étaient venus prendre quelques arrangements relatifs à la fête qu'ils méditaient de donner à César. Cette bizarre apparition étonna si vivement Birotteau, qu'il resta planté sur ses jambes.

— Voilà monsieur Birotteau qui regarde son ancienne maison, dit monsieur Molineux au marchand établi en face de la Reine des Roses.

— Pauvre homme, dit l'ancien voisin du parfumeur, il a donné là un des plus beaux bals... Il y avait deux cents voitures.

— J'y étais, il a fait faillite trois mois après, dit Molineux, j'ai été syndic.

Birotteau se sauva, les jambes tremblantes, et accourut chez son oncle Pillerault. Pillerault, instruit de ce qui s'était passé rue des Cinq-Diamants, pensait que son neveu soutiendrait difficilement le choc d'une joie aussi grande que celle causée par sa réhabilitation, car il était le témoin journalier des vicissitudes morales de ce pauvre homme, toujours en présence de ses inflexibles doctrines relatives aux faillis, et dont toutes les forces étaient employées à toute heure. L'honneur était pour César un mort qui pouvait avoir son jour de Pâques. Cet espoir rendait sa douleur incessamment active. Pillerault prit sur lui de préparer son neveu à recevoir la bonne nouvelle. Quand Birotteau rentra chez son oncle, il le trouva pensant aux moyens d'arriver à son but. Aussi la joie avec laquelle l'employé raconta le témoignage d'intérêt que le Roi lui avait donné parut-elle de bon augure à Pillerault, et l'étonnement d'avoir vu Césarine à la Reine des Roses fut-il une excellente entrée en matière.

— Eh! bien, César, dit Pillerault, sais-tu d'où cela te vient? De l'impatience qu'a Popinot d'épouser Césarine. Il n'y tient plus, et ne doit pas, pour tes exagérations de probité, laisser passer sa jeunesse à manger du pain sec à la fumée d'un bon dîner. Popinot veut te donner les fonds nécessaires au paiement intégral de tes créanciers...

— Il achète sa femme, dit Birotteau.

— N'est-ce pas honorable de faire réhabiliter son beau-père?

— Mais il y aurait lieu à contestation. D'ailleurs...

— D'ailleurs, dit l'oncle en jouant la colère, tu peux avoir le droit de t'immoler, mais tu ne saurais immoler ta fille.

Il s'engagea la plus vive discussion, que Pillerault échauffait à dessein.

— Eh! si Popinot ne te prêtait rien, s'écria Pillerault, s'il t'avait considéré comme son associé, s'il avait regardé le prix donné à tes créanciers pour ta part dans l'Huile comme une avance de bénéfices, afin de ne pas te dépouiller...

— J'aurais l'air d'avoir, de concert avec lui, trompé mes créanciers.

Pillerault feignit de se laisser battre par cette raison. Il connaissait assez le cœur humain pour savoir que durant la nuit le digne homme se querellerait avec lui-même sur ce point; et cette discussion intérieure l'accoutumerait à l'idée de sa réhabilitation.

— Mais pourquoi, dit-il en dînant, ma femme et ma fille étaient-elles dans mon ancien appartement?

— Anselme veut le louer pour s'y loger avec Césarine. Ta femme est de son parti. Sans t'en rien dire, ils sont allés faire publier les bans, afin de te forcer à consentir. Popinot dit qu'il aura moins de mérite à épouser Césarine après ta réhabilitation. Tu prends les six mille francs du Roi, tu ne veux rien accepter de tes parents! Moi je puis bien te donner quittance de ce qui me revient, me refuserais-tu?

— Non, dit César, mais cela ne m'empêcherait pas d'économiser pour vous payer, malgré la quittance.

— Subtilité que tout cela, dit Pillerault, et sur les choses de probité je dois être cru. Quelle bêtise as-tu dite tout-à-l'heure? auras-tu trompé tes créanciers quand tu les auras tous payés?

En ce moment, César examina Pillerault, et Pillerault fut ému de voir, après trois années, un plein sourire animant pour la première fois les traits attristés de son pauvre neveu.

— C'est vrai, dit-il, ils seraient payés... Mais c'est vendre ma fille!

— Et je veux être achetée, cria Césarine en apparaissant avec Popinot.

Les deux amants avaient entendu ces derniers mots en entrant sur la pointe du pied dans l'antichambre du petit appartement de leur oncle, et madame Birotteau les suivait. Tous trois avaient couru en voiture chez les créanciers qui restaient à payer pour les convoquer le soir chez Alexandre Crottat, où se préparaient les quittances. La puissance logique de l'amoureux Popinot triompha des scrupules de César qui persistait à se dire débiteur, à prétendre qu'il fraudait la loi par une novation. Il fit céder les recherches de sa conscience à un cri de Popinot : — Vous voulez donc tuer votre fille?

— Tuer ma fille! dit César hébété.

— Eh! bien, dit Popinot, j'ai le droit de vous faire une donation entre vifs de la somme que consciencieusement je crois être à vous chez moi. Me refuseriez-vous?

— Non, dit César.

— Eh! bien, allons chez Alexandre Crottat ce soir afin qu'il n'y ait plus à revenir là-dessus! nous y déciderons en même temps notre contrat de mariage.

CHAPITRE XVI

AU CIEL

Une demande en réhabilitation et toutes les pièces à l'appui furent déposées, par les soins de Derville, au parquet du Procureur-Général de la Cour royale de Paris.

Pendant le mois que durèrent les formalités et les publications des bans pour le mariage de Césarine et d'Anselme, Birotteau fut agité par des mouvements fébriles. Il était inquiet, il avait peur de ne pas vivre jusqu'au grand jour où l'arrêt serait rendu. Son cœur palpitait sans raison, disait-il. Il se plaignit de douleurs sourdes dans cet organe aussi usé par les émotions de la douleur qu'il était fatigué par cette joie suprême. Les arrêts de réhabilitation sont si rares dans le ressort de la Cour royale de Paris qu'il s'en prononce à peine *un* en dix années. Pour les gens qui prennent au sérieux la Société, l'appareil de la Justice a je ne sais quoi de grand et de grave. Les institutions dépendent entièrement des sentiments que les hommes y attachent et des grandeurs dont elles sont revêtues par la pensée. Aussi quand il n'y a plus, non pas de religion, mais de croyance chez un peuple, quand l'éducation première y a relâché tous les liens conservateurs en habituant l'enfant à une impitoyable analyse, une nation est-elle dissoute; car elle ne fait plus corps que par les ignobles soudures de l'intérêt matériel, par les commandements du culte que crée l'Égoïsme bien entendu. Nourri d'idées religieuses, Birotteau acceptait la Justice pour ce qu'elle devrait être aux yeux des hommes, une représentation de la Société même, une auguste expression de la loi consentie, indépendante de la forme sous laquelle elle se produit : plus le magistrat est vieux, cassé, blanchi, plus solennel est d'ailleurs l'exercice de son sacerdoce qui veut une étude si profonde des hommes et des choses, qui sacrifie le cœur et l'endurcit à la tutelle d'intérêts palpitants. Ils deviennent rares, les hommes qui ne montent pas sans de vives émotions l'escalier de la Cour royale, au vieux Palais-de-Justice, à Paris, et l'ancien négociant était un de ces hommes. Peu de personnes ont remarqué la solennité majestueuse de cet escalier si bien placé pour produire de l'effet, il se trouve en haut du péristyle extérieur qui orne la cour du Palais, et sa porte est au milieu d'une galerie qui mène d'un bout à l'immense salle des Pas-Perdus, de l'autre à la Sainte-Chapelle, deux monuments qui peuvent rendre tout mesquin autour d'eux. L'église de saint Louis est un des plus imposants édifices de Paris, et son abord a je ne sais quoi de sombre et de romantique au fond de cette galerie. La grande salle des Pas-Perdus offre au contraire une échappée pleine de clartés, et il est difficile d'oublier que l'histoire de France se lie à cette salle. Cet escalier doit donc avoir quelque caractère assez grandiose, car il n'est pas trop écrasé par ces deux magnificences. Peut-être l'âme y est-elle remuée à l'aspect de la place où s'exécutent les arrêts, vue à travers la riche grille du Palais. L'escalier débouche sur une immense pièce, l'antichambre de celle où la Cour tient les audiences de sa Première Chambre, et qui forme la salle des Pas-Perdus de la Cour. Jugez quelles émotions dut éprouver le failli qui fut naturellement impressionné par ces accessoires, en montant à la Cour entouré de ses amis : Lebas, alors président du Tribunal de Commerce ; Camusot, son ancien Juge-Commissaire ; Ragon, son patron ; monsieur l'abbé Loraux, son directeur. Le saint prêtre fit ressortir ces splendeurs humaines par une réflexion qui les rendit encore plus imposantes aux yeux de César. Pillerault, ce philosophe pratique, avait imaginé d'exagérer par avance la joie de son neveu pour le soustraire aux dangers des événements imprévus de cette fête. Au moment où l'ancien négociant finissait sa toilette, il avait vu venir ses vrais amis qui tenaient à honneur de l'accompagner à la barre de la Cour. Ce cortège développa chez le brave homme un contentement qui le jeta dans l'exaltation nécessaire pour soutenir le spectacle imposant de la Cour. Birotteau trouva d'autres amis réunis dans la salle des audiences solennelles où siégeaient une douzaine de Conseillers.

Après l'appel des causes, l'avoué de Birotteau fit la demande en quelques mots. Sur un geste du Premier Président, le procureur général, invité à donner ses conclusions, se leva. Au nom du Parquet, le procureur-général, l'homme qui représente la vindicte publique, allait demander lui-même de rendre l'honneur au négociant qui n'avait fait que l'engager : cérémonie unique, car le condamné ne peut être que gracié. Les gens de cœur peuvent imaginer les émotions de Birotteau quand il entendit monsieur de Granville prononçant un discours dont voici l'abrégé :

« Messieurs, dit le célèbre magistrat, le 16 janvier 1820, Birotteau fut déclaré en état de faillite, par un jugement du Tribunal de Commerce de la Seine. Le dépôt du bilan n'était occasionné ni par l'imprudence de ce commerçant ni par de fausses spéculations, ni par aucune raison qui pût entacher son honneur. Nous éprouvons le besoin de le dire hautement : ce malheur fut causé par un de ces désastres qui se sont renouvelés à la grande douleur de la Justice et de la Ville de Paris. Il était réservé à notre siècle, où fermentera longtemps encore le mauvais levain des mœurs et des idées révolutionnaires, de voir le Notariat de Paris s'écartant des glorieuses traditions des siècles précédents, et produisant en quelques années autant de faillites qu'il s'en est rencontré dans deux siècles sous l'ancienne monarchie. La soif de l'or rapidement acquis a gagné les officiers ministériels, ces tuteurs de la fortune publique, ces magistrats intermédiaires ! »

Il y eut une tirade sur ce texte où pour obéir aux nécessités de son rôle, le comte de Granville trouva moyen d'incriminer les Libéraux, les Bonapartistes et autres ennemis du trône. L'événement a prouvé que ce magistrat avait raison dans ses appréhensions.

« La fuite d'un notaire de Paris, qui emportait les fonds déposés chez lui par Birotteau, décida la ruine de l'impétrant, reprit-il. La Cour a rendu, dans cette affaire, un arrêt qui prouve à quel point la confiance des clients de Roguin fut indignement trompée. Un Concordat intervint. Nous ferons observer pour l'honneur de l'impétrant, que les opérations ont été remarquables par une pureté qui ne se rencontre en aucune des faillites scandaleuses par lesquelles le commerce de Paris est journellement affligé. Les créanciers de Birotteau trouvèrent les moindres choses que l'infortuné possédât. Ils ont trouvé, messieurs, ses vêtements, ses bijoux, enfin les choses d'un usage purement personnel, non seulement à lui, mais à sa femme qui abandonna tous ses droits pour grossir l'actif. Birotteau, dans cette circonstance, a été digne de la considération qui lui avait valu ses fonctions municipales ; car il était alors Adjoint au Maire du Deuxième Arrondissement et venait de recevoir la décoration de la Légion-d'Honneur accordée autant au dévouement du royaliste qui luttait en vendémiaire sur les marches de Saint-Roch, alors teintes de son sang, qu'au magistrat consulaire estimé pour ses lumières, aimé pour son esprit conciliateur, et au modeste officier municipal qui venait de refuser les honneurs de la Mairie en indiquant un plus digne, l'honorable baron de La Billardière, un des nobles Vendéens qu'il avait appris à estimer dans les mauvais jours. »

— Cette phrase est meilleure que la mienne, dit César à l'oreille de son oncle.

« Aussi, les créanciers, trouvant soixante pour cent de leurs créances par l'abandon que ce loyal négociant faisait, lui, sa femme et sa fille, de tout ce qu'ils possédaient, ont-ils consigné les expressions de leur estime dans le Concordat qui intervint entre eux et leur débiteur, et par lequel ils lui faisaient remise du reste de leurs créances. Ces témoignages se recommandent à l'attention de la Cour par la manière dont ils sont conçus. »

Ici le procureur général lut les considérants du Concordat.

« En présence de ces bienveillantes dispositions, messieurs, beaucoup de négociants auraient pu se croire libérés, et ils auraient marché fiers sur la place publique. Loin de là, Birotteau, sans se laisser abattre, forma dans sa conscience le projet d'arriver au jour glorieux qui se lève ici pour lui. Rien ne l'a rebuté. Une place est accordée par notre bien-aimé souverain pour donner du pain au blessé de Saint-Roch, le failli en réserve les appointements à ses créanciers sans y rien prendre pour ses besoins, car le dévouement de la famille ne lui a pas manqué... »

Birotteau pressa la main de son oncle en pleurant.

« Sa femme et sa fille versaient au trésor commun les fruits de leur travail, elles avaient épousé la noble pensée de Birotteau. Chacune d'elles est descendue de la position qu'elle occupait pour en prendre une inférieure. Ces sacrifices, messieurs, doivent être hautement honorés, ils sont les plus difficiles de tous à faire. Voici quelle était la tâche que Birotteau s'était imposée. »

Ici le procureur général lut le résumé du bilan, en désignant les sommes qui restaient dues et les noms des créanciers.

« Chacune de ces sommes, intérêts compris, a été payée, messieurs, non par des quittances sous signatures privées qui appellent la sévérité de l'enquête, mais par des quittances authentiques par lesquelles la religion de la Cour ne saurait être surprise, et qui n'ont pas empêché les magistrats de faire leur devoir en procédant à l'enquête exigée par la loi. Vous rendrez à Birotteau, non pas l'honneur, mais les droits dont il se trouvait privé, et vous ferez justice. De semblables spectacles sont si rares à votre audience que nous ne pouvons nous empêcher de témoigner à l'impétrant combien nous applaudissons à une telle conduite, que déjà d'augustes protections avaient encouragée. » Puis il lut ses conclusions formelles en style de palais.

La Cour délibéra sans sortir, et le Président se leva pour prononcer l'arrêt.

— La Cour, dit-il en terminant, me charge d'exprimer à Birotteau la satisfaction qu'elle éprouve à rendre un pareil Arrêt. Greffier, appelez la cause suivante.

Birotteau déjà vêtu du caftan [239] d'honneur que lui passaient les phrases de l'illustre Procureur général, fut foudroyé de plaisir en entendant la phrase solennelle dite par le Premier Président de la première Cour royale de France, et qui accusait des tressaillements dans le cœur de l'impassible justice humaine. Il ne put quitter sa place à la barre, il y parut cloué, regardant d'un air hébété les magistrats comme des anges qui venaient lui rouvrir les portes de la vie sociale; son oncle le prit par le bras et l'attira dans la salle. César, qui n'avait pas obéi à Louis XVIII, mit alors machinalement le ruban de la Légion à sa boutonnière, fut aussitôt entouré de ses amis et porté en triomphe jusque dans la voiture.

— Où me conduisez-vous, mes amis ? dit-il à Joseph Lebas, à Pillerault et à Ragon.

— Chez vous.

— Non, il est trois heures; je veux entrer à la Bourse et user de mon droit.

— À la Bourse, dit Pillerault au cocher en faisant un signe expressif à Lebas, car il observait chez le réhabilité des symptômes inquiétants, il craignait de le voir devenir fou.

L'ancien parfumeur entra dans la Bourse, donnant le bras à son oncle et à Lebas, ces deux négociants vénérés. Sa réhabilitation était connue. La première personne qui vit les trois négociants, suivis par le vieux Ragon, fut du Tillet.

— Ah ! mon cher patron, je suis enchanté de savoir que vous vous en soyez tiré. J'ai peut-être contribué, par la facilité avec laquelle je me suis laissé tirer une plume de l'aile par le petit Popinot, à cet heureux dénouement de vos peines. Je suis content de votre bonheur comme s'il était le mien.

— Vous ne pouvez pas l'être autrement, dit Pillerault. Ça ne vous arrivera jamais.

— Comment l'entendez-vous, monsieur ? dit du Tillet.

— Parbleu ! du bon côté, dit Lebas en souriant de la malice vengeresse de Pillerault, qui, sans rien savoir, regardait cet homme comme un scélérat.

Matifat reconnut César. Aussitôt les négociants les mieux famés entourèrent l'ancien parfumeur et lui firent une ovation boursière ; il reçut les compliments les plus flatteurs, des poignées de main qui réveillaient bien des jalousies, excitaient quelques remords, car sur cent personnes qui se promenaient là plus de cinquante avaient liquidé. Gigonnet et Gobseck, qui causaient dans un coin, regardèrent le vertueux parfumeur comme les physiciens ont dû regarder le premier *gymnote électrique* qui leur fut amené. Ce poisson, armé de la puissance d'une bouteille de Leyde, est la plus grande curiosité du règne animal. Après avoir aspiré l'encens de son triomphe, César remonta dans son fiacre et se mit en route pour revenir dans sa maison où se devait signer le contrat de mariage de sa chère Césarine et du dévoué Popinot. Il avait un rire nerveux qui frappa ses trois vieux amis.

Un défaut de la jeunesse est de croire tout le monde fort comme elle est forte, défaut qui tient d'ailleurs à ses qualités : au lieu de voir les hommes et les choses à travers des besicles, elle les colore des reflets de sa flamme, et jette son trop de vie jusque sur les vieilles gens. Comme César et Constance, Popinot conservait dans sa mémoire une fastueuse image du bal donné par Birotteau. Durant ces trois années d'épreuves, Constance et César avaient, sans se le dire, souvent entendu l'orchestre de Collinet, revu l'assemblée fleurie, et goûté cette joie si cruellement punie, comme Adam et Ève durent penser parfois à ce fruit défendu qui donna la mort et la vie à toute leur postérité, car il paraît que la reproduction des anges est un des mystères du ciel. Mais Popinot pouvait songer à cette fête, sans remords, avec délices : Césarine dans toute sa gloire s'était promise à lui pauvre. Pendant cette soirée, il avait eu l'assurance d'être aimé pour lui-même ! Aussi, quand il avait acheté l'appartement restauré par Grindot à Célestin en stipulant que tout y resterait intact, quand il avait religieusement conservé les moindres choses appartenant à César et à Constance, rêvait-il de donner son bal, un bal de noces. Il avait préparé cette fête avec amour, en imitant son patron seulement dans les dépenses nécessaires et non dans les folies : les folies étaient faites. Ainsi le dîner dut être servi par Chevet, les convives étaient à peu près les mêmes. L'abbé Loraux remplaçait le grand chancelier de la Légion-d'Honneur, le Président du Tribunal de Commerce Lebas n'y manquait point. Popinot invita monsieur Camusot pour le remercier des égards qu'il avait prodigués à Birotteau. Monsieur de Vandenesse et monsieur de Fontaine vinrent à la place de Roguin et de sa femme. Césarine et Popinot avaient distribué leurs invitations pour le bal avec discernement. Tous deux redoutaient également la publicité d'une noce, ils avaient évité les froissements qu'y ressentent les cœurs tendres et purs en imaginant de donner le bal pour le jour du contrat. Constance avait retrouvé cette robe cerise dans laquelle, pendant un seul jour, elle avait brillé d'un éclat si fugitif ! Césarine s'était plu à faire à Popinot la surprise de se montrer dans cette toilette de bal dont il lui avait parlé maintes et maintes fois. Ainsi, l'appartement allait offrir à Birotteau le spectacle enchanteur qu'il avait savouré pendant une seule soirée. Ni Constance, ni Césarine, ni Anselme n'avaient aperçu de danger pour César dans cette énorme surprise, et ils l'attendaient à quatre heures avec une joie qui leur faisait faire des enfantillages.

Après les émotions inexprimables que venait de lui causer sa rentrée à la Bourse, ce héros de probité commerciale allait avoir le saisissement qui l'attendait rue Saint-Honoré. Lorsqu'en rentrant dans son ancienne maison, il vit au bas de l'escalier, resté neuf, sa femme en robe de velours cerise, Césarine, le comte de Fontaine, le vicomte de Vandenesse, le baron de La Billardière, l'illustre Vauquelin, il se répandit sur ses yeux un léger voile, et son oncle Pillerault qui lui donnait le bras sentit un frissonnement intérieur.

— C'est trop, dit le philosophe à l'amoureux Anselme, il ne pourra jamais porter tout le vin que tu lui verses.

La joie était si vive dans tous les cœurs, que chacun attribua l'émotion de César et ses trébuchements à quelque ivresse bien naturelle, mais souvent mortelle. En se retrouvant chez lui, en revoyant son salon, ses convives, parmi lesquels étaient des femmes habillées pour le bal, tout à coup le mouvement héroïque du finale de la grande symphonie de Beethoven éclata dans sa tête et dans son cœur. Cette musique idéale rayonna, pétilla sur tous les modes, fit sonner ses clairons dans les méninges de cette cervelle fatiguée, pour laquelle ce devait être le grand finale.

Accablé par cette harmonie intérieure, il alla prendre le bras de sa femme et lui dit à l'oreille d'une voix étouffée par un flot de sang contenu : — Je ne suis pas bien!

Constance effrayée conduisit son mari dans sa chambre, où il ne parvint pas sans peine, où il se précipita dans un fauteuil, disant :

— Monsieur Haudry, monsieur Loraux!

L'abbé Loraux vint, suivi des convives et des femmes en habit de bal, qui tous s'arrêtèrent et formèrent un groupe stupéfait. En présence de ce monde fleuri, César serra la main de son confesseur et pencha la tête sur le sein de sa femme agenouillée. Un vaisseau s'était déjà rompu dans sa poitrine, et, par surcroît, l'anévrisme étranglait sa dernière respiration.

— Voilà la mort du juste, dit l'abbé Loraux d'une voix grave en montrant César par un de ces gestes divins que Rembrandt a su deviner pour son tableau 240
du Christ rappelant Lazare à la vie.

Jésus ordonne à la Terre de rendre sa proie, le saint prêtre indiquait au Ciel un martyr de la probité commerciale à décorer de la palme éternelle.

Paris, novembre 1837.

NOTES

1. Cette dédicace apparaît en 1844, lors de la parution du tome X de l'édition Furne de *La Comédie humaine*.

2. « Qui cause la maladie » (Littré).

3. Comme le texte l'indiquera plus tard, César Birotteau a appartenu à la Garde nationale, et, comme tel, il devait effectuer périodiquement un tour de garde.

4. Le bonnet de nuit en coton faisait partie de l'attirail obligé du bourgeois type.

5. Probablement en cachemire. Coûteux, cet accessoire vestimentaire était un cadeau dont rêvaient les femmes : « Jeunes ou vieilles, belles ou laides, riches ou pauvres, toutes les femmes ont aujourd'hui un cachemire, ou rêvent au moyen de s'en procurer » (M. Gallais, *Mœurs et caractères du XIXe siècle*, 1817, cité par René Guise).

6. Unité de mesure de 1,20 mètre, représentant environ trois pieds et demi et servant à mesurer les étoffes.

7. C'est-à-dire t'enrhumer fortement, par allusion semble-t-il à la voix rauque du loup.

8. Ministre des Affaires étrangères de Louis XVIII, le duc de Richelieu obtint en octobre 1818, après paiement de l'indemnité de 700 millions prévue par le traité de Paris du 20 novembre 1815, le départ des troupes alliés qui occupaient le territoire français depuis la défaite de Waterloo.

9. Le 13 vendémiaire an IV (5 octobre 1795), Bonaparte réprima une insurrection royaliste dirigée contre la Convention, mitraillant les insurgés sur les marches de l'église Saint-Roch, rue Saint-Honoré.

10. Birotteau utilise une appellation d'Ancien Régime pour désigner ses fonctions de juge au Tribunal de Commerce.

11. L'impôt sur les portes et fenêtres était l'une des « quatre vieilles » contributions directes établies par la Révolution, et était calculé selon le nombre et la qualité des ouvertures, considérées comme signes extérieurs de richesse. Il fut supprimé en 1917.

12. Pierre Laubriet signale que cet abandon d'enseigne est un signe de promotion commerciale.

13. Expression populaire signifiant très bien, à la perfection.

14. On comprend mal le sens de cette expression, un écu valant trois francs.

15. Le blanc était une petite pièce de monnaie. Cinq sous valaient en réalité douze blancs.

16. Terme populaire désignant la bouche.

17. Le quartier de la Madeleine était alors en plein chantier, et comportait encore de nombreux terrains vagues en attente d'exploitation. La place sera achevée en 1824 et l'église, commencée en 1767, ne le sera qu'en 1842.

18. Expression du droit commercial signifiant qu'une créance n'est exigible qu'à échéance.

19. Les jeunes romantiques appelaient « perruques » les tenants du classicisme. L'expression sera surtout utilisée dans les années 1820-1830. Il s'agit d'un anachronisme volontaire de Balzac qui s'amuse.

20. Comme l'*Huile comogène* (et non *comagène*) du parfumeur Piver, l'*Huile de Macassar*, de fabrication anglaise, existait réellement. Elle se vendait encore en 1900.

21. « La fleur des pois, se dit de personnes remarquables par leur élégance, leur position, leur agrément, etc. » (Littré). Les notaires de Paris jouissaient d'un prestige particulier, car les études étaient divisées en classes suivant l'importance de la juridiction dont les villes étaient le siège.

22. Constance n'a pas compris le mot *comagène*. Comme le suggère Pierre Laubriet, peut-être y a-t-il ici une intention malicieuse de Balzac. Il prête en effet à Mme Birotteau ce lapsus évoquant un personnage de *Cymbeline* de Shakespeare qui incarne un idéal féminin qu'elle représente aussi sous sa forme bourgeoise.

23. La punaisie, ou ozène, est une maladie rhinologique, qui se manifeste par un écoulement brunâtre ou noirâtre particulièrement malodorant, dénotant la carie des os, dont l'origine peut être scrofuleuse, scorbutique ou vénérienne.

24. Célèbre gravure de Jean Nicolas Laugier (1785-1875), d'après un tableau de Pierre-Claude-François

Delorme (1783-1859), exposé en 1814, et inspiré d'un poème grec. Prêtresse d'Artémis, Héro est rejointe chaque nuit par Léandre, qui doit traverser l'Hellespont pour la retrouver. Une nuit, il se noie et Héro se suicide. Delorme exposa également *La Mort de Léandre* en 1814.

25. Nicolas Louis Vauquelin (1763-1829) était un chimiste français très célèbre à l'époque. Il dirigea effectivement une fabrique de produits chimiques. La gravure que doit lui montrer Birotteau est celle de *La Vierge de Dresde*.

26. Balzac tient à cette graphie de l'expression, dont la véritable orthographe ancienne devrait être *c'en dessus dessous* (« ce qui est en dessus étant mis dessous »).

27. C'est-à-dire une épreuve purificatrice.

28. Fermier dans une closerie, petite exploitation rurale.

29. Héros du *Curé de Tours*.

30. Bataille en Italie contre les troupes russes de Souvarov (juin 1799).

31. Mensonges, plaisanteries.

32. Dans le calendrier révolutionnaire, la semaine avait laissé place à la décade, et le dixième jour, ou décadi, était chômé, comme le dimanche.

33. L'échelle de dépréciation du 21 juin 1795 consacrait la démonétisation de l'assignat.

34. Instituée le 2 mai 1793, la loi du maximum fixait un prix maximal pour tous les produits du commerce. Provoquant de nombreuses faillites, et n'empêchant pas l'inflation, elle fut supprimée en décembre 1794.

35. Lancée par Talma jouant Titus dans le *Brutus* de Voltaire, cette mode imposait les cheveux courts, et supprimait la poudre.

36. Il s'agit bien entendu de Bonaparte.

37. Fondé en 1790, le Petit-Matelot est représenté ici comme typique de ces magasins de nouveautés qui s'étaient multipliés à Paris depuis le XVIIIe siècle.

38. Effectivement célèbre sous ce nom, Mme Romain, propriétaire du Café des Mille-Colonnes au Palais-Royal, se retira dans un couvent en 1824.

39. Petite rue parallèle à la rue Saint-Roch et donnant dans la rue Saint-Honoré.

40. *Sic* pour *shopping*, mot qui n'implique d'ailleurs pas l'idée de marchandage.

41. Probable néologisme de Balzac.

42. Aujourd'hui quai de la Mégisserie.

43. Restaurant à la mode à la fin du XVIIIe siècle, situé rue de Richelieu.

44. Ouvrage publié en 1748 par le médecin Antoine Le Camus (1722-1772) qui se cachait sous l'anonymat.
45. Ainsi appelée car elle est censée raviver le teint.
46. Cette rue était alors le centre du commerce de la droguerie en gros.
47. Une grosse représente douze douzaines.
48. Le locataire principal jouit d'un long bail, ne voit pas son loyer global augmenter et bénéficie de la hausse des loyers pour les parties de l'immeuble qu'il sous-loue.
49. Fonctionnaire musulman chargé de régler en toute équité les litiges privés.
50. Voir *la Maison du Chat-qui-pelote.*
51. Pianiste et compositeur allemand mort en 1823, alors en vogue.
52. Sorte de caravansérail de l'Inde.
53. Avec la férocité des conquérants turcs à l'égard des Maures.
54. On disait de l'abbé Terray (1715-1778), contrôleur général des finances sous Louis XV : « Il vole au nom du roi ». Est-ce à cela que le texte fait ici allusion ?
55. Jeu de cartes inventé sous le Directoire et qui connaissait une grande vogue.
56. Personnage éponyme de la célèbre comédie de Lesage.
57. Traité de paix signé entre le débiteur et ses créanciers.
58. À angle droit.
59. Découverte par un paysan en 1820, la statue fut offerte à Louis XVIII en 1821 par M. de Rivière, ambassadeur à Constantinople.
60. Bassins carrés destinés à recevoir le savon quand il est cuit, pour qu'il refroidisse.
61. Alors député ultra, le comte de Villèle (1773-1854), deviendra ministre en février 1820 et président du Conseil en septembre 1822.
62. Nom que portait sous la Restauration la place de la Concorde. En 1826, elle deviendra place Louis XVI.
63. La belle Hollandaise a un modèle réel, Cornélie Kaerena Lers, tuée par l'un de ses clients en 1814.
64. La maille était une monnaie de très petite valeur.
65. Épisode de l'histoire romaine. Marcus Curtius, chevalier romain du IVe siècle av. J.-C., se sacrifia en se précipitant dans une brèche qui s'était ouverte dans le Forum romain, les augures ayant prédit qu'elle ne se refermerait que si un homme s'y jetait.

66. Voir *La Maison Nucingen.*
67. Suer abondamment. Mot vieilli et devenu populaire, dont l'emploi à la forme pronominale est incorrect.
68. Spécialiste des maladies de la peau (1766-1837).
69. Bien qu'Antiochus soit dans *Bérénice* roi de Comagène, l'explication donnée par Birotteau trahit son ignorance.
70. Chrétien-Frédéric Muller (1783-1816). L'original de la gravure est de Raphaël.
71. « Avant la lettre » se dit des épreuves tirées avant les inscriptions destinées à en indiquer le sujet.
72. Nous nous mettrons d'accord.
73. Installé.
74. « Terme de banque. Broches, billets de commerce de peu de valeur, inférieurs à 500 F ou 1000 F » (Littré).
75. Pierre-François Léonard Fontaine (1762-1833) et Charles Percier (1764-1838) réparèrent et transformèrent des palais de la région parisienne et rédigèrent ensemble des traités d'architecture.
76. Tromper. Ici tromper dans un marché.
77. Tablettes où l'on écrit ce dont on veut se souvenir.
78. Mot du même registre qu'« enfiler ».
79. Petite touffe de poils sous la lèvre inférieure. Le port de la barbe, des moustaches et d'une longue chevelure était une mode parmi la jeunesse romantique.
80. Nicolas de Largillière (1656-1746) était surtout un portraitiste.
81. Tableau de Raphaël qui se trouve au palais Pitti à Florence.
82. Construite par une compagnie hollandaise de 1791 à 1795, la Cour Batave se trouvait à l'emplacement de l'actuelle rue de la Cossonnerie.
83. Allusion au *Tableau de Paris* (1781-1788) de Louis-Sébastien Mercier.
84. Étoffe rude en forme de tresse.
85. Cuisson.
86. Au jeu de boston, on est seul contre les trois autres joueurs quand on prend le jeu, à moins que l'un d'entre eux ne vous soutienne et devienne votre associé.
87. Les députés libéraux élus en octobre 1818.
88. Curé qui laissa un testament où il affirmait ne plus croire à la religion qu'il enseignait (1677-1733). Présenté à l'époque comme étant son œuvre, l'ouvrage mentionné ici est du baron d'Holbach et prêche l'athéisme matérialiste.

89. Chéneaux.

90. Installations hygiéniques à l'anglaise remplaçant les chaises percées et encore rares dans les appartements modestes.

91. Dont le fond est fait de crin, recouvert d'étoffe.

92. Mobilier.

93. Cette rue a disparu lors du percement de la rue de Rivoli.

94. Querelles où l'on échange des injures (terme populaire).

95. En poids.

96. Le mendiant est une sorte de dessert composé de fruits secs : noisettes, noix, figues et raisins de Corinthe.

97. Déjà utilisé précédemment, « s'harmonier » équivaut dans l'usage balzacien à « s'harmoniser ». Littré signale qu'« harmonier » est un néologisme, alors que « s'harmonier » serait un tour vieilli.

98. Le Grand-Livre de la dette publique. Il s'agit donc de rente d'État.

99. Ce café existait réellement.

100. Personnalités marquantes du parti libéral. Mentionné plus haut, « Monsieur », frère du roi, est le futur Charles X.

101. Aujourd'hui confondue avec la rue Thérèse, cette rue joignait les rues de Richelieu et Sainte-Anne.

102. Parc d'attraction sous la Restauration, situé dans le jardin Beaujon près de la barrière de l'Étoile.

103. Toile de coton de couleur, fabriquée à Rouen et dans les environs.

104. Journal d'opposition, *Le Constitutionnel* s'appela *Journal du Commerce* du 24 juillet 1817 au 1er mai 1819.

105. Jour anniversaire de la mort de Louis XVI, guillotiné le 21 janvier 1793.

106. Disparue lors du percement du boulevard Sébastopol, cette rue allait de la rue des Lombards à la rue Aubry-le-Boucher.

107. Les bourgeois n'utilisaient que dans les grandes occasions ce moyen de locomotion coûteux.

108. Naturaliste (1777-1850). Balzac puise ses informations dans l'article « Poil » du *Dictionnaire classique d'histoire naturelle*.

109. Célèbre chirurgien, mort en 1835, qui apparemment n'a rien écrit sur ce sujet.

110. Vauquelin avait une usine de produits chimiques rue du Colombier.

111. Mot rare, probable néologisme balzacien, également utilisé par George Sand.

112. Cette rue était alors plus longue qu'aujourd'hui, car elle comprenait une partie de la rue Berger.

113. « Facilité à parler d'une façon commune » (Littré).

114. Voir *L'Illustre Gaudissart.*

115. Il s'agit du complot dit des « patriotes de 1816 ». Une association patriotique d'ouvriers fut compromise par un agent provocateur.

116. Aujourd'hui coupée par le boulevard Sébastopol, cette rue était alors plus longue.

117. Aujourd'hui partie de la rue Jean-Jacques-Rousseau.

118. Parodie du vers 1559 du *Cid* : « Paraissez, Navarrais, Maures et Castillans ! »

119. Actuelle rue Marengo.

120. Esprit-de-vin, eau-de-vie.

121. La plus célèbre confiserie de Paris, située rue des Lombards.

122. Terme de maçonnerie : bâtir en moellons. Donc ici : faire du travail solide.

123. Un mariage à la détrempe est un mariage simulé. Un mariage à la barigoule renvoie probablement à la façon de préparer les artichauts à l'huile d'olive.

124. Niais.

125. En effet, ce journal défendait des thèses opposées à celles du *Constitutionnel.*

126. Mis à la mode par *La Nouvelle Héloïse*, ce fichu couvrait pudiquement la poitrine.

127. Godailler : boire avec excès. Terme populaire.

128. Chiquer les légumes : expression populaire empruntée au langage des rapins et signifiant « manger ».

129. Citation détournée.

130. Lui donne de l'agrément.

131. Célèbres restaurants de l'époque.

132. Fagot de quatre ou cinq bûches.

133. Parallèle à la Seine, cette rue va de la rue de Bourbonnais à la rue de la Lingerie.

134. Maladie des cheveux, qui les empêche de pousser et les rend semblables à un duvet couvert de poussière.

135. Néroli : essence de fleur d'oranger. Huile d'aspic : essence de lavande.

136. Ganache signifie « mâchoire » en argot. Le mot désigne quelqu'un à l'esprit pesant.

137. L'expression signifie « arriver en se donnant une apparence ridicule » (Littré).

138. Bernard Germain Étienne de Laville, comte de Lacépède (1756-1825), célèbre naturaliste.

139. Balzac possédait des livres reliés par Thouvenin.

140. Chevet était illustre, comme le Café de Foy, le plus ancien café de Paris, et Tanrade était un confiseur célèbre.

141. Terme de peinture : fatiguer les yeux par le trop vif éclat des couleurs ou des lumières.

142. Le port de la soutane ne devint obligatoire pour les prêtres du diocèse de Paris qu'en 1852. La couleur marron s'écarte de la règle qui imposait la couleur noire pour l'habit court que porte l'abbé Loraux.

143. Garnitures attachées près de l'épaule.

144. *Victoires et conquêtes des Français*, par les généraux Beauvais, Thiébaut et Parisot, paraissent par livraisons depuis 1817. La vogue du *Soldat laboureur* date de 1819. Au Salon de 1822, Horace Vernet se verra refuser un tableau sur ce thème. *Le Convoi du pauvre* est une gravure populaire du peintre Vigneron, représentant un cercueil suivi par un chien.

145. Le général Foy (1775-1825) fut l'une des grandes figures du parti libéral sous la Restauration. À sa mort, les libéraux ouvrirent une souscription pour ses enfants. Une autre souscription fut ouverte en 1818 pour le Champ d'Asile, colonie offerte par les États-Unis à des libéraux et des bonapartistes, d'abord en Louisiane, puis au Texas. L'entreprise échoua lamentablement. Le philhellénisme complète ce tableau des engouements libéraux.

146. Il s'agit du comte de Fontaine. Voir *Le Bal de Sceaux*.

147. Suétone raconte que l'empereur Domitien se livrait à cette distraction.

148. Toutes les danses mentionnées étaient à la mode dans la classe moyenne. La boulangère était une sorte de ronde qui tirait son nom d'une chanson du XVIIIe siècle, *La Boulangère a des écus*.

149. Mômos, fils de la Nuit, était le dieu de la raillerie, de la critique sarcastique.

150. Erreur de Balzac, Beethoven ayant composé neuf symphonies.

151. F.-A. Habeneck fut premier violon, puis chef d'orchestre à l'Opéra, et dirigea des concerts au Conservatoire où il donna l'intégrale des symphonies de Beethoven.

152. Il s'agit de la Cinquième.

153. Collinet était flûtiste aux Variétés, et s'était fait une

spécialité du flageolet ou galoubet, qu'il perfectionna en lui ajoutant des clefs.

154. Petit garçon pâtissier.

155. Le clarinettiste.

156. « L'aspect, le port, la physionomie du corps, tel qu'il se présente avant un examen ultérieur » (Littré).

157. Ne figurant pas dans les dictionnaires, ce mot a le même sens que *gobé.*

158. Plus grosse, plus extravagante.

159. Cinq ans de bouillon, autrement dit qui demande à mijoter cinq ans.

160. Trompés.

161. Terme de trictrac : oublier de marquer ses points ou en marquer à tort. Par extension, faire une erreur.

162. « Billets qui ne représentent ni marchandises, ni valeurs pécuniaires fournies, et que le premier endosseur paie pour le complaisant souscripteur, espèce de faux toléré parce qu'il est impossible à constater, et que d'ailleurs ce dol fantastique ne devient réel que par un non-paiement » (Balzac, *Melmoth réconcilié*).

163. Au sens de courtier.

164. Lapsus de Balzac pour « que Roguin lui faisait vous prêter ».

165. Allusion au poème d'Auguste Barbier, *La Cuve*, publié en 1830 et repris dans le recueil des *Iambes* : « Il est, il est sur terre, une infernale cuve, / On la nomme Paris... ».

166. Magasin de la rue Saint-Martin.

167. Lancée en 1824 par le docteur Véron, la Pâte Regnauld était recommandée pour la gorge et les voies respiratoires. La Mixture brésilienne prétendait guérir les « maladies secrètes ».

168. Fondé en 1815 boulevard du Temple, ce théâtre ne donna jusqu'en 1825 que des spectacles de marionnettes, avant d'être autorisé à jouer des pantomimes, et, à partir de 1830, des vaudevilles.

169. Rue qui continuait la rue Taitbout, dans le quartier de la Chaussée d'Antin, et à laquelle elle est aujourd'hui incorporée.

170. C'est-à-dire que Birotteau est l'adjoint de son arrondissement.

171. Decazes était alors président du Conseil, et menait une politique libérale, qui ulcérait le pavillon de Marsan, résidence du comte d'Artois aux Tuileries. Le frère du roi était le chef du parti ultra.

172. Journal officiel du gouvernement.

173. Laffitte, modèle de Keller, était alors gouverneur de la Banque de France, dont Thibon était premier sous-gouverneur.

174. Terme de blason, fleureté se dit des pièces héraldiques dont le bord est en forme de fleurs.

175. Lynx, « loup qui attaque les cerfs ».

176. Nouvellement introduit à Paris, le cabriolet était la voiture type des célibataires.

177. Usuriers, hommes avides.

178. Domestique de petite taille faisant office de chasseur ou de groom.

179. Battre la breloque ou la berloque : expression militaire désignant la batterie de tambour pour les repas. Au figuré : déraisonner, divaguer.

180. Vers d'*Olympie*, II, 2 : « Dieu fit du repentir la vertu des mortels ».

181. Vaines protestations d'amitié ou de protection.

182. Aujourd'hui fondue dans la rue Saint-Sulpice, cette rue allait de la rue de Seine à la place Saint-Sulpice.

183. La duchesse est une sorte de fauteuil ou de lit de repos. Le bonheur-du-jour est un petit secrétaire à tiroirs, un bureau de dame où l'on met papiers et objets précieux. Ces meubles datent du XVIIIe siècle.

184. Sans doute Maurice Quentin de La Tour (1704-1788).

185. Un épagneul nain King-Charles.

186. Allusion au conte libertin de Crébillon fils (1745), où un courtisan de prince indien raconte comment il fut réincarné dans des sofas successifs et fut ainsi témoin d'aventures amoureuses.

187. Liqueurs fabriquées à la Martinique et très prisées à l'époque.

188. Ce rôle fut l'un de ceux où la célèbre actrice fut la plus admirée, notamment par Stendhal.

189. Les oreilles d'ours sont des fleurs.

190. Derville est avoué et non avocat.

191. « Je redoute les Grecs, même quand ils apportent des présents », Virgile, *L'Énéide*, II, 49.

192. Voir *La Maison Nucingen*.

193. Elle le sera très prochainement grâce à Rastignac. Voir *Le Père Goriot*.

194. Celui qui donnait la question aux accusés et aux condamnés.

195. Allusion quelque peu inexacte à un épisode de la *Genèse* (XVI à XXI).

196. Phrase d'Arnal, célèbre acteur comique.

197. Il semble qu'Hérold (1797-1833) n'ait pas composé un tel morceau, qui serait dû à son père.

198. Les époux Birotteau sont mariés sous le régime dotal. Constance pourrait donc reprendre ce qu'elle a apporté en dot.

199. Il s'agit de plumes d'oie.

200. Le wigham (en fait wigwam) ou cabane des Hurons avait été popularisé par les romans de Fenimore Cooper.

201. Commencée en 1808, la Bourse ne fut achevée qu'en 1827. La spéculation évoquée par Claparon est historique.

202. Carotter : « jouer mesquinement » (Littré).

203. Personnage de cuisinière du *Gil Blas* de Lesage.

204. Ce mot était alors masculin.

205. Frétillent de plaisir. Ce verbe aurait été inventé par Balzac. L'emploi à la forme pronominale est inhabituel.

206. Chaussure de bois et de cuir adaptée à la chaussure proprement dite, pour la protéger de l'humidité.

207. Ce mot est employé ici avec le sens de rabatteur.

208. L'exclamation signifie ici « rien à faire ».

209. Voir *Gobseck.*

210. Comédie-féerie de Favart et Monsigny, tirée d'un conte de Voltaire, *La Bégueule.*

211. Cette mention aurait permis à Molineux de reprendre les lieux loués dans l'état où les a mis Birotteau.

212. Cette transaction équivalant à la vente par Birotteau de ses parts dans les bénéfices de l'Huile Céphalique, les effets souscrits par Popinot ne sont plus des effets de complaisance. L'acte étant à réméré, Birotteau conserve le droit de racheter sa part en remboursant à Popinot le prix et les frais de son acquisition.

213. C'est la lecture des Diptyques avant la consécration.

214. Voir *Le Curé de Tours.*

215. Réminiscences bibliques : *Matthieu,* VI, 26 et *Luc,* XII, 24.

216. Journal d'annonces légales et judiciaires.

217. Très ancienne rue de Paris, joignant la rue Montorgueil à la rue Saint-Denis. Balzac écrit toujours Grenétat au lieu de Grenéta.

218. Pivotant autour d'un axe médian horizontal.

219. C'est-à-dire la place des Vosges.

220. Sans cesse.

221. La qualité de membre de la Légion d'honneur était suspendue en même temps que les droits civiques, perdus par suite de la faillite.

222. Le verbe « gigonner » semble venir de gigot ou gigue, qui signifie « jambe » dans la langue populaire. Il signifie « sautiller ».

223. Gifle, dans le langage populaire.

224. Il suffisait d'une plainte d'un seul créancier pour être mis en prison pour dettes.

225. Voir *Le Bal de Sceaux*.

226. L'agent chargé de la gestion des affaires du failli jusqu'à la nomination de syndics avait pour tâche de faire rentrer les sommes dues, de procéder à la vente des denrées périssables, de dresser le bilan, etc., en somme de vérifier l'actif du failli.

227. Tout ce développement didactique est conforme à la loi sur les faillites et banqueroutes du 12 septembre 1807, qui sera modifiée en 1838.

228. Prendre une mesure irréversible.

229. Terme de basoche : petit procès.

230. Il s'agirait d'une allusion à l'affaire de la droguerie Emonin frères à Besançon : onze magistrats de la Cour royale de Besançon avaient des dépôts importants dans cette maison, si bien que la Cour fut récusée pour suspicion légitime par un arrêt de la Cour de cassation du 23 avril 1829.

231. Un modèle de vertu, par allusion à Aristide le Juste, fils de Lysimaque.

232. Mot célèbre du maréchal Sébastiani, ministre des Affaires étrangères dans le ministère Casimir Perier, qui le prononça à la tribune de la Chambre le 16 septembre 1831 au moment où les Russes se livraient à des représailles féroces dans Varsovie vaincue.

233. Terme de jurisprudence, signalé comme vieux par Littré : il est constant, il est bien établi.

234. Allusion à la fable de La Fontaine, *La Chatte métamorphosée en femme* (II, 18) : « Souris de revenir, femme d'être en posture ».

235. Il s'agit du canal Saint-Martin.

236. Une permission curiale était nécessaire pour qui était obligé de travailler plus de trois heures le dimanche.

237. Le mot est ici employé avec le sens populaire de « tour » ou d'« affaire ».

238. Mot populaire signifiant « réprimande ».

239. « Pelisse d'honneur que les souverains de la Turquie ont coutume d'offrir aux personnages de distinction et surtout aux ambassadeurs des puissances étrangères » (Littré).

240. Allusion à l'eau-forte de Rembrandt.

DOCUMENTS

Nous reproduisons ci-après un double tableau établi par Pierre Laubriet permettant de mieux comprendre la question d'argent dans *César Birotteau*. Il s'agit du bilan de la faillite et de celui de la réhabilitation. Rappelons qu'on peut appliquer un coefficient multiplicateur de 10 au moins et probablement de 15 pour obtenir un équivalent en francs contemporains, si tant est que la comparaison puisse avoir un sens.

Nous reproduisons ensuite la préface de l'édition originale (1837).

I – BILAN DE LA FAILLITE DE CÉSAR BIROTTEAU

ACTIF	
Terrains du faubourg du Temple	70 000
Ventes de son intérêt chez Popinot	48 000
Vente fonds et marchandises de *la Reine des Roses*	57 000
Abandon de la créance Claparon sur les frais d'enregistrement	7 000
Négociations des effets sur clientèle (20 000)[1]	13 000
Dividende de la liquidation de Roguin	70 000
Total :	265 000[2]

PASSIF	
Engagement de Birotteau pour les terrains de la Madeleine (comprenant l'argent que lui ont remis Pillerault et les Ragon, soit 100 000 F)	400 000
Mémoires des entrepreneurs et fournisseurs	60 000
Effets Cayron	5 000
Honoraires de Grindot	2 000
Flacons	2 000
Noisettes de Mme Madou	2 000
Loyer dû à Molineux	1 200
Frais d'enregistrement restant dus à Claparon	7 000
Prêt de du Tillet	10 000
Total :	489 200[3]

Birotteau est débiteur de : 214 200 F.

1. Balzac donne comme total de l'actif liquide 195 000 ; comme les trois premières opérations ont donné en tout 182 000, il faut en déduire que les 13 000 F supplémentaires viennent des effets sur la clientèle négociés.
2. Balzac donne comme actif 255 000 F.
3. Selon Balzac, le passif est de 440 000 F, et Derville l'estimait à 550 000 F.

D'après Pierre Laubriet (éd. Garnier, 1964).

II – BILAN DE LA RÉHABILITATION DE CÉSAR BIROTTEAU

ACTIF

	18 mois après	3 ans 1/2 après
Dividende de Pillerault dans la liquidation Roguin	30 000	
Dividende des Ragon	30 000	
Don de son dividende par Pillerault	30 000	
Économies des Birotteau	20 000	
Total :	110 000	
Don de Louis XVIII		6 000
Bénéfices de l'Huile Céphalique		73 000
Achat par du Tillet du désistement de Popinot à son bail		60 000
Pillerault abandonne son dû		25 000
Économies des Birotteau pendant 2 ans		28 000
Solde par Popinot par anticipation sur les bénéfices de l'Huile		52 911
Total :		244 911

PASSIF

	18 mois après	3 ans 1/2 après
Reste dû après paiement du dividence de la faillite[1]	214 200	
Versement de Pillerault et des Ragon	100 000	
Total :	314 200	
Intérêt à 4 % pendant 18 mois[2]	12 568	
Total :	326 768	
Versement	100 000	
Reste dû :	226 768	226 768
Intérêts à 4 % sur 2 ans		18 143
		244 911

1. Nous prenons le chiffre donné par le bilan ; Balzac calcule, malgré les chiffres qu'il produit et qui donnent un dividende de 57 %, sur 50 %.

2. Ce taux est révélé par une variante.

D'après Pierre Laubriet, éd. Garnier, 1964.

PRÉFACE
DE L'ÉDITION ORIGINALE

Ce livre est le premier côté d'une médaille qui roulera dans toutes les sociétés, le revers est LA MAISON NUCINGEN. Ces deux histoires sont nées jumelles. Qui lit *César Birotteau*, devra donc lire *la Maison Nucingen*, s'il veut connaître l'ouvrage entier. Toute œuvre comique est nécessairement bilatérale. L'écrivain, ce grand rapporteur de procès, doit mettre les adversaires face à face. Alceste, quoique lumineux par lui-même, reçoit son vrai jour de Philinte :

Si tanta licet componere parvis.

PERSONNAGES REPARAISSANT

D'après Ferdinand Lotte, 106 personnages de *César Birotteau* — dont 88 présents dès la première édition — reparaissent dans *La Comédie humaine*, ce qui ferait de ce roman l'un des plus peuplés en reparaissants avec *Béatrix*, *Illusions perdues* et *Splendeurs et misères des courtisanes*. Nous nous limiterons ici à ceux qui interviennent dans l'action, en écartant ceux qui sont simplement mentionnés. Pour plus de précisions, on se reportera au « Dictionnaire des personnages » qui figure au tome XII de la Pléiade.

BIROTTEAU (César). *La Maison du Chat-qui-pelote*. Cité dans *L'Envers de l'histoire contemporaine* et dans *Les Petits Bourgeois*.

BIROTTEAU (Mme Constance, née Pillerault). *La Maison du Chat-qui-pelote*.

BIROTTEAU (Césarine). Devient la comtesse Popinot. Citée dans *Un prince de la Bohème, Le Cousin Pons, La Cousine Bette* et *Illusions perdues*.

CAMUSOT. Drapier qui finit baron. Amateur de théâtreuses. *Le Cabinet des Antiques, Le Cousin Pons, La Maison du Chat-qui-pelote, La Muse du département, Un début dans la vie, Illusions perdues*.

CLAPARON (Charles). Affairiste. *Melmoth réconcilié, La Maison Nucingen*.

CREVEL (Célestin). Bourgeois qui donne dans la vie débraillée. *La Cousine Bette, Le Cousin Pons*.

CROTTAT (Alexandre). Notaire répandu. *Le Colonel Chabert, Splendeurs et misères des courtisanes, La Femme de trente ans, Les Paysans*.

DERVILLE. Avoué qui détient bien des secrets. *Gobseck*,

Splendeurs et misères des courtisanes, Le Colonel Chabert, Le Père Goriot...

DESMARETS (Mme Jules). Épouse exemplaire dont l'histoire est racontée dans *Ferragus.*

FINOT (Andoche). Publiciste. *Béatrix, La Rabouilleuse, Illusions perdues, Un début dans la vie, Splendeurs et misères des courtisanes...*

FONTAINE (comte de). *Le Bal de Sceaux, La Vieille Fille.*

FONTAINE (Émilie de). Fille du précédent. *Le Bal de Sceaux, Ursule Mirouët, Béatrix...*

GAUDISSART. Commis-voyageur. *Splendeurs et misères des courtisanes, L'illustre Gaudissart, Le Cousin Pons, Honorine.*

GIGONNET (Bidault dit). Usurier. Reparaît fréquemment, notamment dans *Les Employés.*

GOBENHEIM-KELLER. *Modeste Mignon.*

GOBSECK. Usurier, héros de la nouvelle qui porte son nom. Reparaît fréquemment.

GOBSECK (Sarah). Petite-nièce du précédent. Courtisane. *Splendeurs et misères des courtisanes.*

GRANVILLE (comte de). Magistrat. Héros de *Une double famille.* Souvent mentionné, intervient notamment dans *Splendeurs et misères des courtisanes.*

GRINDOT. Architecte et décorateur à la mode avant 1830, qui décore ou restaure le logis de plusieurs personnages.

HAUDRY (Docteur). Médecin qui soigne plusieurs personnages.

KELLER (François). Banquier qui intervient souvent.

KELLER (les frères). Banquiers, mais l'expression désigne plutôt la raison sociale de la banque, qui apparaît souvent.

LA BILLARDIÈRE (Flamet de). Chouan qui fait carrière dans l'administration.

LEBAS (Joseph). Drapier. *La Maison du Chat-qui-pelote...*

LEBAS (Mme). Femme du précédent, fille aînée des Guillaume (*ibid.*).

LENONCOURT-GIVRY (duc de). Représentant de la haute aristocratie, souvent mentionné.

LORAUX (abbé). Vicaire de Saint-Sulpice, puis curé des Blancs-Manteaux.

LOURDOIS. Peintre en bâtiment.

MARSAY (Henri de). Dandy qui deviendra homme d'État, membre de la société des Treize. Reparaît très souvent (29 fois).

MATIFAT. Négociant. *Illusions perdues, La Maison Nucingen...*

MITRAL. Huissier. *Les Employés.*

MOLINEUX. Propriétaire. *Une double famille.*

NUCINGEN (baron de). Banquier qui reparaît 31 fois, notamment dans *Le Père Goriot, Splendeurs et misères des courtisanes* et *La Maison Nucingen.*

NUCINGEN (Delphine de, née Goriot). Épouse du précédent, maîtresse de de Marsay et de Rastignac. *Le Père Goriot, La Maison Nucingen...*

PILLERAULT. Ancien quincaillier. Oncle de Mme Birotteau.

POPINOT (Anselme). Droguiste qui deviendra comte et Pair de France. *Le Cousin Pons.*

POPINOT (Jean-Jules). Juge intègre, oncle du précédent. *L'Interdiction.*

RAGON (Mme et M.). Parfumeurs.

ROGUIN. Notaire, qui ruine Guillaume Grandet (*Eugénie Grandet*), les veuves Bridau et Descoings (*La Rabouilleuse*).

ROGUIN (Mme). Femme du précédent, qui aura une liaison avec Du Tillet (*Pierrette, La Muse du département...*).

TILLET (Ferdinand du). Banquier qui réapparaît 24 fois, notamment dans *La Maison Nucingen, Une fille d'Ève, La Rabouilleuse...*

TRAILLES (Maxime de). Dandy qui réapparaît 21 fois, et qui finira député ministériel.

VANDENESSE (Félix de). Héros du *Lys dans la vallée.* Secrétaire du Roi sous Louis XVIII, il abandonne la politique après 1830. Époux d'Angélique de Granville (*Une fille d'Ève*).

BIBLIOGRAPHIE

Éditions de *César Birotteau*

Pour les éditions contrôlées par Balzac, voir « Histoire d'un texte », pp. 31-33.

L'Œuvre de Balzac, Club Français du Livre, Albert Béguin et Jean-André Ducourneau dir., tome II, p.p. André Maurois.

Œuvres de Balzac, Club de l'Honnête Homme, tome X, p.p. Maurice Bardèche.

Œuvres complètes de Balzac, Conard, Marcel Bouteron et Henri Longnon, tome XIV.

César Birotteau, Société des Bibliophiles du papier, 1933, p.p. Marcel Bouteron.

César Birotteau, Classiques Garnier, 1964, p.p. Pierre Laubriet.

La Comédie humaine, éd. du Seuil, coll. « L'intégrale », tome IV, 1966, p.p. Pierre Citron.

César Birotteau, Livre de Poche, 1970, p.p. Félicien Marceau, notice de Silvestre de Sacy.

César Birotteau, Livre de Poche, 1972, p.p. Pierre Barbéris.

César Birotteau, Gallimard, coll. « Folio », 1975, p.p. André Wurmser, notes de Silvestre de Sacy.

La Comédie humaine, Gallimard, coll. « La Pléiade », tome VI, 1977, p.p. René Guise.

César Birotteau, Pocket, coll. « Lire et voir les classiques », 1994, p.p. Pierre-Louis Rey.

Œuvres de Balzac

La Comédie humaine. La meilleure édition est celle de la « Bibliothèque de la Pléiade », Gallimard, en 12 volumes sous la direction de P.-G. Castex (1976-1981).

Œuvres diverses, tomes 25 à 28 de l'édition des *Œuvres complètes* au Club de l'Honnête Homme, 1963 ; publication en cours chez Gallimard sous la direction de Pierre-Georges Castex, coll.« La Pléiade » (tome I paru en 1990).

Théâtre, p.p. René Guise, tomes 21 à 23 des *Œuvres complètes illustrées,* « Les Bibliophiles de l'Originale », 1969-1970.

Romans de jeunesse, ibid., 15 vol., dont un vol. de commentaires par Pierre Barbéris : *Aux sources de Balzac.*

Correspondance, édition de R. Pierrot, Garnier, 5 volumes, 1960-1969.

Lettres à Mme Hanska, édition de R. Pierrot, 2 volumes, coll. « Bouquins », Robert Laffont, 1990.

Études sur Balzac

Une rapide biographie illustrée :

GENGEMBRE Gérard, *Balzac, le Napoléon des lettres,* Découvertes-Gallimard, 1992.

Une biographie plus ample :

SIPRIOT Pierre, *Balzac sans masque,* Robert Laffont, 1992.

Les meilleures biographies à ce jour :

BARDÈCHE Maurice, *Balzac,* coll. « Les Vivants », Julliard, 1980.

PIERROT Roger, *Honoré de Balzac,* Fayard, 1994.

Trois présentations générales :

BARBÉRIS Pierre, *Balzac, une mythologie réaliste,* coll. « Thèmes et textes », Larousse, 1971.

REY Pierre-Louis, *La Comédie humaine,* coll. « Profil d'une œuvre », Hatier, 1979.

ROSA Annette et TOURNIER Isabelle, *Balzac,* coll. « Thèmes et œuvres », A. Colin, 1992.

Ces trois ouvrages sont remarquables tant par la densité que par la clarté de leur propos.

Pour approfondir :

ANDRÉOLI Max, *Le Système balzacien,* 2 vol., Service de publication des thèses, Université de Lille III, diff. Aux Amateurs de livres, 1984.

Barbéris Pierre, *Balzac et le mal du siècle*, 2 vol. Gallimard, 1970.

Barbéris Pierre, *Le Monde de Balzac*, Arthaud, 1971.

Barbéris Pierre, *Mythes balzaciens*, Armand Colin, 1972.

Barbéris Pierre, *Le Prince et le marchand*, Fayard, 1980.

Bardèche Maurice, *Balzac romancier*, Plon, 1940 ; rééd. Slatkine Reprints, 1967.

Bardèche Maurice, *Une lecture de Balzac*, Les Sept Couleurs, 1964.

Citron Pierre, *Dans Balzac*, Le Seuil, 1986.

Curtius Ernst Robert, *Balzac*, trad. de H. Jourdan, Grasset, 1933.

Donnard Jean-Hervé, *Balzac, les réalités économiques et sociales dans « La Comédie humaine »*, Armand Colin, 1961.

Fernandez Ramon, *Balzac*, Stock, 1943 ; rééd., *Balzac ou l'Envers de la création romanesque*, Grasset, 1980.

Frappier-Mazur Lucienne, *L'Expression métaphorique dans « la Comédie humaine »*, Klincksieck, 1976.

Gauthier Henri, *L'Homme intérieur dans la vision de Balzac*, Lille, Service de reproduction des thèses, 2 vol., 1973.

Grange Juliette, *Balzac. L'argent, la prose, les anges*, La Différence, 1990.

Guichardet Jeannine, *Balzac « Archéologue » de Paris*, SEDES-CDU, 1986.

Guise René, *Balzac. La Société*, Hatier, 1972.

Guyon Bernard, *La Pensée politique et sociale de Balzac*, Armand Colin, 1947 ; réimpression, 1968.

Imbert Patrick, *Sémiotique de la description balzacienne*, Ottawa, éd. de l'Université, 1976.

Kane Martin, *Balzac's Comedy of Words*, Princeton University Press, 1975.

Laubriet Philippe, *L'Intelligence de l'art chez Balzac*, Didier, 1961.

Le Yaouanc Moïse, *Nosographie de l'humanité balzacienne*, Maloine, 1959.

Lukacs Georg, *Balzac et le réalisme français*, Maspéro, 1967.

Marceau Félicien, *Balzac et son monde*, Gallimard, 1955 ; réimpression, 1970.

Ménard Maurice, *Balzac et le comique dans « La Comédie humaine »*, P.U.F., 1983.

Michel Arlette, *Le Mariage et l'amour dans l'œuvre romanesque d'Honoré de Balzac*, Champion, 1976.

MICHEL Arlette, *Le Mariage chez Honoré de Balzac. Amour et féminisme*, Les Belles Lettres, 1978.

MOZET Nicole, *La Ville de province dans l'œuvre de Balzac*, SEDES, 1982.

NYKROG Per, *La Pensée de Balzac*, Copenhague, Munksgaard, diff. Klincksieck, 1966.

PARIS Jean, *Balzac, une vie, une œuvre, une époque*, Balland, coll. « Phares », 1986.

PICON Gaëtan, *Balzac par lui-même*, coll. « Écrivains de toujours », Le Seuil, 1956.

RICHARD Jean-Pierre, « Corps et décors balzaciens », *Études sur le romantisme*, Éditions du Seuil, 1971.

SCHUEREWEGEN Franc, *Balzac contre Balzac. Les cartes du lecteur*, coll. « Présences critiques », SEDES/Paratexte, Toronto, 1990.

VACHON Stéphane, *Les Travaux et les jours d'Honoré de Balzac*, Presses universitaires de Vincennes/Presses du CNRS/Presses de l'Université de Montréal, 1992.

VANNIER Bernard, *L'Inscription du corps. Pour une sémiotique du portrait balzacien*, Klincksieck, 1972.

YUCEL Tahsin, *Figures et messages dans la Comédie humaine*, Mame, 1972.

Honoré de Balzac, numéro spécial de la *Revue des Sciences humaines*, 1979, n° 3.

Le Roman de Balzac : recherches critiques, méthodes, lectures, études réunis par Roland Le Huenen et Paul Perron, colloque de l'Université de Toronto (1978), Montréal, Didier, 1980.

Balzac, l'invention du roman, textes réunis par Claude Duchet et Jacques Neefs, colloque de Cerisy, Belfond, 1982.

Groupe International de recherches balzaciennes, *Balzac, Œuvres complètes. Le « Moment » de La Comédie humaine*, Presses Universitaires de Vincennes, coll « L'Imaginaire du texte », textes réunis par Claude Duchet et Isabelle Tournier, 1993.

Le Courrier balzacien. L'Année balzacienne, depuis 1960.

Études sur *César Birotteau* (ordre chronologique)

WORTHINGTON H.J., « The Beethoven Symphony in Balzac's *César Birotteau* », *Modern Language Notes*, novembre 1924.

SERVAL Marcel, « Autour de Balzac. *César Birotteau* »,

Revue d'histoire littéraire de la France, avril-juin et juillet-septembre 1930.

BOUTERON Marcel, « La Tentation de Mme Birotteau », *Revue des Deux Mondes*, 15 juin 1933.

ADHÉMAR Jean, « L'huile comagène de César Birotteau », *Æsculape*, mars 1951.

BRASSEUR Aimé, « Le monde de la finance dans *La Comédie humaine* de Balzac », *Revue de la Banque*, Bruxelles, 1954, n° 9-10.

EGLI H., *Histoire de la grandeur et de la décadence de César Birotteau, Ein stilkritischer Versuch*, Thèse de l'Université de Zurich, 1954.

MOORE W.G., « Vers une édition critique de *César Birotteau* », *Revue d'histoire littéraire de la France*, 1956.

LAUBRIET Pierre, « Balzac et *Le Siècle*. À propos du Furne corrigé », *L'Année balzacienne*, 1961.

LAUBRIET Pierre, « L'élaboration des personnages dans *César Birotteau* », *L'Année balzacienne*, 1964.

GUISE René, « Balzac lecteur de Gozlan », *L'Année balzacienne*, 1965.

PUGH Anthony R., « The Genesis of *César Birotteau* : Questions of Chronology », *French Studies*, janvier 1968.

FARGEAUD Madeleine, « Balzac, le commerce et la publicité », *L'Année balzacienne*, 1974.

PUGH Anthony R., « The Ambiguity of César Birotteau », *Nineteenth Century French Studies*, Fredonia, New York, VIII, 1979/1980.

SCHULZ-BUSCHAUS Ulrich, « Die Normalität des Berufsbürgers und das heroisch-komische Register in realistischen Roman zu Balzacs *César Birotteau* », dans *Erzählforschung. Ein Symposium*, Hrsg von Eberhardt Lämmert, Metzler, Stuttgart, 1982.

SCLIPPA Norbert, « *Histoire de la grandeur et de la décadence de César Birotteau* », dans *Texte et idéologie. Images de la noblesse et de la bourgeoisie dans le roman français des années 1750 à 1830*, New York, 1987.

FROLICH J., « L'effet Birotteau : grandeur et décadence », *L'Année balzacienne*, 1990.

THUMEREL Fabrice et Thérèse, « Portrait de M. Molineux », *L'École des Lettres*, LXXXI, 14, juin 1990.

PIERROT Roger, « Autour de *César Birotteau* : documents inédits », *Le Courrier balzacien*, n° 44, 1991.

DENIS Christian, « *César Birotteau* et la communication publicitaire », *L'Année balzacienne*, 1993.

FILMOGRAPHIE

César Birotteau, film français d'Émile Chautard (1911).

César Birotteau, film italien d'Aranaldo Fratelli (1921).

César Birotteau, téléfilm français de René Lucot, avec Anouk Ferjac (Constance) et Martin Trévières (César) (1977).

Sur la filmographie des œuvres de Balzac, on peut consulter Anne-Marie Baron, *Balzac cinéaste*, Éd. Méridiens-Klincksieck, 1990.

CHRONOLOGIE

1797 (30 janvier) : Bernard-François Balzac, cinquante et un ans, directeur des Vivres de la vingt-deuxième division militaire à Tours, épouse à Paris Anne-Charlotte-Laure Sallambier, dix-neuf ans, fille du directeur de la régie des Hospices de Paris.

1798 (20 mai) : Naissance de Louis-Daniel Balzac, premier enfant des Balzac, qui ne vivra que trente-trois jours.

1799 (20 mai) : Naissance à Tours d'Honoré Balzac; des difficultés d'allaitement (?) le font mettre aussitôt en nourrice.

1800 (29 septembre) : Naissance à Tours de Laure, sœur d'Honoré, mise en nourrice avec lui à Saint-Cyr-sur-Loire jusqu'en 1803.

1802 (18 avril) : Naissance de Laurence, sœur d'Honoré et de Laure; sur l'acte de baptême, Laurence est déclarée fille légitime de B.-F. *de* Balzac. (Naissance de Victor Hugo; après *Atala* (1801), Chateaubriand publie *René* et *Le Génie du Christianisme*).

1804 (avril) : Honoré entre comme externe à la pension Le Guay de Tours.

1807 (22 juin) : Honoré entre comme pensionnaire au collège des Oratoriens sécularisés de Vendôme (aujourd'hui Lycée Ronsard).
21 décembre : Naissance d'Henri, dernier enfant des époux Balzac; il passe pour être en fait le fils naturel de Jean de Margonne, châtelain de Saché, chez qui Honoré fera de nombreux séjours. Honoré souffrira pendant toute sa jeunesse de la préférence de sa mère pour Henri, qui ne manifestera pourtant jamais ni don particulier, ni caractère.

1813 (22 avril) : Plongé dans un état somnambulique inquiétant, qu'il décrira plus tard dans *Louis Lambert* comme une « congestion d'idées », Honoré est retiré en hâte du collège de Vendôme; il avait commencé à y écrire un *Traité de la volonté*, confisqué par un de ses maîtres.
Été : Honoré est placé pour quelques mois comme pensionnaire à l'institution Ganser à Paris. (Entre-temps, Chateaubriand a publié ses *Martyrs* (1809), Mme de Staël *De l'Allemagne* et Walter Scott *La Dame du lac* (1810 : année de naissance de Musset et de Chopin) ; 1811 a vu naître Théophile Gautier; en 1812, Byron commence à publier son *Childe Harold* et, en 1813, *Le Giaour*.)

1814 : Honoré est externe au collège de Tours.
Novembre : La famille Balzac s'installe à Paris dans le Marais, 40, rue du Temple; Honoré fréquente l'institution Lepître, rue de Turenne. (Byron publie *Lara*, Walter Scott les *Waverley Novels*, Hoffmann les *Kreisleriana*).

1815 (octobre) : Honoré réintègre la pension Ganser, et suit en même temps la classe de rhétorique du Lycée Charlemagne.

1816 : Honoré achève ses études secondaires.
Novembre : Honoré s'inscrit à la Faculté de droit, et entre comme petit clerc chez l'avoué Guillonnet-Merville.

1817 (Été) : Vacances à L'Isle-Adam chez le maire Villers La Faye, vieil ami de la famille. (Benjamin Constant publie *Adolphe*, Hoffmann *Les Elixirs du Diable*, Byron *Manfred*; mort de Mme de Staël).

1818 (mars) : Honoré quitte l'étude de Guillonnet-Merville, et entre bientôt comme clerc de notaire chez Me Passez.
Été : Nouvelles vacances à L'Isle-Adam.
Novembre : Honoré entame sa troisième année de droit, et rédige son premier travail littéraire : des notes philosophiques *Sur l'immortalité de l'âme*.

1819 (4 janvier) : Honoré est reçu bachelier en droit.
Été : Vacances à L'Isle-Adam.
4 août : Honoré, qui refuse de devenir notaire, a obtenu de ses parents de s'installer à Paris dans une mansarde (rue Lesdiguières, près de l'Arsenal) pour faire ses preuves d'écrivain. Il caresse plusieurs projets de pièces de théâtre. B.-F. Balzac, retraité de l'administration militaire avec une pension plus mince que prévu, s'est installé à Villeparisis

avec sa famille; le 16 août, son frère Louis Balzac, accusé d'avoir assassiné une fille de ferme, est guillotiné à Albi.

1820 : Honoré achève sa tragédie en cinq actes et en vers *Cromwell.*
Avril-mai : Séjour à L'Isle-Adam.
18 mai : Laure épouse à Paris l'ingénieur Eugène Surville.
Été : Honoré reprend son roman médiéval commencé en avril, *Falthurne*, qu'il n'achèvera pas. Ses parents, que la lecture de *Cromwell* et l'avis défavorable de l'académicien Andrieux ont peu enthousiasmés, donnent congé rue Lesdiguières pour le premier janvier suivant.
Septembre : Honoré a la chance de tirer un « bon numéro » qui le dispense du service militaire.
Vers la fin de l'année, Honoré commence à rédiger un roman par lettres *Sténie ou les erreurs philosophiques*, qui restera aussi inachevé. (Lamartine publie ses *Méditations poétiques*, Maturin son *Melmoth*).

1821 : Honoré retourne habiter avec ses parents à Villeparisis. Il rencontre Auguste Le Poitevin dit « de l'Egreville », qui recrute des plumes pour fournir aux éditeurs des romans pour « cabinets de lecture »; il commence à écrire *L'Héritière de Birague* et *Clotilde de Lusignan.*
Avril-mai : Dernier séjour à L'Isle-Adam.
1er septembre : Laurence épouse M. de Montzaigle, — mariage qui se révélera malheureux. (Charles Nodier publie *Smarra.*)

1822 : Début de la liaison avec Mme de Berny, la « dilecta » de vingt-deux ans son aînée, qu'il a rencontrée en juin 1821.
Les premiers romans de Balzac paraissent sous divers pseudonymes.
Janvier : **L'Héritière de Birague** « par A. de Viellerglé (anagramme de l'Égreville) et Lord R'hoone (anagramme d'Honoré) ».
Mars : **Jean-Louis** « par Lord R'hoone ».
Mai-avril : Séjour d'Honoré chez Laure, à Bayeux.
Juillet : **Clotilde de Lusignan** (premier roman rédigé par Honoré seul) « par Lord R'hoone ».
Octobre : La famille Balzac quitte Villeparisis, et retourne s'installer à Paris dans le Marais, rue du Bois-doré; Honoré s'engage à payer 1 200 francs de pension annuelle à son père, qui lui fait signer un contrat en règle à cet effet.

Novembre : **Le Centenaire** et **Le Vicaire des Ardennes** « par Horace de Saint-Aubin. »
Novembre-décembre : Honoré commence un roman *Wann-Chlore*, et écrit un mélodrame *Le Nègre*, refusé à la Gaîté en janvier suivant. (Stendhal publie *De l'Amour*.)

1823 (mai) : La Dernière Fée « par Horace de Saint-Aubin ». Honoré achève *Wann-Chlore*.
Juillet-septembre : séjour en Touraine, rédaction du poème *Fœdora*. (Lamartine publie de *Nouvelles Méditations poétiques*, Hugo *Han d'Islande*, Walter Scott *Quentin Durward*, Stendhal *Racine et Shakespeare*.)

1824 (janvier-mai) : Honoré collabore à de petits journaux, entre autres avec son ami le journaliste libéral Horace Raisson, au *Feuilleton littéraire*; il publie deux brochures anonymes : **Du Droit d'aînesse** et **Histoire impartiale des jésuites**.
Mai : **Annette et le Criminel** « par Horace de Saint-Aubin ». Rédaction inachevée d'un nouveau *Falthurne*.
Juin : La famille Balzac retourne s'installer à Villeparisis, sans Honoré, qui prend un petit appartement rue de Tournon.

1825 : Avec de l'argent prêté par sa famille, Honoré s'associe avec l'éditeur Urbain Canel pour la publication d'*Œuvres complètes* illustrées de Molière et de La Fontaine, pour lesquelles il va écrire des notices.
Mars : Code des gens honnêtes sans nom d'auteur.
Avril : Bref voyage à Alençon.
Été : Début de la liaison d'Honoré avec la duchesse d'Abrantès, de quinze ans son aînée.
11 août : mort de Laurence.
Septembre : **Wann-Chlore** sans nom d'auteur. Honoré projette une série de romans destinée à former une *Histoire de la France pittoresque*.

1826 (avril) : Grâce à des prêts encore, Honoré achète l'imprimerie Laurens, pour l'exploiter en association avec le prote Alain Barbier.
Mai : L'éditeur Canel est mis en faillite, et Honoré se charge seul de l'affaire des *Œuvres complètes* — un premier échec en affaires qui le laissera avec 30 000 francs de dettes.
4 juin : Honoré obtient son brevet d'imprimeur et s'installe rue des Marais-Saint-Germain (actuelle rue Visconti).

Juillet : Pour son premier travail d'imprimeur, Honoré compose une première version de sa *Physiologie du Mariage* (qui ne sera pas diffusée).
Septembre : Bref voyage à Reims pour recouvrer une créance ; les affaires marchent mal.
La famille Balzac quitte Villeparisis et s'installe à Versailles.
(Vigny publie *Cinq-Mars*, Hugo *Odes et Ballades*, Chateaubriand *Les Natchez*, et Fenimore Cooper *Le Dernier des Mohicans*.)

1827 (15 juillet) : Toujours grâce à des prêts de sa famille et de Mme de Berny, l'amie fidèle, Honoré et son associé Barbier se mettent en société avec le fondeur de caractères Laurens. Honoré travaille à ses projets de romans historiques et à des compilations diverses ; en aidant Urbain Canel à rassembler des textes pour un recueil collectif annuel, *Annales romantiques*, il rencontre divers écrivains, dont Hugo et Vigny.

1828 (février) : Barbier se retire des sociétés d'imprimerie et de fonderie de caractères.
Avril : Poursuivi par les créanciers, Honoré s'installe, sous le nom de son beau-frère Surville, rue Cassini, près de l'Observatoire.
16 avril : Liquidation de la fonderie, reprise par le fils de Mme de Berny.
16 août : Liquidation de l'imprimerie. Honoré est non seulement ruiné, mais encombré pour l'avenir de dettes énormes contractées envers amis et parents.
18 septembre-fin octobre : Retour à la littérature au cours d'un séjour à Fougères chez le général de Pommereul (dont le père fut le protecteur du père d'Honoré) ; Honoré prépare un roman sur la chouannerie, *Le Gars*.

1829 : Honoré est introduit par la duchesse d'Abrantès dans les salons à la mode, entre autres chez Mme Récamier et chez le baron Gérard. Début de la correspondance avec Zulma Carraud, qu'il connaît depuis l'enfance ; elle est la femme d'un capitaine de l'école de Saint-Cyr où Honoré se lie d'amitié avec tout un groupe de camarades polytechniciens de Surville.
Avril : Balzac publie, pour la première fois sous son nom, **Le Dernier Chouan ou la Bretagne en 1800**, qui, sous son titre définitif *Les Chouans*, sera aussi le premier roman à prendre place dans *La Comédie humaine*.
Juin : Séjour à La Bouleaunière (près de Nemours) chez

Mme de Berny, où il rédige la plus ancienne des *Scènes de la vie privée, La Paix du ménage.*

19 juin : Mort de B.-F. Balzac, père de l'écrivain, qui était né en 1746.

10 juillet : Balzac assiste chez Hugo à la lecture de *Marion Delorme.*

Octobre : Balzac écrit ce qui deviendra *La Maison du Chat-qui-pelote.* Il travaille à *El Verdugo,* la plus ancienne des *Études Philosophiques,* à ce qui deviendra *La Femme de trente ans,* au *Bal des Sceaux,* nouvelles qui vont prendre place dans les *Scènes de la vie privée.*

Décembre : **Physiologie du mariage** « par un jeune célibataire », qui amorce le succès mondain de Balzac ; (Mérimée publie *Chroniques du règne de Charles X,* Hugo *Les Orientales*).

1830 (janvier) : Balzac, qui collabore désormais avec plusieurs journaux, se lie entre autres avec Émile de Girardin et s'associe avec lui pour la publication d'un journal : le *Feuilleton des Journaux politiques.*

30 janvier : *El Verdugo,* premier texte signé H. de Balzac, dans *La Mode* (un des journaux de Girardin).

25 février : Balzac prend part à la bataille d'*Hernani,* mais n'en publie pas moins un article sévère sur la pièce.

Mars : *L'Usurier* (futur *Gobseck*) et *Étude de femme* dans *La Mode.*

Avril : Premières **Scènes de la vie privée**.

Mai : *Les Deux Rêves* (future IIIe partie de *Sur Catherine de Médicis*) et *Adieu* dans *La Mode.*

Juin-août : Séjour à La Grenadière, près de Tours, avec Mme de Berny ; descente de la Loire en bateau.

Automne : Balzac fréquente le salon de Charles Nodier à l'Arsenal.

Octobre-décembre : *L'Elixir de longue vie, Sarrasine* et *Une passion dans le désert* dans la *Revue de Paris.* (Stendhal publie *Le Rouge et le Noir.*)

1831 : Balzac homme du monde rencontre entre autres Rossini, Jules Sandeau et George Sand.

Janvier-mars (et octobre) : Plusieurs épisodes de la future *Femme de trente ans* et du *Réquisitionnaire* dans la *Revue de Paris.*

Mars-avril : Séjour à La Bouleaunière avec Mme de Berny.

23 avril : Tenté par la politique, Balzac, qui vient de ren-

contrer le duc de Fitz-James (chef du parti néo-légitimiste), publie à des fins électorales la brochure : *Enquête sur la politique de deux ministères.*
Mai : *Les Proscrits* dans la *Revue de Paris.*
1er juin : Balzac est témoin au mariage d'Émile de Girardin.
31 juillet-7 août : *Le Chef-d'œuvre inconnu* dans *L'Artiste.*
1er août : **La Peau de chagrin** consacre la réputation de Balzac comme écrivain à la mode.
Fin septembre : **Romans et Contes philosophiques**.
Septembre-octobre : Séjour à La Bouleaunière avec Mme de Berny.
Octobre-décembre : Séjour à Saché chez M. de Margonne. (Hugo publie *Notre-Dame de Paris.*)

1832 (janvier) : **Contes bruns** avec Chasles et Rabou.
15 février : *Le Message* dans la *Revue des Deux-Mondes.*
19 février : *Madame Firmiani* dans la *Revue de Paris; La Transaction* (futur *Colonel Chabert*) dans *L'Artiste.*
28 février : Première lettre à Balzac de celle qui n'est encore que « L'Étrangère », Mme Hanska, épouse d'un riche propriétaire d'Ukraine.
Avril : Premier dizain des **Contes drolatiques**. Nouveaux épisodes de *La Femme de trente ans* dans la *Revue de Paris.*
Fin avril-début mai : Séjour à Saint-Firmin, près de Chantilly, avec Mme de Berny.
19 mai : *La Vie d'une femme* dans *Le Rénovateur.*
6 juin-16 juillet : Séjour à Saché, où Balzac rédige *Louis Lambert.*
Juillet-août : Séjour à Angoulême chez les Carraud.
Fin août-13 octobre : Balzac rejoint à Aix-les-Bains la marquise de Castries (nièce du duc de Fitz-James), rencontrée l'année précédente et à laquelle il fait une cour assidue ; il s'est, pour lui plaire, rallié ouvertement au parti néo-légitimiste.
9-16 septembre : *La Femme abandonnée* dans la *Revue de Paris.*
14-18 octobre : Balzac séjourne à Genève avec la marquise de Castries, qui se refuse à lui ; il la quitte et se « vengera » avec *La Duchesse de Langeais.*
Octobre : **Nouveaux Contes philosophiques**, contenant **Louis Lambert**. *Lettre à Nodier* et *La Grenadière* dans la *Revue de Paris.*
Fin octobre-décembre : Séjour à La Bouleaunière avec Mme de Berny.

9 décembre : Première réponse de Balzac à l'Étrangère; Balzac a commencé *Le Médecin de campagne.* (Mort de Gœthe.)

1833 : Balzac cesse son activité purement journalistique et ne donne aux journaux que la pré-publication de ses œuvres. Début d'une correspondance suivie avec Mme Hanska; liaison avec Marie du Fresnay; Balzac continue d'élargir le cercle de ses relations mondaines.
13 janvier : Deuxième partie des *Marana* dans la *Revue de Paris.*
Mars : *Ferragus* dans la *Revue de Paris.*
Mi-avril-mi-mai : Nouveau séjour à Angoulême chez les Carraud; une partie de *La Duchesse de Langeais* dans *L'Écho de la Jeune France.*
19 juin : *La Veillée* du *Médecin de campagne* dans *L'Europe littéraire.*
Juillet : Deuxième dizain des **Contes drolatiques**.
Procès avec l'éditeur Mame à propos du *Médecin de campagne.*
15 août-5 septembre : *Théorie de la démarche* dans *L'Europe littéraire.*
Début septembre : **Le Médecin de campagne**. Début d'*Eugénie Grandet* dans *L'Europe littéraire.*
25 septembre : Première rencontre avec Mme Hanska à Neuchâtel, où Balzac reste jusqu'au 1er octobre.
Octobre : Contrat avec Mme Béchet pour la publication des *Études de mœurs au* XIXe *siècle* : douze volumes divisés en trois séries qui préfigurent *La Comédie humaine, Scènes de la vie privée, Scènes de la vie de province, Scènes de la vie parisienne.*
Décembre : **Tome V-VI des Études de Mœurs**, volumes 1 et 2 des *Scènes de la vie de province,* contenant en inédit **Eugénie Grandet** et **L'Illustre Gaudissart**.
24 décembre : Balzac retrouve Mme Hanska à Genève et lui offre, en cadeau de Noël, le manuscrit d'*Eugénie Grandet.* (George Sand publie *Lélia.*)

1834 (janvier-8 février) : Séjour à Genève avec Mme Hanska devenue sa maîtresse, qui lui présente la comtesse Marie Potocka, laquelle fera inviter Balzac à l'ambassade d'Autriche.
Fin mars : **Tomes X-XI des Études de Mœurs**,

volumes 2 et 3 des *Scènes de la vie parisienne*, contenant en édition originale **Histoire des Treize**.
26 avril : Balzac, qu'on a vu aussi dîner en compagnie des bourreaux Samson père et fils, rencontre Vidocq.
1er juin (et 19 juillet) : Début de *Séraphîta* dans la *Revue de Paris*.
4 juin : Naissance de Maria du Fresnay, fille présumée de Balzac (qui vivra jusqu'en 1930).
Juillet (ou octobre ?) : Au cours d'une soirée à l'ambassade d'Autriche, Balzac rencontre la comtesse Guidoboni-Visconti, née Sarah Lovell.
16 juillet : Balzac, qui a pris conscience de l'unité de son œuvre et songe à la diviser en trois grandes séries : *Études de mœurs au XIXe siècle*, *Études philosophiques* et *Études analytiques*, signe avec l'éditeur Werdet un contrat pour la publication d'une édition collective des *Études philosophiques*.
Septembre : **Tome III-IV des Études de Mœurs**, volume 3 et 4 des *Scènes de la vie privée*, contenant **La Femme de trente ans** et **La Recherche de l'Absolu**.
25 septembre-10 octobre : Séjour à Saché, rédaction du début du *Père Goriot* ; Balzac invente le procédé du « retour des personnages ».
Décembre : **Première livraison des Études philosophiques**, précédées d'une *Introduction* de Félix Davin. Balzac commence *César Birotteau*.
14 et 28 décembre : Début du *Père Goriot* dans la *Revue de Paris*. (Musset publie *Lorenzaccio*, Sainte-Beuve *Volupté*).

1835 (janvier-février) : Séjour auprès de Mme de Berny souffrante à La Bouleaunière. Fin du *Père Goriot* dans la *Revue de Paris*.
Début mars : **Le Père Goriot**. Sans abandonner la rue Cassini, Balzac se fait installer, rue des Batailles à Chaillot, une « cellule inabordable », sous le nom de Mme veuve Durand.
Avril-début mai : Mystérieux séjour à Meudon, peut-être pour échapper à l'envahissante comtesse Guidoboni-Visconti.
Début mai-4 juin : Balzac a rejoint Mme Hanska qui est à Vienne avec son mari ; la société viennoise lui fait bon accueil, il est reçu par Metternich ; il ne reverra Mme Hanska que huit ans plus tard.
Juin : **Melmoth réconcilié** au tome VI du *Livre des conteurs* (coll.) **Tomes I et XII des Études de Mœurs**, volume 1 des *Scènes de la vie privée* et volume 4 des *Scènes*

de la vie parisienne où figure *La Comtesse à deux maris*, édition originale du futur *Colonel Chabert*.
16-21 juin : Bref voyage à Boulogne, sans doute avec la comtesse Guidoboni-Visconti.
Juillet : Bref séjour à La Bouleaunière ; Balzac esquisse ce qui deviendra *Les Paysans*.
31 août-8 septembre : Nouvel aller-retour à Boulogne.
Octobre : Dernier séjour à La Bouleaunière, où Balzac termine *La Fleur des pois*. Mme de Berny vient de perdre son fils ; elle décide de ne plus revoir Balzac.
Novembre : **Tomes II et IX des Études de mœurs**, volume 2 des *Scènes de la vie privée* contenant en inédit **La Fleur des pois** (**Le Contrat de Mariage**), et volume 1 des *Scènes de la vie parisienne*.
Novembre-décembre : Début du *Lys dans la Vallée* dans la *Revue de Paris*. Souverain achète le droit de publier les *Œuvres complètes d'Horace de Saint-Aubin*. **Le Livre Mystique**, contenant **Séraphîta** et une version augmentée de *Louis Lambert*.
24 décembre : Balzac achète les six huitièmes des actions de *La Chronique de Paris*. (Musset publie *Les Nuits*, Hugo *Les Chants du Crépuscule*).

1836 (janvier) : Balzac se consacre à la direction de son journal, dont l'équilibre financier est précaire. Début du procès à propos du *Lys dans la vallée*, dont l'éditeur Buloz (*Revue de Paris*) a, sans l'autorisation de Balzac, transmis des épreuves à une revue de Saint-Pétersbourg. Cession des *Études de mœurs au* XIXe *siècle* à Werdet, qui devient ainsi l'éditeur unique de Balzac.
Janvier-février : *La Messe de l'athée* et *L'Interdiction* dans *La Chronique de Paris*.
Février : Début des lettres à Louise, dont l'identité n'a pas encore été établie avec certitude.
6 mars : Début du *Cabinet des antiques* dans *La Chronique de Paris*.
16-26 avril : Balzac à la campagne pour terminer *Le Lys dans la vallée*.
27 avril-4 mai : Balzac en prison pour ne pas avoir assumé son tour de garde national.
29 mai : Naissance de Lionel-Richard Guidoboni-Visconti, qui pourrait bien être le fils de Balzac.
3 juin : Balzac obtient partiellement satisfaction dans son procès avec Buloz.

9 *juin* : *Fragment des Martyrs ignorés* dans la *Chronique de Paris*.
18 juin : **Le Lys dans la vallée**.
19 juin : Balzac part pour Saché où il commence *Illusions perdues*.
3-4 juillet : Retour en catastrophe à Paris, où Balzac doit dissoudre sa société de gérance de *La Chronique de Paris* ; il se retrouve ainsi avec 46 000 francs de dettes supplémentaires...
25 juillet-22 août : Voyage en Italie (qu'il découvre) avec Caroline Marbouty déguisée en page. Au retour, Balzac apprend la mort de Mme de Berny, survenue le 27 juillet.
Septembre : **Deuxième livraison des Études philosophiques**, contenant en édition originale **L'Interdiction**.
30 septembre : Poursuivi par les créanciers, Balzac quitte définitivement la rue Cassini pour son refuge de Chaillot.
9-16 octobre : *La Perle brisée* (IIe partie de *L'Enfant maudit*) dans *La Chronique de Paris*.
23 octobre-4 novembre : Balzac donne, pour la première fois en France, un roman dans un quotidien : *La Vieille Fille* dans *La Presse* que vient de lancer Émile de Girardin.
15 novembre : Un traité avec les éditions Delloye et Lecou, et une avance substantielle, permettant à Balzac de payer ses dettes les plus urgentes.
20 novembre-1er décembre : Séjour en Touraine.
8 décembre-22 janvier 1837 : *Le Secret des Ruggieri* dans *La Chronique de Paris*.

1837 (février) : **Tomes VII-VIII (les derniers) des Études de mœurs**, volumes 3 et 4 des *Scènes de la vie de province* contenant la première partie, inédite, d'**Illusions perdues**, et l'édition originale de **La Vieille Fille.**
8 février : Un ancien associé de *La Chronique de Paris*, William Duckett, fait saisir le tilbury de Balzac.
14 février-3 mai : Long voyage en Italie, où il est bien accueilli par la haute société (Milan, Venise, Gênes, Livourne, Florence, Bologne, Côme).
Mai : Faillite de l'éditeur Werdet.
Fin juin-début juillet : Balzac échappe de justesse, en se cachant, à la prison pour dettes. **Troisième livraison des Études philosophiques**, assumée par Delloye et Lecou.
1er-14 juillet : *La Femme supérieure (Les Employés)* dans *La Presse*.
23 juillet-20 août : *Gambara* dans la *Revue et Gazette musicale de Paris*.

15-28 août : Séjour à Saché.
16 septembre : Balzac achète à Sèvres un « chalet » et des terrains au lieu-dit « Les Jardies ».
Décembre : Troisième et dernier dizain des **Contes drolatiques**.
17 décembre : **César Birotteau**.

1838 (février) : Séjour dans le Berry, à Frapesle, chez les Carraud.
24 février-2 mars : Visite à Nohant, chez George Sand, qui suggère à Balzac le sujet de *Béatrix*.
Mars-début juin : Voyage en Sardaigne, où Balzac envisage d'exploiter des mines argentifères : l'idée était si bonne qu'une société de Marseille a déjà acquis la concession. Voyage en Italie, séjour à Turin. À son retour à Paris, Balzac apprend la mort de la duchesse d'Abrantès, survenue le 7 juin.
Fin juin-début juillet : Balzac s'installe aux Jardies, où il a acquis de nouvelles parcelles et dépense une fortune en aménagements et en plantations — la légende dira qu'il rêvait de faire fortune en acclimatant aux Jardies la culture de l'ananas.
Septembre : **La Femme supérieure (Les Employés) ; La Maison Nucingen ; La Torpille** (début des futures **Splendeurs et misères des courtisanes**).
12 novembre : Contrat de réimpression avec l'éditeur Charpentier qui lance sa célèbre collection « Bibliothèque in-18° ».
21 décembre : Léon Curmer achète à Balzac plusieurs textes pour son recueil *Les Français peints par eux-mêmes*.
28 décembre : Balzac adhère à la toute neuve Société des gens de lettres.
31 décembre : *Une fille d'Ève* dans *Le Siècle*, le quotidien de Dutacq. (Victor Hugo fait jouer *Ruy Blas*.)

1839 (1er-7 janvier) : Début du *Curé de village* dans *La Presse*.
Janvier : Balzac est de nouveau à « l'Hôtel des Haricots » pour ne pas avoir fait son tour de garde national.
Février : Balzac loue un pied-à-terre rue de Richelieu.
24 février : Le théâtre de la Renaissance refuse *L'École des ménages*.
24 mars : Balzac élu au comité de la Société des gens de lettres. **Le Cabinet des Antiques** suivi de **Gambara**.
13-26 avril (et 10-19 mai) : Ire et IIe partie de *Béatrix* dans *Le Siècle*.

18-20 avril : Balzac fait transporter sa bibliothèque aux Jardies, où il réside la plupart du temps.
14 mai : Balzac achète un deuxième « chalet » aux Jardies.
15 juin : **Un grand homme de province à Paris (IIe partie d'Illusions perdues)**.
Juillet : *Véronique* et *Véronique au tombeau* (IIe et IIIe parties du *Curé de village*) dans *La Presse*.
16 août : Balzac président de la Société des gens de lettres.
20-26 août : *Une princesse parisienne (Les Secrets de la Princesse de Cadignan)* dans *La Presse*. **Une fille d'Ève** suivi de **Massimila Doni**.
30 août-28 octobre : Affaire Peytel; sur les instances de Gavarni, Balzac (*Lettres* dans *Le Siècle*) essaie en vain de sauver la tête d'un notaire de Bourg-en-Bresse, accusé du double meurtre de sa femme et de son domestique.
Octobre-décembre : *Petites Misères de la vie conjugale* dans *La Caricature*.
Novembre : **Béatrix ou les amours forcés**.
2 décembre : Candidat à l'Académie française, Balzac s'efface devant Hugo, qui ne sera d'ailleurs pas élu. (Stendhal publie *La Chartreuse de Parme*.)

1840 (9 janvier) : Hugo succède à Balzac à la présidence de la Société des gens de lettres.
14-27 janvier : *Pierrette* dans *Le Siècle*. Balzac trouve le titre de « *La Comédie humaine* ».
Janvier-février : Balzac achève, remanie et fait répéter sa pièce *Vautrin*. La pièce, rejetée deux fois (23 janvier, 27 février) par la censure, sera finalement autorisée le 6 mars.
Février : **Une princesse parisienne (Les Secrets de la Princesse de Cadignan)** dans le recueil (coll.) *Le Foyer de l'Opéra*, tome I.
14 mars : Création de *Vautrin* à la Porte-Saint-Martin. La pièce est interdite le lendemain même : Frédérick Lemaître, qui jouait Vautrin, s'était fait une tête de Louis-Philippe...
Mai : Frédérick Lemaître refuse de jouer *Mercadet*, que Balzac vient d'écrire pour lui à la hâte, et préfère faire sa rentrée dans *Kean* de Dumas.
Juillet : Avec l'aide de Dutacq, Balzac lance une petite revue, *La Revue parisienne*, qu'il rédige pratiquement seul.
25 juillet : *Z. Marcas* dans *La Revue parisienne*.

25 août : *Les Fantaisies de Claudine (Un prince de la bohème)* dans le deuxième numéro de *La Revue parisienne.*
Fin août-début septembre : **Quatrième livraison des Études philosophiques**, contenant **Les Proscrits**.
18-19 septembre : Un créancier, Foullon, obtient la saisie immobilière des Jardies.
25 septembre : *Études sur M. Beyle* dans *La Revue parisienne* : c'est le fameux article sur *La Chartreuse de Parme* ; c'est aussi le dernier numéro de la revue, Dutacq arrête les frais à temps.
1er octobre : Avec sa gouvernante-maîtresse Louise Breugniot, dite Mme de Brugnol, Balzac se cache sous le nom de M. de Brugnol dans un appartement à double issue rue Basse, à Passy (c'est la future Maison de Balzac de la rue Raynouard) ; il y accueille bientôt sa mère.
Novembre : **Pierrette** suivi de **Pierre Grassou**.
15 décembre : Balzac assiste au retour des cendres de Napoléon. (Sainte-Beuve publie le début de *Port-Royal*, Hugo *Les Rayons et les Ombres.*)

1841 (15 janvier) : Balzac est nommé président honoraire de la Société des gens de lettres.
14 janvier-20 février : *Une ténébreuse affaire* dans *Le Commerce.*
24 février-4 mars : *Les Deux Frères* (Ire partie de *La Rabouilleuse*) dans *La Presse.*
Mars : *Notes* sur la propriété littéraire. **Le Curé de village**.
21-28 mars : *Une scène de boudoir (Autre étude de femme)* dans *L'Artiste.*
23 mars-4 avril : *Les Lecamus (Le Martyr calviniste)*, fragment de *Sur Catherine de Médicis* dans *Le Siècle.*
14 avril : Premier traité avec Hetzel, Dubochet et Sanches pour la publication de *La Comédie humaine.*
Avril-début mai : Voyage en Touraine et en Bretagne, probablement avec Hélène de Valette.
3 juin : Balzac assiste à la réception de Victor Hugo à l'Académie française.
15 juillet : Vente par adjudication des Jardies, que Balzac fait acheter par un prête-nom.
21 août : **Physiologie de l'employé**.
25 août-23 septembre : *Ursule Mirouet* dans *Le Messager.*
5 septembre : Balzac offre sa démission à la Société des gens de lettres, qui la refusera (5 et 22 octobre).
2 octobre : Second traité (annulant le premier) avec Furne, Dubochet et Hetzel pour la publication de *La Comédie*

humaine. Balzac collabore toute l'année avec Hetzel pour le tome I de *La Vie publique et privée des animaux.*
26 novembre-6 décembre (et 27 décembre-3 janvier) : Ire et IIe partie des *Mémoires des jeunes mariées* dans *La Presse.*
24-28 décembre : *La Fausse Maîtresse* dans *Le Siècle.* Balzac propose *Les Ressources de Quinola* à l'Odéon.

1842 (5 janvier) : Balzac apprend la mort du comte Hanski, survenue le 10 novembre précédent. Son idée fixe sera désormais d'épouser Mme Hanska, avec laquelle il a cependant moins correspondu depuis 1839 et qui risque de perdre tous ses biens si elle l'épouse.
9-15 janvier : **Mémoires de deux jeunes mariées**.
Mars : **Ursule Mirouet**.
19 mars : Première des *Ressources de Quinola* à l'Odéon.
6 avril : Balzac déménage son pied-à-terre parisien de la rue de Richelieu pour éviter la saisie de ses meubles ; et la mère de Balzac quitte la rue Basse.
16 avril : Première livraison de l'édition Furne de *La Comédie humaine.*
23 avril : *Les Ressources de Quinola* quitte l'affiche ; échec financier.
29 mai-11 juin : *Albert Savarus* dans *Le Siècle.*
Juin-début juillet : Voyage en Touraine, en Bretagne et à Arcis-sur-Aube en vue du *Député d'Arcis.*
Juillet : George Sand ayant renoncé, après Nodier, à préfacer *La Comédie humaine*, Balzac rédige son grand *Avant-Propos.*
26 juillet-4 septembre : *Le Danger des mystifications (Un début dans la vie)* dans *La Législature.*
Septembre : *Les Méchancetés d'un saint* (incorporé plus tard à *L'Envers de l'histoire contemporaine*) dans *Le Musée des familles.* **La Fausse Maîtresse** et **Autre Étude de femme** dans la deuxième livraison de l'édition Furne.
27 octobre-19 novembre : *Un ménage de garçon en province* (IIe partie de *La Rabouilleuse*) dans *La Presse.*
Novembre : **Albert Savarus** dans la troisième livraison Furne.
Décembre : **Les Deux Frères (La Rabouilleuse)**.
(Eugène Sue publie *Les Mystères de Paris* ; mort de Stendhal.)

1843 (7 mars) : Balzac assiste à la création des *Burgraves* de Hugo.

17-29 mars : *Honorine* dans *La Presse*; **Une ténébreuse affaire**.

20 mars-29 avril : *Dinah Piédefer (La Muse du département)* dans *Le Messager*.

21-30 mai : *Esther ou les amours d'un vieux banquier* (*La Torpille* corrigée) dans *Le Parisien*.

31 mai-1er juillet : fin de Ire partie et début de IIe partie de *Splendeurs et Misères des courtisanes* dans *Le Parisien*.

4 juin-début juillet : Balzac s'installe pour un mois à Lagny, près de l'imprimerie Giroux et Vialat qui compose *Esther* et *David Séchard*.

9-19 juin : Début de *David Séchard ou les souffrances de l'inventeur* dans *L'État*.

21 juin : *L'État* cesse de paraître.

5 juillet : Balzac rentre à Passy. **La Muse du département**.

18 juillet-14 août : *Le Parisien-L'État* (qui ont fusionné) achèvent de publier *David Séchard*.

21 juillet : Balzac s'embarque à Dunkerque sur le *Devonshire*, qui accoste à Saint-Pétersbourg le 29 juillet.

29 juillet-7 octobre : Séjour à Saint-Pétersbourg avec Mme Hanska ; Balzac est victime au cours de ce séjour d'un sévère coup de soleil; au retour, le docteur Nacquart diagnostiquera une sorte de méningite chronique.

Septembre : *Madame de la Chanterie* (fragment de *L'Envers de l'histoire contemporaine*) dans le *Musée des familles*.

26 septembre : Création (en l'absence de Balzac donc) de *Paméla Giraud* à la Gaîté.

1er octobre-3 novembre : Balzac rentre à Paris via l'Allemagne et la Belgique.

8-10 novembre : Balzac va récupérer sa malle (revenue par bateau) au Havre, où il recueille des renseignements qu'il utilisera dans *Modeste Mignon*.

Décembre : Candidature à l'Académie française, et retrait. Balzac pose pour le sculpteur David d'Angers.

1844 (janvier) : Balzac, qui se plaint de douleurs nerveuses, écrit entre autres *Les Roueries d'un créancier (Un homme d'affaires)* et travaille aux *Petits Bourgeois* (qui restera inachevé) et à *Modeste Mignon*, dont l'idée lui vient de Mme Hanska — à laquelle il écrit alors chaque jour.

Mars : David Séchard (**IIIe partie d'Illusions perdues**).

4-18 avril : Début de *Modeste Mignon* dans le *Journal des Débats*.

19 avril-mai : Une jaunisse interrompt la rédaction de *Modeste Mignon.*
17 mai-1er juin (et 5-21 juillet) : Fin de *Modeste Mignon* dans le *Journal des Débats.*
Juin : **Un début dans la vie**.
26 juillet : Balzac établit un catalogue des ouvrages que contiendra *La Comédie humaine* : 125 ouvrages, dont 40 restent à faire.
30 août : Balzac a déjà fourni quatre « croquis de mœurs » à Hetzel pour le tome I du *Diable à Paris* (coll.), et Hetzel lui en commande une nouvelle série.
Septembre : **IIe partie de Splendeurs et misères des courtisanes**, sous ce titre et le sous-titre **Esther. Catherine de Médicis expliquée. Le Martyr calviniste**.
Octobre : Névralgie et inquiétudes.
12 octobre : *Un Gaudissart de la rue de Richelieu (Gaudissart II)* dans *La Presse.*
Octobre-novembre : Suite de *Madame de la Chanterie* dans *Le Musée des familles.* **Honorine** suivi d'**Un prince de la bohème**.
Novembre (-janvier 1845) : **Modeste Mignon** suivi de **Un épisode sous la Terreur** et **Une passion dans le désert**.
3-21 décembre : Première partie des *Paysans* dans *La Presse.*
24 décembre-23 janvier 1845 : *La Lune de miel (Un adultère rétrospectif)* IIe partie de *Béatrix* dans *Le Messager.* (Vigny publie *La Maison du Berger,* Dumas le début du *Comte de Monte-Cristo* et des *Trois Mousquetaires* ; mort de Charles Nodier ; naissance d'Anatole France.)

1845 (20 janvier) : Balzac reçoit son buste en marbre par David d'Angers.
Janvier-mars : Divers textes dans *Le Diable à Paris,* tome II ; Hetzel publie aussi tout au long de l'année des fragments des *Petites Misères de la vie conjugale.*
24 avril : Balzac est fait chevalier de la Légion d'honneur.
25 avril-5 juillet : Balzac rejoint Mme Hanska, sa fille Anna et son fiancé Georges Mniszech à Dresde ; ils voyagent en Allemagne.
Mai : **La Lune de miel (IIe partie de Béatrix)**.
7 juillet : De retour à Paris, Balzac installe Mme Hanska et sa fille rue de la Tour, à Passy.
Fin juillet-début août : Voyage ensemble en France (Orléanais, Touraine, Berry).

11-27 août : Voyage ensemble en Hollande. On se sépare à Bruxelles.
19 août : Fragment des *Comédiens sans le savoir* dans *Le Siècle.*
30 août-fin septembre : Balzac est seul à Paris.
10 septembre : *Les Roueries d'un créancier (Un homme d'affaires)* dans *Le Siècle.*
24 septembre-4 octobre : Séjour à Baden.
Octobre : Liquidation définitive des Jardies.
Fin octobre-début novembre : Descente en bateau de la Saône et du Rhône, et voyage à Naples avec Mme Hanska, Anna et Georges.
8-17 novembre : Balzac rentre seul à Paris, non sans avoir acheté des antiquités à Marseille : depuis dix-huit mois, il se ruine en meubles, objets, tableaux, en vue de son mariage avec Mme Hanska.
13 décembre : Visite de la Conciergerie en vue d'un épisode de la fin de *Splendeurs et misères des courtisanes* qu'il a beaucoup de mal à écrire.
24 décembre : Voyage-éclair à Rouen pour acheter un meuble.

1846 (Janvier-mars) : Travail lent et difficile.
16 mars-avril : Balzac part retrouver Mme Hanska à Rome.
14-24 avril : *Les Comédiens sans le savoir* dans *Le Courrier français.*
22 avril-mai : Balzac et Mme Hanska en Suisse.
28 mai : Balzac rentre à Paris.
30 mai : Première allusion à un espoir de maternité de Mme Hanska.
3-9 juin : Balzac en Touraine pour acheter une propriété.
Juillet : IIIe partie de *Splendeurs et misères des courtisanes* dans *L'Époque.*
16 juillet : Balzac commence à écrire *La Cousine Bette.*
30 août-15 septembre : Balzac accompagne Mme Hanska à Mayence, d'où elle gagne Wiesbaden pendant qu'il rentre à Paris.
Septembre : **Petites misères de la vie conjugale. La Femme de soixante ans (Ire partie de l'Envers de l'histoire contemporaine)** suivi de **L'Enfant maudit**.
19 septembre : **Dernière livraison de l'édition Furne de La Comédie humaine**.
28 septembre : Balzac achète (à crédit) la maison de la rue Fortunée (actuelle rue Balzac).

8 octobre-3 décembre : *La Cousine Bette* dans *Le Constitutionnel.*
9-17 octobre : À Wiesbaden pour le mariage d'Anna et du comte Georges Mniszech.
11 octobre : *Lettre à Hippolyte Castille* dans *La Semaine*, pour défendre son œuvre accusée d'immoralité.
1er décembre : Balzac apprend que Mme Hanska a fait une fausse couche, et en est désespéré. (Michelet publie *Le Peuple*, George Sand *La Mare au diable.*)

1847 (Fin janvier) : Balzac congédie Mme de Brugnol.
4 février : Balzac va chercher Mme Hanska à Francfort.
15 février : Balzac et Mme Hanska s'installent dans un appartement meublé loué pour deux mois rue Neuve-de-Berry.
18 mars-10 mai : *Le Cousin Pons* dans *Le Constitutionnel.*
7 avril-2 mai : Première partie du *Député d'Arcis* dans *L'Union monarchique.*
13 avril-4 mai : *La Dernière Incarnation de Vautrin* (dernière partie de *Splendeurs et misères des courtisanes*) dans *La Presse.*
15 avril : Installation rue Fortunée, dont le coûteux aménagement n'est pas encore terminé.
Début mai : Balzac reconduit Mme Hanska en Allemagne.
13 mai : Balzac est de retour à Paris, où il s'occupe surtout de l'aménagement de la rue Fortunée.
Juin : **Un drame dans les prisons (Où mènent les mauvais chemins, IIIe Partie de Splendeurs et misères des courtisanes).**
28 juin : Balzac malade fait son testament, léguant tout à Mme Hanska.
Juillet : **La Dernière Incarnation de Vautrin (IVe partie de Splendeurs et misères des courtisanes)**.
5 septembre : Balzac quitte Paris pour Wierzchownia ; il restera en Ukraine jusqu'en janvier 1848.
Fin de l'année : **Le Provincial à Paris (Les Comédiens sans le savoir** et **Gaudissart II**). Début de la publication en librairie des **Parents pauvres** (**Le Cousin Pons** et **La Cousine Bette**). (Émilie Brontë publie *Les Hauts de Hurlevent.*)

1848 (15 février) : Retour de Balzac à Paris.
23 février : Début de la Révolution de Février. Balzac va assister au pillage des Tuileries.
17 mars : Balzac candidat aux élections législatives.
Mi-mars-mi-mai : Contrecarré dans ses projets roma-

nesques par les événements politiques, Balzac revient à ses projets pour le théâtre, et écrit *La Marâtre.*
25 mai : Première de *La Marâtre* au Théâtre Historique. Succès auprès des critiques, mais les événements politiques vident les salles ; les représentations cessent dès le 30 mai.
3 juin-6 juillet : Séjour à Saché, d'où Balzac perçoit les échos affaiblis des Journées de Juin — et les premiers symptômes d'une grave maladie de cœur.
8 juillet : Balzac assiste aux obsèques de Chateaubriand, mort le 6 juillet.
20 juillet-11 août : Reprise de *La Marâtre.*
1er août-3 septembre : *L'Initié* (IIe partie de *L'Envers de l'histoire contemporaine*) dans l'éphémère *Spectateur républicain.*
17 août : *Mercadet*, devenu *Le Faiseur*, est accepté par la Comédie-Française, mais ne sera finalement pas monté.
11 septembre : Balzac, candidat à l'Académie française, ne sera pas élu.
20 septembre : Balzac quitte Paris pour l'Ukraine, où il passera tout l'hiver avec Mme Hanska, puis toute l'année suivante, et jusqu'en avril 1850.
Fin de l'année : Fin de la publication des **Parents pauvres** (**Le Cousin Pons** et **La Cousine Bette**) comme XVIIe volume, en supplément, de l'édition Furne de *La Comédie humaine.* (Dumas fils publie *La Dame aux Camélias* ; début de la publication des *Mémoires d'Outre-tombe*).

1849 : En Ukraine.
4 janvier : *Madame Marneffe ou le père prodigue*, adaptation de *La Cousine Bette* par Clairville, est créée au Théâtre du Gymnase.
11 et 18 janvier : Deux scrutins de l'Académie française sont défavorables à Balzac.
Février : La librairie Furne et Cie remet en vente *La Comédie humaine.*
30 avril : Balzac écrit à sa sœur qu'il souffre d'une « hypertrophie du cœur ».
Juin : « Affreuse crise ».
2 juillet : Le Tsar repousse la supplique de Mme Hanska : elle perdra ses biens si elle épouse Balzac.
Septembre-octobre : « Fièvre céphalalgique intermittente ».
Fin octobre : Grave bronchite.

1850 (Janvier) : Nouvelle bronchite, « rhume effroyable ».
14 mars : Balzac épouse Évelyne Hanska.

24 avril : Départ de Wierzchownia.
Mai : Séjour à Dresde et à Francfort.
20 ou 21 mai : Étrange arrivée rue Fortunée : toutes les lumières de la maison sont allumées, mais personne ne vient ouvrir, il faut aller quérir un serrurier ; au milieu du salon, Balzac trouve son valet de chambre hébété, devenu fou.
30 mai : Consultation du docteur Nacquart, assisté de trois confrères.
1er juin : Balzac écrit sa dernière lettre.
4 juin : Balzac et sa femme se font donation réciproque de leurs biens en cas de décès.
9 juillet : Péritonite et pose de ventouses.
24 juillet : Début des ponctions, qui resteront inefficaces.
(5 août : Naissance de Guy de Maupassant.)
Dimanche 18 août, à 11 heures et demie du soir, mort d'Honoré de Balzac. Les obsèques ont lieu le 21 août, en l'église Saint-Philippe du Roule — convoi de troisième classe, mais Hugo, Dumas, Sainte-Beuve et Baroche, ministre de l'Intérieur, tiennent les cordons du poêle. Au Père Lachaise, Victor Hugo prononce un vibrant hommage au génie de Balzac.

TABLE

GF Flammarion

204233-XI-2015 – Impression MAURY IMPRIMEUR, 45330 Malesherbes.
N° d'édition L.01EHPN000210.C003 – Mai 1995 – Printed in France.